Tom Kummer · »Good Morning Los Angeles«

»Good Morning Los Angeles«

Die tägliche Jagd nach der Wirklichkeit

Von Tom Kummer

Mit einem Nachwort
von Claudius Seidl

dtv
premium

Von Tom Kummer ist im
Deutschen Taschenbuch Verlag erschienen:
Gibt es etwas Stärkeres als Verführung, Miss Stone?
Star-Interviews von Tom Kummer (20046)

Originalausgabe
November 1997

Umschlagkonzept: Balk und Brumshagen
Umschlagfoto: © Lajos Keresztes
Gesetzt aus der 10,5/13,3˙ Times Roman
Satz und Gestaltung: Hartmut Czauderna,
Gräfelfing, auf Apple Macintosh, Quark XPress
Druck und Bindung: Kösel, Kempten
Gedruckt auf säurefreiem, chlorfrei gebleichtem Papier
Printed in Germany · ISBN 3-423-24117-9

Für Nina, Perry und Janine

Inhalt

1 Augen in der Nacht

Ein Freitag, Mitte Januar 1994. Es war gegen 17 Uhr, die Dämmerung entwickelte einen opalfarbenen Glanz am Himmel, mit klarer Sicht auf die Wolkenkratzer von Downtown, was schwülheiße Winde, Regen und hohe Smogwerte für Los Angeles verhieß. Ich trug meine weiten, kobaltblauen Dickies-Arbeiterhosen, ein viel zu weites Surferhemd mit der Aufschrift »Smag«, schwarze Van-Turnschuhe ohne Socken, und mein Schädel war frisch rasiert. Ich sah jedenfalls nicht gerade wie ein seriöser Vertreter des investigativen Printjournalismus aus, für den ich mich hielt – sondern eher wie einer, der sein Territorium mit der Sprühdose markiert. Ich hoffte, in jener Nacht unerkannt zu bleiben.

Es war bereits dunkel, als wir am Tatort in Glendale eintrafen: in einer Straße mit Einfamilienhäusern, deren Wert ich auf höchstens 250 000 bis 750 000 Dollar schätzte. Ich war mit Chuck Weinberg unterwegs, einem Videojournalisten, wie man so jemanden in der TV-Branche bezeichnet. Chuck ist ein Kameramann, der nach Bildern fahndet, über die keine der lokalen Fernsehstationen verfügt. Ich nenne Chuck einen Sharpshooter, weil er mit seiner Kamera ebenso scharf schießen kann wie mit jedem Revolver. Manchmal nenne ich ihn auch Videostalker oder Videopaparazzo, aber das hört er nicht gern.

Wie immer ging Chuck seine Mission so locker an, wie er nur konnte. Er schaltete den Motor aus, zündete sich eine Zigarette an und starrte in die Dunkelheit. Er hatte die Aufkleber einer privaten Wachdienstfirma an beiden Seiten seines Toyota Camry angebracht. Der mobile Seitenscheinwerfer gehörte zu Chucks Standardausrüstung, und auf dem Dach hatte er ein blaues Signallicht montiert. Die Tarnung war perfekt.

Chuck blies in kurzen Abständen Zigarettenrauch gegen die Frontscheibe. Er hatte ein verdächtiges Fahrzeug ausgemacht. Ein alter Chevy fuhr bereits zum drittenmal den Glenoaks Canyon runter und dann nach Westen in Richtung Glendale Freeway. Gelassen zuckte

Chuck mit den Achseln. Im fahlen Licht der Armaturen glich er mit seinem von Falten und kleinen Narben übersäten Gesicht einem Indianer mit Kriegsbemalung. Er trug ein viel zu enges, schwarzes Polohemd von Ralph Lauren mit einem Emblem des Hillcrest-Golfklubs auf dem Revers. Er erinnerte mich damals an Burt Reynolds, obwohl er seinen Schnurrbart pachucomäßig als dünne schwarze Linie über der Oberlippe trug. Vielleicht waren es seine kräftigen Augenbrauen, seine dunklen Augen, seine Coup-Hardy-Frisur und sein Grinsen. Ich kann mich noch genau an jenen Moment im Auto erinnern: Chuck lächelte geistesabwesend, als sei alles, was jetzt geschehen sollte, absolut notwendig und sinnvoll. Dann packte er die kleine UC9-Kamera und zwei Extrakassetten in seinen Brusthalfter und sagte: »It's on«, was heißen sollte: Das Ding gehört uns.

Die Tür der weißen Villa knackte Chuck mit einem kleinen Eisenstab und drei kräftigen Handbewegungen. Ich dachte noch einmal kurz darüber nach, um was es hier eigentlich genau ging, und spürte dabei, wie die Hitze langsam aus meinem Körper in meinen Kopf kroch. Chuck schaltete eine Taschenlampe ein, die einen scharfen dünnen Strahl in die Dunkelheit warf. Wir bewegten uns durch ein orientalisch eingerichtetes Entree und weiter in einen großen Wohnraum, in dem es nach Lammfleisch und Blumenkohl roch. Dann ging alles sehr schnell.

Chuck richtete den Lichtstrahl auf einen leblosen Körper, der von einem seidenen Morgenmantel umhüllt war. Dem Mann im Morgenmantel fehlte die linke untere Gesichtshälfte. Es war Jerry Ashanzani, ein Armenier. Sein Kopf hing bewegungslos im Nacken, in der rechten Hand hielt er einen Revolver. Die stechenden Augen des Toten waren einwärts gerichtet, als erzählten sie einander von dem Grauen vergangener Stunden. Das war alles.

Jerrys Frau, Sara Ashanzani, saß in einem mit goldenem Samt bezogenen Jugendstilsessel. Ihr bleiches Gesicht verlieh ihren weit geöffneten Augen einen Ausdruck von innerer Verzweiflung. Ihr Kopf war merkwürdig zur Seite gekippt, und man hätte glauben können, sie würde ein wenig ruhen, um Trost zu finden. Aber sie war einfach nur tot.

Wir hielten uns exakt drei Minuten am Tatort auf. Uns blieb wenig

Zeit. Chuck drehte 114 Sekunden, ohne sein rechtes Auge vom Sucher zu nehmen. Das Gesicht von Jerry Ashanzani erinnerte mich an meine schlimmsten Alpträume, die Frau wirkte dagegen wie ein Engel. Auf diesen Kontrast hatte es Chuck abgesehen.

Chuck fühlt sich meistens sehr stark, wenn er mit seiner kleinen UC9-Kamera an noch unberührten Tatorten dreht. Er lächelt nicht, aber seine Muskeln sind entspannt. Chuck ist ein Mann von radikaler Sachlichkeit. Er besitzt die Fähigkeit, in seinen Bildern eine Art zufällige Direktheit zur Schau zu stellen, was die Bedrohlichkeit der Bilder noch steigert. Selbst den abstoßendsten Szenen nähert er sich mit Geduld und einer großen Leidenschaft für die Details. Er weiß genau, wann er die Kamera schütteln oder seine Bilder in eine geheimnisvolle Unschärfe tauchen muß. Seine Videoarbeit gilt als besonders beweiskräftig, weil seine Bilder die Merkmale einer improvisierten Unprofessionalität aufweisen. Er schafft dadurch eine höhere Wahrheit, gegen die kein geschriebenes Wort ankommen kann – davon bin ich überzeugt. Damals beneidete ich ihn um diese Qualität.

Chucks Kameraarbeit wird meistens erst auf den Schneidetischen der Fernsehanstalten zerstört. Doch damit hat er sich längst abgefunden. Als Sharpshooter wird Chuck auch nie einen Kritikerpreis gewinnen. Er arbeitet nach der Devise: Meine Bilder sind wie tote Fische – nach drei Tagen beginnen sie zu stinken.

Ich hatte Skrupel, die noch warmen Körper der Toten genauer zu untersuchen. Die Polizei hätte jeden Augenblick eintreffen können. Sonst bin ich nicht so zögerlich. Ich kenne die Regeln des Nachrichten-Geschäfts. Wer die Story zuerst riecht, gewinnt die erste Halbzeit. Wer vor der Polizei am Tatort erscheint, hat das Spiel gewonnen. Und es roch damals nach einer guten Story: Ein wohlhabender Armenier radiert seine ganze Familie aus, bevor er sich selbst erschießt. Wir waren die ersten am Tatort, und das garantierte Exklusivbilder.

Während Chuck seine Arbeit verrichtete, konzentrierte ich mich auf die Kinder. Ihre leblosen Körper lagen in sonderbaren Stellungen auf einem schwarzen Ledersofa. Der Kopf des Mädchens ruhte im Schoß des Bruders. Es glich einem Storch mit ausgebreiteten Flügeln, mit deren Enden es die Fernbedienung des Fernsehers festhielt. Der Junge ähnelte einer Schildkröte. Ich sah nur ein blutgetränktes T-Shirt, unter dem sich ein dicker Klumpen verbarg.

Über dem Tatort rotierte bereits ein Polizeihubschrauber, doch Chuck blieb gelassen. Er schoß Nahaufnahmen der toten Kinder aus verschiedenen Perspektiven. Man weiß schließlich nie, welche Bilder den Redakteuren am besten gefallen. Nach einem kurzen Blick auf meine Stoppuhr signalisierte ich Chuck, daß wir uns noch ein Bild aus dem Badezimmer besorgen sollten. Badezimmer kommen immer gut an. Doch Chuck gab mir ein Handzeichen. Es bedeutete Rückzug.

Die Aktion hatte genau 185 Sekunden gedauert. Als wir wieder im Wagen saßen, drehte Chuck sein Blaulicht an und raste Richtung Ventura-Freeway. Er hatte den Polizeifunk wieder eingeschaltet und bot mir einen Hernandez-Zigarillo an. Das tut Chuck immer, wenn er zufrieden ist.

Ich habe mich damals gefragt, was sich die tote armenische Einwandererfamilie bloß von Südkalifornien erträumt hatte. Ich mußte unweigerlich an meinen ersten Spanienurlaub als Sechzehnjähriger denken, an diesen Schwindel, der alle Sehnsüchtigen befällt. Ich bin ja selbst ein Fremder in Amerika. Trotzdem habe ich die Fähigkeit gewonnen, das Leben so zu sehen, wie es wirklich ist. Das bilde ich mir jedenfalls ein. Bis heute.

Als Neunzehnjähriger bin ich aus der Schweiz geflohen. Seither sind 10 Jahre vergangen, in denen ich meine Wut auf die Heimat besänftigen konnte. Ich begreife jedoch, was in all jenen Sehnsüchtigen vorgeht, die ihre Vergangenheit nicht abstreifen können. Den Haß auf die Lügner und Angeber, Gecken und Schwindler, die einem das Leben schwermachen, die einen so sehr mit ihren Dummheiten zumauern, daß man nur noch Finsternis erkennen kann. Meine eigene Wut ist heute einem klaren Blick gewichen, mit dem ich Gut und Böse, Freund und Feind voneinander unterscheiden kann. Ich bin überzeugt: Wer diese Unterschiede nicht kennenlernen will, der interessiert sich nur für sein eigenes Schweinedasein, und es ist ihm egal, was mit den anderen geschieht.

Aber war Ashanzani ein Schwein? Oder wollte er sich mit seiner

Familie ganz einfach aus der Menschen-sind-Wölfe-Wirklichkeit verabschieden? Ich gebe offen zu: Wäre ich als Printjournalist auf die Ashanzani-Story angesetzt gewesen, dann hätten mich die Hintergründe dieses Blutbades interessiert. Doch Chuck hatte mich bereits gut auf seine Berufung eingestimmt. In jener Nacht war ich nur an Bildern interessiert. Chuck ist jedes Mittel recht, um sich Vorteile gegenüber der mächtigen Konkurrenz zu verschaffen. Was zählt, sind Bilder, für die fast jeder Preis bezahlt wird. Chuck möchte aber keinesfalls mit einem jener Videopaparazzi verwechselt werden, die den Stars hinterherjagen. Chuck interessiert sich nur für seine eigene Wirklichkeit.

Die Bilder der toten Familie Ashanzani konnte Chuck erst zwei Wochen später verkaufen: an ein TV-Magazin mit dem Titel ›Current Affair‹. Für 15 Sekunden Sendezeit wurden ihm lächerliche 1500 Dollar überwiesen. Sollte ich deswegen verzweifeln? Ich hatte Chuck den entscheidenden Tip zu dieser Story geliefert, weil ich seit Monaten im Untergrund der armenischen Mafia von Hollywood recherchierte und an kein Ende gelangte.

Wie hätte ich ahnen können, daß sich in jener Januarwoche 1994 kein Fernsehzuschauer für ein deprimierendes Emigrantenschicksal interessierte? Zugegeben, ich unterschätzte damals die Starqualitäten des Wetters. Ein Tiefdruckgebiet bedrohte Los Angeles. Nieselregen, schmieriger Asphalt und das Chaos auf den Freeways dominierten die Abendnachrichten. Die hohen Einschaltquoten der Wettervorhersagen erklärte ich mir damit, daß das Wetter keiner bestimmten Rasse oder politischen Gruppe angehört und damit alle gleichermaßen betrifft. Heute weiß ich: Es gibt gutes und böses Wetter. Die Kriminalisierung des Wetters durch die TV-Wetterfrösche verläuft dabei parallel zur allgemeinen Verunsicherung der Amerikaner. Hitze, Überschwemmungen, Dürre, Gewitter, Tornados und Hurrikans sind zu den Lieblingen der Nachrichtenredaktionen avanciert. Auf amerikanischen Bildschirmen erzielen die Wettervorhersagen mittlerweile höhere Einschaltquoten als die lokalen Nachrichtenshows oder die beliebteste aller US-Seifenopern, ›Seinfeld‹. Die TV-Wetterfrösche reden am Bildschirm wie Fahnder, die einen Schwerverbrecher jagen. Das Wetter hat seine Unschuld längst verloren und charakterisiert nicht einfach nur den

Lauf der Zeit. Ein Blutbad unter armenischen Einwanderern hat es da ziemlich schwer. Aber das wußte ich damals noch nicht.

Im nachhinein fragte ich mich allerdings, ob Chuck im Fall Ashanzani nicht auch einen taktischen Fehler begangen hatte. Vielleicht hätte er sämtliche Fernsehstationen in Los Angeles direkt vom Tatort anrufen sollen. Ich persönlich war mir keiner Schuld bewußt. Ich war damals noch ein Lehrling im Fernsehgeschäft und von dankbarer Vorsicht erfüllt. So wie ein Lehrling eben sein soll, wenn er den Status eines Profis je erreichen will. Und ein Profi bin ich geworden.

2 Upperworld, Underworld

Ich bin Reporter in L.A. Meine Wohnung liegt am Rande des sogenannten Rampart District, drei Meilen westlich von Downtown. Hier bin ich zu Hause. Rampart gilt mit einem Radius von 7,9 Quadratmeilen als der flächenmäßig kleinste District von Los Angeles. Mit 264 296 offiziell gemeldeten Bewohnern und einer Dunkelziffer, die doppelt so hoch liegt, gehört Rampart zu den am dichtesten besiedelten Stadtteilen Amerikas. 45 Prozent aller Bewohner leben unterhalb der Armutsgrenze, 22 000 Menschen sind ohne ein festes Zuhause. Durchschnittlich werden hier jede Woche 25 Raubüberfälle verübt und zwei Menschen getötet. 85 Prozent der Bewohner stammen aus Guatemala, Nicaragua oder El Salvador. Etwa 3 000 bis 5 000 »vatos« der 18-Street-Gang beherrschen das mit Speed und Crack überschwemmte Gebiet. Die Zahl der schulpflichtigen Kinder, die nach Schulschluß ohne elterliche Aufsicht bis spät in die Nacht herumstreunen, wird auf über 30 000 geschätzt. Eine Ausgangssperre des Los Angeles Police Department (LAPD) für Kinder unter 16 Jahren nach 22 Uhr wird weitgehend ignoriert. In Rampart entstehen auch die meisten »typischen« L.A.-Ghettobilder für Musikvideos und Werbespots in aller Welt. Oft werden die schlecht instand gehaltenen Wohnkasernen, in denen die Einwanderer aus Lateinamerika dichtgedrängt in winzigen Räumen hausen, auch von Hollywood für sogenannte »South Bronx«-Außenaufnahmen benutzt. Und selbst CNN ließ während der L. A. Riots ihren Berichterstatter häufig in Rampart live auf Sendung gehen. Und das aus einem ganz einfachen Grund: Die Latinos sind zu den Kamerateams meist sehr viel freundlicher als Afroamerikaner oder die Mitglieder vietnamesischer Mikrogangs. Trotzdem fordern die Aufnahmeteams bei Dreharbeiten in Rampart jedesmal zusätzlichen Polizeischutz an.

Ich lebe und arbeite im 14. Stock des Wilshire-Royal-Hotels, einem heruntergekommenen Kasten, der in den zwanziger Jahren zu den

Topadressen in Los Angeles gehörte. Wenn ich auf meiner Terrasse stehe, kann ich bei klarer Sicht von den Big Bear Mountains im Osten bis zum Pazifischen Ozean im Westen blicken. Dazwischen liegt der Siedlungsbrei »Los Angeles County« mit 13 Millionen Einwohnern und 16 732 registrierten Pudeln, 500 000 Eigenheimen, 48 000 Palmen, 8 500 Polizisten und neun Millionen Fernsehgeräten. Meistens deutet dort draußen nichts auf jenen Krieg hin, der mein Leben und meine Arbeit seit über vier Jahren beherrscht.

Mittags schwebt goldener Dunst über den Wolkenkratzern von Downtown. An ungefähr drei Tagen im Monat ist die Sicht klar. Dann sehe ich alles. Das bilde ich mir jedenfalls ein.

Nachts glüht unter mir die geometrische Unendlichkeit aus parallel verlaufenden und rechtwinklig kreuzenden Straßenzügen. Dann herrscht eine sonderbare Stille, die noch verstärkt wird durch die unzähligen Lichter, die sich am Himmel und auf den Freeways geräuschlos vorwärts bewegen. Die Suchschweinwerfer der Polizeihubschrauber kreisen lautlos über den Häuserblocks, und nur das Heulen der Polizeisirenen ist ganz in der Ferne zu hören. Manchmal entdecke ich nicht identifizierbare Lichtspuren am Himmel. Dann wirkt meine Terrasse wie eine Startrampe in eine künstlich hergestellte Welt.

Wer sich diesen Lichtern Nacht für Nacht aussetzt, braucht starke Nerven, um nicht an das zu glauben, was dieses Panorama verspricht. Obwohl ich mein Unbehagen gegenüber dem zusammenhanglosen Stadtmonster Los Angeles längst abgelegt habe, kann ich nie ganz sicher sein, ob ich nicht ein Opfer von sonderbaren Geistesblitzen bin. Ich habe mich in den vergangenen Jahren in ein Gefäß aus Bildern verwandelt, in dem sich – wie in einem Archiv – meine Erinnerungen ansammeln, was dazu führt, daß mein Alltag regelmäßig von einem Bombardement aus Rückblenden gestört wird. Diese Bilder und Rückblenden erzählen mir nicht von einem Los Angeles, wie es im Reiseführer steht.

Ich weiß, daß Los Angeles die Stadt in Amerika ist, die am meisten von den Medien vereinnahmt wird und die von meinen Arbeitskollegen praktisch nur noch durch den fiktiven Schleier wahrgenommen wird, den die Mythologisierer über sie gebreitet haben. Doch über L.A. kann man nur reden, wenn man in einer jener innerstädtischen

Enklaven lebt, die gewöhnlich von den Bewohnern der Upperworld ignoriert werden. Ich kenne die sozialen Randzonen von Hollywood. Sie sind mein Zuhause. Nichts ist mir in den vergangenen Jahren entgangen, was jenseits der Grenzen zwischen West- und Eastside, zwischen den Hügeln von Bel Air, dem endlosen Siedlungsbrei südlich des Wilshire Boulevard oder den Wüstenvorstädten von Lancaster vor sich gegangen ist. Ich habe auf meinen Streifzügen durch L.A. die Grenze zwischen dem großen Geld und dem Traum davon kennengelernt. Und dafür muß ich heute büßen.

Meine Probleme begannen im Sommer 1992, kurz nach den Rassenunruhen, den »Los Angeles Riots«. Ich hatte mich zu einem Printjournalisten mit guter Auftragslage, solidem Einkommen, vielen Reisen und aufregenden Projekten entwickelt. Ich belieferte angesehene europäische Wochenmagazine mit Sozialreportagen und Star-Interviews, eine Kombination, die einige meiner älteren Kollegen aus für mich unerklärlichen Gründen für unseriös hielten. Doch was mich an meinem Leben viel mehr beunruhigte, war die Paranoia. Dieser Bombenteppich aus Rückblenden terrorisierte mich nachts – meistens ohne meine Zustimmung – oder frühmorgens, wenn ich unter der Dusche stand. Manchmal erschwerten mir die Anschläge auf mein Bewußtsein, überhaupt irgendeinen klaren Gedanken zu fassen. Diese sonderbare Vorstufe zur geistigen Umnachtung führte ich zunächst auf meinen außergewöhnlichen Hunger nach Informationen zurück.

Und so kam mir irgendwann die Idee, die von mir scharf beobachtete Außenwelt nicht mehr mit den Augen eines Printjournalisten zu betrachten, sondern mit denen eines Videojournalisten. Ich weiß nicht mehr genau, wie ich auf diese Idee kam. Vielleicht dadurch, daß ich von der therapeutischen Wirkung des sogenannten Videoblicks gehört hatte. Der Videoblick, so hieß es, sei die Perspektive eines Therapeuten. Er schaffe einen theatralischen Ort, an dem sich Subjektivität künstlerisch erschaffen lasse. Ich schloß daraus, daß einen dieser Blick auch dann beherrschen kann, wenn die Kamera gar nicht läuft. Und ich hoffte, daß ich durch diesen Videoblick die Fähigkeit erlangen würde, bestimmte Details in den Ereignissen zu erkennen, die dem einfachen Blick normalerweise entgehen und die genau deshalb, weil ich sie nicht sehen konnte, das Bombardement aus Rückblenden und die Paranoia verursachten.

Um meine Idee in die Tat umzusetzen, wandte ich mich an den Videojournalisten Chuck Weinberg. Während der Riots begleitete ich ihn bei seiner Arbeit in Koreatown und South Central – wo er für die Reality-TV-Show ›FOX Undercover‹ Bilder sammelte –, und ich bin bei ihm hängengeblieben. Ich studierte seine Arbeitsweise, weil ich hoffte, daß sich mein Zustand dadurch irgendwie verbessern würde. Aber es kam alles ganz anders.

Manchmal bedauere ich, daß ich nicht Profisportler oder wenigstens Sportreporter geworden bin. Das gebe ich offen zu. Ich gehörte als Sechzehnjähriger zu den talentiertesten Tennis-junioren der Schweiz. Ich habe damals mit dem Gedanken an eine Profikarriere gespielt. Doch das Dilemma zwischen totaler Körperlichkeit und meinem nach immer mehr Innerlichkeit, Spaß, Stil, Glamour, Härte und Sex schreienden Ich hatte meine sportlichen Ambitionen bereits mit achtzehn zerstört. Bis heute versuche ich eine Neugier zu stillen, die mich treibt herauszufinden, wie andere Menschen leben, lieben, töten und sterben. Ich bin verliebt in das Leben der anderen. Das ist mein Beruf, meine Leidenschaft, auch wenn ich mir dabei mein eigenes Leben oft schwermache. Doch bis heute bin ich meinem Motto treu geblieben: *Mach dir Träume, die dir Erleichterung schaffen.*

Es bereitet mir Spaß, die Liquidierung einer Kultur zu beobachten – und dabei auf die Erlösung von unten zu hoffen. Darum bin ich nach Los Angeles gegangen. Es hat sich gelohnt, obwohl eine Menge dazwischen gekommen ist.

3 Leben ohne Gnade

Am Anfang ahnte ich noch nicht, was mich trieb. Ich konnte mich nicht einfach so erfassen und erklären. Ich hätte mich ja selbst belügen und falsch auslegen können. Und deshalb will ich vorsichtig sein, wenn ich heute von den Anfängen meines Jagdfiebers erzähle.

Ich erinnere mich noch gut an die letzte Januarwoche 1994. Ich hatte die Niederlage im Fall Ashanzani längst überwunden und wußte genau, was ich getan hatte und was ich jetzt tun mußte.

Es war ein Dienstag, einer dieser Tage ohne Weitsicht. In Los Angeles existierten keine Jahreszeiten mehr. Das Jahr begann Tag für Tag von neuem. Morgens begann der Frühling, mittags war Sommer, abends kam der Herbst. Der Smog verursachte rote Augen, wodurch meine Sehkraft eingeschränkt war.

Die Agentur Sunshine hatte mich am Vortag zu einer Pressekonferenz eingeladen. Sunshine vertritt Bodydoubles, Fitneßtrainerinnen, Schönheitschirurgen und Bücher schreibende Vergewaltigungsopfer. Die Agenten handeln Verträge aus, organisieren Pressekonferenzen oder beraten Prostituierte, wie man einen berühmten Schauspieler am Sunset Boulevard aufs Kreuz legt, um eine Rolle in einem TV-Drama zu ergattern.

Diesmal ging es um eine Achtzehnjährige, die über ihre Erfahrungen mit der Hollywood-Madam Heidi Fleiss aussagen wollte. Frau Fleiss gilt als Kopf einer berüchtigten Callgirl-Agentur, deren beste Kunden in den Chefetagen der großen Filmstudios sitzen. Es wurden Einblicke in das sogenannte »Black Book« von Frau Fleiss angekündigt: Große Namen sollten diskreditiert, Sexpraktiken enthüllt und die Geschäfte der Madam Fleiss offenbart werden. Eine solche Gelegenheit konnte ich mir nicht entgehen lassen.

Ich hatte die Echtheit der kurzfristig einberufenen Pressekonferenz durch meinen Kontaktmann bei der ›Los Angeles Times‹ bestätigen lassen. Fast täglich werden in Los Angeles Pressekonferenzen angekündigt, und nur die instinktsichersten Medienprofis können die wichtigen von den bedeutungslosen unterscheiden.

Damals hatte ich noch keine Ahnung, wie weit sich mein Jagdgebiet ausdehnen sollte. Einerseits hielt ich mich für einen seriösen Vertreter des investigativen Printjournalismus. Andererseits hatte ich durch Chuck Weinberg Einblick in das TV-Newsgeschäft bekommen.

Als ich kurz nach 10 Uhr vor dem 805 Motel am Sunset Boulevard vorfuhr, hatte die Motorradpolizei bereits die Moteleinfahrt weiträumig abgeschirmt. Mein Presseausweis wirkte Wunder. Ein behelmter Uniformierter des Los Angeles Police Departments auf einer glänzenden Harley-Davidson lächelte mir zu. Er kannte meinen Namen, was mich nicht sonderlich verwunderte. Das LAPD verhält sich gegenüber der Presse wie eine Hauskatze. »Take care, Mister T.«, schnurrte der Uniformierte. Die Polizisten von Los Angeles sind die perfektesten Werbeträger für Autorität, die mir jemals unter die Augen gekommen sind. An diesen Menschen glänzt einfach alles.

In der Motelsuite Nummer 69 roch es nach Lavendel. Der Raum war bis auf den letzten Platz mit ungefähr fünfzig Reportern, Fotografen und Interviewern vollgestopft. Kameramänner standen auf Tischen, krochen am Boden oder hielten ihr Gerät wie Trophäen über dem Kopf. Wie ich solche Momente genoß! Die Szenerie glich einem Irrenhaus. Jede Agentur, jede Zeitung, jede Radio- und Fernsehstation, jeder, der in Los Angeles jemanden schicken konnte, um zu berichten, war vertreten, und alle wollten Exklusiviät.

Die junge Heldin saß wie eine wiedergeborene Joan Crawford mit beleidigter Miene auf der Bettkante. Sie wurde von zwei schwarzen Bodyguards in weißen Nike-Trainingsanzügen flankiert. Das Bett war mit seidenen Laken bezogen. Die Sunshine-Agentin, eine ältere Dame mit silbernem Haar, stellte das Mädchen als Jackie Harwing vor. Niemand war wegen ihres Namens gekommen, soviel war klar. Langsam begann ich zu ahnen, was für ein Spiel hier gespielt wurde. Ich fragte mich plötzlich, weshalb mir Orte, die ich noch nie gesehen hatte, so vertraut vorkamen. Ich grüßte Kollegen, ohne zu lächeln. David Watson vom britischen Magazin ›Face‹, Mike Shuman vom ›Star‹, Ruth Myranda von KTLA, Jana Cochran von KABC – alle waren sie da. Sie bedachten mich mit einem ehrfurchtsvollen Blick, was mir das Gefühl gab, ich sei zu allem in der Lage.

Ein Übelkeit erregender, heißer Luftschwall drang aus den Belüftungsschlitzen. Die Anwältin des Mädchens verteilte Fotos, auf denen die Achtzehnjährige im Bikini am Strand von Boca Raton zu sehen war. Sie wollte offenbar nur ihr Bild verteilen, sonst nichts.

Ich trug einen Strohhut und kam mir lächerlich vor. Ich starrte die Harwing an, die sich aus lauter Verlegenheit ununterbrochen über ihren linken Arm strich. Joe Hollander vom ›Variety‹ hatte sich dicht an sie gedrängt. Er schien einen ganzen Munitionskasten voller Fragen bei sich zu tragen. Wie immer schwenkte er wie ein scharfer Hund unruhig seine Hüften, bevor er ihn entleerte.

»Mädchen, sag uns doch mal, woher du eigentlich kommst.«

Die Spannung stieg, obwohl Hollander nicht gerade in Bestform zu sein schien. Wer zum Teufel will schon wissen, woher jemand kommt. Die Harwing war schlau und schnell. Sie ließ sich nicht verunsichern und verzog den Mund zu einer Schnute. Das war alles. Ihre Anwältin lächelte erleichtert.

Das Signal zum Generalangriff war gefallen. Eine junge Frau, die ich vorher noch nie gesehen hatte, hob zornig ihren Arm in die Höhe, und als sie ihre Fragen stellte, ballte sie ihre rechte Hand unabsichtlich zu einer Faust.

»Kannst du Namen nennen, ich meine Namen, die wir kennen? Sagt dir der Name Robert Evans irgend etwas?«

Das Mädchen antwortete nicht, was die Hysterie noch verstärkte.

»Bist du unter Druck gesetzt worden?«

»Gibt es dieses ›Black Book‹ überhaupt?«

»Hältst du dich für ein Opfer?«

Das Mädchen sagte immer noch kein Wort, woraufhin sich der menschliche Wall aus Reportern und Kameramännern noch näher an die Bettkante schob.

Ich war jetzt weder scharf auf Arbeit noch auf einen raschen Abgang. Ich wollte mir die Chance nicht entgehen lassen. Um aktiv zu bleiben, brüllte ich einfach mal eine sinnlose Frage in den Raum – die einzige Frage, die man einer Achtzehnjährigen vom Sunset Boulevard stellen kann.

»Baby, what's happening?«

Mehr nicht. Ganz einfach. Ich wiederholte die Frage noch einmal, damit jeder im Raum sie auch wirklich hören konnte.

»Baby, what's happening?«

Das wäre sogar einem Bullen eingefallen.

Meine Frage schlug ein wie eine Bombe. Jeder im Raum kannte mein Gesicht. Aber keiner wußte damals, daß meine stärkste Waffe Kontrolle heißt. Eine Frage wie »Baby, what's happening?« fiel meinen Kollegen nicht mehr ein. Dafür waren sie zu erschöpft. Sie schauten mich an, als sei ich ein Verräter.

Jackie Harwing blickte mir direkt in die Augen. Erst jetzt begann ich ihren Körper wahrzunehmen. Ihre viel zu großen Brüste, ihre korrigierte Nase, ihr hübsches, verspanntes Lächeln, das einen sofort an Silikon denken ließ. Ihre Haut glänzte wie Samt, was ich auf unzählige Farb- und Aromatherapien, Biofaceliftings und Elektro-Ridopunkturen zurückführte.

Es war phantastisch. Miss Harwing federte mit ihrem Hintern auf der Bettkante und grinste. Aus dem Hintergrund gab die Sunshine-Agentin plötzlich zu verstehen, daß Miss Harwing nichts zu sagen habe. Gelächter ertönte. Ich spürte, wie sich »smart« und »stupid« gerade einen Kleinkrieg lieferten, und dachte: Was Amerika so groß macht, ist, daß nirgendwo sonst die Tatsache deutlicher wird, daß jeder, der sich ein Bild von der Dummheit machen will, immer auch eine Vorstellung von der Intelligenz haben muß.

Jackie Harwing wirkte aggressiv, derb und vulgär. Aber sie wollte Respekt. Sie schien mir irgend etwas zuzurufen, was ich nicht verstand. Jackie war scheu wie ein Bambi, doch kaltblütig genug, sich als Teenagerhure zu präsentieren. Ohne Grund hatte sie die Presse in ein mieses Motel am Sunset Boulevard gelockt. Niemand nahm sie ernst, ganz im Gegenteil. Die anwesenden Pressevertreter wollten irgendwelche trashigen Kommentare aus Jackie Harwing rauskitzeln und dabei ihre Überlegenheit demonstrieren. Die Faszination an Bad-taste-Heldinnen wie Jackie Harwing ist die Ernsthaftigkeit, mit der sie ihren Gestus und ihre Ästhetik behandeln. Ich war der einzige, der das begriffen hatte. Und dafür wurde ich belohnt.

Als ich Jackie Harwing für einen Moment aus den Augen verlor, glaubte ich zu verstehen, was sie mir sagen wollte: daß das wahre Leben nur durch Künstlichkeit und Unterhaltung erfaßt werden kann; daß sie, Jackie Harwing, dem Volk, welches nicht glauben mag, daß Fakten und Wahrheit das gleiche sind, eine Phantasie schenkt – und daß man ihr dafür eigentlich dankbar sein sollte. Aber wer wollte diese Dinge schon so genau wissen? Der gesunde Menschenverstand war von den Spielen einer Achtzehnjährigen wie Jackie Harwing ganz einfach überfordert.

Mike Shuman vom ›Star‹ verlor die Geduld. Er ließ seinen Assistenten Fragen in den Raum brüllen. Er wollte wissen, weshalb Madam Fleiss Preise bis zu 10 000 Dollar für Frauen verlangen kann, die nicht unbedingt zu den schönsten der Stadt zählen. Eine grausam wichtige Frage. Er wollte wissen, ob die Fleiss-Frauen in ganz besonders »exquisiten Sexpraktiken« geübt seien. Im Klartext: ob ihre Kundschaft Scheiße frißt. Es gab viele Gerüchte. Und das Gerücht von den Fäkalspielen gehörte zum Bedeutendsten, was Hollywood im Januar '94 zu bieten hatte. So direkt konnte der Mann vom ›Star‹ natürlich nicht fragen, denn weder Frage noch Antwort wären selbst im ›Star‹ jemals gedruckt worden. Aber er hatte den Vorfilm zu feinstem Vulgärkino geliefert.

Ich wiederholte meine Frage noch einmal, ohne daß ich einen Laut aus meinem Mund vernahm. »Baby, what's happening?« Die Harwing sah mich an, während sie die Fragen meiner Kollegen wie Himbeersaft in sich hineinsog. Ihre Anworten waren meistens nur ein »Ah« und »Oh« oder »Was wollt ihr eigentlich von mir?« Sie wollte auf keinen Fall ein Nobody bleiben, das war klar. Sie wollte schweigen und dabei sexy wirken. Und das beherrschte sie perfekt.

Je länger das sinnlose Frage-Antwort-Spiel dauerte, desto mehr bildete ich mir ein, Jackie Harwing warte nur darauf, von meinen Armen über die Meute getragen zu werden. Hoch zum Hollywood-Zeichen, und von dort direkt in die Studios von Burbank. Ich fühlte mich als Sieger und erlebte dabei eine phantastische Paranoia. Es bestätigte meine Überlegenheit – daß ich nämlich außerhalb der üblichen Umwelteinflüsse existierte.

Als alles vorbei war, spürte ich die frischen Kräfte, die eine solche

Paranoia in einem weckt: Spektralfarbene Lichtschlösser auf dem Sunset Boulevard Richtung Los Feliz. Riesige Werbetafeln sprachen zu mir, und ich antwortete: Fun ist ein Strahlenbad. An der Ecke Hillhurst die neue Air-Zoom-Werbung von Nike. An der Ecke La Brea die »real people« von Calvin Klein. Die Begegnung mit einer achtzehnjährigen Hochstaplerin gab mir eine Kraft, aus der ich später eine sehr erfolgreiche Strategie entwerfen konnte:

Regeln zur Förderung journalistischer Effektivität

1. *Sabotiere deine Vorsicht, indem du dich so nahe ans Feuer wagst, wie es nur geht.*
2. *Sei geduldig: Du mußt dir deine Überlegenheit zunutze machen, ohne Feindschaften zu provozieren.*
3. *Du darfst deinen Kollegen niemals zu verstehen geben, daß du viel intelligenter bist als sie.*
4. *Du mußt unsichtbar werden, indem du mit deiner Umgebung verschmilzt, bis man dich nicht mehr von einem echten Schleimscheißer unterscheiden kann.*

Mit Hilfe dieser Strategie verwandelte ich mich später in einen ziemlich erfolgreichen Spürhund, dessen Jagdgebiet zwei Wirklichkeiten umfaßt: die Upperworld und die Underworld. Beide zusammen bilden ein echtes Erdbebengebiet gesellschaftlicher Deformationen und Verschleierungen – von Venice Beach über Santa Monica, Beverly Hills, Bel Air, Burbank, Hollywood und San Fernando Valley bis South Central, East-L.A., Compton, Long Beach und Orange County – und sind der sensibelste Seismograph in Sachen Popkultur und dem Geschäft, das dazugehört. Hier spielt sich mein Leben ab.

4 Im Schatten des Zweifels

Das Leben in Los Angeles hat viele Vorteile. Ich kann es mir hier zum Beispiel leisten, mein geistiges Leben auf ein Minimum herunterzufahren, was in Europa einfach unmöglich ist. Hier kann ich offen zugeben, daß ich meine Freizeit auf Schießplätzen, in Fitneßstudios oder in Supermärkten verbringe und daß ich in meinem Kopf ständig mit Fakten jongliere. Ich kann diese Dinge offen zugeben, ohne dabei von meinen Kollegen für verrückt erklärt zu werden.

Das Leben in Los Angeles hat für mich auch den immensen Vorteil, daß sich meine sehr europäische Faszination vom Amerika der Low-Life-Criminals und Serienmörder entspannt hat und die endlosen Verweissysteme von B-Movie-Referenzen in meinem Hirn unwichtiger geworden sind. Ich sehe das amerikanische Leben nicht mehr durch die Linse einer aufgegeilten symbolischen Gewalt, wie es uns die Regisseure Robert Rodriguez, Quentin Tarantino, Wong Kar-Wei und ihre Komplizen im Kino vorgeführt haben. Ich bin ruhiger geworden. Doch das hat auch seine Nachteile.

Los Angeles ist ein subtil einschläfernder Ort. Das fördert die Paranoia oder, im schlimmsten Fall, die Entwicklung obskurer Verschwörungstheorien. Ich beteilige mich gerade sehr intensiv an Spekulationen über eine bevorstehende, vom CIA goutierte Unterwanderung des Internets. An der Spitze dieser Konspiration stehen die Firma Microsoft und ihr Chef Bill Gates, den nicht nur ich, sondern Millionen kluger Leute für einen EXTMA-Agenten halten – einen Menschen mit artifiziellen Gehirnsubstanzen. Mehr gibt es dazu zur Zeit nicht zu sagen – außer natürlich, daß L.A. an allem schuld ist.

In L.A. lernt man zu entspannen. Man weiß genau, wann man zuschlagen muß.

Wenn es allerdings darum geht, meine Paranoia zu bekämpfen, gehört das Jonglieren mit Fakten zu meinen bewährtesten Tricks. Darin sind besonders die Behörden von Los Angeles Spitzenklasse, und ich kann es ihnen nicht verübeln. Von ihnen habe ich gelernt, daß Fakten das Gewissen beruhigen, Erleichterung schaffen. Wenn ich mit Fakten jongliere, dann erwacht in meiner Magengrube ein angenehmes, solides Gefühl. Fakten sind die einzige Sicherheit, die mir die Stadtwüste Los Angeles anbietet.

Ich weiß zum Beispiel, daß Los Angeles der wichtigste Radiomarkt der Vereinigten Staaten ist – um 10 Prozent vor New York City. In L.A. existieren 84 Stationen, neun davon sind spanischsprachig, drei asiatisch – und vier mehrsprachig. Etwa 98 Prozent aller Fahrzeuge im Raum Los Angeles verfügen über ein Autoradio. Die drei erfolgreichsten Sender heißen KPWR, KLVE und KROQ. Ich weiß auch, daß Los Angeles nach New York der zweitgrößte Fernsehmarkt der USA ist. Es gibt 4,8 Millionen Haushalte mit mindestens einem Fernsehgerät, vier Networks – ABC, CBS, NBC und FOX –, 15 sogenannte Unabhängige, zwei öffentliche Sender und fünf Bildungssender. Aber das ist noch lange nicht alles. Das beliebteste Babynahrungsmittel in Los Angeles wird von der Firma Gerber hergestellt. Die beliebteste Eiscreme heißt Dreyers Grand, die meistgeschluck-te Schmerztablette Advil, das am häufigsten benutzte Kondom Trojan.

Die Auswahl an Fakten ist grenzenlos. Etwa 200 000 Japaner leben in Los Angeles. Sie fingen als kalifornische Pioniere der Fischerei-Industrie an und bauten in den dreißiger Jahren in San Pedro den bedeutendsten Fischereihafen an der Westküste. Etwa 300 000 Koreaner leben in Los Angeles. 33 Prozent in Koreatown, etwa vier Straßen von meinem Zuhause entfernt, entlang des Olympic Boulevard, zwischen Normandie und Hoover Avenue. Die Koreaner sind sehr erfolgreich. Sie arbeiten durchschnittlich 130 Stunden pro Woche, das ist US-Landesrekord. Etwa 350 000 Salvadorianer, 50 000 Nicaraguaner und 100 000 Guatemalteken leben in Los Angeles. Die meisten von ihnen sind vor den blutigen Bürgerkriegen und der Verarmung geflohen. Schmuggler verlangen etwa 1300 Dollar pro Person für den Transport per Flugzeug von El Salvador nach Tijuana und eine riskante Grenzüberquerung bei Nacht. Los Angeles ist die zweitgrößte mexikanische Stadt nach Mexiko City. Etwa 25 Prozent der 13 Millionen Einwohner von Los Angeles County sind mexikanischer Abstammung. Nahezu die Hälfte aller Bewohner des mexikanischen Staates Zacatecas leben heute in Südkalifornien, das heißt etwa 600 000. Nissan ist der beliebteste Pick-up-Truck bei den mexikanischen Jugendlichen. Harald Schumacher gilt bei den Latinos noch immer als der bekannteste deutsche Fußballer ...

Fakten, Fakten, Fakten! Soll ich mich etwa ständig mit dem quälen, was mich wirklich beschäftigt? Niemals. Das wäre mein Ende. Ich brauche dieses solide Gefühl in der Magengrube. Neben Chuck und seinem Videoblick sind Fakten meine treuesten Partner geworden.

Meistens stoße ich beim Jonglieren irgendwann auf den Namen George Holiday. Ich halte George für einen der großen Helden der amerikanischen Medien im 20. Jahrhundert. Holiday drehte am 3. März 1991 zufällig die Prügelorgie zwischen sechs LAPD-Polizisten und einem angetrunkenen Autofahrer names Rodney King. Die Bilder lösten den größten zivilen Aufstand in der Nachkriegsgeschichte der USA aus. 58 Menschen starben, 292 wurden schwer verletzt, über 5 000 Gebäude zerstört, davon 18 Regierungsgebäude. Die L.A. Riots setzten neue Maßstäbe für unabhängige Videojournalisten. George Holiday kassierte zwar nur 12 000 Dollar für seine Exklusivbilder, aber er schuf eine neue und mittlerweile florierende Branche: die der Sharpshooter. Sharpshooter spüren Bilder auf, über die keine der großen Fernsehstationen verfügen und die bei den Zuschauern sehr populär sind – so zum Beispiel Bilder, die regelrecht körperlichen Schmerz verursachen können. Und obwohl die Zensur die Verherrlichung von Gewalt verbietet, sind die Fernsehanstalten scharf darauf, mit Sharpshootern zusammenzuarbeiten. Dank Chuck bin ich an diesem Geschäft inzwischen recht erfolgreich beteiligt.

Ich verehre George Holiday, obwohl er heute als Manager eines Sanitärbetriebs im San Fernando Valley sein Geld verdient und als Sharpshooter nur noch Autounfälle bei Nieselregen dreht. Angeblich wird er seit dem Fall Rodney King von einem schlechten Gewissen gegenüber den Mitgliedern des Los Angeles Police Department gebeutelt.

5 Mann ohne Gewissen

Gibt es ein schöneres Gefühl als eine Parallelfahrt auf dem Santa Monica Freeway? Mit sechs Wagen auf sechs verschiedenen Spuren, alle auf gleicher Höhe, und keiner beschleunigt, um sich Vorteile zu verschaffen?

Auf den Freeways kann ich ein Gefühl von Gleichheit empfinden, wie ich es sonst nirgendwo mehr finde. 7,5 Millionen Führerscheinbesitzer brechen im Großraum L.A täglich zu 60 Millionen Autofahrten auf. 80 Prozent aller Fahrten finden auf den hellerleuchteten Nervensträngen statt, die nachts den losen Lichtkörper Los Angeles zusammenhalten, insgesamt 1800 Kilometer lang sind und einen Siedlungsbrei bedienen, der etwa so groß ist wie die Schweiz und vielerorts von herrlichen Grünanlagen umgeben ist. Dort verbringe ich mindestens die Hälfte eines ganz gewöhnlichen Arbeitstages.

An einem Samstag, Punkt 17.17 Uhr – die fette Leuchtschrift am Armaturenbrett war nicht zu übersehen. Wir glitten auf dem guten alten Freeway 110 in Richtung Süden. Chuck starrte durch das Seitenfenster. Er beobachtet gern Fahrzeuge und Passagiere auf den Nebenspuren, wobei er anhand der Gesichter, Fahrzeugtypen, der Inneneinrichtung und Pflege, dem Zubehör und einer nach Maß gefertigten Karosserie, der Frisur, des Make-ups, des Stils, des Soundsystems und vieler anderer Details die Lebensweise der Menschen studiert.

Doch an jenem Samstag starrte er nur auf den aufgerissenen Asphalt, als ob er dort eitrige Wunden entdecken könnte. Chuck war traurig, weil er am Vortag seinen Papagei Lush verloren hatte. Ein seltsamer Vorfall, der ihn sehr beschäftigte. Er hatte die Wohnung nur für ein paar Minuten verlassen, um im Laden an der Ecke Kautabak zu kaufen. Den Papageienkäfig hatte er offen gelassen. Als Chuck zurückkehrte, lag Lush tot in der Toilette. Lush sei ein glücklicher Vogel gewesen, behauptete Chuck. Trotzdem faßte er das Ganze als Selbstmord aus Depression auf. Wie zum Teufel kann sich ein Papagei in der Toilette ertränken? Chuck wollte es mir erklären, aber ich wollte es nicht wissen. Er starrte auf den Asphalt.

Wir waren unterwegs zu einem Interview mit Bijan, dem iranischen Modezaren von Beverly Hills. Bijan wollte mich auf dem alten Hochseedampfer »Queen Mary« treffen, weil er dort einen Werbespot mit Bo Derek drehte. Mehr wußte ich nicht.

Los Angeles litt unter Überbelichtung. Die Sonne brannte Löcher in die Köpfe armseliger Fußgänger. Chuck sagte kein Wort. Er konnte noch nie verstehen, daß es mir Spaß macht, für einige Stunden den Hauch von gut inszeniertem Luxus einzuatmen. Er hält sich für einen Realisten und behauptet noch heute mit vollem Ernst, daß ihn nur das »wahre Leben« stimulieren würde. Meiner Meinung nach macht er sich damit lächerlich. Das »wahre Leben« findet mittlerweile längst in den Köpfen der Menschen statt, davon bin ich überzeugt.

Ich schätze Chuck auf Mitte 50, bin mir aber über sein genaues Alter nicht im klaren. Mitte der siebziger Jahre hatte Chuck als Lokalreporter für die ›Los Angeles Times‹ gearbeitet. Nach 10 Jahren und einigen Preisen mußte er gehen: Er hatte interne Informationen aus dem ›Los Angeles Times‹-Archiv an die Konkurrenz verkauft, um an Informationen für eine andere Story zu gelangen, die ihm wichtiger erschienen war. Viele meiner Kollegen hielten Chuck damals für einen Verlierer – doch ich glaube, er hatte nur für einen kurzen Augenblick in seinem Leben etwas verloren. Chuck galt als Journalist der alten Schule: Er opferte sich für seine Stories auf und durchlitt dabei das Schicksal der betroffenen Menschen, über die er schrieb. Als er seinen Job verlor, benahm er sich wie ein beleidigter Künstler. Er zog sich zur persönlichen Bestrafung in die Isolation zurück. Auf dem Höhepunkt seines Rückzuges aus dem Mediengeschäft lebte er auf der Straße. Bis er die Magie der UC9-Videokamera und des Videoblicks entdeckte.

Chuck hat mir schon viele bemerkenswerte Theorien über seine Arbeit präsentiert. Besonders während unserer endlosen Fahrten über die Freeways. Eine habe ich nie vergessen. Als Videofilmer, so Chuck, sei es ihm möglich, die Realität zweckgerichtet aufzurastern. Die Kamera gebe ihm Sicherheit, und der natürliche Blick werde verändert. Hinter der Kamera reagiere er entweder mit Angst oder mit Geilheit – was übrigens am besten klappe, wenn die Kamera direkt attackiert werde. Die Außenwelt werde zuerst durch eine Kathodenstrahlröhre geschleust und auf den Suchmonitor projiziert, bevor sie zu ihm ins Hirn gelange. So könne er die Umgebung kontrollieren. Das entsprach exakt dem, was ich damals hören wollte. Kontrolle, das war genau die Tugend, nach der ich mich sehnte, um mich von meinen Rückblenden zu befreien. Ich nannte das damals »psychostrategische Regulation«, Chuck nannte es Video-Demokratie.

Chuck ist mein wichtigster Verbündeter in Los Angeles geworden. Er hat mir einen Einblick in diese Video-Demokratie und die »Underworld« von Los Angeles verschafft, der schlichtweg unbezahlbar ist. Als Gegenleistung konnte ich ihn zu einer Fortsetzung seiner Karriere als Sharpshooter motivieren und ihm meine Kontakte und Beziehungen zur »Upperworld« von Los Angeles zur Verfügung stellen. Doch ich kannte auch meine Grenzen in dieser Beziehung: Obwohl ich vom Videoblick therapeutische Wunderkräfte erwartete, wollte ich auf keinen Fall zu tief in Chucks Fernsehgeschäfte hineingezogen werden.

Die Digitaluhr am Armaturenbrett zeigte 17.42 Uhr. Prime Time. Ich dachte einfach so vor mich hin. Der Verkehr floß phantastisch, und ein solides Gefühl machte sich in meiner Magengrube breit.

Der 110er gehört zu meinen Lieblingsfreeways. Der amerikanische Automobilklub AAA hat die 15 Meilen von Downtown L.A. nach Long Beach zur »diskriminiertesten Autobahn Amerikas« erklärt. Die Bezeichnung »diskriminiert« geht mir im Zusammenhang mit einer Autobahn etwas zu weit, doch die Sorgen, die sich die AAA-Funktionäre um den guten alten 110er machen, sind begründet: schlecht gepflegter Belag, keine Pannenstreifen, keine Fluchtmöglichkeiten, keine Grünanlagen, viel zu enge Spuren, keine Telefone entlang der Strecke. Der 110er führt direkt durch South Central Los Angeles, und es hat schon Menschen gegeben, die auf der rechten Spur gestanden und 12 Stunden auf Hilfe gewartet haben, weil sie nicht den Mut aufbrachten auszusteigen. Kein Wunder, daß in Los Angeles täglich bis zu 12 000 Handys verkauft werden. Das ist absoluter Weltrekord.

Chuck starrte durch das Seitenfenster, während über Santa Monica die Sonne in den Pazifik sank. Ich verstehe nicht, wie ein Mensch entweder schwergewichtige Theorien vortragen muß oder stundenlang schweigen und Löcher in die Luft starren kann. Dazwischen gibt es für Chuck nichts. Und wenn Chuck mal was Unterhaltsames sagen will, dann sind es Dinge, die keinen Sinn machen. Er sagt: »Marie ist zu gescheit, um dumm zu sein.« Wer zum Teufel ist Marie? Oder er sagt: »Ich werde Weihnachten in Sonora feiern.« Aber Weihnachten war damals längst vorbei, und Sonora besteht bekanntlich zu siebzig Prozent aus Wüstensand. Und wenn man Chuck darauf anspricht, einfach weil man mehr erfahren will, dann beginnt sein Schweigen wieder von vorn. Doch wenn ich's mir genau überlege, dann habe ich Chucks Schweigen längst akzeptiert.

Es war Punkt 17.51 Uhr, als ich laut und deutlich sagte: »Ich bin auf eine neue Statistik gestoßen, die wird dich bestimmt interessieren.« Chuck sagte immer noch kein Wort. Ich wollte ihn auflockern. Das war alles.

»Jährlich sterben in Kalifornien 185 Menschen in sogenannten Suicidal Tanks. Die Statistik habe ich gestern auf einer S&M-Webseite aufgetan. Suicidal Tanks sind Orte, an denen sich Frauen und Männer einen Orgasmus besorgen, indem sie sich für Sekundenbruchteile an einem Galgen aufhängen. Wie findest du die Story?«

Chuck antwortete nicht. Er wußte, daß ich mir auf den Freeways manchmal wie ein herumstreunender Hund vorkomme und deshalb zur Ablenkung gern von sehr konkreten Dingen rede. Doch was er nicht wußte: Ich streune dann so weit entfernt von mir selbst herum wie nur möglich.

Chucks Leben findet dagegen meistens im bedrohlich stummen Dunkel statt. Damals war er noch schwergewichtig wie ein Sumoringer, dabei aber wendig wie eine Katze, was daran lag, daß er ein recht erfolgreicher Running Back an der University of Washington gewesen war. Heute gleicht er eher einem selbstbewußten Türsteher, einem Typen wie Nick Nolte in ›Beverly Hills Cop‹, einem, der nichts mehr zu sagen braucht, weil er zuviel gesehen hat.

18.01 Uhr. Vom 110er ging es auf den Freeway 405, über dem ich genau sieben Hubschrauberbewegungen zählte. Ich bemerkte, daß die Batterie des CB-Funkgeräts flackerte. Doch Chuck blieb ruhig. Die Hubschrauber hatten offenbar nichts zu bedeuten.

Chuck überwacht den Polizeifunk 24 Stunden am Tag, weshalb ich mich wunderte, daß er die Batterieanzeige kommentarlos flackern ließ. Das Funkgerät ist wie die Lunge, die sein Herz füttert. Den Polizeifunk abzuhören, das ist sein Geschäft, sein Leben. Er kennt alle Stimmen, alle Codes, ihm entgeht nichts. Er weiß genau, wo und wann Polizeiwagen XY einsatzbereit sein wird. Chuck riecht förmlich die Ereignisse im voraus. Er kann Stimmen identifizieren und anhand der Opferbeschreibungen auf dem Notrufsender 911 Tatorte bereits im voraus lokalisieren. Chuck war nicht umsonst Funker in Vietnam gewesen. Und wäre er nicht Journalist geworden, dann hätte er sich den Cops angeschlossen, davon bin ich überzeugt. Die durften nämlich nach der Rückkehr aus Vietnam Jagd auf schwarze Bandenmitglieder in Watts machen. Und heute ist Chuck eigentlich so etwas wie ein Cop mit einer Kamera. Wenn ich ihm das sage, dann findet er das überhaupt nicht komisch. Natürlich haßt er Cops. Aber seine Abneigung ist gespalten. Er hat ein ähnliches Verhältnis zu Cops wie die ersten Hell's-Angels-Rocker in San Bernardino, von denen die meisten Fliegerpiloten waren, die nach dem Zweiten Weltkrieg gelangweilt und arbeitslos mit ihren Harleys herumfuhren und von Stil und Glamour der Motorradpolizei einfach furchtbar fasziniert waren.

Chuck hat bis heute nicht begriffen, warum ich nur zögerlich Geschäfte mit den Fernsehanstalten mache und nicht endlich das Schreiben aufgebe. Chuck kann nicht verstehen, weshalb ich lukrative Angebote ablehne und illegale Methoden – wie etwa im Falle Ashanzani – grundsätzlich vermeiden möchte. Er weiß nicht, daß ich mich seit meinem Umzug nach Los Angeles geistig total einsam fühle, gleichzeitig aber von wilder Lebendigkeit sprühe. Chuck versteht das einfach nicht. Wie sollte er auch? Er ist ein echter Angeleno und weiß nicht, daß ich als Europäer in Los Angeles meine eigene Kultur verinnerlicht habe wie nie zuvor und daß sie sich hier mit der gewaltsamen Extrovertiertheit Amerikas und dem täglichen Drama des Banalen vermischt. Er weiß nicht, daß dieses gefährliche Gemisch sich ein gemütliches Plätzchen in meiner Erinnerung geschaffen hat, das mich nachts mit Rückblenden beschießt. Er würde es auch nicht verstehen. Und deshalb ist ein Interview mit einem Modedesigner wie Bijan für Chuck schlichtweg eine Zeitverschwendung.

18.31 Uhr. Ich trug Gap-Kleidung, was den Bijan-Angestellten vor Probleme stellte. Es war unmöglich, mich sofort als Feind zu identifizieren. Das ist der große Vorteil von Designerware wie der von Gap: Man kann ein gewisses Stilbewußtsein vermitteln, ohne besonders aufzufallen oder sich dabei in finanzielle Abenteuer zu stürzen. Ich trage Gap zwar sehr ungern, aber in solchen Situationen gibt mir das ein sicheres Gefühl.

Bijan empfing mich in einer Luxussuite auf Deck 2B. Das Wohnzimmer hatte er mit pseudoantiken Skulpturen und Repräsentanten der südkalifornischen Pflanzenkultur vollgestellt. Der Geruch, den die Eukalyptusbäume verbreiteten, hing wie Parfum im Raum. Bijan trug Bijan. Sein Händedruck war kraftvoll. Liz Smith, Gesellschaftsreporterin der ›L. A. Times‹, hatte mich vorgewarnt: Bijan integriere seine Gäste in seine grotesken Inszenierungen. Er lasse sich gern von einem Heer von Günstlingen und Lakaien als Hauptdarsteller in einem überlebensgroßen Opus feiern. Sein Charakter lasse sich allerdings auf vier Eigenschaften reduzieren, die Hollywood bis heute beherrschen: Narzißmus, Todessehnsucht, Größenwahn und Geiz.

Bijan gab seinem Assistenten ein Zeichen. Er wollte die Vorhänge geöffnet haben. »Licht, Licht, Licht«, brüllte er und verzog dabei sein Gesicht zu einer James-Cagney-Fresse. Wie Hofnarren hüpften seine Komparsen durch den Raum. Die freie Fensterfront gab den Blick über den Pazifik bis zu den Catalina-Inseln frei. Bijan probte auf dem Sessel einige Posen, und als er zufrieden war, gab er mir ein Zeichen. Wie jeder Mythos, so wirkte auch der leibhaftige Bijan zunächst lächerlich, dann tragisch.

Ohne große Umschweife fragte ich Bijan sofort nach seinen Geschäften mit dem Boxweltmeister Mike Tyson. Das interessierte die ganze Welt, und Bijan würde mich sofort als Profi akzeptieren. Es gab Gerüchte, daß Tyson sich von Bijan einen kugelsicheren, nerzgefütterten Regenmantel anfertigen ließ.

Ich beobachtete Bijans Gesicht, aber es war keine Rührung zu erkennen. Er überlegte etwa zehn Sekunden lang und bewies dabei eine korrekte und stilsichere Selbstdarstellung. Vielleicht überlegte er sich ja auch, ob er mir fünf oder 10 Prozent trauen konnte. Und dann antwortete er: »Gestern um neun Uhr stand Tyson vor meiner Tür. Er kam ohne Voranmeldung, mit acht Brüdern aus der Moschee plus Bodyguards. Kein angenehmer Anblick, kann ich Ihnen sagen. Er behandelte meine Angestellten wie Sandsäcke. Er faßte alles an, benahm sich unmöglich. Ich hab ihm gesagt, daß ich mit ihm keine Geschäfte machen werde. Er hat mich angegrinst und ist gegangen.«

Bijan verlangte nach Wasser. Er erhob sich aus der Couch, tänzelte von dort Richtung Fenster und blickte über den Pazifik. Ich fragte ihn, ob ein Typ wie Tyson den Luxus von Bijan nicht verdient habe. Er könne niemanden, antwortete Bijan, in die Geheimnisse seiner Arbeit einführen, mit dem er sich emotional nicht verbunden fühle. Er starrte weiter über das Meer. Ob der Luxus von Bijan nur für ganz wenige Menschen auf dieser Welt bestimmt sei, hakte ich nach. Schließlich habe schon Ex-Präsident Ronald Reagan bei ihm einen kugelsicheren Nerzmantel bestellt.

Ich berührte damit bereits den Kern meines Interviews. Schließlich galt Bijan als der teuerste Couturier der Welt. In 25 Jahren hat er 22 000 Männer eingekleidet und dabei fast eine Milliarde Dollar umgesetzt. Die Frage war also berechtigt. Was bedeutet Luxus heute überhaupt noch? Während Bjian nach einer Antwort suchte, erinnerte ich mich daran, daß er zuletzt für den Schauspieler Steven Seagal einen goldenen Desert Eagle-Magnum-Revolver angefertigt hatte, mit vergoldeten Patronenhülsen, einem Griff aus Krokodilleder und Bijan-Signet auf Revolver und Patrone.

Bijan drehte sein Gesicht ins Sonnenlicht. Er beantwortete meine Frage nicht. Er sprach mit seinem Spiegelbild auf der Fensterscheibe: »Höchsten Respekt für meinen Stil und meine Qualität, das ist es, was ich von meinen Kunden erwarten kann.«

Ich fragte nach, welcher Typ Kunde genau seinen Vorstellungen entspräche. »Charlton Heston.« Mehr brauchte er nicht zu sagen.

»Mister Bijan«, sagte ich völlig gelassen, »Charlton Heston zweifelt doch heute ständig an seinen Qualitäten. Wenn er von Verehrerinnen bedrängt wird, pflegt er sein Gebiß aus dem Mund zu nehmen, in der hohlen Hand damit zu klappern und seine Fans zu fragen, wie es überhaupt möglich sei, einen so abstoßenden alten Mann zu lieben.«

Blitzschnell drehte sich Bijan in meine Richtung, wie ein König, der die Nachricht über einen Aufstand vernommen hat. »Deshalb fühlt er sich ja in meinen Anzügen so sicher.«

Diese Antwort war bereits der erste Lohn meiner Sünde. Ich verlangte nach Erfrischung. Ich hatte gute erste Runden zurückgelegt. Ich fühlte meinen Puls, ich spürte meine Muskeln. Für den Unglücklichen, dachte ich, der meinen Weg kreuzt, habe ich kein Erbarmen.

Daß Luxus längst zum Synonym für Langeweile verkommen war, kümmerte Bijan nicht. Vor mir saß der letzte stolze Vertreter des Beverly-Hills-Adels, der die Dekadenz des Hollywoods der siebziger Jahre fast im Alleingang kultiviert hatte. Ihm war die Gegenwart egal, und dafür schätzte ich ihn.

»Luxus ist zeitlos«, sagte er. »Ich bin zwar konservativ und verstehe vieles von dem, was in der Welt geschieht, nicht mehr, aber ich weiß, daß sich wahre Qualität nie im Zeitgeist verlieren wird. Nie war die Sehnsucht nach exklusivem Luxus größer als heute.«

Es muß ihm völlig entgangen sein, daß den Superreichen mittlerweile das Untertauchen in der Anonymität als ultimativer Beweis von Luxus gilt. Bijan machte klar, daß er keinen Trend zu mehr Bescheidenheit erkennen könne. Oh, wie ich diese Momente genoß. Ich wollte ihm noch ganz sanft eine schöne, lange glühende Nadel durchs Trommelfell jagen.

»Robert De Niro hat Ihre Anzüge aber an die Heilsarmee verschenkt«, sagte ich.

»Das war eine PR-Aktion von Bobby«, antwortete Bijan.

»Jack Nicholson hat verkündet, er finde es luxuriös, unerkannt in einer Berghütte zu übernachten. Und Steven Spielberg fand es einfach phantastisch, in einer Wurstbude in Krakau polnische Knacker zu essen.«

Bijan zog die Nadel aus dem Trommelfell. Er entschloß sich zu einer These, wofür ich ihn hätte umarmen können – was Besseres kann in einem Interview (fast!) nicht passieren. »Wenn die Menschheit depressiv und die Welt beängstigender wird, dann ist die einzig logische

Folge eben nicht Protest oder Bescheidenheit, sondern die Hinwendung zum unbesiegbaren Luxus.«

»Unbesiegbarer Luxus« – das war bestimmt der idiotischste Begriff, den ich jemals gehört hatte. Und deshalb lächelte ich ihn mit dem einen Auge an und starrte mit dem anderen auf sein geschminktes Gesicht, bis meine Augen zu brennen anfingen. Dann kniff ich beide Augen zusammen, bis es so dunkel wie möglich um mich herum wurde. Dieses Spiel wiederholte ich noch einmal, und nebenbei fragte ich ihn: »Unbesiegbarer Luxus?«

»Luxus in seiner reinsten Form gibt einem Sicherheit«, sagte Bijan, »ein Gefühl der Unverwundbarkeit. Ich weiß doch, wie meine Kunden reagieren, wenn sie meine Ware tragen. Sie verwandeln sich zu Stahl, und sie sind glücklich.«

Das begriff ich nicht. Ich analysierte Bijans Kleidung. Er trug ein hellbraunes Gabardinehemd mit olivgrünen Knöpfen, dazu ein Koppel. Er war die perfekte Komposition aus muskulöser Geschmeidigkeit, sanftem Aussehen und etwas anderem, für das ich zunächst keine passende Bezeichnung fand. Später fiel sie mir ein. Er sah aus wie ein kleiner kalifornischer Modecop, während seine Art zu sprechen der eines weißen Priesters aus dem Süden glich. Und er rauchte Kette.

Für Bijan bedeutete Luxus, sein Äußeres auf Hochform zu polieren, und zwar mit der höchsten Qualität, die es überhaupt gibt. Das sei der Mensch sich schuldig, und außerdem erweise man seinen Mitmenschen damit den nötigen Respekt. Den Bijan-Luxus könne man allerdings auch als Waffe benutzen, und zwar immer dann, wenn man gerade nicht vom Glück gesegnet sei. »Roger Moore behauptete einmal, er empfinde meine Anzüge wie Kampfanzüge«, sagte Bijan. »Aber es sind Kampfanzüge aus feinster Wolle. Ich lasse nie mehr als 40 Meter Stoff für ein Modell verarbeiten. Die Reste lasse ich verbrennen. Ich verkörpere nicht nur das *Gefühl* von Einzigartigkeit, sondern die *Gewißheit*.«

Langsam wurde es mir geradezu unheimlich, wie präzise ich nun voraussagen konnte, wohin dieses Gespräch führen würde. Mich überkam plötzlich das Gefühl, als beobachteten wir uns gegenseitig, mißtrauisch wie zwei Tiere vor dem Kampf. Ich mußte an den französischen Dichter Céline denken, der einmal geschrieben hat: *Man kann einen Grad des Elends erreichen, wo Körper und Seele nicht mehr zusammenhalten.* Und genau an diesem Punkt war Bijan angelangt.

Ich verspürte den Drang, seinen Anzug in Stücke zu reißen und ihm meinen Namen in seinen Körper zu ritzen. Aber Bijan lächelte und sagte: »Luxus ist ein Ereignis von existentieller Symbolik.«

Als er den Hochmut besaß, Luxus als eine Frage von Leben und Tod zu bezeichnen, dachte ich an Verrat – an meine Verstrickung mit Chuck, an die Gelegenheitsverbrechen, die wir begingen, nur um an Bilder zu gelangen, die die Konkurrenz nicht besaß. Ich unterhielt mich mit einem Luxusneurotiker aus Beverly Hills, während ich meine Verstrickung in miese Fernsehgeschäfte bagatellisierte, als handle es sich um eine Jugendsünde, um einen kleinen Ladendiebstahl. Ich trank Wasser und wartete auf weitere Kommentare. Äußerlich ruhig, versuchte ich innerlich mein neues Operationsfeld »Fernsehen« als notwendige Attacke gegen meine Alpträume, gegen die Paranoia zu rechtfertigen. Mir wurde plötzlich bewußt, daß mir die Interviews mit Hollywood-Größen nicht weiterhalfen, daß dadurch alles nur noch viel schlimmer würde. Ich fragte mich plötzlich, ob ich jemals ein ernsthafter Journalist werden könnte, ob ich mich nicht längst schon auf einer Ebene bewegte, die man schlichtweg als kriminell bezeichnen mußte.

Ich bemühte mich um Ehrlichkeit und sagte Bijan zum Abschluß, daß in seinen ausgefallensten Entwürfen die Magie des absoluten Nullwerts stecke. Doch Bijan war mittlerweile zu Hochform aufgelaufen und ignorierte meine Behauptung einfach. Das war gute alte Schule, perfekt vorgetragen. Er sagte einfach nur, daß er Luxus für ein Privileg der oberen Klassen halte.

Ich fühlte plötzlich, wie ich müde wurde, und sagte: »Mr. Bijan, sind Sie noch ein Bewohner dieses Planeten?« Endlich wagte ich es, eine persönliche Meinung zu äußern, wodurch Bijan das Gefühl bekam, den Graben zwischen uns identifizieren zu können – diesen Graben voller netter Zierpflanzen, Gladiolen, Sonnenblumen, Veilchen, Tulpen, hübsch ergänzt von Wacholder und Heidelbeeren. Sogar einen Enzian konnte ich entdecken.

»Ich weiß viel besser als die meisten meiner Kollegen, daß

Luxus kein Phantasieprodukt sein muß oder gar eine Fiktion«, anwortete Bijan. »Ich bin nämlich kein postmoderner Mensch, sondern bis in alle Ewigkeit von der Moderne geprägt. Weder spiele ich mit den Gefühlen der Menschen, noch mache ich ihnen leere Versprechungen. Meine Sprache ist wahr, meine Ware echt, mein Lebensprogramm wirklich. Und deshalb arbeite ich für die wenigen wirklich mächtigen Menschen der Welt.« Und dann holte er zum großen Finale aus, indem er erklärte, ein wahrer Luxusmensch sei genau über die Entstehung und die Zusammensetzung eines Luxusproduktes informiert.

»Mister Bijan, Sie wollen mir doch nicht weismachen, daß sich Jack Nicholson darum kümmert, wer seine Wolle spinnt?« Mich überkam ein sonderbares Gefühl, so als hätte ich den Reißverschluß seiner Brust geöffnet und er ließe mich in sein Inneres schauen, die Fäule sehen, die dort drinnen vor sich hin schwärte. Ich hätte ihm gern erklärt, daß er sich glücklich schätzen dürfe, wenn es ihm weiterhin gelänge, die Zähne zu putzen und sich zu kämmen, ohne Kamm und Zahnbürste dabei zu verwechseln.

Bijan forderte seinen Diener auf, mein Glas nachzufüllen. Mit Cognac. Ich lehnte ab.

»Wie stellen Sie sich Ihre Zukunft vor?« fragte ich und hoffte auf eine kurze Antwort.

»Großartig. Atemberaubend. Aufregend. Michael Jordan, der größte Athlet aller Zeiten, wird mein neuer Geschäftspartner. Und Sie sind der erste, der dies erfährt.«

Bijan hatte »Michael Jordan« gesagt. Ich mußte lachen. Er wollte mir tatsächlich weismachen, daß ein wirkliches Luxusprodukt weit über seinen reinen Inhalt hinaus wirkt, daß ein Bijan-Parfum nicht einfach nur gut riecht oder anziehend ist, sondern den Luxus enthält, daß einen die Welt nichts mehr anzugehen braucht. Und das hat dann mehr mit Schutz zu tun als mit bloßem Genuß. Bijan verstand sein Parfum also nicht als Elixier, sondern als Gegengift – gegen das Unglück, gegen die Launen der Welt, gegen Leid und Niederlage. Das war große Klasse. Spitzenklasse. Das war die Speerspitze der Genialität, und ich spürte plötzlich die Hitze auf meinem Gesicht. Bijans Blick wurde dagegen eiskalt, so kalt, daß einem ein Eiszapfen am Arsch gefror.

Und dann präzisierte er alles noch einmal: »Meine Düfte machen unberührbar. Und das nenne ich das totale Glücksgefühl. Die Verkörperung der tiefsten, unaussprechlichsten Sehnsüchte, zu denen menschliche Wesen fähig sind.«

»Also verkörpert Luxus von Bijan das ultimative Machtinstrument?« fragte ich total politisch.

»Garantiert!« antwortete er. »Und mehr gibt es dazu nicht zu sagen.«

Die Abschiedszeremonie dauerte exakt drei Minuten. Ein Assistent übergab mir als Geschenk Parfum im Wert von 600 Dollar. Als ich zum Wagen zurückkehrte, lag Chuck in tiefstem Schlaf. Die Ohrenstöpsel hingen um seinen Nacken. Die Batterie seines CB-Funkgerätes war leer. Die Digitaluhr am Armaturenbrett zeigte 20.05 Uhr.

6 Glut der Gewalt

Der März 1994 begann mit sonderbaren Ereignissen. Auf meinem Anrufbeantworter fand ich die Nachricht eines Armeniers names Walerie Kyrioff. Er wollte mit mir über die Bilder sprechen, die wir im Haus Ashanzani in Glendale drei Monate zuvor geschossen hatten. Er hatte eine freundliche Stimme und sprach ein sympathisches, gebrochenes Englisch. Genau wie mein armenischer Automechaniker am Santa Monica Boulevard. Doch ich ließ mich dadurch nicht täuschen. Ich ahnte die Gefahr, die hinter der Stimme lauerte. Wie zum Teufel hatte dieser Kyrioff meine Telefonnummer herausbekommen?

In Los Angeles wehte ein heißer Santa-Ana-Wind. Echte Angelenos sind überzeugt, dieser Wind aus den mexikanischen Wüsten fördere den Wahnsinn in den Köpfen. Es ist längst bewiesen: Wenn Santa Ana herrscht, dann verdoppelt sich in Los Angeles die Zahl der Selbstmorde und Drive-by-Shootings. Die Mitgliederzahlen der über 100 lokalen Sekten und die Zahl der Unfalltoten steigen drastisch an. Und früher, so weiß hier jeder, stürzten sich die Indianer ins Meer.

Die Sicht war klar. Ich lag auf der Terrasse, das Handy auf meiner nackten Brust. Nach Wochen anstrengender Arbeit widmete ich mich endlich wieder der Tagesroutine, dem Networking und den Träumen. Ich träumte von Hummer und Seebarsch. Von reiner Luft, rein wie Mineralwasser. Und einem blauen Himmel, mit dieser besonderen Tönung, die so gut zu kreischenden Geiern, Blut, Sand und Sam Peckinpah paßt.

Seit ein paar Tagen war ich mit den Recherchen für eine Portraitstory beschäftigt. Es ging um sogenannte Propmaster, Experten, die über die Wahl der Waffen in Actionfilmen entscheiden. Gary und John Elbert von Paramount Pictures hatten im James-Cameron-Film ›Terminator‹ ihre Reifeprüfung abgelegt. Gary und John kannten vermutlich sämtliche Waffentypen, die jemals in einem US-Actionfilm eingesetzt worden waren. Ich war seit acht Uhr früh damit beschäftigt,einen der Brüder ans Telefon zu bekommen. Bisher ohne Erfolg.

Es gibt bestimmt nichts Sinnlicheres, als den Anordnungen eines automatischen Telefonservices zu folgen. »Drücken Sie bitte die drei ersten Buchstaben ihres gewünschten Gesprächspartners.« Und dann folgte die Aufforderung, meinen Namen laut und deutlich zu sprechen. Umsonst. Dann kehrte ich zu einer Telefonistin zurück, die mich mit einer neuen Warteschleife verband, auf der Kaufhausmusik gespielt wurde. Ich hörte mir die Anordnungen über die Lautsprecher meiner Telefonanlage an und schloß meine Augen. In solchen Momenten kann ich an einen Punkt gelangen, an dem ich nur noch mit Hohn, Blasphemie, Sarkasmus und Verachtung auf meine Umwelt reagiere. Ein ungesunder Zustand, der verdammt guttut.

Damals sah mein Tagesablauf so aus: Aufstehen, Schwimmen – der Swimmingpool befindet sich im Innenhof und wird nur von mir benutzt, da die meisten Bewohner des Wilshire-Royal keine Zeit für derartige Freizeitvergnügen haben –, danach Gymnastik und Duschen – wenn möglich mit Kernseife und Bürste – und dann Frühstücken, mit Orangensaft, Cornflakes und fettarmer Milch, Toast, Butter, Aprikosenkonfitüre und ein Drei-Minuten-Ei. Ich versuche auch heute noch sehr methodisch zu leben: Ich stehe morgens auf meiner Terrasse und kreise meinen Kopf, um die Nackenmuskulatur zu entspannen. Dabei fühle ich mich völlig unbeobachtet, allein meinem Blick auf die unendliche Stadtwüste ausgesetzt. Ich denke dann Sätze wie: Der menschliche Blick hat noch nie so eine Unendlichkeit gesehen. Und nachts, wenn ich über dem gigantischen Lichtermeer stehe, erfinde ich Behauptungen wie diese: Das ist der Blick aus dem Weltraum auf den Planeten Erde. Solche Sätze sind nicht gerade meine Stärke, ich weiß. Trotzdem lassen sie mich nicht los. Die Überwältigung ist eben grausam, unfaßbar für das menschliche Hirn.

Meine Wohnung hat zwei Zimmer, die mit einem flauschigen Spannteppich ausgelegt sind. Insgesamt acht sogenannte französische Fenster, die jeweils in 24 Quadrate eingeteilt sind, lassen das gleißende Licht hinein. Tagsüber erzählen mir die gußeisern gerahmten Quadrate von der unbegrenzten Zukunft, vom Sieg über den Tod. Nachts studiere ich die Quadrate wie kleine Gemälde, in denen mit geheimnisvoller Beständigkeit eine ganz andere Vision glüht: die Vision, daß es sich in keiner anderen Stadt leichter sterben läßt und daß die Welt nicht eine Schöpfung Gottes ist, sondern das Werk von Kräften der Finsternis.

Wenn ich über die Stadtwüste L.A. starre, versuche ich leer zu werden, zu vergessen. Der innere Druck, unter dem ich gewöhnlich stehe, ist gewaltig. Er baut sich morgens rasend schnell auf und wird spätestens während der sogenannten Happy Hours – so zwischen 16 und 18 Uhr – unerträglich. Doch zum Glück kosten Drinks dann nur die Hälfte, und zum Glück gibt es die Bob-Frolic-Bar an der Ecke Hollywood und Vine Street. Dort kennt mich keiner. Das ist wichtig. Journalisten haben die Angewohnheit, ihr Privatleben mit Journalisten zu verbringen. Das halte ich für absolut tödlich.

Nachts muß ich diesen inneren Druck vorsichtig wieder abbauen. Das ist nicht leicht. Meistens helfen mir dabei die Lichter über der Stadt. Sie machen die Menschen von Los Angeles zu Piloten im eigenen Reich der Simulation. Es ist die phantastische Illusion, ein perfekter Choreograph der Unwirklichkeit zu sein und über die Bilder, die man empfängt, die totale Kontrolle zu haben. Nichts kann mich in solchen Momenten belästigen.

Ich hielt noch immer meine Augen geschlossen. Über die Lautsprecher meiner Telefonanlage rieselte noch immer leise Kaufhausmusik, die gelegentlich von einer elektronischen Frauenstimme unterbrochen wurde, die mich aufmunterte auszuharren. Ich dachte, Garry und John Elberts Waffenarsenal wäre ein guter Stoff für eine nette Sommergeschichte. Die Konzeption, die Herstellung, die Anwendung, das Erscheinungsbild im fertigen Film. Eine solide Printmedien-Story für die ganze Familie und alle, die irgendwie auf Phantasiewaffen abfahren. Ein bißchen Arnold Schwarzenegger, ein bißchen Sylvester Stallone. Aber ich hörte nur Kaufhausmusik.

Ich sah mich mit einem Fernglas in der Gegend am MacArthur Park um. An einem heißen Mittag liegen dort einige Hundert Obdachlose im Schatten. Vormittags und nachmittags ab 16 Uhr spielen sonnengebräunte Jungs Fußball. Die Gegend im Zentrum des Rampart District sollte sich jeder merken, der vorhat, Los Angeles zu besuchen.

Footballspieler der University of Southern California fühlen sich dort vor der lokalen Presse sicher und treiben es mit kleinen Latino-Mädchen. Fettärschige Hipster, coole Verkäufer von gefälschten ID-Karten, 18-Street-Gangster, junge zentralamerikanische Pokerspieler und falsche Pfarrer dominieren die Region um den MacArthur Park. Die Grundstückspreise sind hier in den letzten 30 Jahre um 3 000 Prozent gesunken. Rampart wurde Ende 1994 zum Mörderviertel von Los Angeles geadelt. Es gibt Kollegen aus South Central, die das schrecklich aufgeregt hat. So wie die New Yorker Boulevardpresse ziemlich verstört reagierte, als der Big Apple die Auszeichnung »Mördercity USA« an Miami, später sogar an das Touristennest New Orleans verlor. Wie soll man als seriöser Journalist diesen Prestigewahn verdauen?

Ich jonglierte Fakten und erwartete weitere Instruktionen von der elektronischen Stimme. Während der automatische Telefonservice eine Instrumentalversion des Carpenter-Songs ›It's a happy day‹ spielte, dachte ich: Es gibt in Los Angeles 8 490 eingeschworene Polizisten, 3 221 Polizeiwagen, 14 Hubschrauber, 30 Pferde und 16 Spürhunde. Im letzten Jahr wurden in Los Angeles County 1612 Kinder durch Schußwunden verletzt, 487 starben. Jeden Monat werden durchschnittlich drei Körperteile gefunden, ohne Hinweise auf die Opfer. Monatlich verschwinden 23 Kinder unter 16 Jahren, ohne Spuren zu hinterlassen. Gerade mal 15 Prozent aller schweren Kriminalfälle gelangen ins Fernsehen. Über die Auswahl entscheidet der verantwortliche Fernsehredakteur des jeweiligen Lokalprogramms meistens morgens zwischen sieben und 12 Uhr. Die ›Los Angeles Times‹ berichtet dagegen von über 35 Prozent aller schweren Kriminalfälle. Die Polizei geht davon aus, daß die Öffentlichkeit nur über jedes vierte Gewaltverbrechen in Los Angeles informiert wird. Daraus läßt sich schließen, daß es die anderen Fälle nicht wert sind, berichtet zu werden.

Warum ich das alles erzähle? Weil man selbst im Zentrum von Los Angeles das Gefühl von totalem Stillstand empfinden kann. Weil sich die Menschen von Los Angeles täglich in sonderbare Gebete und Meditationen versenken, um diesem Stillstand zu entrinnen – meistens vor dem Fernseher oder am Telefon. Wer das nicht tut, wird vom Gefühl beherrscht, daß einen nichts mehr anzugehen braucht. Und weil man sich nur dank strenger Methodik vor dem totalen Zerfall retten kann.

Mit den Waffenexperten Gary und John Elbert von Paramount Pictures habe ich übrigens bis heute nicht sprechen können.

7 Aufforderung zum Glück

Der Frühling 1996 begann mit einer Schlagzeile: »Ein Monster bedroht Amerika. Seit 10 Monaten wütet es im ganzen Land.«

Ich lag noch im Halbschlaf. Chuck hatte bereits gegen sieben Uhr angerufen. Aber ich konnte mich an das Gespräch nicht erinnern. Schlagzeilen hämmerten durch mein Hirn, und ich träumte einfach weiter. Es war Frühlingsanfang.

Nach dem ersten Kaffee sortierte ich meine schmutzige Wäsche, doch der Berichterstatter in meinem Kopf sprach einfach weiter. Orson Welles' ›The War of the World‹ oder so ähnlich: »Meine Damen und Herren, ich wiederhole: Ein Monster bedroht Amerika. Es greift sich alles, niemand kann sich ihm entziehen. Es ist bedrohlicher als alles, was jemals über dieses Land herfiel – schlimmer als die Invasion der Riesenspinnen, heimtückischer als die Astro-Zombies, gemeiner als die Attacken der ›50 Fuß großen Riesenfrau‹. Am härtesten trifft es die Bewohner von Los Angeles. Es trifft sie schlimmer als Erdbeben, Riots, Feuer, Überschwemmungen oder die Skandale um Zsa Zsa Gabor. Liebevoll nennen sie das Monster noch heute ›The Juice‹, andere feiern es als eine Art postmodernen Mediengott. Viele Bewohner von Los Angeles tragen deshalb T-Shirts mit der Aufschrift ›Don't Squeeze The Juice‹. Liebe Hörerinnen und Hörer, dieses Monster hat weder Saft noch ein Gesicht. Es handelt sich um einen Sauger, der sich mit rasender Geschwindigkeit millionenfach an Hirne heftet. Ganze Industrien sind mittlerweile in seiner Gewalt. Das Monster entscheidet über Karrieren und schwindelerregende Gewinnmargen. Über die Toten wird geschwiegen. So ein Monster ist das, und jetzt, Sie werden es nicht glauben, jetzt greift es auch nach mir …«

12 Monate waren vergangen, seit ich mit dieser netten Einleitung eine Reportage über den O. J. Simpson-Prozeß für ein Schweizer Wochenmagazin begonnen hatte. Ich wurde daran erinnert, weil Chuck auch an jenem Morgen aus Santa Monica angerufen hatte, während ich noch im Halbschlaf lag. Doch erst nach dem dritten Kaf-

fee erinnerte ich mich daran, was er damals gesagt hatte: Er stand vor dem Municipal Court, wo der Zivilprozeß gegen O. J. Simpson stattfand, und erzählte von den chaotischen Zuständen im Medienzentrum. Es gebe zu wenig Toiletten für die Journalisten, hatte Chuck gesagt. Ein Vertreter von Reuter sei von der Polizei erwischt worden, als er gerade hinter einem Baum urinierte, was ihn 300 Dollar kostete. Chuck fand diese Neuigkeit einfach phantastisch, und er hatte einige Bilder vom pissenden Reuter-Vertreter geschossen, die noch am gleichen Abend auf FOX ausgestrahlt werden sollten.

Und während ich mich so an »den Fall O. J.« erinnerte und in meinen Gedanken ein Berichterstatter aus einer längst vergangenen Zeit zu mir sprach, da fand ich unter meiner schmutzigen Wäsche, die ich gerade sortierte, eine schwarze Bärenkralle. Ich setzte mich hin und überlegte, wer mir diese Bärenkralle geschenkt haben könnte. Ich verband mit der Kralle ein Monster, das Medienmonster, von dem ich in meiner Reportage 12 Monate zuvor berichtet hatte. Und weil mich alles, was ich an jenem Morgen tat oder dachte, in eine fast spirituelle Verbindung mit »dem Fall O. J.« brachte, entschied ich mich für eine kleine Sitzung auf der Terrasse. Ich setzte mich in einen Liegestuhl und überlegte, was es genau mit dieser Kralle und dem Berichterstatter in meinem Kopf auf sich hatte.

Als der Prozeß im Frühjahr 1995 begann, war ich zunächst fest davon überzeugt, daß mich das Medienmonster O. J. Simpson nicht infizieren könnte. Ich sah mir manchmal die Prozeßübertragungen auf Channel 2 an. Vor allem wegen dieser hübschen KCBS-Reporterin Pat Lalama. Während ihrer hysterischen Live-Kommentare verschmierte ihr knallroter Lippenstift manchmal ihre Mundwinkel. Sie war richtig süß – was allerdings auch schon so ziemlich alles war, was mich an diesen fast sechs Stunden dauernden Live-Übertragungen aus dem Gerichtssaal von Los Angeles – täglich von acht Sendern gleichzeitig ausgestrahlt – reizte. Ich verhielt mich meistens wie beim Betrachten eines langweiligen Tennismatchs: einschalten, Zwischenstand abwarten, ausschalten. Weder O. J.s Blut-, Koks- und Spermaehe interessierte mich noch seine Karriere als »Mister Nice Guy«. Nur den Matchball wollte ich im Spiel um das berühmteste und beliebteste Athletengesicht Amerikas nicht verpassen – angeklagt, seine Frau und ihren Geliebten auf ziemlich bestialische Weise umgebracht zu haben. Der Kriminalist Tom Lang, der am 17. Juni 1994 als einer der ersten am Tatort war, behauptete im Zeugenstand: »Die Manson-Morde waren dagegen ein harmloser Anblick. Hier hat eine Bestie gewütet.« Nur der Matchball interessierte mich, davon war ich überzeugt.

Das änderte sich erst, als ich auf einen Essay meines Kollegen David Pagel stieß, Kulturkritiker der ›Los Angeles Times‹ und Herausgeber des einflußreichen Kunstmagazins ›Art Issue‹. David erklärte, weshalb er den Fall O. J. Simpson für das bedeutendste Fernsehereignis des Jahrhunderts hielt, für »The Greatest Show on Earth«. Und weshalb O. J. wichtig sei. »O. J. vereinigt Philosophie und Unterhaltung. Das ist es, was heute jeder Kunststudent zu vereinigen versucht. O. J. ist Avantgarde«, schrieb David Pagel, und ich hielt ihn damals für total übergeschnappt. Trotzdem las ich weiter. »Wie keiner vor ihm, hat O. J. die Grenzen der Konventionen und des sogenannten ›good taste‹ gesprengt. Welcher Künstler schafft das noch, von den Intellektuellen ganz zu schweigen? O. J. tut es spielerisch, jeden Tag.« Und weiter: »O. J., das ist Sozialpolitik, die täglich von etwa 50 Millionen Amerikanern diskutiert wird. Sie diskutieren Rassismus, Gewalt in der Ehe, korrupte Polizeiarbeit und den brutalen Machismo eines Familienvaters.« Doch das war noch lange nicht alles, was David Pagel 1,3 Millionen ›Times‹-Lesern in der Mittwochausgabe vortrug. »Dem TV-Zuschauer wird linguistischer Gratisunterricht erteilt«, schrieb er weiter. »Die Zuschauer werden von den Reden der Simpson-Anwälte in eine Art poststrukturalistische Semiotik eingeführt. Die Zuschauer verfolgen geduldig und tagtäglich am Fernsehen eine detaillierte Indizienwelt. Sie beobachten Gesichter im Gerichtssaal, hören geduldig zu, werden Zeugen, wie selbst die kleinsten Details aus dem Alltag des Footballspielers O. J. Simpson stundenlang besprochen werden – von Abfalleimern bis Air-Conditioner, von blutigen Damenunterhöschen bis zum rechten Zeigefinger des Angeklagten. Nie zuvor wurde die echte Normalität des Alltags am Fernsehen mit dieser Intensität gefeiert. Auf uns TV-Amerikaner wirkt der Fall O. J. wie eine Wiedergeburt.«

David Pagel, ein Fernsehabstinenzler, einer der wenigen Hardcore-Linken in dieser Stadt, ein Mann mit ausgeprägtem Realitätssinn, feierte den O. J. Simpson-Prozeß als »hohe Kunst«. Ich konnte es nicht glauben. Was ich damals noch nicht wußte: Dieser Essay markierte auch den Anfang vom Ende meiner Immunität. Es war der Tag, an dem ich mich entschloß, das »Camp O. J.« zu besuchen, die Medienzentrale rund um das Gerichtsgebäude.

Zunächst begann alles ganz harmlos. Immer öfter richtete ich mein Fernrohr auf das Criminal Court Building in Downtown. Das »Camp O. J.« befand sich damals an der Temple Street, gleich neben dem klassizistischen Gebäude des House of Justice, legendärer Drehort von Gerichtsszenen in den Hollywood-Krimis der dreißiger, vierziger und fünfziger Jahre. Täglich wurde die Temple Street von 65 Fernsehstationen und über 300 Medienvertretern aus der ganzen Welt belagert, von 40 Polizisten bewacht und an guten Tagen von mehreren hundert O. J.-Fans, Glücksrittern und anderen Geschäftemachern eingekreist.

Ich spürte, wie mich das Monster »O. J.« langsam aufsaugte. Am nächsten Morgen richtete ich mein Fernrohr wieder auf Downtown, diesmal auf das oberste Stockwerk des Männergefängnisses, des Los Angeles County Men's Central Jail, das von den Häftlingen höhnisch »Penthouse« genannt wird. Bevor O. J. Simpson letzten Juni die Zelle 7A bezog, hatten dort bereits die Starhäftlinge Sean Penn, die Menendez-Brüder, Kelsey Grammer und Marlon Brandos Sohn Christian gesessen. Im »Penthouse« sitzen auch Polizisten ihre Strafe ab, wenn man sie wegen ihrer Vergehen vor den anderen Häftlingen schützen muß. Es sind geräumige Zellen, sauberer als die anderen, ruhiger und mit größeren Fenstern versehen. Ich sah nur die Umrisse des Gefängnisses. Und ich sah Kinder, die mit ihren Müttern vor dem Haupteingang so eine Art »O. J.«-Andacht abhielten.

Das Stadtgefängnis glänzte friedlich in der Morgendämmerung. Es war ein herrlicher Donnerstagmorgen. Kurz nach sieben holte mich ein Taxi ab. Ich hatte mich für die Fahrt mit Zeitungen ausgestattet. Im Fond des Wagens studierte ich eine Umfrage von CNN und ›USA-Today‹. »Das Interesse am Simpson-Prozeß nimmt ab«, wurde dort behauptet. Was in der Umfrage nicht stand: Auch an jenem 9. März, fast neun Monate nach dem Doppelmord an Nicole Brown Simpson und Ron Goldman, sahen annähernd 28 Millionen Menschen die Liveübertragungen im Fernsehen an. In der Tat waren das 70 Millionen weniger als am Tag von Simpsons Flucht – aber immer noch 10 Millionen mehr als bei der erfolgreichsten Sendung auf ABC, ›Home Improvement‹.

Langsam schoben wir uns durch die Straßenschluchten von Downtown. Nichts Ungewöhnliches war zu sehen. Ich blätterte in der ›New York Times‹ und dachte so vor mich hin. Wie war es bloß möglich, daß der Häftling O. J. mehr Geld machte als der freie O. J.? Plötzlich merkte ich, daß mich das Monster längst im Griff hatte.

Ich kannte die Antwort. Sie war ganz einfach. Bereits drei Tage nach Simpsons Verhaftung im vergangenen Juni ging der Fernsehsender FOX mit einer Fernsehserie in Produktion: ›The White Bronco‹. Sein Freund und Berater Robert Kardashian führte die Verhandlungen, und er brachte seinem Klienten die erste Million ein. Im Februar unterschrieb O.J. in der Zelle einen Vorvertrag für ein Pay-per-View-Interview. Das sollte ihm weitere zwei Millionen Dollar einbringen. Nebenbei hatte O. J. von der »Tyrell-Company« bereits 150 000 Dollar für Football-Fankarten kassiert, die er im Gefängnis unterschrieb. Natürlich war das noch lange nicht alles. A. C. Cowlings, O. J.s Freund und Fahrer des weißen Ford Bronco am Tag von Simpsons Flucht, hat mit seinem Telefonkartengeschäft bis heute über 800 000 Dollar verdient – selbstverständich ist O. J. an den Gewinnen beteiligt. Ein 100 000-Dollar-Angebot des Massenblatts ›The Star‹ wies A.C. jedoch im letzten August mit der stärksten amerikanischen Kurzformel zurück: Fuck you. Nötig hat A.C. das Geld ohnehin nicht: Die »A. C. Cowling Calling Card« hat sich zehnmal besser verkauft als die von Captain Kirk aus ›Raumschiff Enterprise‹ oder die der »Original Batwoman«. Des weiteren kann man eine 900-Nummer anwählen und O. J. zuhören, wie er mit A.C. über die guten alten Zeiten plaudert. Kosten: 2,99 Dollar pro Minute. Zu Spitzenzeiten wählten bis zu 12 000 Menschen in der Stunde diese Nummer an und bestätigten damit eine alte Regel: Auf dem amerikanischen Celebrity-Markt steigt dein Wert, wenn deine Reputation sinkt.

Plötzlich erinnerte ich mich an ein Detail, das David Pagel in seinem durchgeknallten ›Times‹-Essay nicht erwähnt hatte. Die Prozeßbilder zeigten nicht nur »echte Normalität«, sondern sie offenbarten auch, daß die lebende Nicole Brown Simpson das bedeutendste Beweisstück – ein blutiger Handschuh, den man am Tatort fand – bei Bloomingdale's gekauft hatte; daß die Schuhabdrücke am Tatort von Bruno Magli-Schuhen stammten und daß der Plastiksack, den O. J. am Flughafen von Los Angeles in einen Abfalleimer geworfen hatte, den Aufdruck »Gucci« trug. Nebenbei wurde die »Semiotikstunde« im Gerichtssaal von gut sichtbaren Werbeschriftzügen ergänzt – Sony-Monitoren und eine Kaffeetasse der Delikatessen-Kette Trader Joe auf dem Richtertisch. Der ›Newsweek‹-Reporter Ron Bloom nannte den Fall Simpson später ganz einfach »Merchandising Murder« – ein Mordsgeschäft. Er bezog sich dabei auch auf eine Meldung von General Motors, wonach der Verkauf von Ford Broncos seit O. J.s Flucht allein in Kalifornien um fast 30 Prozent zugenommen habe.

Es war also kein Wunder, daß ich an diesem Donnerstagmorgen in der ›New York Times‹ den folgenden Satz entdeckte: »Die Spuren, die von den Leichen Nicole Brown Simpsons und Ron Goldmans wegführen, sind nicht aus Blut. *They are made out of money.*«

Es war Punkt 8.30 Uhr, als der Taxifahrer langsam in die Temple Street einbog. Sofort verwandelte ich mich in einen Kriegsreporter. Schon durch die Frontscheibe des Taxis konnte ich Stellungskämpfe rund um das Gerichtsgebäude beobachten. Junge Männer in Shorts und T-Shirts rannten mit Walkie-Talkies und TV-Kameras von ihren Sendewagen Richtung Hintereingang. Hübsch gekleidete Frauen und Männer mit Mikrophonen, auf denen unterschiedliche Nummern die jeweiligen Sendeanstalten kennzeichneten, rannten ebenfalls in die gleiche Richtung. Noch begriff ich nicht, weshalb sie rannten. Ich stieg aus, und als ich den Taxifahrer bezahlt hatte, spürte ich plötzlich eine Hand, die sich an meinem Bein festhielt. Vor mir kniete ein Bettler und versperrte mir den Weg. Es sah so aus, als ob er mir irgend etwas verkaufen wollte. Aber was? »Gib mir Kleingeld«, brüllte er plötzlich. »Gib mir Kleingeld. Dann sag ich dir, warum er's getan hat.« Ich war zunächst unfähig zu reagieren. Ich schaute nur auf sein frischgebügeltes O. J.Simpson-T-Shirt mit der Aufschrift »100 per cent guilty«. Ich gab ihm einen Dollar, doch der Bettler schob sich noch näher an mich heran und streckte seinen Hals ganz dicht an meinen Bauch. Und weil er so klein und verkrüppelt wirkte, erinnerte er mich ein wenig an Charles Laughton in ›Der Glöckner von Notre Dame‹. Und dann sagte er: »Gib mir noch mehr, und ich sag dir, wie er's getan hat.« Ich riß mein Bein aus seiner Umklammerung, weil ich plötzlich sah, daß er seine Verkrüppelung nur vortäuschte. Und ich war mir nicht mal sicher, ob er wirklich ein Bettler war, oder vielleicht nur so eine kleine Zombieausgabe des O. J.-Monsters.

Es war nicht das letzte Ereignis rund um das »Camp O. J.«, das mir so vorkam, als sei es eine Szene aus irgendeinem miesen Horrorfilm. Allein in der letzten Februarwoche nahmen Polizisten drei »wise guys« fest, die sich mit Messern, Holzknüppeln und anderen Geräten Zutritt zum Gerichtssaal verschaffen wollten. Doch bald begriff ich, weshalb die Zustände rund um das Gericht vom ›New York Times‹-Reporter John Didion als »der vielleicht echteste Schauplatz« im Drama um O. J Simpson bezeichnet wurde. »O. J.«, sagte Didion mir später, »hat das Medien-Amerika neu erfunden. Und das Gerichtsgebäude an der Temple Street symbolisiert seine Geburtsstätte.«

Ähnlich wie der Star-Reporter der ›New York Times‹ äußerte sich später ein alter Mann mit einem irren Gesichtsausdruck – ein Händler, ein Agent, ein potentieller Massenmörder, ein weiß der Teufel was. Ein Typ jedenfalls, dessen Meinung über das Monster O.J. sich kaum von der des edlen ›New York Times‹-Reporters unterschied. »O. J., das ist keine Tragödie, das bedeutet Chancen«, sagte Edwin Desreau, dem die Journalistenmeute vor dem Gerichtsgebäude längst den Spitznamen »The Walking Cellular-Phone« verpaßt hatte. Manchmal nannten sie ihn auch »The White Tornado«, weil er ständig mit einem Handy gesehen wurde und sich in einem rasenden Sprechgesang verständlich machte. Edwin Desreaus Auftritte müssen den Medienvertretern wie eine geniale Karikatur ihrer selbst vorgekommen sein. Desreau verkaufte O. J.-T-Shirts, O. J.-Anstecknadeln, O. J.-Buttons, O. J.-Pokerkarten und vieles mehr. Darunter Autoaufkleber mit den Gesichtern von Richter Ito und Staatsanwältin Marcia Clark. Edwin behauptete, sämtliche Souvenirstände rund um das Gerichtsgebäude zu kontrollieren. Er habe seit letztem Juni einen Umsatz von 250 000 Dollar erzielt, und weil er ein O. J.-Fan sei, habe er nur schwarze Verkäufer eingestellt. Später zeigte mir Edwin stolz ein Präservativ, das den Namen der O. J.-Zeugin Rosa Lopez trug, einer sechsundfünfzigjährigen mexikanischen Haushälterin, die im Zeugenstand behauptete, O. J.'s weißen Bronco am Abend des Verbrechens gegen 22 Uhr vor seinem Haus geparkt gesehen zu haben. Die Simpson-Anwälte erhofften sich von Rosa Lopez den Grundstein zu einem möglichen O. J-Alibi. Doch die Sache erwies sich als faul. Die Rosa-Lopez-Präservative, eigentlich nur in Mexiko zum Verkauf freigegeben, tragen noch heute den Vermerk »Don't do it after ten«.

Händler, Glücksritter und Medienschaffende hatten sich also rund um das »Camp O. J.« zu einer merkwürdigen Interessengemeinschaft verschworen. Und dann ging alles sehr schnell. Ich sah, wie eine schwarze Limousine vor dem Haupteingang des Criminal Court Building vorfuhr. Wieder rannten junge Männer mit Kameras und hübsch gekleidete Frauen und Männer mit Mikrophonen an mir vorbei. Und dann fing auch ich an zu rennen. Und als ich auf eine Menschenmauer prallte, wo Männer, Frauen und Kinder schrien und sich hysterisch über eine Absperrung beugten, wo Polizisten grinsten, greise afroamerikanische Frauen weinten und junge Mädchen ihre Autogrammkarten wild in der Luft herumwedelten, da war ich einen Moment lang fest davon überzeugt, Elvis sei zurückgekehrt.

Doch es war nur ein Mann in einem weißen Armani-Anzug. Mein Blick war nicht mehr ganz klar, und ich sah eigentlich nur eine glänzende Silhouette. Der Superstar, auf den alle warteten, war ein verdammter Anwalt: Robert Shapiro.

Rechtsanwälte sind die heißeste Nummer in Hollywood. Davon hat Amerikas Anwaltszunft schon immer geträumt: einer von ihnen, größer als Elvis. Shapiros bester Freund, der Filmproduzent Robert Evans, behauptete damals: »Shapiro ist der am meisten bewunderte und gleichzeitig gefürchtete Mann in Hollywood – eine perfekte Mischung für den ewigen Ruhm.« Und wenn es Shapiro nötig hätte, dann könnte er seine Unterhose für 100 000 Dollar an sein »neues Amerika« verkaufen.

Ich stand also inmitten dieser Menschenmauer, gaffte wie benommen auf die schwarze Limousine, und nebenbei sortierte ich diese Datenbank in meinem Kopf, von deren Existenz ich vorher gar nichts gewußt hatte. Ich wollte es wohl einfach nie wahrhaben: Das Monster hatte mich schon immer in seiner Gewalt gehabt.

Die Tür der schwarzen Limousine öffnete sich. Wie oft hatte Shapiro in den vergangenen neun Monaten diese schwere Mercedes-Panzertür geöffnet – es müssen über tausend Ankünfte vor dem Gerichtsgebäude gewesen sein. Und jedesmal spielte sich das gleiche Szenario ab: Grinsend betrat Shapiro den heiligsten Medienschauplatz aller Zeiten, hundert Quadratmeter Asphalt. Dominick Dunne, Special-Reporter von ›Vanity Fair‹, hatte mir mal auf einer Cocktail-Party gesagt, die Zustände rund um das Gerichtsgebäude erinnerten ihn an einen »Sodom and Gomorrha Pit«, einen aufgegeilten Unterleib, der täglich wie ein blutiger Spermaballon explodierte. Damals explodierte dieser Ballon direkt vor meinen Augen.

Zunächst passierte jedoch nicht viel. Die Meute vor dem Gerichtsgebäude schrie, und Shapiro lächelte. Ich glaubte sogar, Chuck unter den Kameramännern erkennen zu können. Doch das war unmöglich. Chuck wußte, sobald sie sich alle auf ein Opfer konzentrierten, war das Revier Los Angeles frei. Chuck schoß damals Bilder von einem Autobahnschützen, den er zu einem Exklusiv-Interview überreden konnte – einem dreizehnjährigen Jungen, der zum Spaß Steine von Autobahnbrücken warf und Windschutzscheiben explodieren ließ, weil er ins Fernsehen wollte. Am liebsten in die Ricky Lake Show. Das ist die dicke Göre aus dem John Waters Film ›Hairspray‹, die in vier Jahren 40 Kilo abgenommen hat. Und Chuck wußte auch, daß es nur eine Frage der Zeit war, bis der kleine Junge das neue Monster von L.A. sein würde. Und so geschah es dann auch. Sieben Monate später war der dreizehnjährige Junge der meistgesuchte Schwerverbrecher im Großraum Los Angeles. Und nach seiner Festnahme war Chuck der berühmteste Sharpshooter von ganz Südkalifornien – für genau 24 Stunden. Aber das ist eine ganz andere Geschichte.

Obwohl es also unmöglich war, glaubte ich Chuck zu erkennen, rührte mich aber nicht vom Fleck. Reporter stellten Shapiro idiotische Fragen. »Heute schon geboxt, Robert?« schrie einer, und die Meute lachte. Mit »no comment« fütterte der Hobbyboxer Shapiro den ejakulierenden Unterleib von Hollywood. Am Fernsehen sah so eine Ankunft natürlich ganz anders aus. Und darum waren die Kameramänner selbst mit dieser absoluten Nullreaktion sehr zufrieden.

Doch der Unterleib füllte sich immer wieder von neuem. Da waren diese hübschen Damen und die Herren in den feinen Anzügen, die manchmal von hinten in den Unterleib einstiegen. Sie tauchten ganz plötzlich auf mit ihren herausgeputzten Gesichtern, und sie kamen ohne einen bestimmten Grund. Vielleicht war das ihre Art, sich für das viele Geld zu bedanken, das sie dank O. J. und den Massakrierten bereits verdient hatten. Sie bezeichneten sich als Freunde des Angeklagten oder der Toten. Auch der Schönste von allen, Robert Kardashian. Ich kannte ihn gut, denn seine Assistentin Laura Meyers hatte mich mal eine Zeitlang mit sonderbaren Angeboten bombardiert. Kardashian ist nicht nur mit ehemaligen Footballhelden und armenischen Autohändlern befreundet, er ist auch ein sehr erfolgreicher Sportagent, indem er siebzehnjährige Basketballtalente vertritt. Kardashian hat vom ehemaligen ›Sports Illustrated‹-Journalisten Mark Heisler erfahren, daß ich ziemlich kluge Imageanalysen liefern kann. Und die wollte er nutzen, um seine Jungs nicht erst über den Umweg der College-Basketball-Liga reifen zu lassen, sondern direkt den NBA-Teams anzubieten. Dazu brauchte er für jeden von ihnen ein bombensicheres und absolut frisches Image. Bisher waren wir allerdings nicht ins Geschäft gekommen.

Kardashian betrat das Gerichtsgebäude immer von hinten und in Begleitung von mindestens drei Frauen, obwohl seinen Blondinen der Zutritt zum Gerichtssaal verboten war. Sie dienten nur als Staffage für seinen Auftritt – denn wenn Robert Kardashian kam, wurden viele Bilder geschossen. Hinter Kardashian tauchten meistens auch jene O.J.-Bekannten auf, die nur kurz vor dem Gerichtsgebäude stehenblieben, um sich schnell ins Scheinwerferlicht zu stellen: der Gärtner von O. J. (er kassierte für seine Story 10 000 Dollar), der Fahrer (25 000 Dollar), die Masseuse (25 000 Dollar), der Koch in O.J.s Stammlokal Mezzaluna (8 000 Dollar), der Golfpartner (forderte kein Honorar!), die Freundin (150 000 Dollar) und viele mehr. Alle diese Menschen waren Teil eines Monsters, von dem die klügsten Beobachter behaupteten: Nicht O. J. stehe vor Gericht, sondern das amerikanische Rechtssystem.

Die Fans blieben noch lange vor dem Haupteingang stehen. Die Fernsehteams rannten zurück in ihre Kabinen, die in den Pfahlbauten auf der gegenüberliegenden Straßenseite untergebracht waren. Sie hatten ihre Studios wie Adlerhorste aufgebaut, die ziemlich schäbig und provisorisch wirkten. Doch gerade in dieser merkwürdigen Bescheidenheit liegt das Geheimnis der Unschlagbarkeit amerikanischer Professionalität verborgen. Die schreibende Zunft setzte sich an kleine miese Schreibtische im 12. Stock des Gerichtsgebäudes. Sie fraßen feuchte Sandwiches, tranken wäßrigen Kaffee und schrieben weiter an der größten Geschichte ihres bisherigen Journalistenlebens, an »The Greatest Story on Earth«. Ich folgte ihnen, indem ich an den ausgelegten Fernsehkabeln entlangging. Kabelrollen überall, Gestank, schlechte Laune, ein wenig aufbereitet durch traurigen Humor.

Ich begegnete der UPI-Reporterin Suzette Van Buren. Als sie mich sah, fragte sie nur: »Du etwa auch?« Nein, gab ich zurück, ich wolle mir dieses verdammte Monster nur mal aus der Nähe betrachten. Suzette, ein ausgebuffter Medienprofi, sah schlecht aus. Und dann sagte sie noch: »Wenn ich hier nicht bald rauskomme, schieße ich die Bude zusammen.«

Ich betrat das Medienzentrum. Wie Höhlenbewohner bewegten sich Journalisten und Assistenten durch die Gänge dieser dampfenden Katakomben. Ich konnte mich kaum bewegen, ohne irgendeinen Kaffeebecher umzuhauen – eine Höhle, ohne deren Bewohner es keine Monster gäbe.

Sara McNamara von MTV tippte auf ihrem Laptop. Warum berichtet die Videoclip-Moderatorin eines Musiksenders von einem Prozeß, bei dem es um einen ehemaligen Footballspieler geht? fragte ich mich damals. Saras Lippen wirkten vertrocknet, und weißer Schleim klebte in ihren Mundwinkeln. Die Presseleute erzählten sich, die MTV-Schönheit sähe nach dreihundert Prozeßtagen aus wie eine indianische Prinzessin, die noch nie einen Mann in ihr Tipi reingelassen habe. So war die Stimmung.

Ich setzte mich hinter einen Fernsehmonitor, von wo aus ich das Treiben ziemlich unbeobachtet verfolgen konnte. Ich lauschte einem Gespräch zweier Konkurrenten: Der mit Make-up bis fast zur Unkenntlichkeit zugepuderten CNN-Starreporter Bernie »Bleichgesicht« Shaw sprach mit dem rot angelaufenen CBS-Starreporter Dan Rather, dem der Schweiß übers Gesicht lief. Um was es ging, weiß ich bis heute nicht. Sie sprachen von einer Wirklichkeit, von der ich noch nie gehört hatte. Das Ganze ging etwa so: » … da wir gerade beim

Thema Büro sind, ich hatte neulich ein paar unglückliche Erfahrungen, was das Personal und mich angeht.« Bleichgesicht blickte auf und sah, wie Schweißgesicht das Ende seiner Zigarette sorgfältig zum Aschenbecher führte und mit einer übertriebenen Umständlichkeit ausdrückte, die besonders im Hinblick auf die plötzliche Indifferenz, mit der er dann dem Zigarettenende den Rücken zukehrte, ungewöhnlich erschien. Dann fuhr er fort: »Ich weiß nicht, aber diese Probleme scheinen periodisch aufzutreten, zyklisch.« Während er sprach, saß er nach vorn gebeugt und ziemlich angespannt auf seinem Stuhl, die Augen weit geöffnet, und er rollte die Worte allzu betont vor sich her, viel zu oft innehaltend, so als ob er ihnen nachschauen wollte oder als warte er darauf, nach einer Übersetzung gefragt zu werden. »Gerade heute morgen mußte ich einen von den Kamerajungs feuern, ein paar Minuten bevor du hereinkamst. Gott weiß, ich wollte es wirklich nicht tun ...«

Bernie »Bleichgesicht« Shaw schloß die Augen. Ich saß auf meinem Stühlchen hinter diesem Monitor und konnte alles unerkannt beobachten. Es war wunderbar. »... ich hatte ihm alle Chancen gegeben, damit er's schafft, aber alles, was er tat, war hier rumsitzen, den ganzen Tag saufen und dann nachts rausgehen und eine meiner Kameras zu Schrott hauen. Zum Teufel, es hat Zeiten gegeben, da brauchte ich nur mit den Fingern zu schnippen und zwanzig gute Kameramänner kamen angerannt, wenn ich eine Stelle frei hatte. Ich meine wirkliche Klasseleute, richtige Kanonen ...« Und Dan »Schweißgesicht« Rather antwortete mit einer Gegenfrage: »Bernie, hast du jemals einen Baum in deinem Garten beobachtet? Ich meine, richtig genau unter die Lupe genommen?« Bernie schüttelte den Kopf, und Dan erklärte: »Ich meine, einen großen alten Baum, der seine beste Zeit längst gesehen hat, so alt, daß man zu sich selbst sagt: ›Wenn ich eine Axt bei mir hätte, ich würde diesen Baum umhacken.‹« Bernie hatte offensichtlich verstanden: »Du sprichst von einem alten Baum, der nur noch zum Schattenspenden etwas taugt und den anderen im Weg steht, stimmt's?« Dan bestätigte: »Exakt. Genau das meine ich.«

Bernie »Bleichgesicht« Shaw beugte sich noch weiter nach vorn und signalisierte, daß er jetzt sehr vertraulich werden wollte: »Vielleicht ist das alles nur eine Mahnung des Herrn im Himmel, daß einem auf dieser Welt nichts in den Schoß fällt. Vielleicht hatte ich die ganze Zeit über zu viele gute Jungs, so daß der liebe Gott ein paar Flaschen geschickt hat, nur um mir zu zeigen, wie schlecht das alles auch laufen kann«.

Zunächst verzog sich Dans Mund zu einem leichten Schmunzeln, dann haute er mit der Faust auf den Tisch und begann zu wiehern. Und Bernie »Bleichgesicht« Shaw lachte auch, einmal, zweimal, dreimal, ganz laut. Dann hielt er plötzlich inne, blickte starr und ernst auf ein Blatt Papier, das ihm von einer Assistentin aus dem CNN-Studiohorst auf der anderen Seite der Temple Street vorgelegt worden war. Doch für das Schweißgesicht von CBS war das Späßchen übers Älterwerden in der Medienwirklichkeit noch nicht vorbei: »Weißt du, Bernie, manchmal habe ich das Gefühl, daß jede Kamera, die da draußen auf dem Platz herumsteht, ein gutes Jahr meines Lebens darstellt.« Und damit wollte er seinem größten Konkurrenten unter den US-Starreportern nur wieder ein bißchen Menschlichkeit beweisen. Das war eigentlich alles.

MTV-Moderatorin Sara McNamara hüpfte wie ein Reh in die nächste dunkle, nebelverhangene Mediengrotte, und ihr buntes, weites Röckchen leuchtete in der sie umgebenden Schwärze des Menschenmeeres und dem Grünschwarz des Apparatewaldes. Ich mußte unweigerlich daran denken, was Quentin Tarantino mal in der Bar El Coyote erzählt hatte: daß es Schauspielerinnen gibt, die ihre erste Rolle so durch und durch einstudieren, daß es zwecklos ist, ihnen eine neue zu schreiben. Und Sara McNamara, die Pocahontas des Pop, berichtete jetzt über einen gefallenen American Football Hero, der in einen Mordfall verwickelt war. Da kam mir noch etwas in den Sinn: Wahrscheinlich hat noch nie in der Geschichte der Massenmedien ein Ereignis des öffentlichen Lebens Menschen so grausam ihre wahre Bedeutung geraubt.

Plötzlich vernahm ich aus der rauchverhangensten Ecke der Mediengrotte eine rauhe Stimme, die eine Art Wanderliedchen sang: »Und die Story hört nie auf, trallalla, und die Story hört nie auf.« Und dann ertönte ein furchtbares Gelächter. Ich erspähte den fröhlichen Sänger, einen Reporter des gigantischsten Boulevardblattes der Welt, des ›National Enquirer‹. Die Kollegen von ›National Enquirer‹ hatten übrigens zusammen mit den Vertretern von ›The Star‹ erwirkt, daß für die Dauer des Prozesses einmal pro Woche das Rauchverbot aufgehoben wurde. Auch das bedeutet Macht in Amerika. »Die Story hört nie auf, und die Story hört nie auf …« So klang das Echo noch für Minuten in meinen Ohren. Die Begeisterung des ›Enquirer‹-Reporters Craig A. Lewis war nicht ganz unverständlich. Ob seriöse Medien wie die ›New York Times‹, ob Boulevardblätter wie der ›Enquirer‹, ob Networks wie NBC, ABC, CBS oder FOX – alle konnten bisher mit den O. J.-Monsterstories Rekordquoten verzeichnen – bis zu 25 Prozent pro Ausgabe oder Sendetag. Der Nachrichtensender CNN konnte dank O. J. den absoluten Einschaltquotenrekord aller Zeiten vermelden – sogar der perfekt choreographierte Computerkrieg gegen Saddam Hussein wurde übertroffen. Der ›Enquirer‹ erzielte Zusatzgewinne von etwa einer Million Dollar pro Woche. Das Blatt verkaufte im Dezember die höchste Auflage, die jemals erzielt worden war: 3,25 Millonen – das war mehr, als die Elvis-Nummern in den siebziger Jahren erreicht hatten, mehr als der bisherige Spitzenreiter, »Der Tod von Jackie Onassis«. Außerdem arbeiteten die ›Enquirer‹-Reporter schneller als die Polizei: den Waffenladen, in dem Simpson ein Messer gekauft hatte, fanden sie drei Tage vor den Bullen.

Chuck war damals der erste, der die offiziellen Home-Bilder des mexikanischen Waffenhändlers Alfredo Rinto lieferte. Und ich muß ihn wirklich loben: Es waren die liebenswürdigsten Bilder, die es jemals von einem mexikanischen Messerverkäufer gegeben hat. Zu Hause im Garten der Rintos, mit Kindern und Schwiegereltern. Etwa 40 Personen hatte Chuck im Garten aufstellen lassen, und hinter ihnen qualmte ein Barbecue-Rost, auf dem geschnetzeltes Rindfleisch schmorte. Kinder rannten durch das Bild, Jungen spielten Fußball, die ganze Straße feierte Chucks Dreharbeiten. Leider strahlte der Fernsehsender KTLA nur jene Bilder aus, die Alfredo Rinto mit grimmiger Miene und einer .375er Smith & Wesson in der rechten Hand zeigte. Doch dafür konnte Chuck nichts. Der Waffenhändler wurde ein Star. Wie alle, die mit O. J. Simpson irgendwelche Geschäfte betrieben.

Um sich vor einem Totaldesaster zu schützen, zwang Richter Ito den mexikanischen Messerverkäufer Rinto förmlich in den Zeugenstand –

dadurch konnte seine Aussage immerhin noch einen Tag vor dem Erscheinen des ›Enquirer‹ gehört werden. 14 000 Dollar hatte der Waffenhändler vom ›Enquirer‹ kassiert, 1 000 Dollar von Chuck. Doch das war nicht alles, was die Story um Alfredo Rinto so bedeutend machte. Zum erstenmal sah sich das sogenannte Schmierenblatt ›National Enquirer‹ sogar in der seriösen ›New York Times‹ zitiert – das hatte es noch nie zuvor geben.

Ich war bereits auf dem Weg nach draußen, als ich im überfüllten Lift des Gerichtsgebäudes einen echten Helden des US-Medienzeitalters entdeckte. Er versteckte sein Gesicht hinter dicken Brillengläsern. Mein Held hatte für drei Prozeßtage Zutritt zum Gerichtssaal erhalten – eine Ausnahme, die nur den stärksten Lobbyisten der amerikanischen Printmedien gestattet wurde. Starautoren wie Dominick Dunne von ›Vanity Fair‹ bekamen diese Bewilligungen oder eben dieser durchgeknallte Typ in der silberschimmernden Lederjacke mit Chevy-Corvette-Abzeichen auf dem Revers: Ken Kesey, der Autor des Kultbuches ›Einer flog über das Kuckucksnest‹ und der vielleicht berühmteste Busfahrer der Flower-Power-Generation. Kesey, der »Merry-Pranksters«-Held aus Tom Wolfes Roman ›Unter Strom‹, war vom ›Rolling Stone‹ eingeladen worden, nachdem ›Angst und Schrecken in Las Vegas‹-Autor Hunter S. Thomson abgesagt hatte. Der gab übrigens anläßlich seiner Absage gleich eine Pressekonferenz und drohte, den Gerichtssaal in die Luft zu sprengen. Jeder tat eben das Seine, um ein Teil des Monsters zu werden. Ken Kesey sagte mir im Lift nur den einen Satz: »Die O. J.-Story ist vollgepumpt mit Kokain und Steroiden. Amen.« Und dann schenkte er mir eine kleine Bärenkralle und ein Autogramm.

Warum mich diese Episoden rund um den O. J.-Simpson-Prozeß 12 Monate später noch immer bewegten, kann ich nicht genau erklären. Das hat bestimmt etwas mit der Bärenkralle zu tun, die ich an jenem Frühlingsmorgen im Jahr 1996 unter meiner schmutzigen Wäsche fand. Mir war sofort klar, daß ich ohne diese Bärenkralle keine Aufträge mehr erledigen würde. Ich bin schon immer der Meinung gewesen, wenn man die Wirklichkeit den Medienmachern überläßt, dann ist das so, als würde man sein Haustier in den Ferien zum Tierpräparator geben. Und weil das eine Tatsache der Medienwirklichkeit geworden war, wollte ich mich wenigsten spirituell von der Bärenkralle segnen lassen. Sicher hatte es aber auch damit zu tun, daß Chuck mich auch diesmal im Halbschlaf erwischt hatte und mir erst bei der dritten Tasse Kaffee wieder einfiel, was er erzählt hatte.

8 Die kranken Gedärme von El Monte

Am 15. März 1996 verfolgten wir eine völlig neue Spur. Ich war mir aber nicht sicher, ob sie wirklich existierte.

Chuck behauptete, er wolle einen kranken Darm besuchen. Mehr sagte er nicht. Er trug einen Trainingsanzug der Los Angeles Raiders – vielleicht aus purer Sentimentalität, weil die Traditionsmannschaft der American Football League von ihrem Besitzer Al Davis gerade nach Oakland verschachert worden war. Jedenfalls sah Chuck in seinem schwarzweißen Dreß mit dem Piratenemblem lächerlich aus. Und weil er meinen abschätzigen Blick registrierte, war er wohl besonders stolz auf sein neues Erscheinungsbild.

Etwas beunruhigte mich allerdings ernsthaft. Als ich in seinen roten Chevrolet Corvette einstieg, sah ich, wie er eine .375er hinten in seinen Hosenbund schob und sich dann noch vergewisserte, daß seine Jacke auch den Kolben verdeckte.

Ich sagte nichts, weil mich Chucks Geheimnistuerei meistens langweilt. Immer wieder karrt er mich an obskure Orte, wo wir dann stundenlang warten und nichts passiert. Und wenn wir die Aktion schließlich abbrechen, sagt Chuck meistens: »Okay, war nichts, ich lad dich zu einem Drink ein.« Dann landen wir in einem dieser trendigen Fruchtsaftläden an der Melrose Avenue, wo mir schlecht wird von diesen dickflüssigen Früchtemix-Drinks, weil der Saft nicht runterfließt, sondern einfach nur die Kehle entlangrutscht wie Brei.

Chuck fuhr an jenem Mittwoch im März auf Nebenstraßen durch East Los Angeles. Glatzköpfige Cholos gafften uns nach. Zwei Bleichgesichter in einer offenen roten Corvette durch Pico Rivera und Montebello gleiten zu sehen, war weiß Gott kein gewöhnlicher Anblick – mitten durch das Territorium der East Side Loccos, White Fence, Maravilla und wie die Gangs alle heißen. Aber Chuck wollte es so. Er hat zu solchen Kommandoaktionen eine Theorie entwickelt, die ich nie wirklich verstanden habe: daß man die Wirklichkeit choreographieren könne und daß man dazu nur etwas Geduld und unkonventionelle Mittel brauche. Was meinte er damit? Daß man Menschen nur ordentlich provozieren muß, um den gewünschten Effekt zu erzielen? Für Chuck zählen im Leben nämlich nur drei Dinge: seine Kameras – die 12 000-Dollar-Canon-HC8-Kamera, die UC9 und die kleine digitale JVC –, seine CB-Funkgeräte von Talisman sowie das Bild im Sucher, das, wenn möglich, natürlich ein bewegtes Bild sein sollte. Bestimmt überlegt er sich insgeheim schon, wie er seinen eigenen Tod aufnehmen könnte. Davon bin ich überzeugt.

Um mich zu beruhigen, machte ich eine kleine Jonglierübung mit gerade vom LAPD veröffentlichten Statistiken. Die Polizei hatte 1994 im Großraum Los Angeles zum erstenmal weniger Gangmitglieder gezählt als im Vorjahr. Nach neuesten Zählungen gab es 399 Gangs mit 58 196 Mitgliedern. Davon gehörten 203 Gangs 36 179 Latinos an. Schwarzengangs wie die Crips und die Bloods zählten 13 734 Mitglieder in 104 Gangs bzw. 4905 Mitglieder in 42 Gangs. Außerdem gab es 29 asiatische Gangs mit 1762 Mitgliedern und 16 sogenannte Stoner-Gangs, vorwiegend weiße Skateboardfahrer mit 703 Mitgliedern. 1996 ging die Gewaltkriminalität in Los Angeles um sagenhafte 11 Prozent zurück. »Crime drops, but crime on TV sells«, kommentierte die ›L.A. Times‹ diese Sensation lapidar.

In meiner Magengrube erwachte das bekannte solide Gefühl. Ich blickte durch das Seitenfenster, wo ich alles, was ich sah, sofort zuordnen konnte. Das ist eine meiner wichtigsten Eigenschaften, durch die ich zum Profi geworden bin. Ich sehe etwas, und ich kann es benennen. Es mag sein, daß ich nicht immer richtig liege, was dabei aber keine Rolle spielt. Ich erkenne etwas, und ich kann es erklären. Ich sehe ein Haus, ein liebevoll gepflegtes Vorgärtchen, eine Palme, ein geparktes Auto in der Garageneinfahrt und viele kleine Objekte, die das Bild vervollständigen, und kann dann in groben Zügen die sozialen Zustände umreißen: Einzelgänger, Familie ohne Kinder, Familie mit einem oder mehreren Gangmitgliedern, arbeitslos, Low-Rider-Fans, Boxer, Fußballer, Basketballer, Sänger, religiös, Crack-Raucher, Anhänger von Cypress Hill, Old-School-, Gangsta- oder Banda-Musik. Und ich kann meistens auch erkennen, wer die Straße kontrolliert: eine Gruppe Erwachsener oder Jugendliche unter 16 Jahren. Außerdem kann ich Bilder instinktiv identifizieren. Das ist eine der wichtigsten Voraussetzungen, um in Los Angeles operieren zu können. Für viele Außenstehende sieht fast alles in dieser Stadt gleich aus. Und ich gebe zu, das mag auf den ersten Blick auch so sein.

»Hat die Polizei eigentlich nichts anderes zu tun, als Gangs zu zählen?« fragte ich Chuck, obwohl ich keine Antwort erwartete. Ich hasse es, wenn Chuck kein Wort sagt und unruhig durch irgendwelche Seitenstraßen kriecht, nur damit ihm keine potentiellen Bilder entgehen. Für eine Strecke, für die ein normaler Autofahrer eine halbe Stunde benötigt, kann Chuck bis zu zwei Stunden brauchen. Doch das ist seine Methode, die Wirklichkeit absuchen – keinen Meter unbeobachtet der Konkurrenz überlassen. Chuck arbeitet nach der Devise: Es kann überall geschehen. Hier, jetzt und alles. Und wenn er sich selbst den Vorwurf machen müßte, schlampig gearbeitet zu haben, würde er sich möglicherweise das Leben nehmen. Das ist die Intensität, mit der Chuck seine Arbeit in Angriff nimmt.

Chuck wollte also einen »kranken Darm« besuchen, was immer das auch bedeutete. Der kranke Darm hasse seinen Körper, behauptete er. Der Körper sei schwach und schütte alles Leben aus sich heraus. Mehr sagte er nicht. Er wollte bloß meine Neugier noch weiter anstacheln.

Als wir endlich die Nebenstraßen von Montebello verließen und auf die Garvey Avenue gelangten, durchbrach Chuck plötzlich sein Schweigen mit einer kleinen Perle seiner Weisheit. Ich verstehe bis heute nicht, weshalb er mir das ausgerechnet auf jener Fahrt nach El Monte sagen mußte.

»Ich hab im ›L.A. Weekly‹ deinen Text über die jungen Mütter im Pico Union District gelesen.«

Chuck spielte mit seinen Fingern. Was wollte er mir damit sagen?

»Dein Stil bereitet mir Sorgen. Du versuchst zwar, eine adäquate Sprache für sozialpsychologische Auflösungserscheinungen zu finden, aber es gelingt dir nicht. Das wollte ich dir einfach mal gesagt haben, okay?«

Wollte er mir das Schreiben ausreden? Seine Kritik brachte nur wenig Klarheit in meine Gefühle, obwohl mich sein sachliches Urteilsvermögen erstaunte. Ich mußte daran denken, wie Chuck normalerweise jeden mit seinen Weisheiten erledigen kann, der ihm nur irgendwie blöd kommt. Er kann dann Dinge sagen wie: »Wenn Gott nicht wollte, daß der Mann an der Muschi leckt, weshalb läßt er sie dann aussehen wie ein Chicken-Taco?« Diese Seite an Chucks geistigem Potential interessierte mich viel mehr als diese superklugen Analysen meiner Texte. Das Chicken-Taco-Späßchen hatte mich übrigens bewogen, mein »Strategieprogramm zur Förderung journalistischer Effektivität« um einen weiteren Artikel zu ergänzen: *5. Inszeniere Vulgärkino.*

Es war Punkt 16.24 Uhr, als Chuck den Wagen vor der Auffahrt zum Interstate 10 anhielt. Unter der Westrampe war ein Hüttendorf aus Blech- und Kartonkisten zu erkennen, was an sich noch nicht ungewöhnlich war, da viele Heimatlose ihre Hütten unter Autobahnauffahrten aufbauen. Hier aber hätte ich schwören können, einen Song der Flying Burritos aus einem Lautsprecher herüberwehen zu hören. Doch das war absolut unmöglich. Es war nur mein Kopf, der solche Töne verursachte, nicht die Welt, in die ich geraten war – eine Welt, überzogen von einer graubraunen Schicht, die selbst die Palmen und Kakteen, die zur Ausschmückung der Autobahnauffahrt gepflanzt worden waren, nicht verschont hatte. Hier kann es kein Leben geben, dachte ich. Erst etwa 300 Meter weiter westlich war eine Tankstelle und noch einen Block weiter ein Seven-Eleven-Markt und ein Hamburger-Imbiß zu erkennen. Sonst gab es hier nichts. Wo also war die Story?

Doch auch von den Rändern des Lebens gibt es etwas zu erzählen. Wenn man es will. Chuck wollte beweisen, daß in Los Angeles die Cholera wütet! Und er wollte es mit Bildern beweisen, die noch am gleichen Tag in den 19-Uhr-Nachrichten auf KTTV-Channel 9 ausgestrahlt werden sollten. Das war sein Ziel. Ohne mein Wissen hatte er die Nachrichtenredaktion von Channel 9 bereits heiß gemacht. Es war die bisher unverantwortlichste Aktion, an der ich mich beteiligte. Aber ich muß zugeben, ich empfand eine zarte Lust, dem Unmöglichen eine Story abzugewinnen.

Chuck hatte den Sender schon während der Killerbienen-Hysterie mit den ersten offiziellen Bildern dieser gefährlichen Bienen westlich des Colorado River beliefert – und dabei ziemlich gut abkassiert. Er verstand sich quasi als Autorität, wenn es darum ging, das unsichtbare Grauen mit Bildern zu belegen. Diesmal vermutete er die Sensation unter der Autobahnauffahrt Garvey Avenue. Die Hütte, in der Chuck den Beginn einer Choleraepidemie vermutete, stand etwa 30 Meter unter der Autobahnbrücke. Er hatte sie bereits am Vortag entdeckt und befürchtete jetzt, die Story könnte ihm weggeschnappt werden. Chucks Paranoia ist noch viel schlimmer als meine eigene, dachte ich damals.

Der fünfunddreißigjährige Jorge Campos blickte durch einen Zaun auf die Wolkenkratzer des Ölmultis ARCO und der First Interstate Bank, die in der Ferne in einem rosafarbenen Smogdunst leuchteten. Als wir sein Grundstück betraten, grinste Jorge uns freundlich zu. Er war sofort an Chucks Kamera interessiert und faßte alles an.

Jorges Kinder spielten mit Blechdosen. Dabei kauerten sie am Boden und waren splitternackt. Nach einigen Minuten fiel mir auf, daß sie fast gleichzeitig ihren Darm auf dem losen Kies entleerten. Jorge grinste. Chuck hob die Kamera auf seine Schulter und filmte diese Szene 30 Sekunden lang. Jorge grinste noch immer. Der Vater hatte sich längst an eine Krankheit gewöhnt, die seine Kinder zwang, keine Höschen zu tragen.

»Alles ist krank«, sagte Jorge. Dann sagte er nichts mehr. Er deutete mit seinen schwingenden Armen auf verschiedene Dinge, und dabei blieb es vorerst. Was sollte er auch sagen? Die Zähne der Kinder glänzten, obwohl das Zahnfleisch bereits offene Wunden aufwies. Und trotz des vegetationslosen Geländes, in dem sie nur ein staubigmattes Grau erblicken konnten, tanzten die wunderbaren Porzellanaugen in ihren Gesichtern. Hunde durchstreiften die angrenzenden Hütten – sie wurden vom Fäkalgeruch angezogen. Plötzlich hörte Chuck eine Polizeisirene und brach die Dreharbeiten für einen kurzen Moment ab.

Während der Drehpause schenkte Chuck Jorge eine volle Packung Lucky Strike. Vielleicht hatte er ein schlechtes Gewissen, weil er sich ihm am Vortag unter falschem Namen vorgestellt hatte. Doch irgendwie konnte ich das nicht recht glauben. Außerdem fragte er Jorge in gebrochenem Spanisch, ob es Zufall sei, daß er den gleichen Namen trage wie der Torwart der mexikanischen Nationalelf. Das Späßchen gefiel Jorge ziemlich gut, und es erleichterte Chucks Arbeit.

Jorge begann erst wieder zu reden, als Chuck die Kamera auf sein Gesicht richtete. Er sprach von einer seltsamen Müdigkeit, die ihn quäle, seit er vor drei Monaten aus dem mexikanischen Bundesstaat Michoacan in die große Stadt Los Angeles gezogen sei. Dann zeigte er uns Fotos aus seiner Heimat.

Chuck schwenkte die Kamera unruhig um Jorges Gesicht herum. Damit wollte er Authentizität beweisen. Jorges kräftiger Indiokörper war im Vergleich zu jenem Körper, der auf den Fotos zu sehen war, tatsächlich zu einem kränklichen Winzling geschrumpft. Alles, was einmal an heiliger Stärke in ihm gesteckt habe, käme jetzt täglich bis zu zehnmal als dünner brauner Brei aus seinem geschwächten Körper heraus.

Jorges Haut fühlte sich an wie feinstes Wildleder. Während Chuck weiter Nahaufnahmen schoß, forderte er mich auf, noch mehr Fragen zu stellen. Mir fielen keine ein. Chuck schwitzte. Er sah aus wie ein alter Video-Guerillero, der sein Handwerk mit Portable und ½-Zoll-Rekordern erlernt hat und der das Medium eigentlich nur nutzen will, um zu beweisen, daß es zur Dekonstruktion urbaner Codes eingesetzt werden kann – als panoptische Einrichtung, die uns zu einer höheren Transparenz der Kommunikationsprozesse verhelfen soll, als Befreiungsmedium also. Solche Gedanken befielen mich, während Chuck schwitzte, dirigierte und Bilder sammelte.

Dann analysierte ich Jorge Campos' Wildlederhaut, die an verschiedenen Stellen von Eiterblasen aufgebrochen war. Ich stellte mir vor, was alles ungehindert in sein Inneres eindringen und seine Innereien plündern konnte. Jorge Campos lächelte stolz. Chuck meinte, die verdammten Indios würden aus Angst immer grinsen, wenn sie eine Kamera sähen.

Jorge erzählte uns, daß er früher unter Anleitung seines Vaters Steinbrücken über den Rio Madre gebaut habe. Technische Wunderwerke seien das gewesen, behauptete er. Ein Pfarrer habe ihn deshalb auf eine Ingenieurschule in Mexico City schicken wollen, aber sein Vater habe ihn für die Arbeit auf den Feldern gebraucht. Jetzt sei er stolz, in Los Angeles eine neue Heimat gefunden zu haben. Doch die Erkrankung, unter der seine Familie leide, könne er sich nicht erklären. Ich riet ihm, sich noch am selben Tag beim Roten Kreuz von El Monte zu melden. Die würden ihm schon helfen. Chuck warf mir einen idiotischen Blick zu. Er war wohl der Meinung, den Campos solle erst geholfen werden, nachdem seine verdammten Bilder über Channel 9 verbreitet worden seien. Ich versprach Jorge Campos, ihn am nächsten Tag zu begleiten.

Jorges Hütte war etwa 15 Quadratmeter groß. Die Rückseite bildete ein Betonpfeiler, der den Freeway stützte, über den täglich 287 000 Autos fahren. Die Seiten waren mit Wellblech abgedichtet und die Vorderseite mit Tüchern verhüllt. Der Fußboden bestand aus alten Zementplatten, in die sich kranker Schaum und Erbrochenes aus den Körpern seiner Kinder als helle Flecken eingefressen hatten.

Jorge entschuldigte sich. Er legte sich in eine Hängematte, und bevor er einschlief, sagte er noch, daß er seit Tagen von einem sonderbaren Fieberschlaf heimgesucht werde.

Während Jorge in der Hängematte lag und seine Kinder Steine schichteten, untersuchte Chuck das Innere der Hütte. Señora Campos erledigte sinnlose Hausarbeit. Mit dem einzigen Lappen, den es im Haushalt gab, säuberte sie einen Holztisch, vier Eßnäpfe, zwei Blecheimer und eine Bratpfanne. Dann zerschnitt sie auf einem Holzbrett Fischreste zu einem braunen Brei und wischte danach mit dem Lappen das Brett sauber. Schließlich verarztete sie mit dem Lappen noch eine offene Wunde, die sie sich beim Erklettern der Hütte geholt hatte.

Ich mußte daran denken, daß Cholera die Revolution des Kranken gegen alles Gesunde verkörpert. Mir war nämlich längst klar, daß die Familie Campos kein Opfer der Cholera war. Wer von der Cholera erfaßt wird, trocknet in wenigen Stunden innerlich aus. Cholera, das ist die Angst der Reichen vor dem bakteriellen Krieg der Armen. Und die Familie Campos war bettelarm. Zu arm, um einen Krieg zu führen. Ihre letzte Zuflucht waren die menschenunwürdigen Zustände unter einer Brücke des Santa Monica Freeway. Sie mußten wohl von einer Lebensmittelvergiftung heimgesucht worden sein. Das war eigentlich alles.

Doch Chuck sah das anders. Für ihn ging es um viel mehr. Er wollte seinen Verdacht in Bilder umsetzen und damit einen Sturm erzeugen. Man konnte ihn von seiner Mission nicht einfach abbringen, weil er sofort behauptet hätte, wenn er es nicht täte, dann mit Sicherheit ein anderer. Und darin mußte ich ihm recht geben, obwohl ich nicht genau wußte, weshalb. Jedenfalls hielt Chuck es für angebracht, die Story mit einem Schlag – er nannte das die »Chuck-Offensive« – in die Köpfe der Fernsehzuschauer zu versenken.

Chucks Idee von einer Cholera-Story in Los Angeles und die Leidenschaft, mit der er sich den Inhalt ausdachte, brachte unsere Freundschaft beinahe an den Rand des Zusammenbruchs. Er wollte mich davon überzeugen, daß Nachrichten Kino seien, daß gefälschte Realitäten neue Realitäten erzeugten und daß neue Realitäten neue Menschen schafften. Doch als er das sagte, war er längst nicht mehr der Chuck, den ich einmal zu schätzen gelernt hatte.

Auf der Rückfahrt nach Rampart dozierte Chuck über Bilder, die »Allmachts- und Ohnmachtserfahrungen« schafften. Mit Vollgas jagte er über den Interstate 10 nach Westen. Plötzlich fiel ihm ein, daß er vergessen hatte, dem Nachrichtenchef von KCBS, Martin Havillard, eine Nachricht zu hinterlassen und ihm seinen Standort mitzuteilen. Mit der flachen Hand schlug er auf das Armaturenbrett und stieß dabei ein obszönes Gebrüll aus. Dann steckte er sich eine Zigarette an und sagte kein Wort mehr. Er starrte auf die sechsspurige Wagenkolonne, die sich im Schrittempo Richtung Downtown bewegte. Ich vertrieb mir die Zeit mit idiotischen Schätzungen.

»Allmachts- und Ohnmachtserfahrungen« – was zum Teufel sollte das bedeuten? Chuck hatte behauptet, der Zuschauer neige dazu, zwanghaft alles zu verleugnen, was mit Abhängigkeit zu tun habe, mit Ich-Spaltung, mit den Schwächen in uns, mit ohnmächtigem Ausgeliefertsein, kurzum: mit dem Tod. Mit diesem psychoanalytischen Erklärungsmuster, das Chuck da vorgetragen hatte, war ich schlichtweg überfordert. Ich muß allerdings zugeben, daß es interessante Ansätze enthielt, die mich noch heute faszinieren. Was ich damals noch völlig naiv »Manipulation durch Bilder« nannte, verstand Chuck schon längst als das Recht des Zuschauers, etwas komplett Neues zu erfahren. Man müsse für den Zuschauer ein »Ich-Bild« entwerfen, das ihm zu Hause alle Seinsmöglichkeiten der Wirklichkeit eröffne, sprich:

Subjekt und Objekt, Ich und Du, Leben und Tod, Opfer und Täter, Kranker und Gesunder, Reich und Arm, Mann und Frau zu sein.

Drei Stunden waren seit der Begegnung mit den kranken Gedärmen von El Monte vergangen, und wir saßen immer noch auf dem Santa Monica Freeway fest. Chuck war nicht einfach nur wütend, er hatte Atmungsprobleme und einen rotangelaufenen Kopf. Plötzlich wurde sein schwerer Atem und sein Husten und Fluchen von Sirenengeheul übertönt. Im Rückspiegel sah ich drei Polizeiwagen mit kirschrot blitzenden Lichtern, die sich uns näherten. Chuck drängte seinen Wagen auf die Standspur. Ich war mir nicht sicher, ob Chuck die Bullen abschütteln oder sich über die Standspur an sie dranhängen wollte. Die blitzenden Lichter donnerten an uns vorbei, mit Kurs auf die Downtown-Ausfahrt. Um zu erfahren, was los sei, schaltete Chuck sein Funkgerät ein. Eine durch Knistern und Rauschen gefilterte Stimme kläffte: »An alle, an alle, Code drei zum Biltmore, Los Angeles Street und Sixth, Schießerei. Wir haben einen Irren mit Maschinenpistole. Over.« Es hörte sich an wie eine Übertragung aus dem Weltraum, aus dem jetzt dumpf eine zweite Stimme zu uns sprach: »Es ist ein Mädchen, etwa 12 Jahre alt. Over.« Chuck kämpfte einen Übelkeitsanfall nieder und hängte sich an die Bullenwagen.

Ich wollte aussteigen. Aber wie? Ich faßte Chuck an die Schulter und versuchte, mit ihm zu reden. Ich wollte ihm sagen, daß diese Story längst erledigt sei. Ich hatte die Helikopter von mindestens drei Fernsehanstalten über dem Wolkenkratzer der First Interstate Bank gesehen. Für uns gab es hier nichts mehr zu tun. Atemgeräusche drangen aus dem Funkgerät. Chucks Körper spannte sich erwartungsvoll an. Dann ließ er den Wagen ausrollen. Over.

Gegen Mitternacht setzte mich Chuck vor dem Wilshire-Royal-Hotel ab. Er verabschiedete sich mit den Worten: »Okay, das wär's erst mal. Wir werden diese Cholera-Leutchen wahrscheinlich nicht wiedersehen, bevor die Stunde Null gekommen ist.«

»Eher unwahrscheinlich!« antwortete ich.

9 Die brennende Stadt

In der Lobby des Wilshire-Royal-Hotels verwickelte ich mich sofort in ein Gespräch mit Hausmeister Mario Vasquez. Es ging um geplatzte Wasserleitungen und Ungezieferbekämpfung. Ich stand noch unter dem Einfluß der Geschehnisse um Jorge Campos und seine kranke Familie und war so abwesend, daß ich einen unglaublichen Unsinn redete. Ich beklagte mich bei Mario Vasquez über die Wassertemperatur im Swimmingpool, über Fremde, die nachts über meine Etage wanderten und keine Berechtigung hatten, sich in unserem Gebäude aufzuhalten, über unverschlossene Feuerwehrzugänge, flackernde Neonröhren, das Garagentor, das sich meiner Meinung nach viel zu langsam öffnete, und über die neuen Mieter aus Guatemala, die sich jede Nacht auf meinem Dach vergnügten, sich betranken und dazu die opalfarbenen Lichter bestaunten, über denen sie jetzt leben durften. Für diese Träumer aus Guatemala funkelten die Lichter wie Juwelen in einem Schmuckgeschäft, das sie bald plündern wollten.

Ich war der einzige Mieter, der sich regelmäßig beklagte. Und ich war damals der einzige Weiße, der im Wilshire Royal wohnte, weshalb Mario meine lächerlichen Klagen wahrscheinlich als den unterschwelligen Protest eines zu kurz gekommenen Vertreters der weißen Minorität verstand. Wie hätte der gute Mario auch wissen können, daß ich mich, während ich mich so unverschämt über alles beklagte, mit meinen Gedanken meistens ganz woanders aufhielt, nervös und in Trance? Mir waren diese Gefühle schon längst nicht mehr unbekannt: Nach zwei Tagen Recherchen, Alkohol, Sonne, Freeways, bösen emotionalen Schockerlebnissen, ohne Schlaf und total aufgebrauchten Adrenalinreserven, kündigte ein flatterndes, zittriges High den Kollaps an. Aber wann war es soweit? Und wie lange würde ich das noch durchstehen? Völlig naiv dachte ich damals noch, daß diese Spannung zum Leben eines Reporters in Los Angeles dazugehört. Mario bewunderte mich wohl einfach. Oder vielleicht bedauerte er mich auch ein wenig. Ich war nämlich nicht nur der einzige weiße Mieter im

Haus, ich hatte in der Garage gleich drei respektable Fahrzeuge stehen: einen Jeep-Cherokee, ein Ford-LTD-Cabriolet und einen Nissan-Pick-up. Und alle zierte der gleiche Aufkleber: »I TAKE PRIDE IN WORKING HARD« – ein Spruch, der in Los Angeles bei Freund und Feind gleichermaßen gut ankommt.

Mario notierte meine Klagen, und nachdem er alles sauber in seinen Tagesrapport eingetragen hatte, hastete ich zum Lift. Dort verabschiedete ich mich von Mario und schärfte ihm noch ein, kein Wort von dem, was ich ihm gerade gesagt hatte, weiterzugeben. Mario schüttelte den Kopf, betrübt und verständnisvoll zugleich. »Wissen Sie, Señor Kummer, Sie könnten ein kleines Schläfchen gebrauchen.« Er versuchte menschlich zu sein. Das ist es, was ich an den Latinos in L.A. so schätze. Ich lebe in einem Haus, das inmitten des Chaos von Rampart steht, und die Hausverwaltung ist bestrebt, das Wilshire Royal als ein ehrenwertes Haus erscheinen zu lassen. Mario hätte mich auf der Stelle bei den Eigentümern als Querulant anschwärzen können, riet mir aber statt dessen zu einem kleinen Nickerchen. Und ich hatte nichts Besseres zu tun, als mich zu beklagen.

»Bevor ich es vergesse, Señor Kummer, da ist noch was.« Mario lief mir nach und überreichte mir zwei Visitenkarten. »Die wurden heute abend abgegeben. Es waren zwei Männer.«

Ich schüttelte den Kopf und starrte auf die Karten. »Wie sahen sie aus?« fragte ich ungehalten.

»Oh, Señor, das kann ich nicht sagen. Männer in Anzügen, Anglos nehme ich an. Ich schaue den Menschen nicht ins Gesicht. Sie wissen doch, ich will keinen Ärger.«

Mario drückte für mich auf den Schalter mit der Nummer vierzehn, verschloß die alten Aufzuggitter und rief mir ein »Hasta luego« nach. Dann hob ich langsam ab in die 14. Etage.

Im Rotlicht der Liftbeleuchtung starrte ich auf die Visitenkarten. Die eine trug den Namen eines mir leider nicht unbekannten Detectives vom Los Angeles Police Department, der, wo er auftaucht, in jedem Fall Ärger bedeutet: Lieutenant Larry Johnson. Die andere war von Roger Stepanski, dem Geschäftsführer eines Mobiltelefonladens, der Kyrioff hieß. Was zum Teufel hatte es zu bedeuten, daß diese Herren mich persönlich aufsuchten und auch noch den Mut besaßen, ihre

Identität preiszugeben? Erste Anzeichen einer Paranoia deuteten sich an. Ich versuchte analytisch zu denken, um gegen ein nicht klar definierbares Schuldgefühl anzukämpfen, das mich auf einmal massiv zu überwältigen drohte.

Ich konnte mich gerade noch vom Lift zu meiner Wohnungstür schleppen, das Schloß öffnen und mich vor das noch laufende Fernsehbild hocken. Wie immer lief Channel 64, ESPN-Sports. Guter Gott, was hatte ich getan? Mit einer Taschenlampe leuchtete ich sofort meinen Küchenboden ab und suchte nach Ungeziefer. Dann hörte ich meinen Anrufbeantworter ab. Chuck bedankte sich für die erfolgreiche Zusammenarbeit. Die Agentin von Sharon Stone bestätigte einen Interviewtermin für Anfang Juli. Jackie, meine Tennispartnerin, fragte an, ob ich morgen »reif« sei für ein kleines Spielchen. Ein Pizza-Hut-Lieferant sagte, daß er niemanden angetroffen habe. Ich hatte offenbar von Chucks Wagen aus eine Pizza bestellt und es dann vergessen. Außerdem waren da noch zwei Meldungen, die ich nicht identifizieren konnte: ein stöhnendes Kind und ein Mann, der auf russisch fluchte. Das war alles.

Mir kam als erstes in den Sinn, sofort mit Chuck zu sprechen. Als sein Anrufbeantworter ansprang, legte ich den Hörer gleich wieder auf. Für Selbstgespräche war jetzt nicht der richtige Zeitpunkt. Ich schenkte mir einen Martini ein und blätterte in der ›Los Angeles Times‹. Daß ich gleich auf der ersten Seite des Kulturteils eine Story mit dem Titel ›Is Real TV Getting a Bit Too Real?‹ entdeckte, verstand ich als pure Ironie.

Mir wurde plötzlich klar, daß ich von mehreren Feinden gleichzeitig in die Zange genommen wurde: den Bullen, den Armeniern, der ›Los Angeles Times‹ und mir selbst. Ich hätte sofort einen Anwalt, einen Beichtstuhl oder einen perfekt gerollten schwarzen Afghanen-Joint gebraucht. Aber ich war nur ein sabberndes Wrack, zu nichts imstande. Und warum? Weil die Panik in Los Angeles ihre Wirkung nur langsam entfaltet. Teuflische Intensität, seltsame Paranoia, schlimmes Schimmern und komische Schwingungen. Dieser Zustand kann Monate dauern … und dann: PENG! Die Mentalität in Los Angeles ist so ungeheuer atavistisch, daß die wirklich massiven Verbrechen meistens unbemerkt vonstatten gehen.

An jenem Abend tat ich etwas, das ich noch nie getan hatte: Ich schloß die Jalousien sämtlicher Fenster. Normalerweise gebe ich der Außenwelt gern eine Chance, mich zu beobachten, besonders den verdammten Helikopterpiloten, die jede Nacht bis zu dreimal über meiner Terrasse kreisen und ihre Scheinwerfer einfach so zum Spaß über die Fassaden wandern lassen. Dann versuchte ich, Daten zu jonglieren: Das größte Popkonzert 1995 – die Eagles und Sheryl Crow – hatte 105 000 Zuschauer in die Rose Bowl gelockt. Der teuerste Fitneßklub in Südkalifornien heißt Sports Club-L.A. und kostet 2 700 Dollar im Jahr, inklusive Friseursalon, Kletterwand, zwei Restaurants, Diskothek, Videospiel, Basketballfeld und Meditationsraum. Doch auch Jonglieren half nichts.

Es war bereits weit nach Mitternacht, als ich mich endlich dazu entschloß, die Privatnummer unserer Anwältin Martha Aaron zu wählen. Mrs. Aaron ist spezialisiert auf Prozesse zwischen Medienvertretern und über Nacht zu Fernsehhelden avancierten Nobodys. Ihre Gegner sind meist Angehörige von toten oder zerstörten Existenzen, die sich mit den Fernsehfuzzis auf ein unüberlegtes Geschäft eingelassen haben – Leute, die zwar um ihre Verwandten trauern, deswegen aber nicht darauf verzichten wollen, gut abzukassieren. Und weil sie das später in der Regel bedauern, gehen sie gegen die Sender vor Gericht. Es ist ein trauriges, immer gleiches Zeremoniell, das die Anwältin Aaron selten verliert. Sie haßt zwar die Medien, aber die TV-Geilheit der Massen haßt sie noch mehr.

Bisher hatte ich Mrs. Aaron nur einmal beanspruchen müssen: wegen eines Bußgeldes von 50 Dollar, das ich mir am Bundy Drive eingefangen hatte, weil ich beim Überqueren der Straße am Tatort der Simpson-Morde nicht den Fußgängerstreifen benutzt hatte.

Ich hörte, wie es am anderen Ende klingelte. Ich wußte, dieser Anruf signalisierte Panik. Und aus einem unerklärlichen Sicherheitswahn heraus drückte ich die Aufnahmetaste des Anrufbeantworters, was in den folgenden Monaten noch zu einer manischen Angewohnheit werden sollte. Plötzlich hob jemand ab. Eine Männerstimme meldete sich mit einem barschen »Yes«.

»Hallo, hier Tom Kummer. Bitte entschuldigen Sie die Störung. Ich würde gern mit Martha Aaron sprechen. Reine Routinesache, nichts

Dringendes …« Mr. Aaron fragte mich, ob ich eigentlich wisse, wie spät es sei. Dann ließ er mich warten. Ich jonglierte weitere Daten: Im vergangenen Jahr hatten in Los Angeles County 1015 Menschen Selbstmord begangen. Mehr als die Häfte davon waren Weiße, Angelenos zwischen 20 und 39 Jahren waren am stärksten betroffen, und 77 Prozent waren Männer. Und dann hörte ich Martha Aarons Stimme. Es war einfach phantastisch.

»Heilige Scheiße, was ist los mit euch …?«

Martha hatte »heilige Scheiße« gesagt, und sofort stellte sich in meinem Magen das solide Gefühl wieder ein.

»Wie bitte?« fragte ich zurück.

»Dieser Weinberg ruft mich seit drei Stunden pausenlos aus seinem Wagen an. Und jetzt auch noch du. Laßt mich bloß mit dieser Pipifaxgeschichte in Ruhe. Ich kenne Detective Johnson. Der will euch bloß ein bißchen ins Schwitzen bringen … Recht und Vernunft einprügeln. Ich hab es satt, mir euren Scheißdreck anzuhören …«

Das solide Gefühl war schlagartig wieder verschwunden. Wie kam meine Anwältin darauf – ausgerechnet sie –, mir etwas über Recht und Vernunft zu erzählen? Wir zahlten Martha Aaron ein ordentliches Honorar dafür, daß sie uns aus Sümpfen befreite, in denen wir festsaßen, und nicht dafür, daß sie uns Moralpredigten hielt.

»… Ich hab genügend Erfahrungen mit euch struppigen kleinen Scheißköpfen gemacht … (lange Pause) … Also, äh, es kommt nicht darauf an, ob ihr Scheiße gebaut habt, oder wer recht hat oder nicht, Mann … Mir geht es darum, daß ich euch jetzt mal zeigen muß, was Sache ist. Und dieser Weinberg, der hat mir gedroht. Und mir droht keiner … (lange Pause) … Soll euch dieser Larry Dingsbums doch hochnehmen und die armenischen Pfadfinder ebenfalls. Solange ihr Leichen filmt und Geschichten über Epidemien erfindet, steht ihr selbst bis zum Hals im Grab. Solche Fälle übernehme ich nicht. Laß dir das von der einzigen Frau sagen, der du vertrauen kannst. Und ich geb dir noch einen guten Rat, Kummer: Trenn dich von Chuck. Mit Vietnamveteranen will ich nichts zu tun haben … (lange Pause) … Wenn du mich fragst, hat der kein Hirn, sondern eine Stahlplatte im Schädel …«

Das war's. Martha hatte aufgelegt. Ich ging auf meiner Terrasse spazieren und versuchte meine Unruhe mit weiteren Jonglierübungen zu bekämpfen.

Martha ist eine Klassefrau, aber leider mit dem falschen Mann verheiratet – einem Immobiliengangster, einem von der Sorte, die am liebsten die Mojave-Wüste planieren würden, die ihr Geld mit den riesigen Bunkerbauten in Lancaster gemacht haben und jetzt mit den Indianern im Death Valley Casinos und Hotels planen. Martha ist eine Aerobic-Vortänzerin an der Universität von Los Angeles gewesen, unglaublich durchtrainiert, hübsch und verdammt klug. Mit 22 Jahren hat sie bereits ihr Juraexamen in der Tasche gehabt, ein Alter, in dem ich mir noch nicht mal ein Taxi vom Flughafen nach Hollywood hätte leisten können. Ihren rüden Ton hat sie als Sechzehnjährige an einer katholischen Schule in Chicago gelernt, der gleichen Schule übrigens, an der das MTV-Sternchen Jenny McCarthy ihre Bienenkorbfrisur zum ersten Mal vorführte. Und nicht nur wegen ihrer großen Klappe ist Martha mittlerweile eine meiner wichtigsten Verbündeten in L.A. geworden.

Doch wenn Martha Aaron harte Sprüche durch die Telefonleitung jagt, dann hat es ein böses Vorspiel gegeben. Ich nahm an, Chuck hatte Martha mit seinem netten Autobomben-Späßchen gedroht. Kurz vor dem Ende des Vietnamkrieges war Chuck nämlich in Saigon zum Autobomben-Entschärfer des US-Botschafters ernannt worden, weshalb er jetzt gern mit dem Spruch drohte: »Wenn du nicht tust, was ich will, dann entschärfe ich auch nicht das kleine Bömbchen, das gerade unter deinem Wagen deponiert wird.«

Warum zum Teufel hielt ich überhaupt noch zu Chuck? Er ist 20 Jahre älter als ich, aber er wirkt auf eine Art sexy, die durchaus mit dem Sexappeal eines Paul Newman oder Sean Connery vergleichbar ist. Ich mag seinen dünnen Schnurrbart, der ihn ein bißchen wie Errol Flinn als Pirat aussehen läßt, die kleine Narbe auf seiner Stirn, sein pomadiges schwarzes Haar, das er sich in langen Strähnen über den Schädel streicht, und seine engen Synthetikhosen und vergilbten Golferhemden, die er selbst bei heißen Temperaturen erst nach Wochen wechselt und die manchmal wie modriges Holz riechen. Und ich wußte, wenn clevere Männer lange genug miteinander zu tun haben, jeden Tag zusammen im gleichen Raum oder Auto sitzen, dann fühlen sie sich irgendwann zwangsläufig zueinander hingezogen. Der Gedanke war auch in Ordnung.

Ich mußte plötzlich an Chucks Theorienkiste denken, deren wunderbaren Inhalt er auf dem Weg von El Monte nach Rampart über mich ergossen hatte. »Schrift verkörpert Abwesenheit und Mangel«, das hatte ich mir nicht zum erstenmal von Chuck anhören müssen. Bilder dagegen bedeuteten Terror, wirkliche Macht. Und wenn er nur wollte, dann könne er jeden mit seinen Bildern fertigmachen. Ich respektiere Chucks Meinung, weil ich sie nicht einfach ignorieren kann. Seine Leistungen als Video-Sharpshooter zeichnen ihn als einen der Besten seines Faches aus. Sein Leichenkonto, wie Chuck sein persönliches Erfolgsregister nennt, ist ein historisches Dokument des Trash-TV am Ende des 20. Jahrhunderts: die Bilder der toten Familie Ashanzani in Glendale, Prügelorgien der Polizei in San Bernardino, abstürzende Ufos über Santa Barbara, die Killerbienen-Invasion, Bombentests kalifornischer Freemen in den Chocolate Mountains, eine Familie, die mit vier Kindern in einem Wohnwagen in Riverside lebt und »Speed« produziert, von Haifischen attackierte Surfer, von Kojoten zerfressene Leichen deutscher Touristen im Death Valley und vieles mehr. Doch trotz seiner Erfolge will ich mich Chucks Medientheorien nicht einfach so ergeben. Die Geldmaschine News- und Trash-TV ist faszinierend, aber im Gefängnis landen wollte ich noch nie dafür.

Was mich damals besonders erschreckte, waren jene finsteren Phantasien, die Chuck gern preisgibt, wenn er sich auf unseren Fahrten durch die endlose Vorstadt langweilt. Eine dieser Phantasien, von denen mir Chuck mal erzählt hat, geht so: Chuck lernt an einem Hamburger-Imbiß in Malibu ein Liebespaar kennen – blond, blauäugig, jung und reizend. Sie kommen ins Gespräch. Chuck verspricht ihnen Kokain und lockt sie so in einen einsamen Canyon in den Santa Monica Mountains. Dort erwürgt er sie. Dann setzt er sogar seine eigene Sicherheit aufs Spiel, indem er bis zum Einbruch der Dunkelheit bei ihren Leichen bleibt. Dann zieht er sie aus und dreht einige Bilder. Das ist alles.

Aufgrund solcher Geschichten entwickelte ich schon sehr bald eine Parole, die mein Verhältnis zu Chuck sichern sollte: *Achtung – Ultravorsicht – Bereitsein.*

Diese Parole wurde durch Martha Aarons Mahnungen nicht zum erstenmal auf eine besonders harte Probe gestellt. Am 15. März um 19.30 Uhr, drei Tage nach unserem Abenteuer in El Monte, wurden auf Channel 9 Chucks Cholerabilder ausgestrahlt. Sie erzeugten keinen Sturm, denn am nächsten Tag wurde das Ehepaar Jorge Campos von der ›Los Angeles Times‹ interviewt, und die Wahrheit kam ans Licht. Es war ein lockerer Sieg der Printmedien über das Fernsehen. Keine aufregende Geschichte, lediglich eine kleine miese Episode, die Chucks Leichenkonto nur geringfügig beschädigte. Die ›Los Angeles Times‹ warnte ihre Leser in den drei folgenden Ausgaben vor »Video-Gesindel« und anderen »TV-Parasiten«: »Gar nicht beachten«,schrieb die ›Los Angeles Times‹ – ausgerechnet die ›L. A. Times‹!

Chuck ist mein bester Freund geblieben. Ich mag dieses verrückte Arschloch, diesen Hexenmeister der Spurensicherung, der Human-interest-Story, des Reality-TVs und des magischen Videoblicks. Doch es dauerte noch Tage, bis ich nach unserem gemeinsamen Cholera-Abenteuer wieder meinen gewohnten Arbeitsrhythmus fand.

Während der folgenden Monate blieb alles ruhig. Zu ruhig – was in mir den Verdacht nährte, daß man mich beobachtete. Nachts schrieb ich, und tagsüber versuchte ich zu entspannen. Dabei hielt ich mich an mein eingespieltes Ritual. Sechs Uhr: Weckdienst, Orangensaft und auf KCAL das Frühstücksfernsehen ›Good Morning Los Angeles‹. Dann Schwimmen im Pool und Morgengymnastik mit meinem Personal-Trainer Greg Taylor. Acht Uhr: Eier mit gebratenen Kartoffeln und eine Banane. Ab neun Uhr: empfänglich für Telefonanrufe aus Europa. Manchmal schrieb ich allerdings auch tagsüber und fuhr nachts auf den Freeways, immer in der Hoffnung auf eine Begegnung der Dritten oder Vierten Art.

Ich ging zu Pressekonferenzen und hörte Disney-Chef Ted Turner sagen: »Es gibt zu viel perversen, gewalttätigen Stoff im Fernsehen, deshalb begrüße ich den V-Chip.« Oder Michael Ovitz, den neuen zweiten Mann von Disney: »Alles läuft phantastisch. Wir haben bereits irre viel Spaß zusammen. Ich muß allerdings noch sehr viel lernen, wobei wir von einer zweijährigen Lernphase ausgehen. Jetzt weiß ich etwa ein Prozent von dem, was ich wissen sollte, aber dieser Lernprozeß wird eine der phantastischsten Erfahrungen meines bisherigen Lebens.« Oder den 121-Millionen-Dollar-Basketballer der Los Angeles Lakers, Shaquille O'Neal: »Mir geht's nicht ums Geld! Ich will nur jung sein, Spaß haben, Pepsi trinken und Reebok-Schuhe tragen. Das ist alles.« Oder den Drehbuchautor und ›Jurassic Park‹-Erfinder Michael Crichton: »Ich habe mal geglaubt, Hollywood sei ›fast women, fast cars‹. Aber eigentlich ist es nur ›fast food‹ ...«

Auf einer Elektronikmesse in Irvine traf ich den Erfinder der TV-Fernbedienung, den vierundachtzigjährigen Robert Adler von der Zenith Radio Corporation. Ich fragte Adler, wie er auf die Idee mit der Fernbedienung gekommen sei. Seine Antwort: »Commander McDonald, der Gründer von Zenith, haßte Werbefernsehen. Er wollte es den Menschen ermöglichen, den Ton bei Werbeunterbrechungen abschalten zu können. Sein erster Vorschlag war eine Fernbedienung in Form eines Revolvers. Das war 1955.«

Um die Bilder in seinem Hirn abschalten zu können, hat der Mensch bisher allerdings keine andere Fernbedienung erfunden – abschalten für immer, oder dranbleiben für immer. Dazwischen gibt es nichts. Und über sämtlichen Aktionen, in die ich mich in jener Zeit verwickelte, schwebte die eine Frage: Wie kann ich mich von der Faszination »Videoblick« wieder trennen?

Ich fuhr zur Villa des Produzenten Don Simpson – Sylvester-Stallone-Anhänger und Erfinder des Kokain-Chic in Hollywood-Actionfilmen –, der sich einige Tage zuvor durch eine Überdosis Schlaftabletten umgebracht hatte. Sein Freund Rob Cohen gab eine Pressekonferenz. Auf meine Frage, ob Don seinen Selbstmord geplant habe, antwortete er: »Don hat mit allem, was er im Leben versuchte, Erfolg gehabt, und dieses Schlaftabletten-Ding hat er schon sehr, sehr lange versucht.«

Auf dem Weg nach Hause fuhr ich einen halben Tag lang durch West Los Angeles, einfach nur, um mal ein bißchen die Gegend abzuschnuppern. Ich stellte fest, daß einige Straßennamen verschwinden und einige Blocks weiter wieder auftauchen. Es gibt Namen wie Mulholland Drive, Mulholland Highway, Mulholland Way, Mulholland Terrace, Mulholland Place. In Brentwood herrscht, wie fast überall in den Wohnbezirken von West Los Angeles, eine sonntägliche

Stille – nicht die behagliche Stille, die man in amerikanischen Kleinstädten spürt, obwohl die Atmosphäre, die Vorgärten und Hecken in Los Angeles ausstrahlen, sehr oft die gleiche ist. Der Unterschied liegt darin, daß man in Kleinstädten normalerweise ziemlich sicher sein kann, was für eine Sorte Mensch sich hinter all diesen numerierten Türen verbirgt. Hier jedoch gibt es kein Bevölkerungsschema, und nichts ist geplant. Alles glänzt und glitzert im vierundzwanzigkarätigen Sonnenschein.

Eine Freundin rief mich über mein Mobiltelefon an. Ich gebe meine Handynummer nur in Ausnahmefällen weiter und immer mit der Bemerkung »für Notfälle«. Aber was genau ist ein Notfall? Ich hatte Lisa 1994 bei einer Pressevorführung von ›Pulp Fiction‹ kennengelernt und danach einige Nächte mit ihr verbracht. Lisa schrieb damals Filmkritiken für spanische Tageszeitungen. Sie trank gern, und sie hatte für sich die Droge Crystalamphetamin gerade neu entdeckt. Ich wußte nichts Genaues über Lisa, außer, daß sie seit zwei Jahren in der Stadt lebte und sehr unglücklich war. Sie haßte Los Angeles, was ich gut verstehen konnte. Aber es gab keinen Weg aus dieser Misere, nur das nächste Flugzeug zurück nach Europa. Sie rief mich also an und sagte: »Schau her, Baby, ich bin nicht scharf drauf, wieder nach Spanien zurückzukehren. Ich muß irgendwas finden, was mich von diesem weißen Zeug abhält. Zum Beispiel heute. Wüßte nicht, was ich anderes anfangen soll, als meine Nasenlöcher mit dem Zeug zu füllen. Für Kino hab ich momentan nichts übrig, ein Besuch im Zoo ödet mich an, ficken können wir auch nicht den ganzen Tag – es ist wirklich ein Problem.«

»Warst du schon mal bei einem Monstertruckrennen in Anaheim?« fragte ich sie. Aber Lisa hatte schon wieder aufgelegt.

Ich interviewte Dennis Rodman, den verrücktesten Basketballer und besten Rebounder aller Zeiten, und John McEnroe, der mittlerweile unter die Kunstgaleristen gegangen war. Und dann kam der Juli und mit ihm ein Traum.

Sharon Stone betrat den Salon einer Suite im Four Seasons Hotel durch die Spiegeltür im Schlafzimmer. Sie wirkte erschöpft und zart zugleich – so zart eben, wie jemand in engen, schwarzen Lederhosen aussehen kann. An der Minibar griff sie versehentlich zur Wodka-Flasche statt zum Sodawasser. Ihre Assistentin, eine junge Asiatin mit Brooklyn-Akzent, nahm ihr das Glas aus der Hand. Miss Stone stellte sich ans Fenster, blickte über die golden leuchtenden Hügel von Bel Air und sprach mit ihrem Spiegelbild in der getönten Fensterscheibe.

Sharon Stone hatte an diesem überbelichteten Montagnachmittag bereits vier Interviews über sich ergehen lassen. Ihre Assistentin entschuldigte sich für die Verzögerung, was eigentlich ich hätte tun müssen. Aber ich hielt meinen Mund und starrte auf die blonde Frau am Fenster.

Vor sechs Wochen hatte ich Sharon Stone furchtbar beleidigt. Im ›L.A. Weekly‹ war zu lesen: »Sharon Stone verfügt zwar über wenig schauspielerisches Talent, aber gerade deswegen gehört sie zu den großen Oscar-Favoritinnen.« Und ein Jahr zuvor hatte ich geschrieben: »Sharon Stones Sex ist nicht mehr als ein aerobischer und geschmackvoll ausgeleuchteter Softporno-Blödsinn – peinlich, traurig, verlogen. Hergestellt für alternde Geschäftsreisende in Hotelzimmern.« Aber Miss Stone hatte diese Worte nie gelesen. Soviel war klar.

Leise Kaufhausmusik erfüllte den Salon. Ich war der letzte Pressevertreter, den Miss Stone an diesem heißen Tag im Juli empfing. Die Massenabfertigung der US-Medien auf einer Hoteletage gehörte zwar zu den unangenehmsten Erlebnissen, denen man sich aussetzen konnte. Doch die Peepshow-Umstände paßten zu diesem Star, den ich jetzt verhören durfte.

Das Band lief. Miss Stone bewegte sich vom Fenster in meine Richtung. Sie setzte sich auf die Ledercouch, kreuzte die Beine und warf das blonde Haar über die Schultern. Dann sagte sie »Hi«. Der Moment der Wahrheit schien gekommen – ›Basic Instinct‹ ließ grüßen.

Doch nichts passierte. Es war die neue Bedachtsamkeit, die Sharon Stone so aufregend machte. Sie lächelte, und ihr Gesicht wirkte so erfrischend, als sei Ginger, die drogen- und alkoholabhängige »Femme fatale« in Martin Scorseses Film ›Casino‹, gerade eben aus der Betty-Ford-Klinik entlassen worden. Die asiatische Assistentin signalisierte: 45 Minuten, mehr nicht. Und dann waren Miss Stone und ich allein.

Die Ausgangslage war sonnenklar. Bis vor acht Jahren hatte Sharon

Stone eigentlich nur in Filmen mitgespielt, die direkt für den Videomarkt produziert worden waren. Sie war bereits über 30 und meistens nur am unteren Ende der Besetzungslisten zu finden. Doch dann ergatterte sie sich die Rolle der blonden, bisexuellen, männermordenen Catherine Tramell in Paul Verhoevens ›Basic Instinct‹. Regisseur Verhoeven gab ihr einen Eispickel in die Hand, und sie ließ die Unterwäsche in der Garderobe zurück – eine Rolle, vor der die weiblichen Hollywoodstars allesamt prüde zurückgeschreckt waren, sogar die sonst gar nicht so wählerische 12-Millionen-Dollar-Frau Demi Moore. Und nicht nur Miss Stones Part in ›Basic Instinct‹ hatte viel von einer »Madonna magna cum laude«, die ihre Brüste und ihre Schamhaare blitzen ließ und damit die Männer ins Verderben riß – diese Attitüde ließ sie auch in ihren Interviews raushängen: »Berühmt zu sein ist toll, denn jetzt kann ich auch Männer aus der High-Society quälen.«

Solche Sprüche hatten natürlich sehr viel mehr mit Spaß und cleverer Hollywood-Taktik zu tun als mit Dummheit. Aber das verstanden nur wenige. Kritiker stuften Miss Stone als Eintagsfliege ein, ein weiteres Blondinchen, das nackt und ausgeweidet in den finsteren Hollywood-Abgründen verschwinden würde. Doch es kam anders.

Jetzt ging es um ›Casino‹ – die finale Erleuchtung, das grandiose Ende der langen Transformationsphase einer Hollywood-Blondine. Im neuesten Scorsese-Gangster-Opus stahl die Stone sämtlichen Italo-Filmmobstern – unter anderem auch Robert De Niro – die Show. ›Casino‹ hat bestätigt, daß Miss Stone der einzige weibliche Filmstar von Hollywood ist, der weiß, was ein wahrer Moviestar seinen Fans schuldig ist. Sie hat das klassische What-you-see-is-what-you-get-Sexbomben-Image von Mae West über Marlene Dietrich bis Marilyn Monroe neu aufleben lassen und ist aus der Schlacht mit den nassen Träumen als Siegerin hervorgegangen. In ›Casino‹ verwandelt Miss Stone sogar Sex im Kino vom Geheimnis zum Spektakel, ohne daß sie sich dafür ausziehen muß. Und dafür sollte man ihr eigentlich dankbar sein.

Wenn es da bloß nicht den Neid gäbe – und Millionen amerikanischer Männer, die beim Anblick von nackter Haut auf der Leinwand noch immer an das blonde Dummchen denken. Miss Stone läßt jedoch

Neider wie Sexisten in die gleiche Falle tappen. Und daraus gibt es kein Entkommen.

Die Stille in der Hotelsuite 703 wurde unerträglich. Miss Stone strich mit ihrem Mittelfinger über das Wasserglas. Sie schaute mich kurz an und blickte dann fast etwas beschämt auf den leuchtenden Perserteppich. In einem solchen Moment wirkt Sharon Stone weder sexy noch sonst irgendwas aus dem Wunderland der Männerträume. Sie ist dann einfach nur eine Frau mit blonden Haaren.

Plötzlich durchbrach Miss Stone die Stille. »Ich bin nicht die Frau aus ›Basic Instinct‹, aber das trauen mir immer noch nur ganz wenige zu. Ich kann nicht verstehen, weshalb man mich nicht endlich von dieser Last befreit. Ich habe damals eine Form der Sexualität dargestellt, die mir vollkommen fremd ist. Ich bin keine Sex-Neurotikerin, die sich ständig in seidener Bettwäsche herumwälzt. Eher sitze ich in meinem Flanellpyjama allein zu Hause, lese ein Drehbuch und sage: ›Das und das würde diese Person im Film nicht tun.‹ Ich bin eine totale Realistin, wenn Sie wissen, was ich meine.«

Nein, das konnte ich nicht wissen. Was ich jedoch in jenen Tagen im Kino erleben durfte, war eine Sharon Stone, die zwar nicht bestätigte, daß sie wirklich schauspielerisches Talent besaß, die aber bewies, daß Frauen, die sich mit den richtigen Männern abgeben – zum Beispiel mit Martin Scorsese und Robert De Niro – in einen wahren Rausch geraten können.

Miss Stone lehnte sich zurück. Dann spreizte sie ihre Beine, beugte sich nach vorn und stützte ihre Hände auf die Knie. Sie zog das Mikrophon näher an sich heran und sagte zu ihren Erfahrungen mit De Niro und Scorsese: »Zuerst war alles wie eine Halluzination. Bobby und Marty degradieren dich entweder zu einer Statistin, oder du spielst ihr Spiel mit – alles hängt von dir selbst ab. Sie dominieren dich. Aber es sind Männer, deren Dominanz in einer Frau etwas unglaublich Positives auslöst. Und das findet man ganz selten. Ich habe männliche Dominanz bisher nur als extrem hinderlich erlebt. De Niro und Scorsese gehören zu den wenigen Männern, von denen Frauen etwas lernen können. Die Dreharbeiten zu ›Casino‹ gehören zu den bedeutendsten Ereignissen meines bisherigen Lebens. Ich mußte durchhalten. Ich habe viel geweint. Fast wie in meinem wirklichen Leben.«

Miss Stone nippte am Wasserglas. Dann griff sie in ihre Tasche. Sie steckte sich eine Beef-Jerky in den Mund – eine Minisalami, die wie eine Havannah in ihrem Mundwinkel steckte.

»Warum tun Sie das, Miss Stone?« fragte ich sie.

»Ich liebe nichts mehr, als auf Fleisch zu kauen. Ich bin ein Fleischfresser. Das klingt zwar nicht gerade *political correct*, aber das ist mir egal.«

Sie lachte. Das war einer dieser Momente, vor denen Männer sich fürchten. Bis heute gibt es keine Beziehung in ihrem Leben, die länger als drei Jahre gedauert hat. Es ist ihr egal. In fünfzehn Jahren Hollywood hat sie gelernt, trotz ständiger Rückschläge und vernichtendem Sexismus ihr Selbstbewußtsein gnadenlos auszuspielen. Für eine Blondine – die es in Hollywood wie Sand am Meer gibt – eine gewaltige Kraftanstrengung. Es war ihre einzige Chance. Jahrelang hatte man ihr keinen Respekt erwiesen. Eine Frau, die sich in Hollywood auszog, wurde verachtet. Heute wird sie von Hollywoods Produzenten-Machos gerade wegen ihres Durchhaltevermögens gefürchtet. Miss Stone ist direkt, schnell und schlau. Manchmal wirkt sie geradezu verrückt. Sie kann zu Eis werden, wenn es die Umstände verlangen. Doch ihre schärfste Waffe heißt Kontrolle.

»Ich laß mich nicht mehr verarschen. Ich knirsche mit den Zähnen und schicke die Typen in die Wüste. Ich hab die größten Eier in Hollywood. Und davor fürchten sich alle. Und solange sich diese Typen fürchten, solange behalte ich meinen Job.«

Sharon Stone stand auf und drehte eine Runde durchs Zimmer. Dann winkte sie mich zum Fenster. Sie benötige etwas Licht, sagte sie. Seit vier Stunden werde sie hier in der Dunkelheit gepeinigt. Sie hasse Interviews. Gewöhnlich sei sie es, die die Männer quäle, nicht umgekehrt. Was sie allerdings nicht sagte: Meistens spielt sie die Komödiantin statt der teuflischen Domina. Hollywood hatte das nur leider noch nicht begriffen. Miss Stone wäre eine phantastische Komödiantin, aber welche Männer lassen sich schon von einem Sexsymbol zum Lachen verführen?

Miss Stone zog ihre Hose hoch und dramatisierte dabei ihre Handgriffe. Dann sagte sie: »Mein Gewicht wechselt ständig. Ich hab alle möglichen Kleidergrößen in meinem Schrank. Jetzt hab ich mich für eine mittlere Größe entschieden und die übrigen Kleider vernichtet. Außerdem hab ich meinen Fitneßtrainer entlassen. Dieses ganze Tamtam um die Figur geht mich nichts mehr an. Als eine Frau, die auf die 40 zugeht, will ich mich auf andere Dinge konzentrieren. Wer mich haben will, muß mich so akzeptieren wie ich bin. Im schlimmsten Fall nehme ich eben Slim-Fast …«

»Ein Schlankheitsmittel?« fragte ich zurück und kam mir dabei wie ein Idiot vor.

»Genau, schmeckt wie ein Schokodrink, hat aber keine Nebenwirkungen.«

Am Fenster wurde ihre wunderschöne hohe Stirn von der Sonne gut ausgeleuchtet. Miss Stone wirkte dabei so verlockend wie Kim Novak in ›Vertigo‹, deren Unschuld Alfred Hitchcock geschickt genutzt hatte – als pures Objekt der Verführung.

Martin Scorsese hat seine Hauptdarstellerin in der Anfangsszene von ›Casino‹ auf die gleiche Weise eingesetzt: Als Callgirl und Falschspielerin Ginger McKenna verdreht die Stone dem zum Kasinodirektor in Las Vegas beförderten Mafioso Robert De Niro alias Sam »Ace« Rothstein den Kopf. Das Problem ist nur, Sharon Stone alias Ginger mag zwar lüstern über den Spieltisch blicken, verliebt ist sie nicht in Ace. Der will sie aber in eine gute Ehefrau verwandeln. Getrieben von Stolz und Eifersucht, ganz Othello, verliert »Ace« am Ende die Frau und sein Spielcasino.

Sharon Stone kennt diese Szenen aus ihrem eigenen Leben. »Ein Mann, der ja auch immer irgendwie ein Schwein ist, kommt meistens an einem bestimmten Punkt in seinem Leben zu der Erkenntnis, daß er ein guter Mensch sein will. Mit Frau und Kind und so weiter. Natürlich will er seine Macht nicht verlieren, aber er möchte auch ein guter Ehemann sein. Allein seine guten Absichten machen ihn glauben, daß er das Recht habe, seine Frau dazu zu zwingen, mit ihm den gleichen Weg zu gehen. Und das ist das große Dilemma vieler Männer. Sie glauben, nur weil sie alles geben, können sie ihre Frauen zur Liebe zwingen und die Spielregeln diktieren. No way, José, sag ich dazu nur. Ich hatte mal so eine Beziehung. Der Typ war Countrysänger. Ich könnte mich noch heute ohrfeigen, daß ich mit diesem Kerl wertvolle Zeit vergeudet habe.«

Es handelte sich dabei übrigens um den Countrysänger Dwight Yoakam, doch das sagte Miss Stone nicht.

»Sind Beziehungsprobleme bei einem Sexsymbol, das über 10 Millionen Dollar pro Film kassiert, nicht vorprogrammiert?« fragte ich und machte es mir wieder auf der Couch bequem.

»Ich will einen Partner, der mich wirklich liebt. Das ist alles. Aber das ist für mich sozusagen unmöglich. Seit ›Basic Instinct‹ hat sich mein Leben total verändert. Die Moviestar-Maschine erdrückt mich. Wer will schon mit mir eine echte Beziehung eingehen? Ich brauche einen Bodyguard, fremde Männer brechen in mein Haus ein, ich bekomme Tausende von Briefen täglich, die Hälfte von Psychopathen geschrieben. Aber das Schlimmste daran ist, daß jeder Typ, so nett er auch ist, sofort Sex mit mir haben will. Obwohl die meisten nicht wirklich mit mir schlafen wollen, sondern nur wollen, daß die anderen glauben, sie hätten mit mir geschlafen.«

»Und was macht man dagegen?«

»Arbeiten und dominieren. Ich geh allein aus, ich brauche weder einen Begleiter noch das Drama einer wilden Beziehung. Es soll aber bloß niemand glauben, daß ich mir mein erfülltes Leben und meine Macht mit männlichen Attitüden erzwingen will. Das ist für mich ein völlig falsch verstandener Feminismus. Mir kann man einfach keine angst mehr machen. Und Panik kenne ich sowieso nicht. Ich hab viel mehr Angst vor mir selbst. Mein Charakter ist manchmal wie eine ganz miese Gegend in Los Angeles, und die Vernunft sagt mir dann, ich sollte dort nicht allein hingehen.«

Miss Stone starrte über die unendliche Stadtlandschaft von Los Angeles. Sie wollte mir dort draußen etwas zeigen, schien jedoch bereits vergessen zu haben, was es war. Ich erkannte an ihrem Hals eine winzige Narbe. Etwas später erzählte sie mir, daß sie bei den Dreharbeiten zum Western ›The Quick and the Dead‹ mit Gene Hackman fast von einem Pferdezügel erwürgt worden sei.

»Ich will Ihnen etwas zeigen«, sagte sie plötzlich. »Sehen Sie, wie das elektrische Licht bei vollem Sonnenschein am Santa Monica Boulevard leuchtet? Für mich gibt es nichts Schöneres als diese künstliche Frische im Herzen der Hitze. Alles Menschliche ist hier künstlich. Das hat mich auch an Las Vegas so fasziniert. Die Wüste trägt alle Elemente des Opfers in sich: Feuer, Licht und Hitze. Die Wüste und Las Vegas sind untrennbar miteinander verbunden. Beiden Orten muß man eine Opfergabe mitbringen … einen Mann zum Beispiel … und ihn der Wüste weihen. Wenn schon etwas in ihr verschwinden soll, das ihr an Schönheit gleicht, warum nicht ein netter, hübscher Mann?«

Es dauerte einige Minuten, bis ich mich von diesen Monumentalsätzen erholt hatte. Miss Stone erzählte dann noch von der Affinität zwischen der Kargheit der Kasinopaläste und der des Spiels an den Tischen. Aber ich konnte es eigentlich nicht mehr richtig verstehen. Das Band lief mit, doch mein Blick verfing sich plötzlich in ihrem Gesicht, ihren strahlenden Augen, ihrem Gute-Laune-Lächeln, das mehr von den überwundenen Abgründen erzählte als vom Glücksgefühl eines Stars am Höhepunkt seiner Karriere. War das wirklich die gleiche Frau, die in ›Casino‹ im Kokainrausch ihre eigene Tochter fesselt und knebelt? Die ihren Cadillac mit rasendem Haß in den Wagen ihres Mannes rammt? Die mit dem gefährlichen Blick, der das Ende aller Männerträume bedeutet?

Ja, es waren die gleichen Augen, es war die gleiche Frau, die sich in Hollywood verkauft – mit der radikalen Ekstase eines brutalen Italo-Gangsters. Die wahre Ginger ist in den frühen siebziger Jahren eine der respektiertesten Edelprostituierten in Las Vegas gewesen. Und Sharon Stone verstand das als Auszeichnung.

»Was mich an Ginger am meisten fasziniert, ist ihr Sinn für den Exzeß. Wo es Exzeß gibt, da existiert auch die Gefahr. Orte, an denen sich Menschen am Rande des Abgrunds bewegen – und Las Vegas war damals das Zentrum des menschlichen Abgrunds –, kreieren großes Drama.«

Sharon Stone sagte diesen Satz mit der Wärme eines Spielautomaten. Sie hatte sich plötzlich vom Sexsymbol in ein liebenswertes Monster verwandelt. Hat ein Star wie Sharon Stone überhaupt eine Zukunft? fragte ich mich. Kann eine solche Frau einen Oscar gewinnen?

»Ich gewinne, klar. Wenn ich nicht gewinne, dann war es menschliches Versagen der Jury.«

Und ich erzählte der Stone, die mir plötzlich Wein anbot, daß Prostituierte, Nonnen und Gehörlose in der Oscar-Nacht schon immer die besten Karten gehabt hätten. Besonders Prostituierte. Der allererste Academy Award ging 1928 an Janet Gaynor, die im Film ›Street Angel‹ ein leichtes Mädchen gespielt hatte. Bis heute kamen unzählige Nominierungen für die Rolle einer Prostituierten dazu. Academy Awards gingen an: Donna Reed in ›Verdammt in alle Ewigkeit‹, Jo van Fleet in ›Jenseits von Eden‹, Susan Hayward in ›Laßt mich leben‹, Elizabeth Taylor in ›Telefon Butterfield 8‹ und Jane Fonda in ›Klute‹. Und nicht zuletzt hat ›Pretty Woman‹ Anfang der neunziger Jahre Julia Roberts zum Star gemacht. Diesmal waren es gleich drei leichte Mädchen, die um den freundlichen Oscar buhlten. Elizabeth Shue in ›Leaving Las Vegas‹, Sharon Stone als ›Ginger‹ und Mira Sorvino als fröhliche Hure in Woody Allens ›Geliebte Aphrodite‹.

»Ist Hollywood in den sogenannten ›Hooker-Chic‹ verliebt?« fragte ich Miss Stone, die mir Salzstangen anbot und dabei unruhig vom Fenster zur Couch und wieder zurück lief.

»In der Rolle der Prostituierten verbinden sich Männer- und Frauenphantasien gleichermaßen. Männer sehen darin ihre geheimsten Sehnsüchte. Und für Schauspielerinnen ist es eine verlockende Rolle, weil sie meistens gegen die Moralvorstellungen des Massenpublikums gerichtet ist und so eine Art Rebellion zuläßt.«

Natürlich war das lächerlich, was die Stone da gerade gesagt hatte. Hollywood akzeptiert ausschließlich Frauen, die entweder pseudohemmungslosen Sex praktizieren oder gar keinen. Dazwischen gibt es nichts.

»Hat ein Star wie Sie dann überhaupt eine Zukunft?« fragte ich.

Statt einer Antwort stellte sich die Stone breitbeinig vor mir auf und sagte: »Warum fragen Sie mich das, junger Mann?«

»Selten war die Langzeitwirkung von Hollywood-Stars geringer als heute. In den vierziger und fünfziger Jahren gab es Stars wie Bette Davis, Joan Crawford oder Marilyn Monroe, auf die man sich verlassen konnte. Und Norma Desmond, die Heldin aus Billy Wilders ›Sunset Boulevard‹, hat doch einmal gesagt: ›Stars sind zeitlose Wesen‹.«

»Aber die Desmond lebt nicht im heutigen Hollywood«, schrie Miss Stone angewidert, direkt gegen die Fensterscheibe.

»Heute kommen und gehen Stars wie Weihnachtsbäume«, sagte ich. »Warum ist das so?«

Die Stone drehte sich wieder in meine Richtung und sagte: »Weil nicht mehr die Studios über Karrieren entscheiden, sondern Agenten, die ganz und gar auf den schnell wechselnden Geschmack der Zuschauer reagieren wollen. Ich habe es geschafft, Publikum, Agenten und Produzenten nach meiner Pfeife tanzen zu lassen.«

»Sie haben auf Ihrem Weg zur Macht einen Eispickel benutzt und Ihre Beine leicht gespreizt. Haben Sie eine Zukunft, Miss Stone?«

Das war's, dachte ich. Meine Zeit war abgelaufen. Das Spiel war aus. Aber es passierte das Gegenteil. Sie rammte mir ihren rechten Ellbogen in die Rippen, wie ein alter Kumpel. »Setz dich auf die Couch, dort wo ich gesessen habe«, sagte Sharon Stone. »Trink deinen Wein ganz langsam aus. Träum von mir. Dafür bin ich gemacht. Zu mehr tauge ich vielleicht gar nicht. Wir werden uns bestimmt wiedersehen.«

Und dann verschwand Sharon Stone im Schlafzimmer. Leise schloß sich die Spiegeltür hinter ihr.

Im August bereiste ich Mexiko, um Distanz zu Chuck zu schaffen. Dort schrieb ich eine Busfahrerstory, um die Wirklichkeit in einem unglücklichen Land aus der Sicht der Fernfahrer zu dokumentieren. In Chiapas setzte ich mich mit Subcommandante Marcos und seiner Eselszucht auseinander. Und ich nahm in Puerto Escondido an einem Surfwettbewerb teil, bei dem ich von einem Rochenschwanz gestochen wurde. Es war eine wunderbare Zeit ...

... die an einem heißen Vormittag im September zu Ende ging. Ein Santa-Ana-Wind, der drei Wochen lang von der Mojave her geweht und 69 000 Morgen von Los Angeles County angezündet hatte, flaute langsam ab. Der Rauch des Feuers hatte sich eine Woche lang über hundert Meilen weit über den Pazifik verbreitet und die Tage verdunkelt. Ganze Flugzeugstaffeln hatten Chemikalien auf das Feuer geworfen – umsonst. Chuck rief mich jede zweite Stunde an. Er wollte mich beschwören, ihn zum Feuer zu begleiten, doch ich lehnte ab. Interviews mit euphorisierten Besitzern von ausgebrannten Häusern, mürrische Kommentare von Feuerwehrmännern und Heldentaten von Einzelgängern waren zu einem festen Bestandteil der 18-Uhr-Nachrichten geworden. Morgens, wenn ich auf der Terrasse stand, hatte ich das Gefühl, in irgendeiner Art von schwerwiegenden Sonnenturbulenzen zu leben. Es war eine jener Wochen, in denen Los Angeles auf sehr unterhaltsame und atemberaubende Weise es selbst zu sein schien, die Karikatur einer natürlichen Katastrophe, eine Stadt in Flammen, die die Apokalypse ankündigte. An jenem Morgen, als sich der heiße Wind langsam wieder davonmachte, begann eine Zeit der Verführung.

10 Das Geheimnis der Wirklichkeit

Die Ereignisse gerieten außer Kontrolle. Zunächst einmal hatte Chuck mich verführt. Aber was heißt Verführung? Verführung durch Bilder ist ein Rätsel – und dieses Rätsel ist sogar verständlich, kann aber weder ausgesprochen noch entschleiert werden. Die Verführung ist auf eine unerklärbare Weise evident: Je mehr man sie durch superauthentische Bilder, wie sie Chuck liefern will, herausfordert, desto mehr versucht man, ihr Geheimnis, das sie überhaupt erst so reizvoll macht, zu einem Geständnis zu zwingen, es zu zwingen, seinen rätselhaften Schleier zu lüften und sich auszudrücken, preiszugeben und das zu zeigen, was es an Verdrängtem verbirgt, um uns die TV-Wahrheit ins Gesicht zu spucken – eine Wahrheit, die in der Obszönität dieser Kultur nichts anderes sein kann als ein erzwungenes Bekenntnis von ... ja, von was eigentlich? Wirklichkeit? Es gibt nichts, was durch Fernsehbilder entschleiert werden könnte. Es gibt nur das Geheimnis der Wirklichkeit, mit dem sie uns verführt.

Doch wie kommt ausgerechnet Chuck auf die verrückte Idee, das Geheimnis der Wirklichkeit lüften zu können, die nackte Substanz herauszufiltern und an der radikalen Obszönität der sanften Verschleierung durch das Fernsehen zu rütteln? Ausgerechnet ein Sharpshooter?

»FBI Finds Kidnap Suspect Boy After TV Airs Story« – das war einer dieser großen Momente, die Chucks Leben lebenswert machen. Eine Schlagzeile in der ›New York Times‹. Seine Bilder, die an einem Montagabend in der Sendung ›Americas Most Wanted‹ ausgestrahlt wurden, verhinderten eine Tragödie. Das war Chucks große Leistung im Monat September.

Für mich verschmolzen Wirklichkeit und Unwirklicheit zu einem ziemlich gefährlichen Gemisch. Ich stieg in jenen heißen Septembertagen zurück auf den schmalen Grat zwischen »stupid« und »smart«, dorthin, wo die Qualitäten des TV-Amerikas zu finden sind. Aber was bedeutet das Attribut »smart« im Kontext einer popkulturellen Ausdrucksweise? Das amerikanische Fernsehen gilt, besonders bei meinen Freunden in Europa, noch immer als »stupid«. Ich bin kein Komödiant, aber ich verstehe die Mischung aus »stupid« und »smart« als eine fast avantgardistische Verhöhnung, ein Dada-Gefecht gegen herrschende bürgerliche Intelligenz und Bildungsbegriffe, als einen subversiven Karneval. Das würde Chuck zwar nie verstehen, weil er ein Handwerker ist und kein Denker, aber er könnte bestimmt parodistische Strategien in seiner Arbeit erkennen, würde er sie nicht so verdammt ernst nehmen. Den schmalen Grat zwischen »stupid« und »smart« verstehe ich als Bereitschaft, mit dem degradiertesten Kulturprodukt zu handeln: dem Fernsehen. Andere sehen darin nur ein weiteres unverhohlenes Instrument sozialer und politischer Kontrolle. Ich persönlich nicht. Für mich ist das Fernsehen schlicht die einzige Apotheke, die meine Rezepte entgegennimmt.

Mein Appetit nach mehr war im Monat September bedrohlich angeschwollen. Und ich wünschte mir damals, es gäbe Adjektive, die stärker sind als »schwindelerregend«, »unfaßbar«, »unglaublich«. Noch zwei Jahre zuvor hätte ich gesagt, daß das einzige, was solche Bezeichnungen verdiene, die Hochnäsigkeit meiner Gelegenheitsfreundinnen auf Cocktailparties sei.

Da wäre zum Beispiel Jil Barnes, die Assistentin des Hollywood-Produzenten Bob Evans, der für Meisterwerke wie ›Rosemaries Baby‹ und ›Chinatown‹ verantwortlich zeichnet. Ich kenne Jil schon lange. Sie ist keine wirkliche Freundin, sondern immer nur ein willkommenes Ablenkungsmanöver, wenn ich gerade eine Begleiterin brauche, um an der Westside einen seriösen Auftritt zu inszenieren. Das klingt hart, und so ist es auch. Ich nutze Jil Barnes aus – immer noch. Ich mag sie nicht. Mehr gibt es dazu nicht zu sagen.

Jil liebt mich, weil ich der einzige Mann in ihrem Leben bin, der sie gleichzeitig zum Lachen bringen und mit Geschichten aus seinem Leben – zum Beispiel darüber, wie mein Großvater meine Großmutter seelisch terrorisiert hatte – zu Tränen rühren kann. Jil ist eine Frau, die eine sechsmonatige psychiatrische Behandlung benötigte, weil sie Augenzeugin geworden war, wie vor ihrem Haus eine wildfremde Katze plattgefahren wurde. Nicht auszudenken, was geschehen wäre, wenn sie selbst es getan hätte! Jil braucht sehr wenig, so gut wie gar nichts, um von mir erregt zu werden. Der kleinste Handgriff, und sei es nur das Anzünden einer Zigarette in ihrem Wagen – ich dürfe dort rauchen, weil ich Europäer sei, sagt Jil immer –, turnt sie an. Ich rede selten mit ihr und höre meistens abwesend zu, wenn sie mir Exklusiv-Interviews mit Brad Pitt, Juliette Lewis oder Lawrence Fishburn vorschlägt. Sie ist zu allem bereit. Ich nicke dann nur, weshalb es so gut wie keine Differenzen in unserer »Beziehung« gibt. Ab und zu lasse ich es sogar zu, daß sie meine Hand hält.

Jil findet es einfach großartig, mir in guter Gesellschaft beizustehen. Sie ist ein absoluter Partyprofi. Seriöse Auftritte gelten in Los Angeles als überlebenswichtig. Jil hat mir eingetrichtert: kein Wein zum Lunch, keine Zigarette an der Bar, keine exzentrischen Auftritte bei Cocktailparties; sich einfach, unbeschwert, unterhaltsam und großzügig zeigen – klug und schön sein, das ist die Devise. Mehr wird nicht erwartet. Und weil ich keinen Verdacht erregen darf, gebe ich immer eine Glanznummer ab: Gestatten, mein Name ist Kummer, ich liebe Glamour und schöne Frauen, ich zahle in eine Aids-Stiftung, bin Sportler, fahre Ski in Park City, habe bedeutende Freunde in London, Paris und Prag, liebe das Leben, habe sehr viel Spaß und will lange leben. Nur keinen Verdacht erregen, das kann ich nicht riskieren. Dazu sehe ich zu gefährlich aus.

Im vergangenen Winter hatte Jil mich in die Edeletagen des kalifornischen Fitneßadels eingeführt. Schon damals roch ich eine Story voll von Steroiden, Kokain, Schweiß, Betrug und Mord. Im Fitneß-, Bodybuilding- und Aerobicmilieu findet man die schönsten und skrupellosesten Wesen von ganz Hollywood. Und das hat eine lange Tradition in Südkalifornien: in den Fünfzigern feierten die Bikini-Sturmtrupps und Surfnazis ihre arischen Phantasien, später kamen die Acid Hippies und noch später der Koksadel. Heute sind sie in ›Baywatch‹ zu sehen oder eben in einer noch viel faszinierenderen Degeneration: als Aerobic- und Fitneßhelden. Sie alle haben eines gemeinsam: Sie feiern die ewige Jugend in einem endlosen Sommer.

Im Herbst 1996 war es dann soweit: Jil hatte mich zu einer Recherche im Bodybuildingmilieu von Venice Beach überredet – wahrscheinlich, weil in Los Angeles gerade absolut nichts los war.

Es war Punkt sechs Uhr früh an einem Mittwochmorgen, als ich den legendären Golds Gym betrat – das US-Hauptquartier der Fitneßjünger und Bodybuilding-Tyrannen. Draußen wehten immer noch warme Winde von Süden, und das Leben war blond, blauäugig und jung. Kaum hatte ich das Tageslicht verlassen, verlor ich auch schon die Konzentration auf das Wesentliche – die Story. Muskulöse, sehnige Schenkel, rosa Bikinis, reife Nippel, ein Schwall blonder und schwarzer Haare, dunkelrote Lippen, grüne Augen, knochige Wangen und pumpende Arterien blendeten meine Sinne – Signale einer gefährlich schuldigen Kultur. Ich genoß jede einzelne dieser Sekunden, in denen sich das Gestöhn, die Michael-Bolton-Musik, der Geruch von Deodorant, Schweiß und Kühlmittel der Klimaanlage in meinem Bewußtsein niederließen. Mein Hirn reagierte darauf so hochtourig wie auf hyperkonzentrierten Speed.

Die Hauptfiguren meiner Story sollten zwei der berühmtesten TV-Fitneßgöttinnen Amerikas sein: Kiana Tom, bekannt geworden durch ihre ESPN-Aerobicshow ›Flex Appeal‹, und Cory Everson, die sich mit ihrer Show ›Gotta Sweat‹ in die Herzen der Fitneßjünger geturnt hatte. Für beide funktionierte Fernsehen nach der Devise: Es ist wichtiger, wie du deinen Körper bewegst, als wie du ihn dekorierst und manipulierst.

»We're gonna look so good«, schrie Kiana Tom, eine chinesisch-hawaiianische Schönheit. Sie stand vor einem Spiegel, über dem ein Schwarzweißfoto von Arnold Schwarzenegger hing. Während sie schrie, hob sie Hanteln. Sie trug einen Bikini ihrer eigenen Kollektion, »Kiana Fitness«. Hinter ihr stand ein Trainer. Er hielt beide Hände um ihre Hüften, ohne sie zu berühren. Merkwürdigerweise schwitzte dieser Mann, obwohl er sich nicht bewegte. Kiana sah umwerfend aus, mit großen festen Brüsten, herausgedrückter Halsschlagader und unzähligen Adersträngen an Armen und Beinen. Sie galt damals als Miss ESPN2-Fitneß und besorgte dem drei Jahre alten Sportsender erstklassige Einschaltquoten: 200 000 Zuschauer sahen täglich zwischen sieben und neun Uhr ihre ›Flex Appeal‹-Fitneßshow. Doch nur etwa 10 Prozent aller Zuschauer und Zuschauerinnen turnten gewöhnlich aktiv zu Hause mit. Das hatte eine Umfrage ergeben. Seit Kiana gelten Fitneßprogramme als Softpornos, weil sie das kulturelle

Markenzeichen unserer Zeit schlechthin in die Fitneßbranche eingeführt hat: große Brüste. Fitneßprogramme gab es schon vor 40 Jahren im Fernsehen zu sehen, mit US-Turnvater Jack LaLanne. Aber Kiana brachte den rosafarbenen Bikini mit und turnte anfangs sogar in High-Heels – bis sie stürzte und sich den Knöchel verstauchte.

Ihre Partnerin auf ESPN, Cory Everson, trainierte an jenem Morgen mit einem Seil. Von Aerobic-Fetischistinnen wurde sie damals kultisch verehrt, weil sie so eine Art »Xena, die Kriegsprinzessin« darstellte. Cory galt als diszipliniert, ehrlich und verantwortungsbewußt. Zu den Fans von Corys ›Gotta Sweat‹-Programm gehörten all jene, die einen ehrlichen Krieg gegen ihren formlosen Körper führten.

Kiana verkörperte dagegen den Inbegriff von Glamour, Sex und Lust – und spaßigem Betrug am Körper. Ihre Devise: Der durchtrainierte Körper ist der Ort, an dem sich Spaß ereignen soll. Das ist eine Parole, die Los Angeles – in unterschiedlichen Auswüchsen – seit gut vier Jahrzehnten beherrscht. Spätestens seit dem »Fun, Fun, Fun«, mit dem die Beachboys die Surferkörper kalifornischer Teenager besungen haben, ist jedem klar, wo der Spaß am besten gedeiht. »Man muß Spaß haben, sonst zwingt einen die Gesellschaft, darüber nachzudenken, was mit dem eigenen Leben schiefgelaufen sein könnte«, hatte Kiana mal in einem Interview gesagt, das ich für ›Paris Match‹ mit ihr führte. »Spaß ist eine Bedingung für Erfolg.« Was als jugendliche Rebellion gegen den Mief gesellschaftlicher Normen begonnen hatte, hat sich in den neunziger Jahren also endgültig selbst zur gesellschaftlichen Kontrollnorm verkehrt – und Kiana war das perfekte Image dieser Norm: Wer keinen Spaß hat, ist entweder nicht fit oder hat andere Probleme. Und das wird den spaßlosen Menschen über kurz oder lang den Job kosten.

Aber was waren schon all diese klugen Gedanken im Vergleich zu Kianas Brüsten und ihrem Arsch, diesem unersättlichen Zentrum zwischen diesen langen Beinen, die sich vielleicht mal um meine Hüften schlingen würden? Diesem superperfekten Gesicht, das im Freudentaumel womöglich gar nicht weinen konnte? Letzteres beruhigte mich wieder etwas.

Cory Everson, eine der strengsten Fit- und Spaßmacherinnen der neunziger Jahre, spielte mit einem Seil, und ich stand mit Notizblock und Bleistift daneben. Das muß man sich mal vorstellen. Sie lag am Boden, spreizte ihre Beine, spannte das Seil hinter dem Kopf und drückte ihre Wirbelsäule durch. Und mit jedem Stöhnen vernahm ich einen seltsamen Monolog, wie ich ihn sonst nur von greisen Menschen auf Parkbänken her kannte. Wenn Cory Luft ausstieß, sagte sie Dinge wie »More so« oder »I do it more so« oder »Flesh me up« oder »Goddam sucker you«. Ich hielt meinen Mund und staunte. Hätte ich mich anders verhalten und Cory über ihre seltsamen Monologe befragt, dann wäre ich von Corys Personal-Trainer »Flex Wheeler Junior« glatt erschossen worden. Davon war ich überzeugt. Wheeler stand direkt hinter mir und grinste stolz über sein stöhnendes Mädchen. Und ich genoß jede Sekunde, obwohl mir schon damals klar war: Das ist ein Ort, wo du nie im Leben wieder hingehst, Mann!

Die Mädchen und ihre Betreuer waren schlecht gelaunt. Natürlich merkte das keiner im Golds Gym, weil im L.A.-Land niemand Wert darauf legt, Emotionen genauer zu analysieren. Doch ich wußte, daß sich diese traute Gruppe ziemlich nah am Abgrund bewegte. Und dafür gab es einen guten Grund.

Cory und Kiana waren vier Tage zuvor von ESPN gefeuert worden. Über die Hintergründe hatte ich mich informiert. Die Schuld lag nicht bei ESPN, sondern bei dem unabhängigen Fitneßproduzenten John Traetta, der Cory und Kiana unter Vertrag genommen hatte. Es gehört zu Traettas Geschäftspraktiken, Mädchen zu Stars von Fitneßprogrammen wie Kianas ›Body Sculpting‹-Buch (19.99 Dollar) oder Corys ›Body Shaping Heart Zone Pulse Rate Monitor‹-Video (99.95 Dollar) aufzubauen und sie dann auf dem Höhepunkt ihrer Karriere fallenzulassen. Die Strategie dahinter ist klar: Jedes Mädchen ist ersetzbar. Die Mädchen verdienen circa 500 Dollar pro Tag, sind meistens vier bis fünf Wochen im Jahr beschäftigt und kassieren keine Tantiemen. Traetta veranstaltet jährlich einen Bewerberkrieg um sechs freie Stellen, an dem sich 2 000 Mädchen und 800 Männer beteiligen.

Cory und Kiana träumten von einer Karriere als Hollywood-Schauspielerinnen und verstanden die Fitneßepisode als ideale Zwischenstation. Das Problem war nur, daß diese Episode schon viel zu lang dauerte und daß ihre Körper eine Hochform erreicht hatten, mit der sie in Hollywood höchstens noch eine Rolle als Rambos Masseuse bekommen hätten. Sie waren zudem mit ihren über 30 Jahren bereits zu alt, um an Pamela Andersons Kriechspur auch nur schnuppern zu dürfen.

Das Drama um Cory und Kiana interessierte mich allerdings nicht sonderlich. Ich war an einer Story dran, über die in der Sendung ›FOX Undercover‹ bereits berichtet wurde, und zwar im Zusammenhang mit dem Aufputschmittel GHB, das damals – zusammen mit Rohypnol und Yohimbe, einem Extrakt aus Gerbrinde, das in der Karibik zur Verlängerung von Sexzeremonien verwendet wird – als der letzte Schrei in den Extremszenen von L.A. gehandelt wurde. Die Story wechselte alle sechs Monate den Schauplatz, und FOX interviewte immer wieder unschuldige Jugendliche und Nobodys aus den diversen Tanz- und Fitneßszenen, um die Gefahr mit Hilfe der Sozialarbeiterbrille heuchlerisch unters Volk zu mischen. Noch niemand hatte es jedoch bisher gewagt, die Szene nach prominenten Usern abzusuchen.

Doch auch auf diese Story war ich eigentlich nur deswegen so scharf, weil ich davon ausging, daß Cory und Kiana zu allem bereit sein würden, was ihnen den Weg ins Filmgeschäft ermöglichte. Ich wollte wissen, wie es um den Sex in Hollywood steht, wie es die Menschen dort treiben – und ich wollte endlich den Spaß an meiner Arbeit als investigativer Journalist wiederfinden und dabei diesen lästigen »Videoblick« vergessen, kurz: einfach mal wieder undercover gehen. Das ist schließlich meine Spezialität, und das Testgebiet hielt ich damals für ideal. Cory und Kiana waren zwei kalifornische Vorturnerinnen ohne Zukunft – aber es pumpte noch Leben in ihren Muskelsträngen, weil sie sich zum aggressiv-heiligen Gruppen-Egotrip in die Selbsterhaltung entschlossen hatten. Was sie alles tun würden, um ihre Ziele zu erreichen, das war es, was mich interessierte. Es war eine miese Story, die nur jemandem wie mir einfallen konnte, der an einem bestimmten Punkt keine Menschen mehr erkennen mag, sondern nur noch Wölfe. Davon sollte meine Story handeln: von einer Wolfsjagd. Das war eigentlich alles.

11 Karneval unter Wölfen

An den folgenden 12 Tagen parkte ich regelmäßig meinen Ford LTD vor dem Golds Gym in Venice und wartete. Dabei beobachtete ich den Eingang. Mehr nicht. Ich konnte mich in dieser Sache auf keine Informanten verlassen und wollte mich lieber persönlich auf Kianas und Corys Fährte setzen: den Tagesablauf dokumentieren, ihre Adressen verifizieren, ihre Rou-tinen feststellen und mögliche Kontaktpersonen entdecken. Ich hatte Chuck über meinen neuen Auftrag informiert und meldete mich täglich telefonisch aus meinem Wagen.

So auch an einem Mittwochmorgen, den ich besonders genoß, weil die Luft so klar war. Ich trank einen doppelten Cappuccino und verschlang drei Schokocroissants. Ich hörte meinen Lieblingssender KRLA mit DJ Art LeBeau, der seit gut einer Stunde Songs von Hot Chocolate spielte, einer meiner Lieblingsbands. Ich war unruhig, weil Chuck meine Fitneßstory gerade mit der sensationellen Gleichung aufgewertet hatte, was ich in den Händen halte, sei etwa so viel wert, wie eine Story über Madonna, die eine Wallfahrt zum Vatikan antrete, um den Ring des Papstes zu küssen.

Ich fuhr auf dem Freeway 405, direkt hinter Corys schwarzem BMW-Cabrio. Sie verließ die Autobahn nicht wie sonst an der Ausfahrt Westwood, sondern zwei Meilen weiter nördlich, am Sunset Boulevard. Von dort folgte ich ihr in eine saubergefegte Straße am westlichen Ende der Gartenstadt Bel Air – eine Straße, die flankiert war von Palmen, meterhohen Hecken und Lastwagen mexikanischer Gartenarbeiter. Fußgänger wurden von Videokameras beobachtet, aber es gab keine – denn wer in Bel Air spazierengeht oder gar stehenbleibt, macht sich verdächtig. Das ist jedenfalls die Regel. Die Bewohner von Bel Air befürchten wohl, daß Fremde die göttliche Gnade der Sonne stören könnten, diese Gunst betörender Lichtverhältnisse, die den Reichtum dieser Menschen vollendet. Der schwarze BMW fuhr am Coldwater Canyon durch ein sich automatisch öffnendes Eisentor. Natürlich hatte ich längst meine alte Vorsicht sabotiert und war viel zu nah an das Cabrio herangefahren. Aber ich sehnte mich nach dem Feuer.

Meine Auftraggeber hatte ich drei Tage zuvor in einem Brief davor gewarnt, daß es sich bei dieser Story hauptsächlich um die Eigendynamik von Primitivinstinkten handeln werde. Und ich sollte recht behalten. Wie Ameisen kamen mir Kiana und Cory in ihrem offenen Wagen vor, brennend wie unter einem Vergrößerungsglas in der Hand eines sadistischen Kindes.

Zugegebenermaßen hatte ich Jil Barnes meinen Besuch vorher angekündigt, ihr aber natürlich nichts davon gesagt, daß ich bereits konkrete Spuren in der von ihr initiierten Fitneß-Story verfolgte. Nur in Hollywood kann es nämlich passieren, daß eine Story sich aus einem Bodybuilder-Mekka in die Hügel von Bel Air verlagert – in die Villa eines ehemaligen Produzentengottes, der immerhin die Qualitäten eines Roman Polanski erkannt und Drehbücher wie das geniale Robert-Towne-Skript ›Chinatown‹ gleich eigenhändig umgeschrieben hatte und von Faye Dunaway schon mal zum Salvador Dali Hollywoods erklärt worden war. Daß sich die Dinge »familiär« entwickeln würden, konnte selbst eine so abgebrühte Pressesekretärin wie Jil Barnes nicht wissen.

Ich fühlte mich sicher und parkte meinen Wagen neben dem Eingangstor, ziemlich begierig darauf, meine gute Laune noch zu verbessern. Ich drückte den Knopf der Gegensprechanlage. Die Kamera der Videoüberwachung war auf mich gerichtet. Die Prüfung dauerte circa 30 Sekunden, dann öffnete sich das schwere Eisentor automatisch.

Wow, schoß es mir durch den Kopf, während ich eine der legendärsten Oasen romantischer Verklärung betrat – Greta Garbo hatte die Pendleton-Villa einmal »My little hideaway« genannt. Ich hatte allerdings nicht die leiseste Ahnung davon, daß jener Moment, der den Anfang eines überbelichteten Films markierte, meinen Abschied von der Wirklichkeit bedeutete. Auf dem Weg zum Hauptportal stieß ich auf bizarre Wasserspiele und pseudoantike Skulpturen. Vor mir breitete sich das gesamte Spektrum südkalifornischer Pflanzenkultur aus. Ich befand mich zum zweitenmal in einer Umgebung, in der Eukalyptus den Duft von Parfum annimmt. Überall brachen Sonnenstrahlen wie Säulen durch das Dickicht. Als ich dieses Licht-Schatten-Drama endlich überwunden hatte und vor dem Eingang der Villa stand, wirkte dieses südkalifornische Herrschaftshaus wie ein Friedhof der Illusionen.

Die »Pendleton-Villa« – von John Woolf 1940 in der Tradition französischer Architektur des 18. Jahrhunderts entworfen und benannt nach seinem ersten Besitzer, dem berühmten Innenarchitekten James Pendleton – ist seit mehr als 30 Jahren Heimat und zugleich Zufluchtsort eines Geächteten. Bob Evans galt einmal als der jüngste Filmmogul in der Geschichte von Paramount-Pictures. Damals nannten sie ihn »The Kid«. Er hat der Welt Filme geschenkt wie ›Der Pate‹, ›Ein seltsames Paar‹, ›Harold und Maude‹, ›Paper Moon‹, Rosemaries Baby‹, ›Love Story‹, ›Chinatown‹ und viele mehr.

Ich spürte eine Hand auf meinem Arm. »Ich bin Alan«, sagte eine Stimme. »Mister Evans empfängt gerade seine Friseurinnen. Bitte haben Sie Geduld und folgen Sie mir.« Alan war mager und hochaufgeschossen. Dicke Brillengläser verzerrten sein Gesicht zur Karikatur eines Butlers. Er führte mich in einen Salon, der Erinnerungen an Orson Welles' ›Citizen Kane‹ wachrief. Eine prächtige Kunst- und Objektesammlung vermittelte mir den Eindruck, als befände ich mich in einer Kopie der Prachtvilla Xanadu. Alan grinste. Vielleicht wußte er, daß hier der Schlüssel zur rätselhaften Persönlichkeit seines Herrn verborgen lag.

In der versaillesken Pracht von Evans' Salon entdeckte ich eine weibliche Statue. In ihrem ausgehöhlten Unterleib glühte ein kleines Stück Kohle und aus ihrem Hintern entwichen Rauchschwaden, die den Geruch parfümierter Fäkalien verbreiteten. Ich mußte unweigerlich an die letzte »Affäre Evans« aus dem Jahr 1991 denken. Sharon Stone – Star in Evans' erschreckend schlechtem Comeback-Film ›Sliver‹ – hatte noch während der laufenden Dreharbeiten behauptet, sie sei mit einer Frau befreundet gewesen, die von Robert Evans drei Jahre lang in der Pendleton-Villa als Sklavin gefangengehalten worden sei – festgekettet in einer Hundehütte. Natürlich hatte es für diese Anschuldigungen keine Beweise gegeben. Doch Evans beging einen für ihn typischen Fehler: Draufgängerisch bot er Sharon Stone eine Viertelmillion Dollar für den Fall an, daß sie die Beweise für ihre Behauptungen vorlegte.

Butler Alan schien meine Gedanken lesen zu können. Er deutete auf eine imaginäre Achse, die von der Feuerstelle im Hauptgebäude über einen ovalen, dunkelblau schimmernden Swimmingpool im Hof zur Feuerstelle eines gegenüberliegenden Pavillons führte – dem »größten privaten ›Screening Room‹ der Welt«, wie Alan sagte. Vom Poolrand spritzten dünne Strahlen gegen die Wassermitte. Nachts konnte man von beiden Gebäuden aus die Synthese von Wasser und Feuer beobachten. Es war alles sehr dramatisch.

Im »Screening Room« bot mir Alan einen Ledersessel an – »Jack's chair«. Ich fragte nach, ob er damit Jack Nicholson meine. Er nickte: »Jack ist Mister Evans bester Freund.« Kein Wunder. Als Evans die Pendleton-Villa vor drei Jahren beinahe an einen französischen Unternehmer verkaufen mußte, weil er noch nicht mal mehr die laufenden Stromkosten bezahlen konnte, sprang Nicholson ein. Er reiste nach Monte Carlo und überredete den Franzosen, von seinem Kauf zurückzutreten. »Ohne dieses Haus kann Mister Evans nicht existieren«, sagt Alan. Ich fragte nach Jil und versank in »Jack's chair«, der unterhalb des Projektionsraums stand. Von dort aus betrachtete ich das Flackern der Kerzen und die Unmengen wahllos plazierter Fotos. »Es ist eine Angewohnheit von Mister Evans, ständig das Ambiente zu wechseln. Und er liebt das Chaos, solange es seine eigene Handschrift trägt«, sagte Alan. »Ich werde jetzt nach Jil rufen lassen.«

Ich beobachtete zwei Frauen im Garten: Cory Everson und eine andere Frau, die ich nicht kannte. Wo war Kiana Tom? Beide Frauen hoben schwere Hanteln – viel zu schwer, das war offensichtlich. Sie hoben, bis sie kein Fünkchen Kraft mehr in sich spürten. So sah es aus. So mußte es sein. Und als sie keine Kraft mehr verspürten, legten sie ihre Körper einfach still. Ihr Stöhnen verstummte. Irgendwie beleidigte das die herumlungernden Männer, die ich nicht kannte. Ich fragte Alan, wer diese Männer seien. »Gäste«, antwortete Alan höflich. Die Männer trugen Anzüge und schienen nur an Corys Gesichtsausdruck interessiert zu sein – so als ob sie darin hätten erkennen können, wie viel Lust Cory verbreitete und wie viel Lust bereits ungenutzt verlorengegangen war. Die Typen lesen Lust von Frauengesichtern ab, dachte ich gelangweilt. Darum geht es hier. Lust von Gesichtern ablesen.

Ich betrachtete Fotos auf einem Bücherregal, die Robert Evans während seiner glücklichen Jahre zeigten: als jungen Schauspieler mit Ava Gardner bei den Dreharbeiten zu ›Zwischen Madrid und Paris‹ – die Liebesaffäre mit der Gardner soll 48 Stunden gedauert haben –, mit seinem Mentor Adolph Zucker, dem Gründer von Paramount Pictures, total verliebt mit seiner dritten Ehefrau Ali MacGraw und neben seinem größten Idol, James Cagney, dessen Gangster-Coolness er als Zwanzigjähriger kopiert hatte.

Ich vertiefte mich in ein fragiles Umberto-Eco-System rätselhafter Zeichen, während sich draußen im Garten die wirklich wichtigen Dinge abspielten. Es schien so, als ob weder die Moral noch das positive Wertesystem eine Gesellschaft voranschreiten lassen, sondern ihre Unmoral und ihre Laster.

Ich sah ein Nacktfoto von Beverly Johnson und sah mir ihren makellosen Körper sehr genau an. Ich fragte Alan, ob Beverly nicht das erste schwarze Fotomodel auf dem Cover von ›Vogue‹ gewesen sei und damit die Rassenschranken der großen Modeblätter durchbrochen habe. Doch Alan antwortete nicht mehr. Er hatte sich von mir abgewandt.

»Sie haben völlig recht, junger Mann …«, sagte statt dessen eine Stimme, die ich nicht kannte. Robert Evans schaute mir nicht in die Augen. Er kontrollierte meinen Körper. Als ich seine Hand schütteln wollte, suchte er bereits nach einem Platz, an dem sein Gesicht besser ausgeleuchtet würde. Evans gab Alan ein Zeichen, die Vorhänge auf der Sonnenseite des »Screening Room« zu öffnen. Der Blick auf einen Tennisplatz wurde frei. Die Sonne strahlte auf Evans' glänzendes, schwarzes Haar – so schwarz und edel, daß ich befürchtete, gleich werde Farbe über sein Gesicht tropfen. Dann verzog er sein Gesicht zu einer Cagney-Fresse: »… und ich war der erste weiße Hurensohn, von dem Beverly gefickt wurde.«

Selten haben die Wahl der Worte und die Art sie auszusprechen besser mit dem Erscheinungsbild eines Mannes zusammengepaßt. Evans gehört zu jenen Männern, die ihre Sprache und ihre Gesten aus Gangsterfilmen kopiert haben. Gewalt, Sexismus und Tough-Guy-Getue sollen dabei das Heroische seines Untergangs karikieren.

Wie ein Hofnarr hüpfte Friseur Arnold hinter seinem Meister her.

Ihm folgten Kamera-Assistenten, Beleuchter, Kabelträger, Visagisten, ein Regisseur und ein berühmter Modefotograf, der eine hübsche alte Beaulieu-Kamera bediente. Evans probte auf einer Couch einige Posen. Ich fragte Alan, wer diese Menschen seien, woher sie kämen und was sie hier täten. Er wußte es nicht. »Mister Evans wird ständig fotografiert und gefilmt. Manchmal ruft er Kamerateams, und ich bin nicht einmal sicher, ob die Kameras wirklich laufen.«

Evans trug eine Alain-Mikli-Brille und hielt eine weitere in seiner Hand. Er ist berühmt für seine Brillenkollektion, die aus mehr als 60 verschiedenen Modellen besteht, Requisiten, die seine Posen ergänzen. Die femininen Mokassins von Salvatore Ferragamo trug er ohne Socken. Sie paßten gut zu seiner Hose und seinem Pullover, beides Marke Jhane Barnes. Und das Parfum von Carolina Herrera verlieh dem Ganzen den passenden Duft. Dabei wirkte auch der Mythos Evans zunächst lächerlich, dann tragisch – und zwischendurch triumphierte die Faszination.

Auf ein Zeichen von Evans hin bediente Butler Alan ein Schaltpult, das neben den Ledersitzen stand. Vor mir öffnete sich eine sechs Meter breite, nahtlose Leinwand, die größte ihrer Art auf der ganzen Welt, und gleichzeitig schlossen sich automatisch sämtliche Vorhänge. Während eine junge Frau seine linke Gesichtshälfte puderte – er hatte seiner Haut in den letzten Jahren offenbar zuviel Sonnenlicht zugemutet, da an vielen Stellen Pigmentstörungen zu erkennen waren –, zitierte mich Evans an seine Seite. Erst jetzt wurde mir klar, daß er glaubte, ich wolle eine Geschichte über sein Leben schreiben. So hatte Jil es ihm vorgetragen. Ein tragisches Mißverständnis.

»Junger Mann«, sagte Evans plötzlich, »in diesem Raum wurden mehr Deals abgeschlossen als in den Paramount-Büros. Vor 30 Jahren vollbrachten hier 60 Paramount-Arbeiter ein Wunder. Paramount steckte eine Million in den Umbau der Pendleton-Villa. Und dann schenkte mir Bluhdorn die Hausschlüssel und einen Jaguar mit Fahrer auf Lebenszeit. Im ›Screening Room‹ habe ich Karrieren gestartet und zerstört. Hier habe ich um Filme gekämpft und selbsternannten Impresarios wie Coppola das Maul gestopft. Fuck 'em, fuck 'em all.«

Auf der Leinwand waren Sequenzen aus der ersten, unveröffentlichten Version von ›Der Pate‹ zu sehen, Evans größter Tat. Der Regisseur rief »cut«, und die Kameras stoppten. Evans erhob sich von der Couch und tänzelte, gefolgt von seinem engsten Stab, in sein Schlafzimmer zurück. Die Vorhänge im »Screening Room« öffneten sich automatisch.

Aufgrund des überwältigenden Erfolgs von ›Der Pate‹ entwickelte Evans Mitte der siebziger Jahre ein verhängnisvolles Selbstbewußtsein. Er hielt sich plötzlich für den besten Cutter in ganz Hollywood, und seine Manien wurden unerträglich. Und er entdeckte eine neue Geliebte. Evans nannte sie damals »my dear little vitaminshots«: Kokain.

Ich beobachtete das Treiben im Garten. Cory stemmte wieder Hanteln. Kiana Tom hatte sich ausgezogen und ließ sich von einem Masseur die Beine kneten. Drei Männer in Anzügen beobachteten die Frauen. Alan bot mir zur Ablenkung frische Donuts an, und ich lenkte mich selbst durch einige Gedankenspiele ab, wobei ich den knetenden Masseur nicht aus den Augen ließ. Die Rivalität ist schließlich mächtiger als jede Moral, die Mode mächtiger als jede Ästhetik, die allseitige Verschwendung der Zeichen viel mächtiger als die Realität und die Verführung mächtiger als die Liebe.

Der Masseur spielte jetzt eindeutig mit Kianas Genitalien. Er trug Nerzhandschuhe und glitt mit seiner rechten Hand zwischen ihren Beinen auf und ab. Evans kehrte in den »Screening Room« zurück. Er trug inzwischen einen rosafarbenen Bademantel. »Alan hat mir von ihrem Vergleich mit ›Citizen Kane‹ erzählt. Das paßt mir überhaupt nicht. Die Filme von Orson Welles finde ich furchtbar affektiert. Lassen Sie sich etwas anderes für Ihre Geschichte einfallen.« Und als er direkt vor mir stand, sagte er: »Wo waren wir eigentlich stehengeblieben?«

Ob Henry Kissinger gewußt habe, daß er kokain- und tablettensüchtig gewesen sei, fragte ich Evans. »Er war doch Ihr bester Freund.« Mehr fiel mir nicht ein. Ich mußte Zeit gewinnen.

Evans legte seine Hand auf meine linke Schulter: »Fuck it, boy. Ich mag diese Frage nicht. Natürlich wußte Henry von nichts. Er war ein typischer Professor: verklemmt, kopflastig, ein Washingtoner Biedermann. Ich habe Henry in das glamou-röse Hollywood eingeführt. Dafür liebte er mich, wenn Sie wissen, was ich meine. Und ich liebte ihn wie niemanden zuvor. Deshalb war mir das Pressegeschrei um meine sogenannte Kokainabhängigkeit auch so peinlich. Ich hätte Henry damals einfach nur anrufen müssen. Dann wäre die Sache geklärt gewesen. Doch es beschämte mich, daß Henry mit meinem Namen in Verbindung gebracht wurde. Auf der Feier zu seinem fünfzigsten Geburtstag saß ich noch neben ihm am Tisch. Zu seinem Sechzigsten wurde ich nicht mehr eingeladen. Sonst noch was?«

Evans tänzelte vor die Leinwand. Die Sequenzen aus ›Der Pate‹ wurden auf seinen Körper projiziert. Der Kameramann fand das ganz phantastisch. Einige Mädchen, von denen niemand wußte, was sie hier eigentlich taten, kicherten hysterisch. Evans wechselte die Brille.

»Stimmt es, daß das DEA in den siebziger Jahren Ihr Telefon abgehört hat?« frage ich Evans. Doch ich bekam keine Antwort. »Dabei wurde ein Gespräch mit Ihrem Dealer aufgezeichnet. Mehr konnte man Ihnen jedoch nicht nachweisen. Bis heute ist allerdings unklar geblieben, ob versucht wurde, Henry Kissinger zu diskreditieren oder ob die Fahndung allein gegen Ihre Person gerichtet war.«

»Interessiert mich nicht«, sagte Evans. »Die Angelegenheit hat mich mehr als 10 Jahre meines Lebens gekostet. Irgend jemand wollte mich mit dieser ganzen Scheiße vernichten. Wer, weiß ich nicht. Der heilige Geist vielleicht. Fuck 'em, fuck 'em all. Was wollen Sie sonst noch wissen?« Evans bereitete sich auf eine neue Pose vor.

»Im Mai 1989 wurden Sie von einem Freund in eine psychiatrische Klinik eingeliefert. Sie galten als suizidgefährdet. Nach zwei Tagen sind Sie geflohen ...«

»Ich hatte mich gerade von meinem Kokaindebakel erholt«, sagte Evans, »da wollte man mir plötzlich einen Mord anhängen. Das macht selbst den stärksten Mann fertig. Lassen Sie mich bloß in Frieden mit diesem Dreck.«

»Sie suchten Geldgeber, um Ihren Film ›Cotton Club‹ vor einem Fiasko zu bewahren ...«

»Francis Ford Coppola – Nero und Cäsar in einer Person – hob die Kosten ins Uferlose. 250 000 Dollar hat dieser italienische Hurensohn pro Drehtag verbraten. Natürlich suchte ich nach grünen Scheinchen, was denn sonst?«

»... und dann wurde einer Ihrer möglichen Geldgeber, Roy Radin, ermordet.«

»Ja, abgeknallt. Tut mir leid für ihn. Wir haben mal kurz miteinander verhandelt, mehr war nicht. Zu jener Zeit hat sich der Name Evans medienmäßig phantastisch verkauft. Das ist alles. Wenn Sie mehr wissen wollen, müssen Sie sich mit meinem Anwalt in Verbindung setzen.«

Endlich verließ Evans das Licht und schloß sich in sein Schlafzimmer ein. Mehrere Telefone schrillten gleichzeitig. Vom Tennisplatz war ein monotones Ploppen zu hören. Ein Tennislehrer, der sich später als Vince van Patten vorstellte, unterrichtete eine Frau, die, wenn sie den Ball schlug, immer gleich in die Knie sackte, so als ob sie sich für jeden erfolgreichen Schlag bei irgendeinem Tennisgott bedanken wollte. Immerhin gab die Schauspielerin Annette Benning, Warren Beattys Frau, ihr Bestes.

Evans blieb vorerst spurlos verschwunden. Das monotone Ploppen der Tennisbälle hämmerte Evans' rätselhafte Biographie wie endlose Flugballduelle durch mein Hirn. Ich ging im Garten spazieren, vorbei an einer stämmigen Blondine, die sich nackt unter der Sonne räkelte – keiner wußte, wer sie war. Sie fragte mich, ob ich ihr den Rücken mit Sonnenöl einreiben würde. Ich lehnte ab und fragte zurück, ob sie wisse, wo Mister Evans sich aufhalte. »Das werden wir alle nie erfahren, Süßer«, antwortete sie.

Ich ging weiter in Richtung Gästehaus, in dem Ali MacGraw seit dem verheerenden Malibu-Feuer wohnt. »Es ist von Mister Evans extra sexy eingerichtet worden«, behauptete Butler Alan, der mir gefolgt war. »Hier übernachteten schon Mia Farrow, David Niven, Alain Delon, Audrey Hepburn, Roman Polanski, Romy Schneider, Richard Gere, die Hemingway-Geschwister und viele, viele mehr«.

Ich lief an einem Sicherheitszaun entlang, der die Pendleton-Villa von der Außenwelt abgrenzte. Ich hatte Alan abgeschüttelt, doch Videokameras zeichneten jede meiner Bewegungen auf. Das war mir klar. Als ich Evans vor einem feudalen Fitneßraum entdeckte, schien sich die kalifornische Sonne gerade auf der Pendleton-Villa zu bündeln. Evans betrachtete sein Gesicht in einem barocken Spiegel, den er sich in den Garten hatte schleppen lassen. »Film läuft, Action«, rief ein Kameraassistent. Friseur Arnold strich seinem Herrn Gel ins Haar. »Man fragt mich immer wieder, wie viele Frauen ich geliebt habe«, sprach Evans in die Kamera. »Alle, antworte ich darauf. Pussies sind mein Verderben.«

Warum er Ali MacGraw kampflos aufgegeben habe, fragte ich Evans, als er sich sein Brusthaar kämmen ließ. Ali hatte Evans im Herbst 1973 zusammen mit dem gemeinsamen Sohn Joshua verlassen und Steve McQueen geheiratet.

»Kampflos? ›Mister Big Shit Cowboy‹ kann froh sein, daß er nicht schon früher verreckt ist. Nachdem er mit Ali und meinem Sohn zusammengezogen war, tauchte Mister Big Shit plötzlich bei mir auf und sagte: ›Bob, dein Butler ist schwul. Deine Umgebung und dein Lebenswandel entsprechen nicht dem, was dein Sohn Joshua jetzt braucht. Ali und ich wollen ihm vorbildliche Eltern sein. Dein Sohn soll meinen Namen tragen.‹ In diesem Augenblick wußte ich, daß ›Big Shit‹ McQueen schon bald mit einem zweiten Arschloch durch Hollywood laufen wird. Ich zahlte 200 000 Dollar dafür, daß die Angelegenheit geregelt wurde. Und so geschah es dann auch. Joshua trägt den Namen Evans, sonst gar nichts. Im übrigen pflege ich mit meinen Ex-Frauen bis heute ein freundschaftliches Verhältnis.«

Als ich Ali MacGraw im Garten des Gästehaus beim Blumengießen begegnete, sagte sie nur den einen Satz über Bob: »Es bedrückt mich noch heute, wenn ich sehe, wie ein so wunderbarer, generöser Mensch mit einem so liebenswerten Herzen so viel Böses in sein Leben eindringen läßt.«

Als sich die Sonne langsam über Beverly Hills zu senken begann, zogen Spektralfarben am Horizont auf. Evans legte plötzlich väterlich seinen Arm um meine Schulter. Wir liefen in einen botanischen Garten am südlichen Ende der Villa. »Ich weiß, Sie sind von mir fasziniert, und das schmeichelt mir sehr. Aber es gibt ein Alter, da will man seine Vergangenheit nur noch im eigenen Licht sehen. Ihr Europäer glaubt immer, es existiere so was wie die Wahrheit, die Wirklichkeit. Wenn ich zum Beispiel an Rossellini-Filme denke, wird mir schlecht. Wissen Sie, eigentlich ist alles ganz einfach. Ich wurde dafür bestraft, daß ich zu frei geliebt habe. Mein Trieb ist mein Verderben. Oder sehen Sie das anders?

Cory und Kiana standen jetzt nackt unter einer offenen Dusche im Garten. Sie erkannten mich nicht, hielten mich wohl für einen Gast oder, noch viel besser, für einen Kunden.

»Aber Sie haben ja nicht nur geliebt. Sie wollten etwas Großes, Absolutes, und waren notwendigerweise rücksichtslos. Das hat Sie zum Scheitern verurteilt. Und im Scheitern soll sich wahre Größe ja bekanntlich erst zeigen. Oder sehen Sie das anders?«

»Soll ich mich für einen Großen halten? Wissen Sie, was in dieser Stadt über mich erzählt wird? Daß ich mir jeden Abend von einer Prostituierten aufs Gesicht scheißen lasse. So groß bin ich. ›Chinatown‹, ›Rosemaries Baby‹, ›Love Story‹ – dafür interessiert sich hier keiner. Wissen Sie, wer mir geblieben ist? Jack, der liebt mich. Der kann es sich leisten, mich zu lieben. Das nenne ich Größe. Hätte ich die Rechte an den Kopien von ›Rosemaries Baby‹, ›Der Pate‹ oder ›Chinatown‹, diese Filme würden nie mehr öffentlich gezeigt werden. Nur noch hier, in meinem ›Screening Room‹. Nur ich würde sie mir noch ansehen, zusammen mit Jack.«

Als Robert Evans mich an eine Stelle im Garten führte, von wo aus er manchmal den Himmel über Hollywood studiert, und an dem das Licht der Dämmerung gerade langsam in die Farbskalen des Regenbogens zerfiel, sagte er: »Dieses Haus ist mir geblieben. Es ist mein Hotel und mein Mausoleum zugleich. Leute kommen und gehen. Sie kommen nicht wegen des Menschen Evans, sondern wegen meiner Aura, die sich in diesem Haus widerspiegelt. Das nenne ich Größe. Wer seiner Natur folgt, der behält seine wahre Natur. Und darum scheiße ich aufs Scheitern.«

Damit war das Vorspiel beendet. Ich ging direkt auf Cory zu und fragte sie, wo ihr Zimmer sei. Sie nahm mich an der Hand und führte mich in einen Raum, der von der Decke bis zum Boden mit rosafarbenen Tüchern verhüllt war. Und dann ging alles viel zu schnell.

Cory verschwand wieder, versprach aber, daß sie in fünf Minuten zurück sei. Ich solle es mir bequem machen. Alan war nicht mehr zu sehen, und Evans war ebenfalls verschwunden. Sechs andere Männer hielten sich noch im Garten auf. Ihre Namen waren mir nicht bekannt, aber ich bin sicher, Jil hätte sie mir liefern können. Immer wieder verschwand einer der Männer in einem Raum, mal mit Kiana, mal mit der

Unbekannten. Es war ein leichtes Spiel. Doch weshalb war es so leicht, und weshalb ließ man mich gewähren? Wo war Heidi Fleiss, die Madame Claudette von Bel Air? Und wieso war Vater Fleiss der Vertrauensarzt von Madonna?

Dann kehrte eine Frau ins Zimmer zurück. Aber es war nicht Cory. Es war die Unbekannte. Sie schien erstaunt, daß ich mich noch nicht ausgezogen hatte. Sie bot mir eine Substanz in einer fingerlangen Pfeife an, die bösartiger roch als alles, was ich in den letzten 20 Jahren an Drogen in mich hineingezogen hatte. Das Zeug roch nach Crack, doch da war noch eine andere Duftnote, die ich nicht kannte, aber bald kennenlernen sollte. Ohne lange zu überlegen, zog ich an der Pfeife. Das unglaublichste High aller Zeiten kündigte sich an. Mir blieb noch nicht mal mehr genügend Zeit, die Beine der mir unbekannten Blondine um meine Hüften zu legen. Ich lag plötzlich am Boden, und über mir öffnete ein Aerobicstar seine Beine und duschte mich mit seinem gelben Urin. Es war ein gutes Gefühl – doch was hätte ich nicht alles anstellen können mit dieser Frau? Ich hätte sie auf meinen Händen tanzen lassen können und umgekehrt. Das war mein letzter Gedanke, bevor mein Gehirn sich selbständig machte und mein Körper die Gewalt über seine Gedärme verlor. Es war unfaßbar. Ich war zwei. »Wenn unsere Perversion«, flüsterte mein Gehirn, »die Perversion der Medienwirklichkeit, darin besteht, niemals nach dem realen Ereignis, sondern immer nur nach seinem Spektakel zu verlangen, niemals nach den Dingen selbst, sondern stets nach ihren Zeichen und feixenden Bildern, dann heißt das doch, daß unser Wunsch nach Veränderung nicht besonders groß sein kann. Glaub mir, es ist einfach so, wie es immer war: Wir feiern den Karneval, und die Wirklichkeit versteckt sich hinter ihrem Schleier und lacht uns aus.«

Als mein Kopf und mein Körper langsam wieder zueinanderfanden, roch das ganze Zimmer wie ein übles Scheißhaus – und der einzige Gedanke, an dem ich mich festhalten konnte, war der Gedanke an Chuck. Ich wollte ihn sofort anrufen. Es war schrecklich. Mein Leben schien plötzlich nichts weiter zu sein, als mein unaufhörliches Jonglieren mit der Wahrheit, als meine 24 Lügen pro Sekunde. Ich stellte mir idiotische Fragen. Wie funktioniert unsere Gesellschaft? Was treibt die Bevölkerung an? Und ich war so fertig, daß ich sofort präzise Antworten brauchte. Was die Menschen interessiert, so dachte ich, ist doch bloß die Überfülle an Zeichen, daß drei Fernseher gleichzeitig laufen und der Computer oder daß drei Frauen auf einmal an einem rummachen, man davon noch einen Videoclip drehen und sich währenddessen ein Süppchen kochen kann. Die Realität ist voller Zeichen. Darum geht es in den Medien, in der Mode und in der Werbung. Um Zeichen. Und die Perversion der Realität, die Verzerrung der Dinge und Sinnbilder, der Triumph der perfekten Lüge, das alles ist so faszinierend wie ein Erdbeben, wie die schlimmsten Katastrophen. Wir sind heute alle bereit, für Verführungseffekte jeden Preis zu zahlen, viel mehr als für unsere wirklichen Lebensqualitäten. In Wahrheit geht es um die Niedertracht der freien Zirkulation. Und um die Pisse, die man schlucken kann. Darin hatte Evans recht.

Irgendwie raffte ich mich schließlich auf. Ich wollte mich bei der Unbekannten bedanken, die sich längst im Badezimmer eingeschlossen hatte und duschte. Bedanken? Ich streifte den Anzug über meinen nassen Körper.

Draußen erfrischte mich der Duft von Eukalyptus, der durch Bel Air wehte. Im Vorhof der Pendleton-Villa herrschte totale Stille, und ich hoffte, bei meinem nassen Abgang unerkannt zu bleiben. Ich torkelte Richtung Ausgang, öffnete per Knopfdruck das Eisentor und tauchte in meinem Wagen unter. Ich wählte Chucks Nummer. Ich brauchte einen Zeugen, dem ich vertrauen konnte. Doch niemand antwortete. Plötzlich roch ich meinen von Scheiße und Pisse durchnäßten Körper und mußte an die Schlagzeilen denken, die Evans zum »kokainsüchtigen«, »mordverdächtigen«, »geistesgestören« und »frauenfressenden« Verlierer degradierten. Sein Name war der Inbegriff des Medienskandals: EVANS – DER VERLÄNGERTE ARM DER MAFIA IN HOLLYWOOD; FINANZIERT EVANS SEINE FILME MIT DROGENGELDERN?; EVANS IN COTTON-CLUB-MORD VERWICKELT; HOLLYWOOD-MADAM HEIDI FLEISS ÜBER EVANS: ER WAR MEIN BESTER KUNDE. Und immer hat er damit seiner Karriere einen neuen Aufschwung verliehen. Er ist Polanskis engster Berater in Hollywood gewesen, und man weiß, wohin das geführt hat: Polanski mußte wegen Sex mit einer Minderjährigen das Land verlassen. Evans versuchte sich den Jungstars unter den

Hollywood-Regisseuren zu nähern, Quentin Tarantino und Robert Rodriguez. Und die liebten ihn für seine Siebziger-Jahre-Dekadenz, so wie sie den Kung-Fu-Spezialisten Jackie Chan oder den Zeitlupenromantiker Sergio Leone liebten. Doch warum benutzte Evans jetzt ausgerechnet mich für einen neue Medienkampagne? Ganz einfach: Es gab keinen anderen. Vielleicht fand er mich auch einfach nur nett. Und Jil steckte bestimmt auch dahinter. Sie muß Evans gesagt haben, daß man sich auf mich verlassen kann. Aber wie auch immer, eines ist jedenfalls klar: Evans hatte mich zum Zeugen einer miesen kleinen Schweinerei in seinem Haus erklärt. Und ich war voll in die Falle getreten. Womöglich gab es Videodokumente von mir, am Boden, mit dem Urinstrahl einer unbekannten Blondine direkt in meinem Gesicht. Nun hoffte Evans natürlich, daß ich meine Pflicht erfüllen würde – nämlich der Welt davon zu berichten, was in der Pendleton-Villa so alles abläuft. Und daß die Welt gar keine Revolution will, sondern nur deren Spektakel. Der Karneval wird noch lange nicht zu Ende sein, und die Wölfe werden weiter heulen.

12 Stern des Gesetzes

Wo war Chuck? Ich brauchte ihn, um in die Wirklichkeit zu-rückzufinden, um den Veitstanz der Zeichen in meinem Hirn zu beenden. Ich wußte, daß seine Abwesenheit in solchen Momenten eine Paranoia furchtbaren Ausmaßes auslösen konnte. Warum, das ist eine lange Geschichte. Und die begann im Herbst 1995.

Chuck rief aus seinem Wagen an, ziemlich atemlos. Er sprach von einer Explosion an der Ecke Van Ness und 3rd Street. Und von zwei Toten, einem Mann und einer Frau. Er sagte, er kenne den männlichen Toten, und ich würde ihn auch kennen: Greg Carlson. Die Frau sei gräßlich entstellt und noch nicht identifiziert. Er habe Bilder vom Tatort gedreht. Greg Carlson habe die Frau mit einem Hammer erschlagen und mit einem Messer mehrfach auf sie eingestochen. Dann habe er sich in eine Baugrube vor dem Haus gelegt und mit einem Sprengsatz in die Luft gejagt. Motiv unbekannt. Keiner wisse bisher, wo der Typ gearbeitet hätte. Es gebe keine Spuren, nichts. Und ich solle die verdammte Schnauze halten, falls ich von den Bullen nach Greg gefragt würde – weil ich der letzte gewesen sei, der bei ihm zu Hause gewesen war, bevor es geschah. Er wisse Bescheid und stehe voll auf meiner Seite ... Dann legte Chuck einfach auf.

Es geschah alles in weniger als 24 Stunden. An einem frühen Sonntagmorgen besuchte ich den Datendetektiv Greg Carlson in seinem Büro. Greg war ein Kollege, mehr nicht. Seit über zwei Jahren spielte ich mit ihm Paddle-Tennis in Venice Beach. Als ich ihn eines Tages fragte, was er eigentlich beruflich mache, lud er mich sofort in sein Büro ein. Seine Berufsbezeichnung Datendetektiv klang sehr aufregend, obwohl ich mir darunter nicht viel vorstellen konnte. Aber ich sagte zu. Seitdem waren weitere vier Monate vergangen, weil ich auf eine offizielle Bewilligung des FBI warten mußte.

An jenem Sonntagmorgen hatte ich keinen bestimmten Grund, Greg in seinem Büro aufzusuchen. Obwohl ich die FBI-Bewilligung erhalten hatte, hing ich plötzlich nicht mehr so sehr an dieser Story. Das Internet langweilte mich. Es mag sein, daß mich an jenem Sonntagmorgen ganz einfach mein Instinkt in eine bestimmte Richtung drängte.

7.15 Uhr. Ein Mann des internen LAPD-Sicherheitsdienstes untersuchte mich, verglich meine Daten in einem Computer und stellte Fragen. Die Prozedur dauerte 45 Minuten. Dann wurde ich in Gregs Büro geführt. Die Morgensonne strahlte wie mit Laserkanonen durch die Jalousie. Eine Kaffeemaschine dampfte. Scharfe Schatten wanderten über die Wände. Festplatten fiepten. Das Szenario in Gregs Büro erinnerte mich an die Art von Science-fiction, wie man sie uns noch in den achtziger Jahren versprochen hatte: düster, kalt und kaputt. Wenn da bloß nicht die Gegenwart gewesen wäre und eine ziemlich sonderbare Sprache.

»Wenn ihr mich fragt, dann sind die Sexzwerge jetzt aus K2 raus, und ich geh nach Hause.« Greg schob das Mundstück seines kabellosen Kopfhörertelefons unter das Kinn. »Hallo, hört ihr mich? Ich geh nach Hause, ich hab den Affen. Wer übernimmt K2?«

In der Zentralkontrolle meldete sich keiner.

»Baby, komm schon, komm schon«, brüllte Greg ins Mikrophon. »Grün-Tony hat gepfiffen, das Suchmuster steht, und ich verpiß mich jetzt. Oder wollt ihr K2 versieben?«

Keine Antwort. Die Zentralkontrolle »LAPD-Datenkriminalität« befindet sich im Kellergeschoß einer Versicherungsgesellschaft an der Figueroa Street in Downtown Los Angeles. Im 5. Stock arbeiten die Abfangjäger an ihren Workstationen, Datencops wie der achtundzwanzigjährige Greg Carlson. Auf ihren Großrechnern stauen sich täglich einige tausend Datenpakete mit pornographischem, rassistischem oder sonstwie verdächtigem Inhalt. Hier wird der Krieg gegen die Gesetzlosigkeit im Internet geführt – gegen Raubkopierer, flinke Hacker, Pornographen, Gewaltverherrlicher, Rassisten und Wirtschafts-kriminelle – und damit die Entmythologisierung des Cyberspace betrieben, jenem elektronischen Wunderkontinent, über den viele euphorisch reden, obwohl sie das Terrain noch nie bis in die hintersten Galaxien bereist haben. Es ist ein Universum mit Millionen Passagieren, und niemand kann genau sagen, wohin die Reise führt. Seit vor 75 Jahren die Radiohysterie die USA befiel, hat keine technologische Revolution die Amerikaner mehr fasziniert. Und die Stimmung von damals ist der heutigen auf fatale Weise ähnlich: Journalisten schreiben schwärmerische Artikel, Zukunftsnihilisten schüren Ängste, Politiker und Wirtschaftsmanager beschwören die Zukunft, Gesetze werden vorbereitet, neue Begriffe beherrschen den Alltag. Damals war es »Broadcasting«, heute heißt es »Cyberspace«. Und wer damit nichts anfangen kann, hat keine Chance.

»Zentrale, noch 10 Sekunden, und das 909-Profil steht. Die Sexzwerge sind reif, und mir reichts. Kommen.«

Milliarden kleiner Nullen und Einsen ließ Datendetektiv Greg Carlson täglich lautlos aus der binären Sphäre des Internets in den Großrechner des »Los Angeles Police Online Crime Department« einspeisen. Anfang 1996 hoben bereits 24 Millionen Amerikaner regelmäßig ins Internet ab, zehnmal mehr als im Jahr zuvor – und die meisten taten das nicht in ihren Büros oder in Universitäten, sondern zu Hause. Nicht Wissenschaftler oder Hacker beherrschten die Datenautobahn, sondern Väter, Mütter, Kinder, Nachbarn, Kleinunternehmer, Golfer und Pfarrer. Doch schon seit Monaten geisterte ein Gespenst durch den Cyberspace: Zensur. Die Behörden fürchteten die Gesetzlosigkeit, den »Big Bang« – oder besser: den »Bit Bang« im Cyberspace. Die Zeit war also reif, alles Böse aus der demokratischsten aller Weltordnungen zu verbannen.

Vorerst war allerdings Feierabend. Greg Carlson wollte nach Hause. Doch solange sich keiner aus der Zentralkontrolle meldete, konnte Greg seine Schicht nicht ordnungsgemäß abmelden. Also starrte er weiter auf den Monitor. Und wenn der junge Datendetektiv seine Hand auf der Maus fixierte, sein Hirn scheinbar direkt an die Festplatte angeschlossen war, dann spiegelte sich in seinen Augen die Fiktion des Cyberspace: mit Lichtgeschwindigkeit über die Datenautobahn gleiten ... ein Kontinent, der sich so weit ausdehnt wie der Weltraum ... wo die Freiheit grenzenlos sein soll ... wo das Leben zur Kunst wird, und die Kunst zum Leben ... wo Zwölfjährige Testflüge mit F16-Bombern simulieren und sich täglich Tausende von neuen Cybergemeinden und Cybermärkte bilden ... wo der Begriff Subversion nicht mehr mit Anarchie in Verbindung gebracht wird, sondern mit Millionen junger Hacker und Computergenies, ohne deren Leistungen die Zukunft undenkbar geworden ist. Sonst noch was?

»Hey, ich schick euch jetzt das Bewegungsprofil runter, okay? Und dann geh ich auf 909 und Feierabend.«

Greg zog sich die Turnschuhe über die nackten Füße und riß sich den Kopfhörer in den Nacken. In solchen Momenten sah der Datendetektiv nicht gerade wie ein Sci-fi-Held aus ›Blade Runner‹ oder ›Total Recall‹ aus, diesen Zukunftsvisionen, die uns Autoren wie Philip K. Dick bereits Mitte der sechziger Jahre beschert hatten. Und auch nicht wie ein virtueller Datenkurier aus der Achtziger-Jahre-Cyberspace-Saga ›Neuromancer‹ von William Gibson. Greg glich vielmehr einem schlecht gelaunten Verkehrspolizisten aus der Wirklichkeit – einem, der nicht kapieren will, weshalb er im Regen mitten auf der Kreuzung stehen soll.

Greg Carlson trug die gleiche Freizeitkleidung, die er am Tag zuvor noch zum Einkaufen, zum Joggen und abends anläßlich eines Konzerts der Orange-County-Band Sublime getragen hatte. Seine Haare waren blondiert, malträtiert und schlampig auf LAPD-Kürze geschoren. Sein Gesicht entsprach sämtlichen Alpträumen gesundheitsbewußter Kalifornier: bleich, aufgedunsen, schwarze Augenränder, hängende Mundwinkel, ungesunde Haut und ein ziemlich übler Mundgeruch. Der Computerkrieg gegen die Datenfieslinge hatte seinen Preis: brennende Augen, Halluzinationen, zittrige Hände, Magengeschwür, immer wiederkehrende Satzmuster, die das Hirn auch im Schlaf noch malträtieren. Warum tat er sich das an?

Typen wie Greg arbeiten gewöhnlich nur jeden zweiten Tag. Die Belastung gilt als zu hoch. Manchmal fühlte sich Carlson wie ein Speicher, der zu viele Daten geladen hat. Und dann sickerten fremde Bilder in sein Hirn, eroberten Träume und Gedanken sein Bewußtsein, die nicht seine eigenen waren. In solchen Momenten fühlte er sich dem Cyberspace am nächsten – im Schlaf, im Bett.

»Hey, ihr Arschlöcher, K9 ist längst auf Sendung. Die Sexzwerge attackieren wieder, und ich will nach Hause. Kann vielleicht mal einer von euch übernehmen?« Die Zentralkontrolle meldete sich nicht.

Greg tippte auf einer separaten Workstation den Schichtrapport der vergangenen Nacht ein, nahm einen Schluck aus der Coladose, zog sich die Lederjacke über und war zum Abgang bereit. Doch plötzlich schallte eine Stimme aus dem Außenlautsprecher: »K9, 909, vergiß es. Bleib dran.« Die Stimme kam aus der Kontrollzentrale 2, wo der Hochleistungsrechner der NSA (National Security Agency) steht, mit dem die geplünderten Mailboxes ausgewertet wurden, die Carlson letzte Nacht aufgestöbert hatte.

»Wir haben hier unten ein kleines Problem mit den Wirbeltieren«, sagte die Stimme. »Kannst du vielleicht noch bis 8.30 Uhr durchhalten?«

Carlson schüttelte den Kopf. »Es ist immer das gleiche. Ich liefere denen die Fische am Haken, aber die wissen noch nicht mal, wie man die Dinger vom Haken runterholt. Dilettanten.«

Greg behauptete, sein Körper sei auf eine Schicht von genau sieben Stunden programmiert. »Mehr als sieben Stunden Patrouille auf der Datenautobahn sind ja wohl gegen das Arbeitszeitgesetz. Aber hier weiß eh niemand, welche Gesetze gelten.«

Fast schien es so, als herrsche das Chaos nicht nur im Datennetzwerk Internet, wo sich mittlerweile 50 Millionen Menschen in 160 Ländern niedergelassen hatten, sondern auch im Online-Crime-Büro des LAPD. Die Stimmung war wie in einem Copy-Shop. Die Datencops trugen keine Waffen, dafür warfen sie mit Papierfliegern. Keiner von Gregs Kollegen war älter als 30. Es ist eine Polizei, wie man sie in keiner Science-fiction findet.

»Wir sind hier wie eine kleine Familie, und deshalb will man uns immer zu Überstunden zwingen«, sagte Carlson. »Das mach ich aber nicht mit. Das bringt mich aus meinem Schlafrhythmus. Wenn ich nicht schlafen kann, dann erkenne ich auf dem Bildschirm nur Nebel.« Die Kapitulation vor dem Streß und dem Chaos auf der Datenautobahn war natürlich reine Schauspielerei. Eigentlich war Greg Carlson ein Kind der Chaostheorie, des Psychedelic, des Punk-Rock, was auch immer. Am wichtigsten waren ihm die sechs Grundsätze, die er mal als junger Hacker aufgestellt hatte:

Kleine Philosophie der Hacker

1. *Für Lenin war die Revolution »Kommunismus plus Elektrizität«.*
2. *Für Marshall McLuhan galt: »Der Tag, an dem alles kommunizierbar und damit erkennbar sein wird, wird den universellen Frieden einläuten.«*
3. *Unbegrenzter Zugang zu Computern für alle.*
4. *Alle Informationen gratis.*
5. *Traue keinem, der Gesetze im Internet propagiert.*
6. *Kreiere deine eigene Kunst, deine eigene Vorstellung von Schönheit, dein eigenes politisches Weltbild – und frag nicht, was du für dein Land tun kannst, sondern mach es einfach.*

Hacker wie Greg Carlson sind für die Datenkripo schwer zu gewinnen. Sie halten den Staat und seine langen Arme grundsätzlich für den größten Feind des Cyberspace. Doch Greg hatte sich freiwillig gemeldet. Warum?

»Hey, wenn mir Netscape eine Million im Jahr bezahlt, bin ich hier sofort weg. Aber es gibt viele talentierte Jungs und Mädchen. Ich bin nur einer von vielen. Und der Staat bezahlt mich auch nicht schlecht. Im übrigen muß ich hier weder eine Uniform noch stramme Anzüge tragen, und der Job macht ziemlich viel Spaß.« Aber das war noch nicht alles.

Greg kannte die technische Überlegenheit der Datenterroristen, Sexneurotiker, PC-Rassisten oder Raubkopierer aus eigener Erfahrung. Mit 19 hatte er den Geheimcode der First Interstate Bank in Santa Barbara geknackt und dafür zwei Monate im Gefängnis gesessen. Er war der richtige Mann am falschen Platz.

»Ganz ehrlich«, versuchte Greg seine Fahnenflucht ins Feindeslager mir gegenüber immer wieder zu rechtfertigen, »mich kotzt die Internet-Hysterie dermaßen an, daß ich jetzt lieber beim Aufräumen mithelfe, um Freiräume für später zu schaffen.«

Greg Carlson griff nach seinen Kopfhörern. Er mußte die Abmeldepflicht einhalten. »Okay, Jungs, ich mach jetzt einfach Schluß, und ihr könnt die Salami selber schneiden. K2 ist bereit … holt sie euch ab oder laßt es bleiben.«

Als Carlson seinen Rucksack packte – die CDs, die Barb-Wire-Comics und ein Fläschchen Augentropfen –, kam plötzlich die langersehnte Antwort: »909, du hast einen Wurm geladen, einen verdammten Wurm …«

»Was?« Greg hetzte zum Computer zurück – log in, drop out, in zwei Sekunden.

»Wir haben diese Dinger noch nie gesehen. Kannst du mal ein neues Bewegungsprofil K2 anlegen?« fragte die Stimme aus dem Außenlautsprecher.

Greg behauptete, die Würmer seien so eine Art Agenten, die das Netz je nach Auftrag des Absenders durchkämmten, Bestellungen erledigten oder Daten einkauften. Mittlerweile waren Millionen Kleinunternehmer im Netz und sichteten Angebot und Nachfrage über das World Wide Web.

»He, ich hab's schon, da hocken SPA-Viren drin. Ganz klar. Ich geb mal ein paar Krebswächter dazu, okay? Ihr könnt die Würmer in fünf Minuten abholen, saubergeleckt.«

Die saubergeleckten Würmer, wie Greg sie nannte, sind spezielle Suchprogramme, die bei der Kommerzialisierung des bisher von Behörden, Universitäten und Hackern organisierten Internets eine große Rolle spielen. Sie sollen einem Kunden helfen, sich im wuchernden und immer verwirrenderen Informationsangebot des Internet zurechtzufinden.

»Aber es gibt ein Problem mit diesen Dingern«, sagte Greg. »Eigentlich sind es Viren. Und sie vermehren sich wie die Kaninchen. Wenn die Datensuppe richtig trübe ist, dann kopulieren sie mit anderen Viechern, eben mit diesen verdammten SPA-Agenten. Das ist die Konkurrenz. Das sind die privaten Wachdienste im Internet, die im Auftrag der Softwareindustrie nach Softwarepiraten fahnden. Und so einen Zoo können wir bei uns natürlich nicht gebrauchen.«

Greg tanzte über die Tastatur. Allein 1995 waren in den USA durch Datenpiraten Schäden in der Höhe von 2,2 Milliarden Dollar entstanden. Doch die Dunkelziffer war noch viel höher.

Greg Carlson öffnete auf dem Bildschirm die Datenpakete eines überführten Kinderpornographen – K2 oder Sexzwerg, wie er ihn nannte. Bunte Farben und Zahlenmuster breiteten sich auf dem Bildschirm aus. Carlson griff sich so viele SPA-Agenten, wie er nur konnte. Der Eingriff dauerte 10 Minuten. Dann meldete Greg: »Okay, 909 ist erledigt, die Suppe ist klar. Hey, ich sag euch, die SPA-Viecher sind ganz schön klebrig. Wie Tintenfische.« Ist der Cyberspace der Wirklichkeit vielleicht ähnlicher, als wir das bisher angenommen haben?

Als ich gemeinsam mit Greg eine Stunde später auf seinem Motorrad durch die Straßenschluchten von Downtown raste, flog ein Polizeihubschrauber tief über der Figueroa Street. Greg drehte sich nicht danach um. Die Vision einer Science-fiction war längst verblaßt, die Freiheit im Cyberspace vielleicht schon bald erledigt. Doch war Datencop Greg Carlson wirklich ein echter Mensch? Ich kannte nur den Greg, mit dem ich Paddle-Tennis spielte. Und mit jenem Greg hatte der verrückte Typ im Büro der Datenkripo nichts gemein.

Zu Hause angekommen, entdeckte Greg eine frische Baugrube vor seiner Garage. Arbeiter verlegten Kabel. Es handle sich dabei um die neuesten fiberoptischen Kabel, die bald im ganzen Land verlegt würden, behauptete der Bauführer. Diese Hochleistungskabel ermöglichten den Zusammenschluß von Telefon, Fernsehgerät und Computer. Greg fragte nach, ob er mal in die Baugrube hinuntersteigen dürfe. Er würde gern die Kabel inspizieren, von denen eine volle Ladung direkt unter seinem Haus verlegt werden sollte. Doch der Bauführer lehnte ab.

Der Datencop entspannte sich erst, als wir sein Haus betraten. Er erzählte mir von seinen Träumen – den guten, den bösen und den stinknormalen. Von der Vereinsamung und der Entfremdung. Er habe versucht, die wahre Bestimmung des Cyberspace herauszufinden, von der keine Fiktion erzähle. Aber es sei ihm nicht gelungen. Dann wieder habe er versucht, seine Reisen über die Datenkontinente zu ordnen.

»Weißt du, ausgerechnet Sex, dieser letzte Aspekt der Virtual Reality, erregt die Computertrottel am meisten. 80 Prozent aller Neueinsteiger flippen in die Chat-Rooms und suchen einen Partner. Dort herrscht natürlich das große Blabla. Die Datenfickerei ist außer Kontrolle geraten. Und wir haben ein echtes Problem, die Kriminellen von den Abenteurern zu unterscheiden, die wahren Cyberkünstler von den Neurotikern und die politisch Radikalen von den Rassisten. Meine Vorgesetzten stufen schwule Web-Seiten zum Beispiel als Abfangbereich ein. Genauso wird die Homepage »AOL-Sucks« bewertet, die den totalen Zusammenbruch aller kommerziellen Online-Anbieter propagiert. Da müssen wir uns halt dann einmischen, und das ist natürlich der totale Wahnsinn, weil wir ja eigentlich nicht Schwule, Alternative oder politisch radikal denkende Benutzer treffen wollen, sondern die Schweine, die chronischen Wichser im Internet, die sich wie Spielsüchtige in den Chat-Rooms breitmachen und ihre Kinderpornos oder rassistischen Hetzereien ins Netz streuen, und die Raubkopierer, die Kreditkartendiebe et cetera. Dabei ist es rechtlich noch völlig ungeklärt, wen und was wir eigentlich verfolgen dürfen. Ist das nicht phantastisch?«

Carlson öffnete sein völlig lose strukturiertes Hirn, und dabei setzte er dieses idiotische Grinsen eines typischen Cybernerds auf – des erhabenen Besserwissers. Er erzählte, wie er im letzten Urlaub quer durchs Land gehetzt sei, immer auf der Flucht vor realem Sex und auf der Suche nach dem perfekten Nicht-Greg, der er im wirklichen Leben werden wollte. Und wie dieser digitale Nicht-Greg gegen den wirklichen Greg angekämpft habe, der Männer, Frauen und Kinder gesehen hätte, die alle große, weit offene Münder hatten und schrien: »Liebe mich, fick mich, töte mich.« Greg lachte, als er mir diese Geschichte erzählte – und wie die Stimme des Nicht-Greg, des Datencops, verhindert hatte, daß der reale Greg diese Menschen am Straßenrand einfach alle abknallte.

Greg Carlson haßte die Netzignoranten, die das Angstgespenst vom »Big Brother«, vom gläsernen Menschen an die Wand malten. Das Gegenteil sei der Fall, behauptete Carlson: »Das Internet verkörpert doch gerade die totale Dezentralisierung der Macht.« Typen wie Carlson sind die Kinder der Computer-Hippies, die den Geist und die Macht innerhalb der Microcomputerindustrie seit Mitte der sechziger Jahre geprägt haben. Davon konnte sich auch der Datencop Carlson nicht trennen. Der reale Greg war der nette Junge von nebenan, der mit seinem Computer spielt. Kein Hinweis auf seine neue Identität als Nicht-Greg, von der er träumte, und den ich für sehr viel weniger beängstigend hielt.

»Meine Eltern fragen mich manchmal, mit was ich es eigentlich bei meiner Arbeit so zu tun bekomme. Ich antworte dann immer: Mit dem ganz normalen Wahnsinn. Früher hätte ich das nicht gesagt. Als Hacker hätte ich gesagt: Mit dem ganz normalen Wahnsinnspaß. Aber die Zeiten haben sich geändert. Das Leben auf der Datenautobahn sorgt täglich für neue Schlagzeilen. Damit wird ein völlig idiotisches Mysterium um den Begriff Cyberspace gefüttert. Das kotzt mich am meisten an. Was hat der Normalverbraucher von diesem gigantischen Hype? Total überlastete Netze, acht Stunden Wartezeit, um das neueste Dirk-Pit-Videospiel auf den Bildschirm zu laden, Werbespot über Werbespot im Web, Großkonzerne, die ihre Territorien im Datennetz abstecken. Und jetzt droht den Veteranen unter den Cybersurfern sogar der ultimative Alptraum: die totale Zensur. Und ich gehöre zu denen, die es womöglich durchsetzen müssen.«

Datencop Greg Carlson nannte zu seiner Entlastung einige Fälle, mit denen er in den letzten Monaten beschäftigt gewesen war und die er für gerechtfertigte Eingriffe hielt.

»Ein User in Miami feuerte einfach so zum Spaß 10 Tage lang über 1 000 Viren ins Netz und zerstörte dabei fast den legendären Computertreffpunkt WELL. Das ist ein Spezialrechner in Sausalito, in dem Tausende von Datenreisenden aus der ganzen Welt eine zweite Heimat gefunden haben. Ein Fünfundzwanzigjähriger names Kevin Mitnick mischte innerhalb weniger Tage 20 000 Kreditkarten-Nummern auf, ohne sie jedoch zu benutzen. Ein Onliner aus New York gab sich als Hund »Pipodog 7« aus und verschob an der Wall Street wahllos Millionenbeträge, die ihm nicht gehörten. Sein Glück: Er vermehrte das Vermögen der drei ahnungslosen Aktionäre. Doch der Zerfall der Sitten im Internet ist ja gar nicht das Allerschlimmste. Damit kann ich eigentlich leben. Was mich viel mehr beschäftigt, ist, daß wir den religiösen Aspekt des Cyberspace zerstören. Und das will ich verhindern.«

Vom religiösen Aspekt konnte ein Datenpriester wie Carlson nicht auf Kommando sprechen. Dazu brauchte er viel Ruhe, viel Abstand. Immerhin erwähnte er den ersten Teil seines Alten Testaments: ›Stranger in a Strange Land‹ von Robert Heinlein.

Die Ungläubigen konnte Carlson jedoch auf Anhieb nennen. Er kannte das Bewußtsein unzähliger Internet-User. Er hatte ihre Daten analysiert und ihre Gedanken gelesen und war dabei auf menschliche

Tragödien gestoßen: Tragödien, die von Bindungslosigkeit, Libidoverlust, dem Hang zur Selbstbefriedigung und Pornographie erzählten. Fast wie im wirklichen Leben.

Ich saß bei Greg auf dem Sofa, beobachtete ihn, wie er todmüde und doch sehr aufgeregt durch sein Haus marschierte, dabei manchmal im Badezimmer verschwand, aus dem er meist erst nach 10 Minuten total optimistisch und hellwach wieder zurückkehrte, und ich fragte mich: Sieht so die Cyberrevolution aus, die man uns versprochen hat? Ein Krieg zwischen Atom und Bit? Baustoffe des Lebens gegen Nullen und Einsen? Haben die digitalen Daten bereits unsere Köpfe verseucht oder feiert die Wirklichkeit dank der Internethysterie ein großartiges Revival?

Greg wußte keine Antworten. Es wurde bereits Nacht, und ihn quälten Gedanken, die er nicht einordnen konnte. Seine Sprache litt darunter und wurde total selbstreferentiell. »Ich bin ein Unterbewußtseinskid, ein blauer Saurier. Manchmal kann ich die Insektenklauen spüren, die fremde Bilder in mein Hirn schleppen.« Und wenn Carlson sich von den fremden Bilder befreien wollte, dann mußte er auf seinem Home-Computer über jene Datenkontinente wandern, auf denen seine Hackerjugend gespeichert war. Er sprach dann von den Kriegen zwischen guter und böser Computerkultur, die er schon als Sechzehnjähriger ausgefochten habe. »Die gute Kultur ist die Hakkerkultur, die böse Kultur ist die Kultur der Computernormalverbraucher, der Administrationen, der bloßen Computer-als-Instrumente-Programmierer.« Und nichts charakterisiert diese beiden Fronten mehr als die angewandte Softwaresprache, was schon Douglas Hofstadter in seinem Buch ›Gödel, Escher, Bach‹ beschrieben hat.

»Ich kenne meine Jagdgründe, meine Väter«, sagte Greg ernst. »Das gibt mir Sicherheit, denn heute bin ich ein Teil des Bösen. Aber ich werde wieder zu meinen Wurzeln zurückkehren.«

Greg beschwor in solchen Momenten das Erbe der amerikanischen 68er-Generation. Nicht die Anti-Vietnam-Bewegung, nicht Woodstock und auch nicht die langen Haare, sondern die Genies der Computerrevolution: Lee Felsenberg, der den ersten PC, den sogenannten Osborne 1, gebaut hatte und ein Radikaler innerhalb der damaligen »Neuen Linken« in den USA gewesen war; Mitch Kapor, der die Software Lotus 1-2-3 für IBM-PCs entwickelt und nebenbei die Texte zu einigen Songs der Band Grateful Dead geschrieben hatte; Steve Jobs, der Gründer von Apple, der als achtzehnjähriger Hacker die Blue Box entwickelt hatte, was das kostenlose Telefonieren ermöglichte. Heute gilt Jobs neben Bill Gates als einer der mächtigsten Männer der Computerindustrie.

»Wir verdanken alles den Hippies«, sagte Greg. Wenn er jedoch nachts im Netz nach den Jagdgründen seiner Vorbilder und seiner Jugend fahndete, erfuhr er immer öfter, daß er dort nicht mehr erwünscht war. Der legendäre Computertreffpunkt Hackmen – Kommunikationszentrale von ehemaligen Computer-Wizards des Massachusetts Institut of Technology (MIT) – hatte ihm den Zutritt versperrt. Der Virtual-Reality-Künstler Jaron Lanier, Lehrmeister und Cyberfreund von Greg, verweigerte jede Kontaktaufnahme. Die Hackerspezies von Wireless hatten Greg als Kameradenschwein bezeichnet und ihn auf die alternative Most-wanted-Liste des World Wide Web gesetzt.

Doch Greg, der junge Datencop, wollte nicht aufgeben. Er verstand sich als Freiheitskämpfer im Gewand des Feindes. Vielleicht strebte er sogar eine Karriere als erster Bundesrichter im Cyberspace an. Das einzige, was Greg fürchtete und was ihn gleichzeitig antrieb, schlich unterirdisch in seine Telefonleitung, von dort in seinen Fernseher und seinen Computer und endete in seinem Hirn.

Vor seinem Haus leuchteten Scheinwerfer die Baugrube aus. Und obwohl er die Kabelbündel nicht hatte inspizieren dürfen, wußte er, wie es dort unten aussah.

»Neun von 10 Kabeln, die in meinem Haus angeschlossen werden, sind bloß Einbahnstraßen von draußen nach drinnen. Damit soll der Aktionsradius des Normalverbrauchers auf der Superdatenautobahn eingeschränkt werden. Eine neue Ordnung wird im Cyberspace vorbereitet. Die Mehrheit der Bevölkerung soll dann nur noch als Empfänger von Daten geduldet werden. Unter diesen Umständen verwandeln wir uns in einarmige Banditen. Und das muß ich verhindern.«

Das war die letzte Aussage, die ich von Greg Carlson an jenem Abend auf Band aufnahm. Danach setzte er sich vor seinen PC. Seltsamerweise hatte er sich schon vorher offiziell von mir verabschiedet, obwohl ich noch immer auf seiner Couch saß und gern mit ihm mein

Bierchen geleert hätte. Doch das schien ihn nicht besonders zu kümmern. Gegen acht verließ ich sein Haus.

Für das, was sich einige Stunden später im Haus von Greg Carlson abspielen sollte, hatte es keine Anzeichen gegeben. Ich hatte mit einem jungen Datencop gesprochen, der in der gleichen Nacht eine Frau auf ziemlich bestialische Weise umbringen und sich später in einer Baugrube selbst in die Luft jagen würde.

Am nächsten Morgen rief ich Chuck an. Als er meine Stimme hörte, unterbrach er sofort die Verbindung. Das war eine Maßnahme, die wir eingeführt hatten, um uns vor möglichen Lauschangriffen zu schützen.

Ich wußte, daß Chuck acht Tage hintereinander keine wirklich interessanten Bilder gedreht hatte und daß seit 14 Tagen nichts von ihm im Fernsehen gezeigt, geschweige denn in den Zeitungen über ihn geschrieben worden war. Chuck fühlte sich in solchen Zeiten furchtbar verlassen, wie ein ungewolltes Kind, das die Mutter in die Mülltonne geworfen hat. Ich mußte auf der Lauer sein, womöglich hatte mich Chuck während meines Zusammenseins mit Greg Carlson verfolgt. In seiner Verzweiflung hatte er wohl gedacht, ich würde ihm eine Story vorenthalten, an der Spuren von FBI-Sprengstoff, Verschwörung und Sexualmord klebten. Und so muß er sich entschlossen haben, mir in jener Nacht auf den Fersen zu bleiben, wobei ihn sein Instinkt so weit trieb, daß er einfach vor Greg Carlsons Haus im Wagen übernachtete, damit er seine Paranoia sättigen konnte. Und peng! – schon war Chuck direkt vor einer Goldgrube gelandet.

Drei Stunden später rief Chuck zurück und verhörte mich. Es war sehr unangenehm, aber ich ließ ihn machen.

»Hast du auf der Straße irgend jemanden gesehen, als du gestern nacht Greg Carlsons Haus verlassen hast?«

»Nein«, antwortete ich.

»Merkwürdige Geräusche gehört?«

»Nein.«

»Unbekannte Autos bemerkt?«

»Nein.«

»Hast du mal mit dieser Jil Barnes gefickt oder von Greg Carlson Speed bezogen?«

»Komm schon, Mann«, sagte ich. »Jil Barnes hat mit der Sache nichts zu tun. Was redest du da eigentlich?«

»Fick dich ins Knie«, brüllte Chuck. »Beantworte meine Frage. Jil Barnes ist tot. Abgeschlachtet von diesem Greg.«

Ich mußte ruhig bleiben, das ganze war nur ein ganz mieser Traum. Ich erinnerte mich an Strategie Nummer 5: *Inszeniere Vulgärkino*.

»Also schön: Nein, ich habe nie mit Jil Barnes geschlafen oder von Greg Speed bezogen.«

»Okay, das war's. Willst du wissen, was ich für Bilder geschossen habe und wer sie mir abgekauft hat? Dann sieh nach, ich hab das Band bei deinem Hausmeister hinterlegt. Reine Vorsichtsmaßnahme.«

Die Bilder waren purer Terror, absolut unverkäuflich und höchstens fürs FBI-Museum in Tulsa, Oklahoma, oder einem Splatterklub im World Wide Web geeignet. Im Vordergrund sah ich Jils abgetrennten Kopf in lebendigem Schwarzweiß. Ihr Körper lag ausgestreckt in der Küchentür. Dahinter waren die blutbespritzten Wände und der Fußboden zu sehen. Greg Carlson hatte »Großartig, Großartig, Großartig« quer über die blutverschmierten Wände geschrieben.

Ich schaltete das Band aus. Es war zuviel. Für mich gab es nicht viel mehr zu tun, als so rasch wie möglich die Stadt zu verlassen. Ich hatte das Telefon leiser gestellt und sah das rote Lichtlein blinken. Ich schaltete das Band ein. Chuck hatte mir klare Anordnungen hinterlassen. Darin war er grosse Klasse, wirklich sehr rührend. Er sorgte sich leidenschaftlich um meine Sicherheit.

»Geh nach Hause und lade deine Habe in den Wagen, einschließlich Tonband- und Videomaterial, das dich mit Greg Carlson und Jil Barnes in Verbindung bringt. Gib den Hausschlüssel unten ab. Kauf dir einen Halfter für deinen Revolver und schneide ein Loch hinein, damit der Schalldämpfer Platz hat. Dann hak die Magnum an die Sprungfeder unter dem Fahrersitz des Wagens. Schlaf gut und fahr morgen früh über den Interstate 15 in Richtung Barstow. Dort entledigst du dich sämtlicher Akten, die dich mit Greg und Jil in Verbindung bringen. Es grüßt dich, dein Freund Chuck.«

13 Gnadenlos gehetzt

Nach einer nahezu schlaflosen Nacht verließ ich Los Angeles am nächsten Morgen in Richtung Barstow. Bei Barstow, der Stadt, die die Schriftstellerin Joan Didion einmal als »Stadt der Rasensprenger« bezeichnet hat, treffen mitten in der Mojave-Wüste zwei Autobahnen aufeinander, und die Grünflächen entlang der Autobahnzufahrten werden täglich 13 Stunden lang bewässert.

Ich wollte dort bei Denny's ein Club-Sandwich essen, wie von Chuck befohlen einige Akten vernichten, die mich mit Datencop Greg Carlson und Bob-Evans-»Krankenschwester« Jil Barnes in Verbindung brachten, meinen Anrufbeantworter abhören und dann in einem Motel untertauchen. Soweit mein Plan.

Ich war auf der Flucht, und Reporter auf der Flucht sind gefährlich. Ich fühlte mich so kräftig wie eine Seeschlange, die gegen Wikingerfrauen kämpft, und redete mir ein, Reporter auf der Flucht seien noch gefährlicher als Schizophrene, die von dem Wahn besessen sind, eine Bombe zu sein. Und weil ich von diesem idiotischen Gedanken nicht mehr loskam, mußte ich diese Erkenntnis unter der Überschrift »Journalist auf der Flucht« noch etwas genauer definieren: *Journalisten sind am ehesten geneigt zu töten oder getötet zu werden, wenn sie das Gefühl haben, symbolisch zu sterben, wenn sie von Phantasien des Erstarrens, der Sinnlosigkeit und der Trennung von der Wirklichkeit überwältigt werden.*

Ich hatte einen beruhigenden Vorsprung vor meinen Verfolgern. Ich wußte genau, daß das Ereignis da war und daß nichts es mehr aufhalten konnte. Ich wollte jede Sekunde dieser Flucht genießen – doch vor was floh ich eigentlich, und wer verfolgte mich? Fühlte ich mich schuldig, weil meine Wahrnehmung bereits anders funktionierte als die jener Medienvertreter, die noch an die aufklärerische Wirkung ihrer Arbeit glaubten? Fühlte ich mich schuldig, weil ich nichts unternahm, um die Informationsbombe zu entschärfen, sondern, ganz im Gegenteil, die Faszination an der Virtualität förderte? Fühlte ich mich schuldig, weil ich die sogenannte Realität des Leidens und der Gewalt, des Scheins und der Heuchelei ausblendete? Fühlte ich mich schuldig, weil ich an die sozialpsychologische Bedeutung des Starsystems in Hollywood für die Gesellschaft glaubte? Oder war mein klares Urteilsvermögen durch die Fluchtgeschwindigkeit der Bildersintflut ganz einfach längst zerstört?

Alles wurde flach. Auf dem Interstate 15, nahe Victorville, wähnte ich mich sicherer, obwohl ich mich noch immer in Reichweite der Krallen von Los Angeles bewegte. Der Dunst über der Landschaft, den ich im Rückspiegel beobachtete, war giftrot gefärbt, so als ob die Erde pausenlos Feuer spuckte. Hinter den Hügeln lag Los Angeles auf der Lauer wie ein unberechenbares Ungeheuer.

Ich lehnte mich aus dem Fenster und beobachtete den Vorderreifen. Dabei konzentrierte ich mich auf das rhythmisch schlagende Geräusch, das die Nähte des Straßenbelags verursachten. Ich dachte daran, wie ein Schlag unweigerlich zum nächsten Schlag führt, so wie ein Gedanke automatisch den nächsten Gedanken erzeugt – was so lange weitergeht, bis ein Netz aus Gedanken und Straßen entstanden ist, eine Landkarte im Hirn.

Der Anblick meines Vorderreifens wirkte wie eine Bewußtseins-V2. Plötzlich konnte ich sämtliche Obertöne des Universums regelrecht fühlen, Ego und Nicht-Ego verbrüderten sich. Ich begann, die Landkarte meiner Gedanken zu studieren, was mir jede Angst vor dem Tod nahm.

Ich habe in den vergangenen Jahren mehrfach über synthetische Drogen wie Ecstasy und Crack berichtet. Ich kenne ihre Macht und ihre Langzeitwirkung, die schlimmstenfalls zu totaler Asozialität und Schizophrenie führen, im besten Fall eine sexuelle Dauerleistung von mindestens zwei Tagen provozieren und auch schon mal einen wirklich glänzenden Tod. Doch die zu einem weißen Ring beschleunigte Reifeninschrift
»Goodyear« und deren Wirkung auf mein Hirn überbot einfach alles. Es war fast so, als würde ich im Gegenzug zur elektronischen Hypergeschwindigkeit und der Medialisierung der Welt die Trägheit neu entdecken. Der Anblick des Vorderreifens wirkte jedenfalls besser als die synthetische Superdroge 2CB alias Venus, die ich auf einem Orbital-

Konzert in Snow Valley getestet hatte. Venus sensibilisiert die Gefühlsnerven, macht einen geil und dementsprechend unglücklich, wenn man den Stoff ohne Partner geschluckt hat. Und wie die meisten »synthetics« verstärkt auch Venus zunächst die Sinneswahrnehmungen, was dann in einen Nachspann mündet, der nur von sinnlosen Stimmungsschwankungen geprägt ist. Dem Beobachter eines Vorderreifens wird dagegen die Chance geboten, sich über mehrfach ineinander übergehende Mikrokosmen neu zu definieren – und das mit Hilfe eines einfachen Rads, das immer und immer wieder über die Nähte im Straßenbelag holpert.

Ich dachte zunächst, daß diese naive und psychedelische Neubewertung eines rollenden Autoreifens wohl vor dem Hintergrund meiner medial bestimmten Welt und der Turbulenzen, in die ich geraten war, erfolgte. Aber ich war mir nicht sicher. Vielleicht wehrte ich mich auch nur ganz einfach gegen die Todesangst.

20 Meilen vor Barstow wurde ich vom Discolicht eines Streifenwagens der California Highway Patrol (CHP) aus meiner Meditation gerissen. Ich zog meinen Oberkörper wieder zurück ins Auto, schloß das Fenster und spürte plötzlich einen brutalen Schmerz in meinem linken Ohr.

Mit den Männern und Frauen der CHP hatte ich noch nie Probleme gehabt. Im Gegensatz zum LAPD analysieren die CHP-Beamten Gesichter, Sprache und Erziehung der gestoppten Fahrer. Ich sehe sympathisch aus, kann wie ein echter, kerniger, konservativer Kerl im richtigen Moment flotte Sprüche klopfen, bin meistens sauber und rieche nach Clear Water, Fahrenheit oder Old Spice. Damit kommt man bei der CHP recht gut durch. Trotzdem kamen mir Zweifel, als sich der CHP-Streifenwagen plötzlich an mein Hinterteil klebte und mich mit idiotischem Sirenengeheul und blaurotem Discolicht zum Anhalten aufforderte. Ich ging im Kopf eine eingeübte Checkliste durch, die ich mir mal aus der TV-Serie ›L.A. Cops‹ abgeguckt hatte: 1. Abblendlicht ausschalten, Standlicht einschalten 2. Hände zurück ans Steuerrad. Nicht umdrehen. Warten bis Officer neben das Seitenfenster tritt. 3. Geradeaus starren.

Doch es kam alles ganz anders. Plötzlich hörte ich drei Schläge auf dem Dach meines LTD, so als ob da einer mit dem Spazierstock meine Karosserie nach Rostschäden abklopfte. Dann schlug jemand gegen mein Seitenfenster. Ich drehte meinen Kopf zur Seite und sah Zähne in einem bleichen Gesicht und eine Taschenlampe, die mich anstrahlte. Ich kniff die Augen zusammen und sah, wie der Bulle an Kontur gewann: ein verdammter LAPD-Officer, der zur Tarnung einen CHP-Streifenwagen fuhr. Er war der Archetyp eines Bullen. Per Knopfdruck öffnete ich das Fenster. Der Bulle trug eine verspiegelte Oakley-Sonnenbrille, obwohl der Mond zwischen den Wolken hindurchschien. Dann streckte er mir seine Hand entgegen und sagte: »Mister Shapiro, nehme ich an? Oder heißen Sie heute etwa wieder anders?«

Seine Worte machten mich stumm und matt. Ich hatte noch nie einen Bullen erlebt, der mir die Hand zum Gruß entgegenstreckte. Und weil er mich damit überrumpelte, griff ich zu. Ich war sozusagen in seine Hand geraten. Mein Versuch, mich wieder loszureißen, war vergebens.

»Keine Videokamera zur Hand, Mister Shithead, hä?« fragte der Bulle und zerquetschte dabei fast meine Hand. Eine solche Kraft hatte ich noch nie so unmittelbar gespürt. Das war »The Force«, so kam es mir jedenfalls vor. »The Force« treibt Menschen in den Selbstmord, und die Flucht vor »The Force« endet meistens in einem durchlöcherten Leichenwagen. »The Force« trägt in der Regel Dunkelblau mit silbernen und bronzenen Abzeichen, die sie als »Enforcer« kennzeichnet.

Da war sie wieder, diese glühende Nadel mit Namen Paranoia. Nur war sie völlig außer Kontrolle geraten, stieß durch mein linkes Trommelfell wie durch Butter und trat auf der anderen Seite als lustiger Lollypop aus der Hirnrinde wieder heraus. »The Force« ist keine abstrakte Macht aus einem galaktischen Märchen, die über die Kinderherzen von Los Angeles herrscht. Wenn sie sich nicht gerade die blaue Ritteruniform des LAPD übergestreift hat, dann zeigt sie sich gern als Charles-Manson-Ritualist oder Mitglied einer Sci-fi-Sekte. Oder sie landet mit Raumschiffen in den Big Bear Mountains, wirft Sattelschlepper auf dem 15er-Freeway um, zerrt Menschen in tiefe Erdspalten oder zündet die Santa Monica Mountains an. »The Force« ist eine Kraft, die die Menschen in Los Angeles zwingt, davon zu träumen, daß die Welt nur zwei Fronten verträgt: Gut und Böse und sonst gar nichts.

»The Force« sprach jetzt direkt in mein Gesicht: »Dachten Sie, Sie hätten es mit Amateuren zu tun? Ich bin seit 19 Jahren Cop und kassiere seit 14 mit ab. Ich weiß, wo der Hase lang läuft, wenn es um Schmiergelder geht. Ich hab Sie vor einer halben Stunde an mir vorbeibrausen sehen und Ihr Kennzeichen bei der Kraftfahrzeugbehörde checken lassen. Aus dem Branchenbuch weiß ich den Rest. Sie haben sich als Golf- und Tennislehrer eintragen lassen. Beeindruckt mich einen feuchten Scheißdreck. Wissen Sie, wie viele Typen ich zur Strecke gebracht habe, die sich als sogenannte Golflehrer ausgegeben hatten? Haben Sie gedacht, ich lasse Sie diesen Quatsch mit dem Geheimversteck und dem Untertauchen anonym durchziehen? Haben Sie gedacht, ich glaube Ihnen den Stuß, den Sie mir am Telefon erzählt haben? Von einer Recherche über den Mißbrauch der Videokamera, von der Unterwanderung der Fernsehnachrichten? Wirklich, Dr. Shithead, Sie beleidigen meine Intelligenz.«

Ich holte tief Luft. Mein Vater hatte mich gelehrt, daß das Machtverhältnis in allen Beziehungen innerhalb der ersten fünf Minuten etabliert wird. Ich mußte die Tatsache klarstellen, daß ich hier die Macht in Händen hielt. Ich, oder besser Chuck, besaß, was dieser Bulle wollte: Videobänder. Videobänder von vielen Bulleneinsätzen, Helikopterflügen und Einsätzen gegen mexikanische Einwanderer in Anza Borrego. Videobänder mit Interviews, in denen Prostituierte die Namen von Bullen preisgaben, mit Hubschrauberpiloten, die schon mal einen Gaseinsatz gegen eine Speed-Küche in Riverside geflogen waren und mit besoffenen Zivilbullen in Las Vegas. Chuck besaß ein ganzes Arsenal an Videomaterial, mit dem man Nachrichtenmagazine für die nächsten 100 Jahre mit Skandalberichten über die Fettärsche des LAPD hätte füllen können. Und das gesamte Material war auf einem verdammten Grundstück in Llano del Rio versteckt, wohin mich der Bulle nun begleiten wollte. Aber er hatte nur einen Verdacht, keine konkreten Beweise. »The Force« hatte einfach Angst. Chuck und ich wußten, daß sämtliche lokalen Fernsehstationen vielleicht einmal pro Jahr eine Bullenstory laufen lassen. Stories über korrupte Bullen sind nichts wert. Dieser Bulle, der sich als Larry Johnson ausgab, wurde ganz einfach von einer großen persönlichen Angst gebeutelt. Vielleicht hatte er sogar Schuldgefühle. Die Armenier waren hinter ihm her und verlangten von ihm, daß er den Videodesperados endlich das Lämpchen abdrehte. Larry Johnson steckte in der Scheiße, nicht ich, nicht Chuck, nicht die Jungs von Spring Heel Jack. Und wahrscheinlich steckt er da heute noch drin, denn sonst hätte er mich wohl nicht ein halbes Jahr später noch einmal belästigt, und sein Kärtchen bei meinem Hausmeister abgegeben.

Mir war jedenfalls klar, daß ich jetzt endlich wieder mal eine große Nummer schieben mußte, so wie früher, als ich als erster Snowboarder in Gröden einen 180-Grad-Sprung über den Stingelfelsen gewagt hatte. Ich mußte sofort ganz fett auftreten, so wie es Chuck in meiner Situation getan hätte. Etwas anderes verstand dieser Bulle nicht.

»Ich bin müde, Officer«, erklärte ich. »Machen wir Schluß für heute. Ich denke mir folgendes: Sie zahlen uns dreimal jeweils fünf Riesen, und die Videobänder werden mit größter Vorsicht und nach meinem Gutdünken aus unserem Archiv herausgeschleust. In diesem Punkt werden Sie mir vertrauen müssen. Ich hab in unserer Beziehung die Hosen an, aber ich werde es wohlwollend angehen.« Ich ließ das Seitenfenster hochfahren. Und bevor sich unsere Wege trennten, schickte ich Larry Johnson noch ein Küßchen durch die schmale Fensteröffnung. »Betrachten Sie es als häßliche Vater-Sohn-Geschichte, *comprende*?«

Officer Larry Johnson verkam zu einem nach Luft schnappenden Larry – einem, der seine furchtbare Abhängigkeit von denen zu überwinden versuchte, die ihm in seinem Berufsalltag am nächsten standen: den Medienleuten, den Hubschrauberpiloten der Fernsehstationen, den Nachrichtenmachern der TV-News, den Rodney Kings und Videoengeln, den Kontrolleuren der 58 000 öffentlichen Videoüberwachungsanlagen, den Händlern der Bildersintflut, von Chuck und seinem glühenden Assistenten und besten Lehrling, kurz: von all jenen, die diese Scheißbullen und damit die Scheißdemokratie Amerikas beherrschen und besitzen; von Leuten wie uns, die Typen wie Johnson die Titte, an der sie saugen dürfen, geben oder entziehen, weil wir, die Medien- und vor allem Fernsehleute, längst über Cops wie

Johnson herrschen. Und wenn wir so jemandem sagen, er soll uns den Weg freimachen, dann steht ein Polizeihund wie Johnson auf seinen Hinterbeinen, wedelt mit dem Schwanz und bittet Chuck noch darum, ein Fernsehbildchen von seinem Sohn zu schießen und es unbedingt in den Abendnachrichten unterzubringen. So ein Bulle war das.

Larry Johnson stammelte noch irgend etwas wie: »Ja, ja, du kleiner Scheißer.« Aber da rollte ich bereits wieder los.

Der Nebel schwebte vom Los-Angeles-Becken über den Cajon-Paß und legte sich langsam wie eine Decke über die Mojave. Er machte dem Traum ein Ende, noch ehe er richtig schön durchnäßt von Blut und überschwemmt von Grauen und Erinnerungen beginnen konnte.

Nachdem ich mir bei Denny's in Barstow gleich zwei Club-Sandwiches geholt und meinen Anrufbeantworter nicht abgehört hatte, fuhr ich noch etwa eine halbe Stunde auf einer sandigen Landstraße geradeaus, bis ich auf ein altes, heruntergekommenes Motel der Kette Sunset 504 stieß, das von einem indischen Ehepaar geführt wurde. Der Motelier, ein dünner Mann in einem gelben Rock und einem weißen Unterhemd, verhandelte mit mir durch eine kugelsichere Glasscheibe. Seine Frau saß an einem Bürotisch. Das Büro diente ihnen als Wohn-, Schlaf- und Wäscheraum. Ich hatte die beiden geweckt, und ihre Gesichter wirkten extrem alarmiert. Sie gaben das perfekte Bild eines typischen Motelier-Ehepaars ab: hypervorsichtig, gebeutelt vom schlechten Geschäft, schlechte Englischkenntnisse, schnell in Mißverständnisse verwickelt und, obwohl sie die USA nur aus dem Fernsehen kennen, seit Jahren mit sämtlichen Tricks der Waffen- und Überwachungstechnologie vertraut.

Mitten in der von Speedfreaks und Amphetaminlabors verseuchten Mojave-Wüste ein Anmeldeformular in einem Motel auszufüllen, gehört wohl zu den aufregendsten Momenten einer Kalifornienreise – besonders, wenn man so gut gelaunt grinste wie ich. Während ich meine Daten in das Formular eintrug, herrschte gespannte Stille. Ich blickte immer wieder auf und schickte dem Inder das totale Bogartlächeln rüber, nichts als Zähne. Dabei beobachtete er meine Bewegungen, mein Gesicht, womöglich zählte er meine Augenaufschläge. Ich sah, wie die Inderin ihrem Mann den Rücken deckte, indem sie ihre Hände unter dem Bürotisch versteckte. Ich wußte genau, was sie dort festhielt, und lachte die gute Frau an. Als meine Kreditkarte bestätigt wurde, grinste sie zurück. Schließlich händigte mir ihr Mann durch ein Sicherheitstürchen im schußsicheren Glas den Zimmerschlüssel aus.

Draußen leuchtete eine Neonlampe, die mich an die alten DDR-Grenzübergänge erinnerte. In der Dunkelheit heulten Koyoten und bellten Wachhunde. Ein Sattelschlepper raste vorbei und deckte das schwach beleuchtete Motel mit Staub zu.

Ich bezog das einzige Zimmer mit einer funktionierenden Klimaanlage – ein schäbiges Zimmer, das aber gut roch. An den Wänden hingen Kunstdrucke von M. J. Murphy, mit Szenen des Indy-500-Rennens, des Kentucky-Derbys und des Flugrennens in Reno. Die Motelkette Sunset 504 hat viele dieser Murphy-Drucke gekauft. Es gibt dieses Gerücht, daß Murphy ein ranghohes Mitglied des Ku-Klux-Klan war, heute im Pelican-Bay-Gefängnis eine lebenslange Haftstrafe absitzt und nebenbei malt. Die alten Klan-Freunde bei der Motelverwaltung lassen seine Bilder rahmen und hängen sie in die Zimmer ihrer landesweit operierenden Motelkette.

Wieso war ich nervös? Es gab keinen Grund. Chuck hatte mir klare Anweisungen gegeben. Ich sollte einige Tage in seinem Wüstenversteck untertauchen und dort das einzige Beweisstück vom Carlson-Tatort deponieren. Das war alles.

Ich hatte viel über Chucks Versteck nahe der Edwards Air Force Base gehört und von den Sexorgien und Schießtrainings, die er dort mit Freunden kurz nach seiner Rückkehr aus Vietnam abgehalten hatte. Damals war Chuck nicht sicher, ob er jemals wieder den Weg zurück in die Gesellschaft finden würde, und er stand noch in Kontakt zu den Kämpfern der Untergrundorganisation Symbionese Liberation Army und ihrem charismatischen Revolutionär Cinque alias Donald De Freeze. Doch als Donald DeFreeze 1974 bei einer Schießerei in Los Angeles ums Leben kam, traf Chuck eine Entscheidung: Er ließ sich von der ›Los Angeles Times‹ als Lokaljournalist anheuern.

Ich war noch nie in diesem Wüstenversteck gewesen, wußte aber, daß Chuck einem Mann names David Alex Alvarez, genannt Spooky, seit sechs Monaten Unterschlupf gewährte.

Ich legte mich auf die mit einem alten und brutal nach Bleichmittel riechenden Leintuch bezogene Matratze und fiel sofort in eine Art Halbschlaf. Traumsequenzen … Sharon Stone, Brad Pitt und Charles Bronson prosten mir zu, wobei sie mir jeweils vier große, überschäumende Biergläser entgegenhalten … Lieutenant Johnson läßt sich von der großen Dame des TV-Journalismus, Barbara Walters, flüssiges Blei in den Arsch gießen … die Kollegen vom ›National Enquirer‹ holen sich den Pulitzerpreis für eine Story ab, die zur Aufklärung eines sogenannten Carjacking geführt hat … im entführten Wagen sitzt das drei Monate alte Baby von Sylvester Stallone; es hat keine Augen und schreit so furchtbar laut, daß es dem Entführer zuviel wird und er den Wagen mitsamt dem Baby über eine Schlucht nahe der Santa-Fe-Springs-Ölraffinerie rollen läßt – der Raffinerie, wo auch eine Szene mit Lee Marvin im Film ›Point Blank‹ spielt und die James Cagney in ›White Heat‹ als letzter Zufluchtsort dient.

Würgend und nach Luft schnappend wachte ich auf. Zwei Stunden waren vergangen. Ich spuckte und holte tief Luft: Ich hatte meinen Kissenbezug zerbissen, und mein Mund war voller Baumwolle und Schaumgummi. Dann sah ich meine Hände. An meinen Fingernägeln klebte Putzmörtel und Blut: Ich hatte im Schlaf ein kleines Loch in die Wand gekratzt.

Als ich endgültig wach war, schaltete ich den Fernseher wie immer auf Kanal 7 (ABC) ein, wo gerade die 18-Uhr-Nachrichten liefen. Nachrichtensprecher John Byron berichtete von einer Schießerei in Llano. Ich kenne Byron von der Paddle-Tennis-Anlage in Venice Beach. Er gehört zu den Nachrichtensprechern, die von einem schlechten Gewissen gebeutelt werden, wenn sie ihre Meldungen lesen, und die ihren Abgang deshalb meistens mit einem dummen Späßchen garnieren. Weshalb Byron diesen Job überhaupt macht, das hat allein mit seinem unglaublichen Vertrag zu tun: Er kassiert 2,2 Millionen Dollar pro Jahr. Auf dem Bildschirm erschien jetzt irgendein Hilfssheriff, der die Resultate der polizeilichen Untersuchungen vortrug: Ein von der Polizei angehaltener Autofahrer soll das Feuer eröffnet, dabei zwei Polizisten getötet und ihnen später die Ohren abgeschnitten haben. Keine Ahnung, ob Spooky zu so was überhaupt fähig ist, aber den Beschreibungen des Deputy entnahm ich, daß sich die

Schießerei drei Meilen südlich von Spookys Versteck abgespielt hatte. Es gab viele durchgeknallte Speedfreaks, die im Rausch sogar ihre eigenen Kinder mit der Lötlampe aufweichten. Doch daß die jetzt auch noch unter die Ohrensammler gingen, war mir neu.

Ich saß auf der Bettkante und dachte über meinen Traum nach. Zu meiner Beruhigung dachte ich plötzlich messerscharf. Um mich auf einer klaren Bewußtseinsebene einpendeln zu können, schalte ich zu Hause gewöhnlich auf den Outdoor- oder Golfkanal. Doch das Sunset 504 empfing kein Kabelfernsehen. Um trotzdem rasch wieder zu mir selbst zu finden, notierte ich mir einige Gedanken.

Gedanken zur Verbesserung journalistischer Effektivität

1. *Die Alltagswirklichkeit taucht in der Medienwirklichkeit auf, was wiederum Rückwirkungen auf die Alltagswirklichkeit hat.*
2. *Die Alltagswirklichkeit muß in den Medien nach deren Gesetzen modelliert werden. Sie muß den Anforderungen des schnellen Schnitts, der Bildhaftigkeit und der rhythmischen Sequenzierung unterworfen werden. Dadurch ergeben sich Verknüpfungen zwischen der medialen und der alltäglichen Realitätslogik, was eine Art Metarealität schafft.*
3. *Persönlichkeitsbildung muß anhand von Leitbildern der Massenmedien erfolgen. Mediale Eigentümlichkeiten werden somit auch Teil der Wirklichkeit außerhalb der Medien.*

Langsam wurde es Morgen. Ich riß die Vorhänge auf, und da sich die Fenster nicht öffnen ließen, schaltete ich die Klimaanlage auf Höchststufe. Sofort wurde ich von der Helligkeit und einigen Fragen terrorisiert: Wie weit geht die Verknüpfung von Realität und Virtualität? Was hatte Jil Barnes mit Datencop Carlson zu tun, ihrem Mörder? Wieso hatte ich beim Interview mit Sharon Stone einen Revolver bei mir? Warum versteckt Chuck einen jungen Latino in der Mojave-Wüste? Wie kommt es, daß Lieutenant »The Force« Larry Johnson sein Revier verläßt, einen CHP-Streifenwagen fährt und sich von mir auf offener Straße erpressen läßt? Er hätte mich abknallen und die Angelegenheit als Heldentat darstellen können. Und warum habe ich seit über

10 Stunden weder meinen Anrufbeantworter noch meine E-Mail-Box abgerufen?

Ich packte meine Sachen, stieg in meinen Wagen und fuhr los. Zwei Stunden lang ging es nur geradeaus, und nichts geschah. Eine große Wolke schwebte am Himmel, eine große schöne Talwolke. Sie entlud sich über einem Wüstennest namens Hi Vista. Dort stieß ich auf eine dieser Wüstensiedlungen für greise Amerikaner, in denen es amerikanische Pflicht ist, nie zu sterben. Die Siedlung mit dem rührenden Namen Sunny lag direkt im Landeanflug der Stealth-Bomber, von denen jeder immerhin so viel kostet wie 10 000 Alterswohnungen. Zwanzig Meilen westwärts, nahe der Ortschaft Mojave, sah ich eine Ansammlung sonderbarer Wohnwagen, die zur Hälfte im Sand steckten und von zerfetzten US-Flaggen flankiert wurden. In solche Bunkerheime igeln sich junge Aussteigerfamilien ein, Kinder und Eltern tragen Tarnanzüge, und das einzige Interesse dieser Menschen scheint sich auf eine noch perfektere Abkapselung von der Außenwelt zu konzentrieren, auf die Pflege eines grenzenlosen Hasses gegenüber den Organen, die diesen Staat kontrollieren. In unmittelbarer Nähe dieser Widerstandsnester entdeckte ich einen riesigen Friedhof für Jumbo-Jets und andere Großraumflugzeuge. Und nur ein paar Meilen weiter wurde ein neues, ganz besonderes Aussteigerprojekt vorbereitet: Biosphere 3, der bisher alternativste Lebensentwurf aller Zeiten. Dort sah ich verstörte, heimatlose Menschen ziellos durch die endlose Ebene laufen, die, weil sie aufrecht gehen und ihren Namen korrekt buchstabieren konnten, aus den überfüllten Heilanstalten von Los Angeles in die Provinz abgeschoben worden waren. Ihre Spuren führten zu einer riesigen Shopping-Mall außerhalb der Ortschaft Lancaster, wo sich in klinisch sauberen, vor der Natur geschützten und von Muzak und sauerstoffreicher Luft berieselten Hallen die neuen Subkulturen amerikanischer Teens formieren – Skateboarder und Virtual-Reality-Spieler, Low-Rider-Fahrradfans und Basketballer, Entlaufene und Heimatlose.

Und es regnete in der Mojave-Wüste, wie es nur alle 100 Jahre einmal regnet. Der Regen trommelte auf den Asphalt – Menschen waren jetzt keine mehr zu erkennen, nur dampfender Asphalt. Die Straße glänzte wie schwarzer Lack.

Ich war auf dem Weg zu Spooky Alvarez' Versteck. Chuck hatte mir nicht viel erzählt, nur daß dieser fünfundzwanzigjährige Mexican-American aus La Habra ein liebenswürdiger Kerl sei, ein Fan des mexikanischen Fußballteams America, von Torwart Harald Schumacher und von Boxer Cesar Chavez. Das war wirklich sehr beruhigend.

Spooky war ein guter Kunde von Chuck. So viel wußte ich. Spooky hatte Exklusiv-Stories geliefert, als er noch auf der Most-wanted-Liste des FBI stand. Chuck behauptet noch heute, ich hätte mit diesem liebenswürdigen Verrückten auf einer Wiese in La Habra Fußball gespielt – 48 Stunden bevor er vier Familienangehörige seiner Frau getötet hat. Aber daran kann ich mich wirklich nicht mehr erinnern.

Spooky war ein kleiner Slumboxer in Chucks großem, miesem Medien-Gym. Chuck läßt viele aufgewühlte Boys und Girls in seinem Gym trainieren, die später für ihn den Großen Preis gewinnen sollen. Er dokumentiert ihre Familien, schießt fröhliche Jugendbilder, heitert seine jungen Kämpfer auf, zahlt ihre Schulden, besorgt ihnen heiratswillige Vierzehnjährige, wird zum Ehrengast beim Hochzeitsfest ernannt, sogar zum Patenonkel. Chuck investiert viel Zeit und viele Stunden geduldigen Zuhörens in junge Statisten wie Spooky – oder Affen, wie Chuck meistens sagt –, aber so sicher wie der Dünnschiß nach einem Jack-In-The-Box-99-Cent-Hamburger hätte er keinen Finger für Spooky gekrümmt, wäre er nicht überzeugt gewesen, daß der junge Mann ihm irgendwann eine gute Story liefern würde.

Ich näherte mich Spookys Versteck von Norden – von dort aus, wo man am Horizont verschwommen die riesigen Hallen der Air Force Plant 42 erkennen kann, in denen die Stealth-Bomber montiert werden. Hunderte von Quadratmeilen leeren Raums sind rund um Llano parzelliert worden, um die zukünftigen Millionen aufzunehmen, die Los Angeles mit der Wüste – oder umgekehrt, die Wüste mit der Metropole – vereinigen sollen. Ich wollte nicht weiter darüber nachdenken, weil es mir sonst die gute Laune verdorben hätte.

Ich lud meine kleine Saturday-Special, eine der lächerlichsten und deshalb gefährlichsten Waffen Amerikas. Sie kostet 25 Dollar, klemmt schon nach 20 Schuß, und der Pistolengriff scheint beim Abfeuern auseinanderzubersten. Die Saturday-Special gehört zu den beliebtesten Waffen der Jugendlichen in Los Angeles. Ich habe meine Saturday zufällig in der Tiefgarage der Stadtbibliothek gefunden. Man kann in dieser Stadt zwar keine größere Dummheit begehen, als eine auf der Straße gefundene Waffe bei sich zu tragen – vor allem wenn die Registriernummer abgefeilt worden ist –, aber ich fühlte mich so unglaublich stark, daß ich unvorsichtig geworden war.

Ich suchte mit meinem Fernglas das Gelände rund um Chucks Versteck ab, das gut drei Meilen vom Pearlblossom Highway entfernt lag, dem tödlichsten Stück zweispurigen Asphalts in Kalifornien, und in sicherem Abstand zur nächsten Fertighaussiedlung. Die Gegend wimmelt nur so von Baracken, Wohnwagen und Containern, die ziemlich pittoresk zwischen Joshua-Bäumen, Yuccas, Burro-Gestrüpp, vereinzelten Hainen, Wüstenland und Abfallhalden stehen. Hier befindet sich das Zentrum der kalifornischen Amphetaminproduktion. Hier leben Vietnamveteranen und andere Aussteiger, Air-Force-Angestellte und Orangenpflücker, illegale Einwanderer und Bullen ihren amerikanischen Traum, einen Traum voller Gewalt – unverkäuflicher Gewalt, denn die Fernsehzuschauer in Los Angeles interessieren sich nicht für das »Tal des Todes« oder die »Region der Millionen Rasensprenger«, den Korridor zwischen Victorville und Lancaster. Der übrigen Welt ist dieser Landstrich aufgrund von Space-Shuttle-Landungen auf der Edward-Air-Base bekannt. Und Chuck Yeager hatte über dem Antelope Valley in seinem Bell-X-1-Raketenflugzeug als erster die Schallmauer durchbrochen. Dieses Stück Himmel ist der wichtigste militärische Luftraum der Welt: über 90 000 militärische Übungseinsätze werden hier jährlich geflogen.

Ich konnte in diesem letzten Neuland des südkalifornischen Traums, in diesem Slum der Zukunft vor den Toren von Los Angeles keine Menschen erkennen. Ich sah nur ein Rudel streunender Hunde, das sich Chucks umzäuntem Grundstück näherte. Das war alles.

Der Traum von der Wüste als Zuflucht platzt fast täglich. Innerhalb weniger Jahre sind den neuen Bewohnern die Inner-City-Probleme gefolgt. Die Gangster der 18-Street-Gang und auswärtige Crips liefern sich in Lancaster jede Woche Schießereien hinter Sanddünen, zwischen Bauruinen und auf Parkplätzen neuer Supermärkte. Chuck hatte im letzten Sommer einer solchen Schießerei aufgelauert und dabei ziemlich gute Bilder geschossen, für die NBC-Nightline, ABC und

FOX insgesamt 2000 Dollar gezahlt hatten: Sie zeigen den Sheriff von Palmdale, wie er Jugendliche mit Hunden durch die Ebene jagt.

Das alles ging mir durch den Kopf, während ich Chucks Grundstück nach Fluchtwegen Richtung Pearlblossom Highway absuchte. Fast hätte ich darüber vergessen, meine Saturday-Special zu sichern. Ich stopfte sie vorn in meine Hosentasche und fuhr los.

Spooky hielt sich in einem Wohnwagen auf, der direkt neben dem Haus stand, in dem ich die Videobänder vom Carlson-Tatort deponieren sollte: in schwarzen Patronenkästen der US-Army, die sich in einem alten Wells-Fargo-Tresor befanden.

Chuck hatte mich gebeten, Spooky ein wenig Geld zu hinterlassen. Ich mußte also mit ihm Kontakt aufnehmen, daran kam ich nicht vorbei. Ich fuhr vor den Wohnwagen, hupte zweimal und stieg sofort aus, um Mißverständnisse zu vermeiden. Auf dem Boden lagen Knochenreste und zerlöcherte Bierdosen. Ein grauer Chevy Chevelle stand hinter dem Haupthaus. Plötzlich tauchte ein Gesicht am Wohnwagenfenster auf. Spooky beobachtete mich. Als sich die Tür einen Spaltbreit öffnete, rief ich sofort laut und deutlich: »Chuck schickt mich, du weißt Bescheid ...«

Die Wohnwagentür öffnete sich jetzt ganz. Spooky nickte und winkte mir zu. Er trug einen Bart und eine verschmutzte Dickies-Arbeiterhose. Mehr konnte ich auf die Entfernung nicht erkennen. Nervös observierte er die Umgebung, wobei er darauf achtete, seinen Kopf nicht zu weit ins Freie zu halten. Ich wunderte mich, daß es auf dem Gelände offenbar keinen Wachhund gab. Als ich Spooky danach fragte, antwortete er nicht. Ich sagte ihm, daß ich nur kurz ins Haus gehen und in zwei Minuten wieder weg sein würde.

Das Haupthaus war nicht mehr als ein riesiger Handwerksschuppen. Es roch nach Hundekot und Dieselöl. Ich ließ die Tür halb offen, um den Wohnwagen nicht aus den Augen zu verlieren. Zwischen mir und Spooky lagen etwa 30 Meter. Ich mußte nicht lange suchen. Unter einer Zeltplane entdeckte ich den Tresor, auf den Chuck so stolz ist: ein 1,5-Tonnen-Monster aus den dreißiger Jahren. Ich wählte die Geheimzahl, die Chuck mir verraten hatte – eine Entscheidung, die ich bis heute nicht verstanden habe. Das Schloß schnappte auf, und mit Hilfe eines Brecheisens öffnete ich die schwere Tür. Den Anblick, der sich mir dann bot, werde ich wohl nie mehr vergessen: Im Tresorinneren stapelten sich Videokassetten. Wie Goldbarren glänzten die Etiketten auf der Stirnseite. Was sich da über die Jahre alles angesammelt hatte! Ein altes Videoband mit dem Titel ›Man Against Nature – Caught on Videotape‹ fiel mir sofort auf. Chuck hatte es in Vietnam auf 8-mm Film gedreht: Bilder von GIs, die gegen Schlangen und Wildkatzen kämpfen. Nach seiner Rückkehr aus Vietnam hatte Chuck erkannt, daß unscharfe Bilder, die den Kampf zwischen Biest und Mensch dokumentieren, ein gutes Geschäft bedeuteten. Noch heute strahlt FOX-TV immer wieder den einen oder anderen Klassiker aus, den sie Chuck bereits Ende der achtziger Jahre abgekauft hatten. Die Bilder zeigen einen GI, der im Schlaf von einer Boa constrictor umwickelt wurde. Andere GIs hacken das Biest in Stücke. Der Reiz dieser Bilder wird durch den bizarren Soundtrack ergänzt: MG-Feuer in der Ferne und dazu das aus einem Radio plärrende ›Alabama Bound‹ von den Charlatans. Ein anderer Klassiker aus Chucks »Biest gegen Mensch«-Archiv zeigt einen Bären, der eine Familie im Los Angeles Forrest überfällt. Die Tochter dreht den Zweikampf zwischen Bärin und Vater. Das besondere an diesen Bildern: Das Mädchen hält die Kamera fest in den Händen, kein Zittern, kein Schreien. Vollkonzentriert dreht sie den tödlichen Kampf zwischen dem Braunbären und ihrem Vater.

Viele dieser Kassetten hatte Chuck über Anzeigen gesammelt, die er noch heute in diversen amerikanischen Lokalzeitungen abdrucken läßt. Nur daß sich heute kaum noch jemand meldet, weil inzwischen jeder den Wert solcher Aufnahmen kennt.

Chucks Sammlung beinhaltete bizarre und irritierende Exemplare. Viele von ihnen hatte ich als billige Kopien bereits in seinem Studio gesehen, andere waren mir völlig unbekannt: ›Most Violent Accidents in Airtraffic-History‹, ›Suicide on Homevideo‹, ›Most Famous Police Chases in Los Angeles‹, ›Woman who Kills‹, Videos, in denen Menschen vor laufender Kamera gefoltert oder getötet werden, darunter ein erheblicher Teil der Bilder zu den diversen »Gore«-Kultvideos wie zum Beispiel ›Gesichter des Todes‹. Ich kontrollierte die Etiketten. Es gab alte U-Matic-Bänder, die nur mit einzelnen Szenen betitelt waren. Hier ein Auswahl: ›Mißglückter Fallschirmabsprung‹; ›Leiber, die von den Rotorblättern eines Hubschraubers zerfetzt werden‹; ›Leichenteile nach einem Flugzeugabsturz‹; ›Ein Delinquent auf dem elektrischen Stuhl, dem Blut aus den Augen quillt‹; ›Noch mehr Menschen nach Bären- oder Krokodilsattacken‹; ›Onanier- und Masturbationsversuche‹; ›Ein dickleibiger Mann rasiert sich die Schambehaarung‹; ›Ein Mann reißt sich in einem langwierigen Prozeß den Kehlkopf heraus‹; ›Ein Mann quält sich mit Hilfe eines Drahtseils, das er sich um den Hals zurrt‹; ›Eine Frau, die langsam, aber sicher beginnt, aus allen Löchern zu bluten‹; ›Eine Frau, die ihre Kleidung und sich selbst zerschneidet, um sich schließlich ein Messer ins Auge zu rammen und ihren Unterleib zu pfählen‹.

Die Wirkung vieler dieser Bilder erinnert an ›Der andalusische Hund‹ von Louis Buñuel und Salvador Dalí, an ›Nekromantik‹ von Jörg Buttgereit und an Antonin Artauds ›Theater der Grausamkeit‹. Nur waren diese Bilder hier echt – jedenfalls soweit ich das auf den Kopien erkennen konnte.

In Chucks Archiv fehlten auch jene Polizeilehrfilme nicht, die er vor Jahren bei einer Recherche im UCLA Medical Center gestohlen hatte. Immer häufiger gelingt es ihm, Bildausschnitte und Sequenzen dieser Videos für sehr viel Geld an Musikvideoproduzenten zu verkaufen. Performer wie Marilyn Manson, Beck oder Nine Inch Nail kaufen Chuck über Mittelsmänner vor allem Kurzsequenzen von entstellten Körpern ab und schneiden sie später in ihre Videos hinein. Es ist ein wirklich prächtiges Geschäft. Polizeilehrfilme in Musikvideos, und keiner weiß etwas davon. Das ist wirklich großartig.

Ich reihte das Carlson-Tape alphabetisch korrekt neben »Car Accidents«, Selbstquälungen unter Drogeneinfluß, chirurgische Geschlechtsumwandlungen und Tierschlachtungen ein, so wie Chuck es mir befohlen hatte. Dann schloß ich die Tresortür, drehte den Zahlenring am Schloß und breitete jeweils zwei Zeltplanen über den riesigen Tresorkasten.

Ich hatte mich schon lange nicht mehr so stark, so vollkommen und so frei gefühlt wie in jenem Moment, als ich aus dieser Hütte wieder ans Licht trat. Ich dachte kurz nach und kam zu folgendem Schluß, den ich mir später in mein Regelbuch notierte:

Über Effekte

1. *Jenseits aller Fragen über Wirklichkeit dient extremes Nachrichtenmaterial einzig der Befestigung der Scheinrealität. Es handelt sich um den Schein, der echt wirken soll, aber nicht um der Wirklichkeit willen. Die Echtheit kommt vielmehr allein der Gesetzmäßigkeit der Nachrichtenshow zugute, also der Logik der Effekte, die wie »special effects« auf den Zuschauer wirken. Kurz: Es ist die Selbstreferenz der Effekte, die eine Pseudo-Wirklichkeit erzeugt.*
2. *Die von Reality-TV- und TV-News-Produzenten angewandte Schnittechnik überschreitet oft die Geschwindigkeit der Signalverarbeitung des Zuschauers. Dadurch kann der Zuschauer kein Bild mehr richtig identifizieren.*

Ohne weiter nachzudenken, stieg ich die Treppe zum Wohnwagen hinauf und öffnete die Tür zu Spookys Versteck. Spooky war ein großer, kurzgeschorener Mann, der anfing, Fett anzusetzen. Mehr war nicht zu erkennen. Kalte Augen in einem derben Gesicht musterten mich vom Scheitel bis zur Sohle und von rechts nach links, ohne auch nur andeutungsweise erkennen zu lassen, was der Kopf dahinter dachte. Im Inneren des Wohnwagens herrschte diffuses Licht. Ich hasse Situationen, in denen ich mir über die Gesichtszüge meines Gesprächspartners kein Bild machen kann. Vor allem, wenn es sich dabei um einen vierfachen Mörder handelt – wenn auch einen sehr liebenswürdigen Mörder.

»Kannst du dich erinnern? Wir haben in La Habra mal zusammen Fußball gespielt«, sagte ich plötzlich, ohne lange zu überlegen. Aber ich konnte nicht erkennen, ob Spooky meine Bemerkung verstanden hatte. Und deshalb ließ ich so eine Art dummes Späßchen folgen: »Hier draußen spielst du bestimmt keinen Fußball, oder?«

Ich hörte ein dumpfes »Huh«, dann war es wieder still. Ich fühlte mich jetzt wie von einer wütenden Faust umschlossen, was nichts mit dem unsichtbaren Spooky zu tun hatte, sondern mit der Einrichtung des Wohnwagens. Ich nahm eine rasche Bestandsaufnahme vor: Die Vorhänge waren olivgrün und ließen selbst den grellsten Sonnenschein nicht durch. Die einzige Lampe im Raum war mit einem schwarzen Plastikschirm versehen. Es fehlte jede Farbe, was den Eindruck des Eingeschlossenseins noch verstärkte. Und in einer Reflexreaktion auf dieses Gefühl zog ich meine kugelsichere Weste aus, die ich seit fast vierundzwanzig Stunden getragen hatte. Ich war nicht überrascht, daß sie schweißdurchtränkt war.

Spooky schien das als eine Geste des Vertrauens zu verstehen. Er sagte plötzlich in schwerem Latino-Akzent: »Ich bin wirklich sehr dankbar für alles, was Señor Chuck für mich tut.«

Ich schüttelte den Kopf, stampfte durch den Wohnwagen und war sehr erleichtert. Aber das zeigte ich nicht, sondern ich inspizierte den Wohnwagen, so als ob ich im Auftrag von Chuck handelte. Die Wände in Küche und Bad waren mit einer dicken Schicht Emailfarbe bepinselt worden und ergänzten das düstere Motiv dieses Wohncontainers. Ich durchstöberte Herrentoilettenartikel, stieß auf Taschenbücher – hauptsächlich Sci-fi-Romane – und einen Stapel gestohlen aussehender Schallplatten, darunter Dutzende von Alben mit obskuren Interpreten wie Kim Foley, Wig, 13th Floor Elevator, Velvet Illusions, Phil and The Frantics, The Spades, The Chocolate Watch Band, Jefferson Airplane und The Painted Ship. Ich studierte Covergraphiken und fragte Spooky, ob das Zeug ihm gehöre. »No, Señor«, sagte er höflich. Er schien mich mehr zu fürchten als ich ihn, was in mir ein ziemlich euphorisches Gefühl verursachte. Dann betrachtete ich den Fußboden, der fast vollständig von Männerklamotten unterschiedlicher Farbe bedeckt war – und von zerknüllter Bettwäsche, starr vor Schweiß.

Ich hatte meine Erforschung des Wohnwagens beinahe beendet, als ich in der Diele zwischen Wohnzimmer und Küche einen eingebauten Wandschrank bemerkte. Er war angestrichen wie die Wand ringsum, aber Risse in der Farbe ließen vermuten, daß er benutzt worden war. Ich klappte die Schranktür auf und fuhr zurück, als ich sah, was da lag: ein Bild von mir, mit Jil Barnes; ein Bild mit Jil Barnes, Brad Pitt und Greg Carlson auf einer Yacht, draußen vor den Catalina-Inseln; die CAC-Agentin Priscilla Romero, mit Beavis-&-Butt-head-Erfinder Mike Judge, Greg Carlson und Computer-Wizard Steve Jobs auf irgendeiner Benefizparty für die Geffen-Aids-Stiftung. Es handelte sich eindeutig um Videovergrößerungen, außerdem waren die Bilder aus großer Entfernung aufgenommen worden. Ich legte sie wieder zurück, denn ich wollte mir nicht die gute Laune vermiesen lassen. Und ich wollte auch nicht über Zusammenhänge nachdenken, die ich nicht verstand. Ich konnte Chuck nach meiner Rückkehr darüber befragen.

Plötzlich hatte ich Lust auf ein Gespräch, und ich kann mir bis heute nicht erklären, warum. Es war absolut fahrlässig, mich hier länger als notwendig aufzuhalten. Ich wußte das, und trotzdem spürte ich den Reiz eines netten Gesprächs mit Spooky – eines Gesprächs, das den Qualitäten und der Strenge eines Verhörs entsprechen sollte, ohne ihm dabei das Gefühl zu geben, von mir belästigt zu werden. Ich wollte ihn mit dem Gesprächstempo verwirren und in eine Art Trance versetzen. Ich habe zu dieser Interviewtechnik eine äußerst effektive Theorie entwickelt:

Das erfolgreiche Interview

Schaffe Vertrauen und inszeniere Verwirrung. Sprich schnell und intensiv, halte einen gleichmäßigen Redefluß. Betone besonders deine stärksten Argumente, kreiere einen rasenden Rhythmus, schau deinem Opfer nur beiläufig, aber sehr intensiv in die Augen. Benutze deine Hände, um bestimmten Worten eine noch größere Bedeutung zu verleihen. Schau in die Ferne oder an die Decke, um eine kurzfristige geistige Abwesenheit vorzuspielen. Gib deinem Opfer immer wieder zu verstehen, daß du es für extrem klug hältst. Sei freundlich, aber verliere nie deine Bedrohlichkeit. Gib deinem Opfer zu verstehen, daß du sehr leicht explodierst. Steck dir eine Zigarette nach der anderen an, das wirkt auf dein Opfer befreiend, denn damit signalisierst du, daß du zur Selbstaufgabe bereit bist. Steh immer wieder auf, auch wenn diese Aktion deinem viel berühmteren Gesprächspartner etwas seltsam vorkommt. Es ist immer nur zu deinem Vorteil, wenn du etwas verrückt erscheinst. Lächle aufmunternd.

Spooky Alvarez untersuchte einen Pickel auf seiner rechten Gesichtshälfte. Er berührte ihn mit der Fingerspitze und stellte fest, daß es sich nicht lohnte, ihn auszudrücken. Plötzlich sah ich sein ganzes Gesicht. Meine Hände zitterten vor Erregung, als ich die erste Frage freigab. Es war keine besondere Frage, einfach ein Einstieg auf Spanisch. Was soll man einen Typen wie Spooky sonst fragen?

»Señor Alvarez, warum verstecken Sie sich hier draußen?«

Ich hatte »Señor« gesagt und damit genau den richtigen Ton angeschlagen. Dann sah ich, wie Spooky Alvarez in die Jack-in-the-Box-Tüte langte, die ich ihm mitgebracht hatte, und sich schweigend mit vier dicken, fetten Hamburgern an den einzigen Tisch im Raum setzte. Dort sah ich noch mehr: Spooky genoß sein Hungergefühl. Er grinste, und zum erstenmal zeigte er so was wie Bedrohlichkeit – eine phantastische Bedrohlichkeit, mit weißen Zähnen und dem zu einem breiten Grinsen verzogenen Mund in einem verbrannten, unrasierten Gesicht, das gut zu Geiern, zur Wüste und zum blauen Himmel von Mexiko paßte. Spooky verspürte keinen Heißhunger, sondern einen natürlichen Hunger, der leicht befriedigt werden konnte und mit dem Hinunterschlucken eines jeden Bissens Nahrung langsam abnahm. Es war ein Hunger der Kraft, einer Kraft, die im gleichen Maße zunahm, wie der Hunger verging.

»Ich bin seit sieben Monaten auf der Flucht.«

»Sind Sie unschuldig?«

»Nein.«

»Weshalb sind Sie auf der Flucht?«

»Ich wurde in den Medien falsch dargestellt.«

»Sie wehren sich gegen die falschen Darstellungen, gegen die Medien? Spielt das für Sie wirklich noch eine Rolle?«

»Warum, was meinen Sie?«

Spooky hob kaum merklich den Kopf und sah sich im Raum um. Und als sein Blick mein Gesicht streifte, bemerkte er, daß sich mein Ausdruck gewandelt hatte. Ich ahnte etwas über die Kraft von Spooky, konnte es aber noch nicht genauer erklären.

»Falls man Sie erwischt, droht Ihnen bestenfalls lebenslänglich, schlimmstenfalls die Todesstrafe.«

»Ich kann es nicht ertragen, daß die Fakten nicht richtig dargestellt werden. Mein Leben ist nie richtig dargestellt worden.«

»Und darum haben Sie sich Chuck Weinberg anvertraut?

»Señor Chuck ist ein Freund. Er kennt mich, er kennt meine Seele, er kennt die Hintergründe. Und er hat alles dokumentiert. Er wird der Welt die Wahrheit über Spooky verkünden.«

»Warum, glauben Sie, setzt Señor Chuck sich für Sie ein?«

»Er ist ein guter Mensch, und er weiß, daß nicht alles Böse nur schlecht ist. Er war in Vietnam, er ist nicht nur am Geld interessiert. Er ist ein bescheidener Mann, mit der richtigen Einstellung.«

Um ein seltsames Würgegefühl zu unterdrücken, drehte ich zwei Runden durch das Innere des Wohnwagens. Wie hatte es Chuck bloß geschafft, das blinde Vertrauen von Spooky Alvarez zu gewinnen? Spooky war auf der Flucht, weil er an die Macht der Medien glaubte. Das Würgen wurde heftiger.

»Señor Alvarez, erklären Sie mir doch noch einmal, was sich genau am 29. September vergangenen Jahres ereignet hat?«

»Warum soll ich darüber reden? Niemand interessiert sich für die Hintergründe.«

»Was sind das für Hintergründe?«

»Ich war kein Mensch mehr, als ich getötet habe.«

»Warum? Was waren Sie dann?«

»Ich weiß es nicht, aber ich habe nichts gefühlt und nicht wie ein Mensch gehandelt. Ich war nicht Spooky, der Fußballer. Ich war etwas anderes. Es sind Dinge geschehen, vorher, in meinem Leben davor, die mich zu etwas anderem gemacht haben, und ich möchte, daß man diese Dinge untersucht, herausfindet, warum ich anders geworden bin.«

Okay, Spooky sagte nicht, was ich hören wollte – daß nämlich er und eine Komplizin am Sonntag, den 29. September 1995 in Baldwin Hills zwei Erwachsene und zwei Kinder im Haus seiner Schwiegereltern getötet hatten. Spookys Frau Patty Garcia war nicht dabei gewesen. Drei weitere Personen wurden schwer verletzt, konnten aber fliehen und später Spookys Komplizin identifizieren. Der nächste, der in Baldwin Hills aufgetaucht war, war Chuck Weinberg gewesen, der offenbar durch eine gezielte Bestechung der Cops einmal mehr die ersten und einzigen Bilder am Tatort hatte schießen können. Das jedenfalls hatte eine der Zeuginnen gegenüber einem Journalisten der ›Los Angeles Times‹ behauptet. Sie habe einen Maskierten gesehen, der vor der Polizei am Tatort eingetroffen sei und mit einer »sehr kleinen«

Kamera die Leichen gefilmt habe. Chuck hatte mir von diesen Bildern erzählt, die er damals im Haus der Garcias gedreht hatte – von Gesichtern, die nichts Menschliches mehr an sich hatten, sondern wie ein Blutbassin aussahen, aus dem Hirn und Schädelsplitter quollen. Im Polizeibericht stand unter anderem, daß die des Mordes Verdächtigten David Alex Alvaraz und seine Komplizin mit einer .44er Magnum und einer Machete gemordet hätten. Auf Spooky waren vom FBI 50 000 Dollar ausgesetzt worden, und zwar so lange, bis das Interesse der Fernsehzuschauer erlahmt und Spooky »The Monster« vollständig von der TV-Most-Wanted-Liste verschwunden war. Spooky wurde jedoch vorübergehend von der ›L. A. Times‹ zum Richard-Ramirez-Schlitzer der neunziger Jahre erklärt. Das TV-Magazin ›Current Affair‹ hatte in Spooky die Verkörperung der mexikanischen »Schweinehundtheorie« gesehen und ihn wegen des Einsatzes einer Machete zum »illegalen Einwanderer mit den Scherenfingern« erklärt.

Doch über das, was weder Chucks Bilder noch der Polizeibericht oder die Presse erzählten, wollte ich mit Spooky sprechen. Aber ich mußte vorsichtig sein. Ich umrundete Spooky dreimal, bis sich die Stille in unsere Köpfe gesetzt hatte. Nur ein rotierendes Windrad auf dem Wohnwagendach verursachte leise Kratzgeräusche. Spooky kaute stumm an seinem Jack-in-the-Box-Burger. Es herrschte Frieden.

»Señor Alvarez, wer war Ihre Komplizin?«

Spooky starrte auf die Jack-in-the-Box-Serviette, die vor ihm lag. Dann blickte er auf und sah mir direkt in die Augen. Er steckte sich den letzten Bissen Hamburger in seinen Mund und führte den Strohhalm im Colabecher an seine Lippen. Er saugte tief ein, kaute die Masse aus Fleisch, Brötchen und Cola mehrere Male kräftig durch und würgte sie dann langsam seine Kehle hinunter.

»Darüber rede ich nicht. Sie hat sich der Polizei gestellt und redet Unsinn über mich.«

»Sind Sie ein Mitglied der mexikanischen Mafia?«

»Ich bin kein Gangster.«

»Können Sie mir die Hintergründe der Tat erklären?«

»Ich muß niemandem irgend etwas erklären. Señor Chuck wird mir helfen.«

»Sie haben Ihre Frau entführt, stimmt's?«

»Gringos nennen so was entführt. Ich war schließlich verheiratet. Also darf ich meine Frau nach Hause holen. Niemand spricht davon, daß ich danach von Pattys Brüdern mit Baseballschlägern zusammengeschlagen wurde.«

»Sie wurden zusammengeschlagen, weil Sie Ihre Frau nach Hause holen wollten?«

»Genau. Und dafür habe ich mich gerächt.«

»Was ist mit Ihrer ersten Frau geschehen?«

»Olga ist bei einem Drive-by-Shooting umgekommen. Es passierte im Sommer 1991. Ich war am Steuer, eine Kugel streifte mein Gesicht und landete in Olgas Kopf. Ich habe mit Olga einen Sohn. Er heißt Luiz.«

»Wer war Olga?«

»Olga hatte den Schönheitswettbewerb an der Franklin High School gewonnen. Sie war die schönste Frau, die ich jemals gesehen habe.«

»Haben Sie sich nach Olgas Tod verändert?«

»Ich wollte das Gesetz in meine eigenen Hände nehmen.«

»Was ist geschehen?«

»Ich habe einen Mann angeschossen, den ich des Mordes an Olga verdächtigte.«

»Im Gefängnis haben Sie sich dann vorbildlich verhalten und sind deshalb schon nach zwei statt nach neun Jahren freigekommen. Was passierte dann?«

»Mein Bruder wurde bei einer Schießerei vor seinem Haus an der Homer Street erschossen. Eine Woche später brannte das Haus ab.«

»Und dann haben Sie Patty Garcia geheiratet. Eine Frau, die große Ähnlichkeit mit Olga hatte.«

»Ja, ich habe direkt neben dem Haus meiner Mutter gewohnt, die auf meinen Sohn aufgepaßt hat. Ich habe Bilder gerahmt, das habe ich gelernt. Ich war einer der besten in dieser Branche. Ich habe Bilder von berühmten Künstlern und Fotografen gerahmt …«

»Haben Sie Patty geliebt?«

»Ich habe sie sehr geliebt. Ich habe sogar ein Tattoo mit ihrem Namen anfertigen lassen … hier, sehen Sie …«

Spooky zeigte mir ein Tattoo in altdeutscher Schrift. PATRICIA stand da in großen Lettern auf seinem Nacken. Auf einem von Chucks alten Videobändern hatte ich den jungen Spooky mal beim Basteln von Engeln aus Lehm gesehen, die er am Ende mit Silber besprühte. Es waren wunderschöne Engel, mit hübschen Gesichtern, die er bei einer Antiquitäten-Show in Pasadena anbot.

»Wie war das genau mit dieser Entführung, Mister Alvarez?«

»Ich hatte Patty zu ihren Eltern gefahren. Patty und ich saßen im Wagen, und wir hatten Streit. Ich wollte mit Patty reden und gewisse Dinge klären. Patty wollte aussteigen. Ich ließ das aber nicht zu, weil ich die Dinge erst mal ausdiskutieren wollte.«

»War Patty die einzige Hoffnung in Ihrem Leben?«

»Ja.«

»Was geschah dann?«

»Patty schrie und schlug gegen das Seitenfenster. Plötzlich kamen ihre Brüder José und Andrew aus dem Haus. Sie rissen die Tür auf und schlugen mit Baseballschlägern auf mich ein. Ich rannte einfach weg. Den Wagen habe ich nie mehr gesehen. Und Patty auch nicht. Und plötzlich merkte ich, daß ich ein anderer wurde. Einer, den ich nicht kannte. Kein Mensch mehr, kein Spooky mehr, sondern etwas ganz anderes.«

»Wie haben Sie das empfunden, dieses andere, diesen Spooky, der nicht Spooky war?«

»Wenn ich nicht schlafen konnte, hab ich mich zur Seite gerollt und die Knie angezogen. Spooky, der richtige Spooky, mit dem Sie in La Habra Fußball gespielt haben, der konnte immer schlafen. Aber der neue Spooky, der konnte das nicht mehr. Der hat sich hin und her gewälzt, auf der Suche nach einer geschützten Lage. Jede einzelne Bewegung war eine Riesenanstrengung. Es war so, als klebte mein Körper irgendwo fest, und ich müßte mich jedesmal losreißen und mein Geschlecht hinter mir herziehen.«

»Was war mit Ihrem Geschlechtsteil?«

»Da waren diese Schmerzen, seit man mir Patty genommen und mich geschlagen hatte. Schmerzen zwischen den Beinen.«

»Können Sie diese Schmerzen beschreiben?«

»Es war, als würde man versuchen, sich in einer durchnäßten Hose fortzubewegen, wenn es gerade saukalt ist in Los Angeles … bloß schlimmer. Es war, als würden mir meine Eier von einer Riesenhand zusammengequetscht und gedreht. Der Schmerz fuhr mir ständig bis in meine Eingeweide. Der Schmerz zerrte sogar an meinem Arschloch.«

»Sind Sie zum Arzt gegangen?«

»Nein, ich konnte nicht mehr frei denken. Ich konzentrierte mich nur noch auf den Schmerz, auf den Verlust, auf das Ende.«

»Warum sind Sie anders geworden? Was glauben Sie?«

»In Baldwin Hills schlägst du keinen Mann, der schon ganz unten ist, ohne daß dieser Mann sich nicht rächt, weil er den Schmerz nicht mehr aushält. Es gibt einfach gewisse Regeln, dort, wo ich herkomme …«

Spooky stand auf und wusch sich seine Hände. Dann betrachtete er sein Gesicht in einem Spiegel.

»… wenn du einen schlägst, der ganz unten ist, und ihm auch noch nimmst, was ihn am Leben hält, dann wirst du das nicht überleben. Dann wird er dich töten. Und wenn du dich versteckst, dann wird er sich auf deine Familie stürzen.«

Spooky Alvarez zeigte ein winziges Lächeln. So als hoffte er, ich sei der Brennpunkt seiner Verzweiflung und Enttäuschung. Es war die einzige Hoffnung eines Hoffnungslosen.

Ich spürte jetzt seine Würde in der Art, wie er dastand und mir die Tür öffnete. Spooky war ein Mann, der an die Gerechtigkeit glaubte, und er hatte in Chuck einen Menschen gefunden, der diese Gerechtigkeit für ihn verkörperte. Sein Anblick schmerzte. Als er die Tür ohne Gruß und mit viel Schwung hinter sich zuschmetterte und sich dabei der Moskitoschutzvorhang aus der Halterung löste und über die Treppe polterte, muß der Lärm in Spookys Hirn wie einer unter vielen gewirkt haben. Er ignorierte ihn einfach. Er hatte keine Bedeutung.

David Alex Alvarez alias Spooky war ein junger Mann, dem die Straßen von Los Angeles alles genommen hatten. Zuerst seine Frau, dann seinen Bruder, dann seine Zukunft und zuletzt seinen Verstand. Es war klar, daß mein Interview mit Unterstützung seriöser Medienberichterstattung und ordentlichem juristischen Beistand Spooky Alvarez einen mehrjährigen Aufenthalt in einer psychiatrischen Klinik beschert hätte. Mehr nicht. Denn dorthin gehörte Spooky, nicht auf den elektrischen Stuhl, wie seit sechs Monaten überall in Los Angeles gefordert wurde, vor allem natürlich auch wegen der grausamen Bilder, die Chuck fürs Fernsehen freigegeben hatte. Ich war mir nur nicht ganz sicher, ob Chucks Hilfsbereitschaft darauf abzielte, Spooky auf den elektrischen Stuhl zu bringen oder ihm das Leben zu retten.

Als ich in meinen Wagen stieg, wuchs in mir die Überzeugung, daß mit einem kleinen Ausflug alles besser werden würde. Ich konnte noch nicht zurück nach Los Angeles. Ich war in ein Netz aus selbstzerstörerischen Verlockungen geraten, dem ich nur entrinnen konnte, wenn ich mich für einige Tage davon freimachte. Ein kleiner Ausflug sollte mir Vorsicht einflößen und die kriminellen Phantasien vernichten.

14 Traumlos in Utah

Dämmerung nordöstlich von Las Vegas. Die Geschichte um Spooky hatte mich erschlagen. Meine Augen sehnten sich nach endlosem Weideland, wenn möglich mit einer Büffelherde, damit ich am Horizont meine Gedanken ordnen konnte. Ich sehnte mich nach Wirklichkeit, nach einer echten Story.

Als ich die Grenze zum Bundesstaat Utah überquerte, sah ich plötzlich eine öffentliche Telefonzelle in der endlosen Ebene. Daneben stand ein Wohncontainer, auf dessen Dach eine riesige Neonschrift das Kommando ausgab: LIVE YOUR DREAMS.

Ich sah, daß der Hörer in der Telefonzelle nicht auf der Gabel lag, sondern am Kabel baumelnd aufreizend im Wind pendelte. Ich mußte daran denken, wie sich auf meinem Anrufbeantworter die Nachrichten stauten, wahrscheinlich längst kein Platz mehr auf meinem Band war und die Anrufer nichts als den Summton hörten. Und wenn in Los Angeles niemand abnimmt und auch kein Band anspringt, dann gilt der Angerufene als untergetaucht, verschollen oder erledigt.

Ich hielt an. An dem Wohncontainer hing ein Schaukasten, in dem Grundstücke auf riesigen Golfplätzen in Utah angeboten wurden. Ich ging zur Telefonzelle und wählte meine Nummer in Los Angeles. Ich hörte den Summton, dann meine Stimme auf dem Anrufbeantworter. Ich tippte meinen Code, so daß mein Band zurückgespult wurde – ein erregendes Geräusch. Die Sehnsucht nach Arbeit, die ich verspürte, war schrecklich. Und dieses Gefühl verstärkte sich noch, als ein Licht am Horizont auftauchte und langsam immer näher kam, bis mich schließlich zwei Scheinwerfer eines Lastwagens anblickten. Das Unheimliche an sich nähernden Fahrzeugen in der Wüste ist diese Geräuschlosigkeit.

Ich wandte mich von den Lichtern ab und konzentrierte mich auf die Meldungen auf meinem Band. Der Manager von Snoop Doggy Dogg bestätigte einen Interviewtermin für Oktober. Die William Morris Agency bestätigte einen Termin mit Jane March. Es folgten Nachrichten auf Spanisch, von Leuten, die sich verwählt hatten. Erst dann erklang eine Stimme, die mich auaufhorchen ließ – eine Stimme, die ich zunächst nicht identifizieren konnte, weil sie von einem Fahrtwind übertönt wurde und es in der Leitung rauschte. Außerdem kannte ich so ein Gebrüll nur vom Moby Dick aller Psychopathen, nämlich von einem Ressortleiter aus Hamburg, wenn er in sein Handy spricht, weshalb ich beim erstenmal nicht richtig hinhörte. Doch instinktiv drückte ich die Sechs, um die Meldung noch einmal abzuspielen – und plötzlich wurde mir messerscharf klar, wer da sprach.

»He, ich brauch dich. Wo steckst du? Hier läuft die Story des Jahrhunderts ab. Ich brauch dich … (Rauschen) … du glaubst doch hoffentlich nicht, daß du dich einfach so verpissen kannst. Auftrag erfüllen, und dann mit einer Brünetten nach Las Vegas. Oder hast du schon mal eine Frau nach einer Nacht dazu gebracht, sich die Haare für dich zu färben? (Rauschen) Hör zu, junger Mann, wenn du diese Meldung abhörst, dann versteh sie ruhig als Einberufungsbefehl. Binnen 24 Stunden bist du zurück, sonst ist Daddy wirklich böse … die Story kannst du dir nicht entgehen lassen, ich brauch dich, Mann …«

Ich stand jetzt im Flutlicht eines herannahenden Sattelschleppers, dessen Motorenlärm vom Ostwind vollständig geschluckt wurde. Als ich mich umdrehte, starrte ich in zwei grelle Scheinwerfer. Und innerhalb einer Mikrosekunde geschah etwas Erstaunliches: Das, was ich da gerade gehört hatte, schreckte mich ab. Ich spürte plötzlich, daß ich in dieser Nacht unmöglich nach Los Angeles zurückkehren konnte, daß ich mich nach etwas anderem sehnte. Nach einem zwei Millionen Jahre alten Stück Holz vielleicht, das ich in der Hand halten konnte. Oder einem Stück Weideland, das sich bis an den Horizont ausdehnt und über das man einfach so rennen kann.

Ich setzte mich zurück in den Wagen und blickte auf die nördlich der Straße gelegenen Berge. Dahinter breiteten sich die »Frenchmen Flats« aus, das atomare Testgebiet der US Air Force. Der Mond beleuchtete zwei breite Kondensstreifen am Himmel, von denen sich einer wie ein Pfeil mitten durch ihn hindurchbohrte. Der Streifen blieb einfach im Mond stecken. Es war phantastisch.

Ich mußte daran denken, daß die Air Force dieser Region bereits vor 40 Jahren die »schönsten Wolken und das göttlichste Licht aller Zeiten« geschenkt hatte. So jedenfalls äußerten sich Augenzeugen. Über 126 Atombomben sind zwischen 1951 und 1961 auf dem Gebiet des »Nevada Test Site« detoniert. Mehr als 2 000 Amerikaner kämpfen bis heute um eine Entschädigung für die dabei erlittenen gesundheitlichen Schäden. 16 Monate zuvor hatte ich in einer Reportage darüber berichtet. Ich starrte auf den Asphalt. Ich wollte daran denken – weil mir die Wahrhaftigkeit dieser Geschichte nach dem Abhören meines Anrufbeantworters wie eine Frischzellenkur vorkam. Und während ich Richtung Arizona fuhr, dachte ich an einen Freitag des Sommers 1995.

In der Nähe von Camp Desert Rock, am Rande des Testgebiets von Nevada

Ich halte die Hand eines grimmig dreinblickenden Mannes Mitte 50. Name: Robert Carter. Sein Gesicht ist eine zornige Fratze, die unablässig nach Luft schnappt. Carter sitzt in einem Rollstuhl, seine Haut hat sich an vielen Stellen von den Knochen gelöst. Seine Augen haben das Böse gesehen. Seither ist er kein Mensch mehr.

Wir stehen an einem Zaun, hinter dem sich eine Wüste aus Vulkangestein ausbreitet – »The Frenchmen Flats«. Aus der Wüste erheben sich Felsgebilde, die an die Kulissen in John-Ford-Western erinnern. Die einsame Militärstraße, die dort hineinführt, bedroht den Betrachter mit steinernem Schweigen.

Robert Carter schüttelt unablässig den Kopf. 21 Jahre sind vergangen, seit er das letzte Mal an dieser Stelle gestanden hat. Damals war er 17 und galt als der jüngste Zeuge unter 100 »Air-Force-Freiwilligen«, die zu Propagandazwecken bis auf sieben Meilen an »Ground Zero« herangekarrt wurden – dem Detonationstower einer 75-Tonnen-Wasserstoffbombe mit dem rührenden Namen »Hood«. Hinter diesem Zaun begann am 5. Juli 1957 der Alptraum des Robert Carter.

»Diese Explosion hat mir gesagt, daß ich Teil des teuflischsten Verbrechens bin, das Menschen anderen Menschen antun können. Wie kann man so was bloß als Abschreckungsmittel benutzen? Das frage ich mich bis heute immer wieder. Ich würde jederzeit eher in den

Krieg ziehen statt mit anzusehen, wie eine solche Bombe eingesetzt wird.«

Diesen Satz wiederholt Carter seit 40 Jahren. Viel mehr sagt er nicht. Bis heute hat Carter keine Glücksgefühle mehr kennengelernt. Sein Körper ist so gut wie tot. Diagnose: Hodgkin-Krankheit. Seine beiden minderjährigen Söhne sind unterentwickelt geboren worden – entstellte, spindeldürre Buben. Carters Frau Angela hat sich vor zwei Jahren aus purer Verzweiflung das Leben genommen. »Und das alles, weil mir die Air Force etwas ›Einmaliges‹ zeigen wollte.«

Als die Wasserstoffbombe »Hood« mit der fünffachen Gewalt einer Hiroshima-Bombe vor Carter und seinen Kumpels explodierte, waren die Männer weder mit Schutzbrillen noch mit Schutzkleidern oder Schutzschildern ausgestattet. Die Hitze brannte Löcher in Carters Uniform, Carter und einige seiner Kumpels bluteten aus den Augen. Stunden später, als man die Männer über Ground Zero führte, damit sie »die Wirkung von Hood« studieren konnten, erwischte Carter das Bombentrauma. Seither wütet in ihm die »H-Disease«, wie Carter seinen Zustand nennt. Und er hat keinen größeren Wunsch mehr, als so bald wie möglich zu sterben.

Bis heute ist Carter weder für die Verantwortlichen noch für die lokale Presse in Washington ein Opfer, sondern ein Geistesgestörter. Und sie sind nicht gewillt, ihm wenigstens die 1989 gerichtlich erstrittenen 50 000 Dollar Schadenersatz zu zahlen, so wie es mittlerweile zahllosen Testopfern zugestanden wurde. Und diese Ignoranz hat einen perfiden Hintergrund: Carter hatte im Sommer 1957 einer Krankenschwester anvertraut, daß er Dutzende von Menschen im »Ground Zero«-Territorium festgekettet gesehen habe: »Ihre Haut war wie weggeschmolzen, ihre Schädeldecken aufgeplatzt. Wie Schweine und anderes Testvieh waren sie in Käfigen festgekettet.« Und weil er diese Behauptung auch nach seiner Entlassung aus dem Krankenhaus nicht revidieren wollte, steckten ihn Militärärzte in eine psychiatrische Klinik. Und als er dort auch nicht schwieg, stopfte man Carter mit Psychopharmaka voll. Heute kann er kaum noch sprechen.

Trotzdem versucht er sich zu erinnern. Er erzählt vom Feuerball der 75-Tonnen-Wasserstoffbombe »Hood«, vom tiefschwarzen

Rauch, den er gesehen hat, und von der unheimlichen Röte in diesem monströsen Feuerball. Und davon, daß er als Siebzehnjähriger durch diesen Anblick seelisch zerstört wurde. Dann weint Robert Carter. Er weint alle 10 Minuten, 24 Stunden am Tag, 7 Tage in der Woche …

Eine solche Menge Tränen kann ein gesunder Mensch gar nicht produzieren, dachte ich. Die Erinnerungen an Carter beruhigten mich. Es war seltsam. Reportagen wie diese besaßen eine reinigende Kraft. Wie eine Dusche nach einem sechswöchigen Überlebenskurs in der Sierra Nevada.

Regeln zur Förderung journalistischer Effektivität

1. *Ersetze den mediokren Alltagsbilderschrott in deinem Gehirn durch Bilder, die ikonoklastische Züge tragen.*
2. *Diese Bilder können Minimalitäten sein, Bilder, die zum genauen Hinsehen nötigen, zur Bereitschaft, Nichtspektakuläres wahrzunehmen.*
3. *Die Unscheinbarkeit einer todkranken Hand oder einer verseuchten Wüstenlandschaft bewirken im Gegensatz zur Vollscheinbarkeit der medialen Bilder eine Revalidierung sinnlicher, lebensweltlicher und körperlicher Momente. Eine Primärerfahrung.*
4. *Man fühlt sich danach viel besser und empfindet eine Überlegenheit im medialen Kleinkrieg.*

Ich fuhr jetzt in Richtung Süden, am Lake Mead vorbei, und während die Landschaft an mir vorbeizog, versank ich immer tiefer in meine Gedanken.

Die Umgebung von St. George ist durch Hollywood hundertfach bebildert worden. Gary Cooper und ›Zwölf Uhr mittags‹ gehören genauso dazu, wie John Wayne und ›Bis zum letzten Mann‹. Tatsächlich drehte Fred Zinnemann, Regisseur von ›Zwölf Uhr mittags‹ seine Abschlußszene an jenem Tag, als die 32-Tonnen-H-Bombe »Dirty Harry« für die schlimmste Verstrahlung in der Region St. George sorgte: am 3. Mai 1952. Es war die Zeit, als »The Bomb« im Kino und Fernsehen als eine Art mythisches Lieblingskind der Nation dargestellt wurde, ein Heilsbringer, der Gutes tut, ein Ding aus einer anderen Welt, in das man sich richtig verlieben konnte.

Zwischen 1951 und 1975 wurden im Südwesten Utahs 180 000 Menschen einer radioaktiven Bestrahlung von durchschnittlich 0.84 rem ausgesetzt – mehr als das Dreifache der natürlichen Jahresdosis. Doch wen kümmert das schon?

Der Südwesten gilt als eine der prosperierendsten Regionen Amerikas. Hunderte kleiner Palm Springs sollen hier entstehen. Golfplätze, künstliche Seen, Off-Road-Motor-Cross-Bahnen, Hotels, Supermärkte und viele hübsche Alterssiedlungen – »in einem Klima, das wie kein zweites den Tod hinauszögert«. So jedenfalls wirbt ein Altersheim in St. George.

Die Mormonenführer halte ich für ebenso schuldig wie die Verantwortlichen der Atombehörde AEC. Durch die blinde Staatstreue der Kirchenführer ist dieser Skandal überhaupt erst möglich geworden. Seit dreißig Jahren hat sich niemand getraut, diese Schweinereien zu hinterfragen. Ein Mormone stellt nämlich keine Fragen. Er sucht nur nach Antworten. Von Mormonenführer Brigham Young stammt der Grundsatz: Ungewöhnliche Zeiten bedürfen ungewöhnlicher Maßnahmen. Wie die Vernichtung der Navaho-Indianer verstanden Mormonen auch die Entwicklung der Atombombe als ein Symbol rassischer Überlegenheit, ein Symbol für die Heilsbringung durch Wissenschaft.

Die Wahrheit sieht heute allerdings anders aus. Utah ist der Staat mit dem höchsten Pro-Kopf-Verbrauch des Anti-Depressivums Prozac. Utah ist der Staat mit der höchsten Rate an Kinder- und Frauenmißhandlungen in Amerika. Utah ist im tiefsten Inneren ein Unglücksstaat – und daran ändert auch keine teure Vorzeige-Basketballmannschaft wie die Utah Jazz oder ein Vorzeige-Schwarzer wie Center Carl Malone oder die Ausrichtung der Olympischen Winterspiele etwas.

Und während ich so durch den Südwesten Utahs glitt, dem Wüstenland, das von den Mormonen als ihr Gottesstaat verstanden wird und dementsprechend mit allen erlaubten und unerlaubten Mitteln fruchtbar gemacht werden soll, da dachte ich plötzlich: Der atomare Regen, der auf Utah fiel, muß als Strafe für die Schandtaten verstanden werden, die die Mormonen auf diesem Stück Erde verübt haben. Ich versank in eine weitere Sequenz meiner Recherchen des Sommers 1995.

Rulon »Boots« Cox ist Schafzüchter in St. George. Seine Schafe wurden in den fünfziger Jahren als Testvieh benutzt, um Strahlenwerte zu messen. Doch Cox hatte keine Ahnung, was Strahlung bedeutet. Niemand klärte ihn auf. AEC-Angestellte gaben Cox einen Geigerzähler und beauftragten ihn, die gemessenen Werte zu notieren. Sie nannten Cox »The Atomic Cowboy«.

»Meine Schafe weideten auf einer Wiese neben dem Hof. Ich wußte nicht, was die Zahlen bedeuteten, die mir der Geigerzähler lieferte. Ich erinnere mich aber, daß der Zeiger ständig in den roten Bereich ausschlug. Einmal waren die Zahlen so, dann wieder anders. Bis eines meiner Mutterschafe im Sommer 1959 ein dreibeiniges Tier gebar. Da merkte ich schon, daß etwas nicht stimmen konnte. Es folgten ein doppelköpfiges und ein beinloses Tier. Und dann kam eine Reihe von Tieren auf die Welt, die das Herz auf der Außenhaut trugen, und einige mit einem riesigen Loch im Bauch. Man konnte direkt in die Gedärme sehen. Aber die AEC-Leute behaupteten immer wieder, daß diese Schäden nichts mit der Strahlung zu tun hätten. Die wußten genau, was sie uns antaten. Die Atombehörde fragte mich immer wieder irgendwelchen Scheißkram, zum Beispiel, wie viele Schafe ich denn verloren hätte. Als ob das noch eine Rolle gespielt hätte. Ihr Gerede war wie ein Ritual, um mich fertigzumachen. Sie wollten die Sache bloß in Gang halten. Sonst nichts. Nur nicht die Wahrheit sagen. Ich hätte ihnen die Faust ins Maul stopfen sollen, damit sie an ihrem Gerede und ihrem Scheißritual erstickten. Ich hätte sie als die Arschlöcher bloßstellen sollen, die sie sind. Ich hätte meinen Anwalt, der auch nur Dreck redet, beiseiteschieben und selber reden sollen. Ich hätte ihr Ritual nehmen und es ihnen um die Ohren schlagen sollen. Aber jetzt habe ich keine Kraft mehr.«

Ich fahre zu einer Sitzung der Betroffenen in einer Scheune außerhalb von St. George. Unzählige Autos parken auf der Wiese. Sendewagen der lokalen Fernsehanstalten sind keine zu sehen. Ein Mann aus Washington ist gekommen, ein Vertreter der AEC.

Plötzlich umklammern zwei Mädchen meine Arme. Beide haben Lungenentzündung, und ihre Mondgesichter sind halb unter ihren Kopftüchern versteckt. Die Mutter der aufgedunsenen Mädchen sitzt vor der Scheune und starrt in den klaren Sternenhimmel. LaVerl Snyder ist aus Reno angereist. Sie kann jetzt nicht sprechen, ihr ist ganz schlecht. Drei geistig behinderte Kinder spielen mit dem Schwanz einer Kuh. Drei gesunde Kinder spielen mit dem Steuerrad eines Traktors. Eine Frauenstimme dröhnt über einen Lautsprecher. Ich betrete die Scheune. Etwa 100 Menschen stehen und sitzen auf provisorisch aufgebauten Bänken. Ein Mann in einem braunen Anzug sitzt im Zentrum. Ihm gilt die Klage einer gewissen Claudia Peterson.

»Um mich herum sterben Angehörige, Freunde. Und ich sehe alle diese bizarren Erkrankungen – Geburtsfehler, Diabetes, Leukämie, Krebs. Mein Vater starb vergangene Woche, ganz plötzlich, und keiner will mir sagen, woran er starb. Meine Tochter starb mit sechs Jahren an Hautkrebs, meine Schwester starb an Leukämie, und es gibt keine Beweise. Warum, warum? Ich weiß, daß diese Krankheiten jeden treffen können, aber nicht so, wie sie uns treffen. Das ist nicht normal.«

Die Stimme bricht ab. Ted Przygucki ist auch da. Er stellt sich in die Mitte der Scheune. Er will auch etwas sagen, bricht dann aber in Tränen aus. Ted war von 1952 bis 1956 verantwortlich für die Beseitigung von Versuchstieren aus dem Abwurfzentrum »Yucca Flats« – Schweine, Hühner, Hasen und Affen. Er wurde dreimal am Kehlkopf operiert und kann seither nur mit Hilfe eines implantierten Lautsprechers hörbare Laute von sich geben. Przygucki trägt einen riesigen Cowboyhut und wird jetzt von seiner Frau gestützt. Sie macht ein Gesicht, wie es einem nur in den schlimmsten Träumen begegnet: ein Gesicht von schrecklicher Unbestimmtheit, mit grauen, schielenden Augen, die beide so stechend einwärts gerichtet sind, als tauschten sie untereinander das verschwiegene Grauen aus. Przygucki starrt auf den jungen Abgeordneten aus Washington. Sein Unterkiefer mahlt langsam hin und her. Ted Przygucki gibt das perfekte Bild eines blassen, gebrochenen Menschen ab.

Und plötzlich steht der Mann aus Washington auf und greift sich das Mikrophon. Dann breitet er seine Arme aus wie ein Fernsehprediger und sagt: »Wir glauben, daß zu viele Menschen Kompensationen in Anspruch nehmen, die sie eigentlich gar nicht verdient haben. Das ist der Grund, weshalb jetzt von euch gefordert wird, klipp und klar zu belegen, wo und wann ihr Strahlungen ausgesetzt wart. Das ist alles, was ich zu sagen habe. Ihr wißt, daß das Recht auf eurer Seite ist. Aber es gibt Leute, die geben sich als Opfer aus, obwohl sie keine sind. Der Kompensationsartikel des neuen Bundesgesetzes beginnt mit dem Satz: ›Die einzigen Opfer amerikanischer Nuklearwaffen seit dem Zweiten Weltkrieg waren unsere eigenen Leute.‹ Und damit seid ihr gemeint. Aber wir brauchen präzise Beweise.«

Ein Stöhnen geht durch die Reihen. Wer steckt hinter diesem Teufelsplan? Und wo bin ich? Warum sage ich nichts? Warum sage ich diesem Typen nicht einfach, daß es völlig egal ist, ob Washington einige Millionen Dollar an die falschen Leute verteilt?

Isaac Nelson aus Cedar City greift sich das Mikrophon: »Ich bin nicht gekommen, um für meine tote Frau abzukassieren. Ich bin hier, weil ich will, daß dieser verdammte Staat sich um mich kümmert. Weil mich dieser Staat nämlich verraten hat.«

»Heilige Mutter Gottes, was ist hier bloß los?« brüllt jetzt Bonnie McDaniels aus Las Vegas in die Scheunenrunde. Ihr Mann hat die Gerüste gebaut, auf denen die H-Bomben detonierten. Gestorben an Kehlkopfkrebs. »Heilige Mutter Gottes, das ist doch alles unsinnig. Warum, verdammt noch mal, tun die uns das an, diese widerlichen Schleimscheißer? Elende, dreckige, beschissene Sauhunde. Hörst du mich eigentlich?«

Nur ein Mann bleibt gelassen. Alden Roberts aus Annabella, Utah. Ihm fehlt die rechte untere Gesichtshälfte. Er hält die Mormomenbibel ›The Word of Wisdom‹ fest in seinen Händen. Er brummt jetzt einen dumpfen Ton aus seinem halben Gesicht. Eine Frau reicht ihm das Mikrophon. »Wenn wir auferstanden sind, werden wir alle zusammensein. Jene, die wie Bonnie nicht mehr fähig sind zu heiraten oder Kinder zu bekommen, werden in einem anderen Leben heiraten und Kinder aufziehen. Dieses Leben war grausam zu uns. Im nächsten Leben werden wir glücklich sein ...«

»Ich scheiß auf deine Weisheiten«, brüllt Bonnie McDaniels. »Ich will, daß diese Drecksäue vor mir kriechen und mich um Verzeihung bitten. Hast du verstanden? Dreckiger, beschissener Sauhund. Hörst du mich? Die Fernsehteams hast du auch vertrieben ... so daß uns niemand hören kann im Land. Du taugst nichts. Du bist ein dreckiger, widerlicher Schleimscheißer. Ich mach dich kalt. Ich bring dich um ...«

15 On the Road

Als ich wieder zu mir kam, ging gerade die Sonne auf. Ich hatte vor etwa drei Stunden die Grenze nach Arizona überquert, ohne ein Auge zugetan zu haben. In der Morgendämmerung hielt ich kurz vor Flagstaff an einer Tankstelle und ging sofort in eine Telefonzelle, um mein Band abzuhören. Sieben Meldungen waren gespeichert. An vierter Stelle hörte ich die Stimme, auf die ich gehofft hatte: »Du spielst ein ziemlich gefährliches Spiel, Junior. Ich habe dir mal gesagt, daß meine Lebensordnung in der Askese resultiert statt im Feiern. Daran solltest du dich besser auch halten und mich sofort anrufen.« Der siebte Anrufer war noch einmal Chuck: »Leck mich am Arsch, Schlange. Ich weiß, daß Larry Dingsbums dich angehalten hat. Und es ist ein ziemliches Problem für mich, nicht genau zu wissen, was da abgelaufen ist. Im übrigen verpaßt du gerade die beste Story deines Lebens.«

Vor der Telefonzelle stand eine junge Anhalterin und redete mit dem Tankwart. Sie fiel mir auf, weil sie eine Reisetasche der Edelmarke Eagle Rock bei sich trug und ein Schild mit der Aufschrift »Tucson«. Außerdem führte sie ein viel zu intensives Gespräch über Belanglosigkeiten: Ob die Tanksäulen aus den fünfziger Jahren stammten, ob das Aussterben des Tankwarts Amerika nicht stärker beeinflußt habe als das NASA-Mondprogramm ... Sie mußte Europäerin sein.

Was Chuck mir auf meinem Anrufbeantworter hinterlassen hatte, war mir nicht egal – trotzdem konnte ich mich nicht sofort entscheiden. Ich ging zurück zu meinem Wagen, als die junge Frau mir nachrannte und sich sehr charmant vor mir aufstellte, wobei sie wie ein Gummiball auf und ab hüpfte. Sie sei Französin, bereise das Land, und ob ich sie bis Tucson mitnehmen könne. Da ich nicht wußte, wohin ich wollte, tankte ich erst mal und stellte ihr dabei idiotische Fragen. Warum sie allein reise? Sie sei Schriftstellerin und reise im Auftrag eines französischen Magazins, so was wie das ›Time Magazine‹, aber für junge Leute. Ob sie verheiratet sei? Sie lachte mich aus und schüttelte den Kopf. Ob sie denn keine Angst habe, allein zu reisen? Mit dieser Frage wollte ich so unsympathisch wirken wie möglich. Doch sie grinste mich einfach an und schüttelte den Kopf: Sie sei schon von Alaska bis Feuerland gereist. Ob das denn auch im Auftrag einer Zeitung gewesen sei? Sie nickte.

Meine Güte, auf so eine Person hatte ich vielleicht gewartet! Doch die Verführung war groß. Ich überlegte, ob ich es ohne Chuck noch ein paar Tage aushalten würde, und entschied mich dann für eine kleine Reise mit der jungen Französin, von der ich absolut nicht wußte, worauf sie es abgesehen hatte. Ich konnte noch nicht mal sagen, ob ich sie hübsch fand.

Als wir eine halbe Stunde gefahren waren, sagte sie plötzlich, daß sie Spuren verfolge, verwischte Spuren. Und daß die Spuren von einem amerikanischen Klassiker hinterlassen worden seien – einem Klassiker wie Mark Twains ›Huckleberry Finn‹. Sie habe bereits auf einer alten Landstraße nahe der Ortschaft Needles gesucht, wo John Steinbecks Verliererhelden aus ›Früchte des Zorns‹ im Sandsturm versunken waren. Aber die Spuren auf dieser alten Straße hätten ihr nicht weitergeholfen. Und deshalb habe sie sich entschieden, in den Süden zu fahren, Richtung Mexiko.

Ich überlegte, ob es noch eine Möglichkeit gab, sie wieder rauszuschmeißen. Ich hätte hundertmal lieber mit einem Trunkenbold, einem Taschendieb oder einem Bullen in einem Auto gesessen als mit jemandem, der Spuren von Verliererhelden sucht. Ich hätte hundertmal lieber acht Stunden über die Schwierigkeiten gesprochen, seinen Lebensunterhalt mit zwei gebrochenen Armen zu verdienen, als über verwehte Spuren von Werken toter Autoren.

Janine de Bergerac beobachtete ununterbrochen den Himmel. Gegen Mittag schwebte über dem Colorado River eine riesige Wolke – eine Wolke, die Janine wie ein großes Fragezeichen erschien. Es sei eine große schöne Wolke, die einen die Weite des alten heiligen Amerikas fühlen lasse, sagte Janine furchtbar poetisch. Und sie erinnere sie an den krachenden Donner der visionären Prophezeiungen eines Walt Whitman.

Obwohl ich wunderschön fand, was Janine da gesagt hatte und daß eine simple Wolke solche Assoziationen in ihr wachriefen, war mir vollkommen unverständlich, wie eine junge Frau so viel geistige Energie in derartige Beobachtungen stecken konnte. Ich hatte so eine Sprache seit Jahren nicht mehr gehört. Janine war bestimmt die gebildetste Person, mit der ich jemals in Amerika im selben Wagen gesessen habe. Doch die Fragen, die die Wolke für Janine bereithielt, fand ich idiotisch: Von wem stammten bloß diese verfluchten Spuren, die sich als »Beat« und »Pop« ihren Weg durch die Welt gebahnt hatten? Spuren, die von »zornigem Teenagertum« und vom »Recht nach mehr« erzählen, von Gewalt und Tempo, Vulgarität und Gefahr, Ausdruck und Stil, Rastlosigkeit, Radikalität und Exzeß? Spuren, die von Ansprüchen geprägt sind, die sämtliche Jugendgenerationen seit mehr als 40 Jahren auszeichnen? Wer war dieser Klassiker, dieser Huckleberry Finn des 20. Jahrhunderts? War es Elvis oder der Delta-Blueser Robert Johnson? War es ein unbekannter Country-DJ im Memphis der zwanziger Jahre oder waren es ein paar frustrierte, arbeitslose Bomberpiloten, die 1947 in San Bernardino den Motorradklub Hell's Angels gegründet hatten? War es Johnny Rocco in John Houstons ›Key Largo‹ oder etwa ein mutterkornkauender tibetanischer Mönch? Janine stellte sinnlose Fragen in einem sinnlos weiten Land mit wunderschönen Wolken – und sie wollte Antworten. Darum ging es der jungen Französin auf ihrer Spurensuche kreuz und quer durch den Südwesten Amerikas.

»Wer sich dorthin aufmacht, wo ich hin will, der geht ein Risiko ein. Doch irgendwo auf dieser Strecke gibt es Visionen und irgendwo auf dieser Strecke werden mir die Perlen überreicht.« Janine zitierte Jack Kerouac, was ich irgendwie süß fand, obwohl mich Kerouacs Bücher immer furchtbar gelangweilt hatten.

Janine verfolgte also die verwischten Spuren eines Mannes, der vor 26 Jahren dem Suff erlegen war. Das Phänomen, für dessen »Erfindung« man ihn verantwortlich macht, heißt »Beat-Generation« – die erste vollkommerzialisierte Jugendbewegung, seit es Dollarscheine gibt, und Auslöser für alles, was danach kam.

Als wir am Abend des 15. September 1995 im Wüstennest Tucson, Arizona, einfuhren, an dem Tag, an dem Jack Kerouac 40 Jahre zuvor dem New Yorker Verlag Viking sein Manuskript ›On the Road‹ vorgelegt hatte, reduzierte Janine Kerouacs Idee vom Risiko, auf der Straße unterwegs zu sein, plötzlich auf ein einziges mächtiges Wort – auf das Wort, das die fünfziger Jahre geprägt hatte. Sie streckte den Arm aus dem Seitenfenster, wie jemand, der zum erstenmal mit einem Mietwagen durchs Cowboyland fährt, und schrie: »Action, Action, Action.«

Und dann erzählte sie mir, daß Kerouac mit »Action« eine spirituelle Reise nach Innen gemeint habe, die gleichzeitig Risiko und Befreiung bedeute und über eine Straße durch Seele und Geist führe, wobei der Reisende stets auf der Suche nach einem neuen Lebensstil sei, weil er alles Normierte und die Kultur, in der er lebe, hasse und den Stillstand aufheben wolle, *mehr* wolle, einen Zustand höherer Lebendigkeit sozusagen. Kerouacs Beat-Generation ist demnach also nichts anderes als eine religiöse Generation gewesen, dachte ich. Und dieser Gedanke schmerzte, so aktuell erschien er mir.

Wir parkten den Wagen vor dem Congress Hotel – dem Hotel, in dem der legendäre Chicago-Gangster John Dillinger am 13. Januar 1934 verhaftet worden war und in dem ›On the Road‹-Inspirator Neal Cassady alias Dean Moriarty in Zimmer Nummer 23 Jack Kerouac alias Sal Paradise das Leben gerettet haben soll. So jedenfalls will es die Legende. Kerouac und Cassady seien gerade auf dem Weg nach Mexiko gewesen, zu ihrem größten Meister, der Ein-Mann-Universität William S. Burroughs, erzählte Janine, als wir bereits auf der vor Trockenheit steifen Matratze lagen. Und wenn Cassady ihm nicht einen Schlag in die Niere verpaßt hätte, dann wäre Kerouac wohl am 14. Januar 1950 an einer Überdosis Peyote-Pilzen und am eigenen Erbrochenen verendet. »Wer hat bloß diesen Mythos vom zornigen Teenagertum in die Welt gesetzt … Beat, Pop, Action?« fragte sie in ein Hotelzimmer hinein, das die Nummer 23 trug, zerbrochene Fenster hatte und keine Zukunft mehr besaß … Und dann verloren wir uns im Jetzt und überließen die Vergangenheit und die Zukunft sich selbst. Hellbraune Haare, rosa Lippen und blaue Augen erzählten mir ein paar Augenblicke lang von der Lust – der Lust auf Leben.

»Laß uns weiterfahren«, sagte Janine, die mich plötzlich an die Schauspielerin Sarah Jessica Parker erinnerte. Sie war weder auf irgend-welche Höllentrips oder enthemmte Sexualpraktiken aus noch auf einen heroischen Widerstand gegen die Wirklichkeit, einen jungen

Tod oder sonst etwas Heiliges aus dem Schockprogramm der Beatniks. Sie war ganz einfach von Cassady fasziniert und konnte es nicht erwarten, endlich auf konkrete Spuren zu stoßen. »Okay, klar«, sagte ich und legte mich zurück auf die Matratze, schloß die Augen und ließ Janine einfach weitersprechen.

»Cassady muß der wahre Beatnik-Held gewesen sein. Mal abgesehen von Mister Burroughs. Es war Cassady, von dem sich Jack Kerouac inspirieren ließ. Er fütterte Kerouac am liebsten mit einer Kombination aus zusammenhanglosen Sätzen und präzisen Beschreibungen seiner sexuellen Explosionen. Cassady war ein heiliger Hochstapler mit glitzerndem Verstand, der von einer Dichterkarriere träumte. Ein Junge, den das Leben furchtbar erregte und der gern Schopenhauer zitierte, obwohl er davon nichts verstand ...« Janine konnte nicht genug kriegen, vom Wahnsinn und Genie des Neal Cassady zu schwärmen. Und obwohl mir das langsam auf die Nerven ging, hörte ich zu. Der Grund war wohl, daß mich Janines Beschreibungen von Kerouac und Cassady an Chuck Weinberg erinnerten, der mir eine Reinkarnation beider zugleich zu sein schien, weil er seine Kamera mit einer neurotischen Besessenheit auf die Wirklichkeit hielt und dabei auf 1 000 Gefühle in 1 000 Sekunden hoffte.

»Cassady verkörperte die Energie des amerikanischen Westens, den archetypischen Siedler. Und für Kerouac war Cassady ein Westernheld, der Koteletten trug, ein Engel im Arbeiteroverall, der die Erde besuchte, um ihm den Weg zu weisen.«

»Und was hat Kerouac aus dem Congress Hotel an seine Freunde geschrieben?« fragte ich Janine, die nicht mehr zu stoppen war.

»›Für Neal ist das Geschlechtliche die einzige heilige und wichtige Sache im Leben, wenn er auch schwitzen und fluchen muß, um überhaupt genug zum Leben zu haben.‹ Das hat Kerouac an Ginsberg geschrieben. Und: ›Die einzigen wirklichen Menschen sind für mich Verrückte wie Neal Cassady, die verrückt danach sind zu leben, verrückt danach zu sprechen, verrückt danach, erlöst zu werden, und die nach allem gleichzeitig gieren – jene, die niemals gähnen oder etwas Alltägliches sagen, sondern brennen, brennen, brennen wie phantastische gelbe Wunderkerzen, die gegen den Sternenhimmel explodieren wie Feuerräder, in deren Mitte man einen blauen Lichtkern zerspringen sieht, so daß jeder 'Aahh!!' ruft. Tucson ist voll von diesen Typen.‹«

Mit diesen Gedanken war der Moment gekommen, um wieder auf den Boden der Tatsachen zurückzufinden. Janine war in den siebziger Jahren geboren, ich in den Sechzigern. Janine war von diesem gesunden Skeptizismus gesegnet, der ihre Generation stark macht. Für sie spielte es keine Rolle, wozu man gehört. Ihren Feinden blies sie Seifenblasen in die Augen, bis sie schwiegen. Die Indifferenz und die Skepsis sind das Mehr, daß sie an der Gegenwart zu schätzen gelernt hatte.

Und als wir so auf der Matratze in Zimmer 23 lagen, dachte ich an diese sonderbaren Umstände, die uns zusammengebracht hatten und die Janine zwangen, diese Reise durch Amerika zu unternehmen. Die Kerouac-Biographin Ann Charters hatte ihr letzten Herbst den Tip gegeben, daß in Tucson ein Mann namens Hank Karkow wohne, der mit Kerouac und Cassady einige Monate gereist und vielleicht der letzte lebende Zeuge sei, der noch nie öffentlich über seine Reisen mit Kerouac gesprochen und in keinem von Kerouacs Büchern Erwähnung gefunden habe. Und dieser Karkow hause angeblich in den Eisenbahndepots. Das war alles, was Janine von ihr erfahren hatte.

Janine wollte auf die Straße zurück. Tucson gilt im Herbst als Hauptstadt der Heimat- und Arbeitslosen, der Anhalter und Eisenbahnhopper. Die Heimatlosen von Tucson versammeln sich in den unzähligen verlassenen Hütten und Eisenbahndepots der sonst menschenleeren City. Wie fast alle Innenstädte des amerikanischen Westens, ist auch Downtown Tuscon in der Reagan-Ära sich selbst überlassen worden. Nur Geister hausen dort. Doch der Regen hatte die Geister in tiefe Löcher abtauchen lassen – einen Typen namens Karkow fand Janine nicht. Die Stadt war so gut wie tot.

Mit Hilfe meines platinfarbenen Presseausweises aus Hollywood durften wir den Namen Karkow durch den Computer der örtlichen Polizei jagen. Der alte IBM-Kasten spuckte aus, daß dieser Karkow vor drei Jahren nach El Paso abgeschoben worden war.

Janine wollte noch in der gleichen Nacht weiter gen Osten ziehen. Und ich wollte bei ihr bleiben, zwei Tage noch vielleicht, Los Angeles vergessen, leer werden. Janine besaß etwas, das ich nicht kannte.

Sie war das Echte und ich das Falsche. Wie das Reale und das Imaginäre. Sie war das Außen und ich das Innen. Sie war die Wirklichkeit und ich die Fiktion. Jedenfalls fast – denn die Reste an Wirklichkeit, die noch in mir waren, amüsierten mich zu Tränen. Janine konnte sich noch einer Erinnerung bemächtigen, ich konnte das nicht mehr. Ich hatte Gedächtnisspuren oder Träume, die irgendwie implantiert worden waren, sie dagegen hatte das klare Bewußtsein des Jetzt, das die Zeit stillstehen und die Wirklichkeit lebendig werden läßt – eine Wirklichkeit, die nicht einfach nur zum Übergang in eine nächste Wirklichkeit drängt, sondern in der die Zeit zum Stillstand kommt.

Es war bereits stockfinster, als wir an der Stadtgrenze von Tucson bei einem dieser Freßschuppen haltmachten, die die ganze Nacht geöffnet haben. Dorthin verschlägt es Menschen, die in der City einmal zu oft in den Arsch gefickt worden waren und die auch in den verbilligten Läden beim Eisenbahndepot nicht mehr willkommen waren. Nutten gingen dorthin, wenn sie älter als 40 waren, oder Zuhälter, die ihre Macht in der City verloren hatten – kurz: Amerikaner, die keinen kommerziellen Wert mehr hatten und total out waren.

In diesem Asyl der Hoffungslosen ließ ich Janine für einen Moment allein, um noch einmal meinen Anrufbeantworter abzuhören. Konnte ich es wirklich verantworten, Janine nach El Paso zu begleiten? Ich wollte weder eine gute Story in Los Angeles verpassen noch Chuck bis zur Weißglut provozieren – doch Janine interessierte mich. Sie schaffte etwas, das nicht mal meiner Yogalehrerin Yoo Wang oder meinem Golflehrer Jack Warner gelingt – sie beruhigte mich. Entweder durch ihre Story, hinter der sie her war, oder durch ihre Echtheit oder durch beides – wer weiß.

Auf meinem Band meldete sich eine Stimme, die mir einen Zugang in das Pornovideomilieu versprach; ein Gangpfarrer in Boyle Heigths, der mir von einer Bäckerei berichtete, in der Ex-Gangmitglieder Teig für Tortillas produzierten; ein Vertreter der Firma Adidas, der hoffte, daß ich etwas über das von ihr gesponserte Arthur-Ashe-Tennisprogramm in den Ganglands von South Central und Compton machen würde. Vergeblich wartete ich auf eine Meldung von Chuck. Ich hörte nur einen langen Rülpser, der sich noch dreimal wiederholte.

Mitten in der Nacht kamen wir in El Paso an – einer Stadt, die fast nur aus Gleisen besteht. Wir hörten das Heulen der Lokomotiven und das Holpern der Eisenbahnräder. Janine hielt meine Hand und führte mich entlang der Gleise in das New York der vierziger Jahre, wo Jack Kerouac das Wort »Beat« zum erstenmal gehört hatte: von einem deutschen Time-Square-Stricher namens Herbert Huncke. »Huncke belieferte Kerouac nicht nur mit coolen Wörtern, sondern auch mit Stoff für Drogenexperimente – Benzedrin, Morphium, Marihuana. Kerouac gab später den hungrigen Reportern immer wieder zu verstehen, daß er unter ›Beat‹ einen erhabenen Erschöpfungszustand, ein Glücksgefühl verstand – eine religiöse Vision, die vom Wissen um die Existenz eines Gottes erzählt, das nur die Gesegneten im Himmel empfinden könnten.
Doch die Reporter ignorierten seine krude Antwort. Sie wollten wissen, warum Beatniks in Sandalen herumspazieren, ob sie Khakihosen oder Jeans tragen, welche Kaffeesorte und welche Zigarettenmarke sie bevorzugen und ob sie wirklich kreuz und quer und wochenlang herumvögeln.« Fast erleichtert gab Janine mir plötzlich zu verstehen, daß Kerouacs ›On The Road‹ von einer Sackgasse erzählt, nicht von der Befreiung. Und während der stampfende Rhythmus der rollenden Lokomotiven in unsere Köpfe drang, gerieten wir auf einmal auf ein ganz anderes Gleis und begannen, einfach so, über Musik zu reden – darüber, daß sich die populäre Musik endgültig von der Sprache des politischen Engagements verabschiedet hat, daß sie nur noch das Gegenteil von Kerouacs favorisiertem und in seinen Büchern als Wortmusik – sozusagen als frühe Form des Rap – wiedergegebenen Lieblingssound ist: dem impulsiven Bebop-Jazz eines Charlie Parker, Slim Gaillard, Georgr Shearing oder Lester Young, in dem sich die zerrissene Psyche widerspiegelt.

Janine redete sich in Trance. »Kerouac tippte, wie Charlie Parker blies«, sagte sie. »Er schrieb fertige Prosaseiten in wenigen Minuten und klebte Seite um Seite zu einer manchmal meterlangen Papierrolle aneinander, wodurch er den Papierwechsel vermied, der ihn aus dem Schreibrhythmus gebracht hätte.«

Ich mußte dabei an Chucks Kamikazestil denken – immer mehr kam er mir vor wie eine Reinkarnation von Kerouac und Cassady, wie ein

Beatnik des Reality-TV. Und plötzlich merkte ich, daß ich mich nach Chuck sehnte.

Janines Spurensuche ging weiter, und ich verlor zunehmend das Gefühl für meine Vergangenheit. Die Distanz zu Los Angeles schien unendlich. Janine suchte in El Paso nach einer Bar namens Exit. Kerouac hatte dort auf seiner dritten Reise im Jahr 1952 im Suff einen Mexikaner angeschossen, und zwar nach einem Streit mit Cassady, der immer die besseren Frauen bekam. Im Exit von El Paso trennte er sich für immer von seinem größten Vorbild.

Doch dort, wo das Exit einmal gestanden hatte, fanden wir mitten in einer wie ausgebombt wirkenden Stadtlandschaft eine Wellblechhütte der lokalen Heilsarmee. Ein Glückstreffer, da der leitende Heilsarmee-Offizier diesen Hank Karkow kannte, der uns mehr über Cassady und Kerouac erzählen sollte. Er schickte uns zurück zu den Gleisen, zu einem alten Wasserturm.

Dort trafen wir eine Gestalt, die uns wie ein uralter Engel vorkam. Hank Karkow saß in seinem Bus und schnitzte an einem Holzstock. Später erfuhren wir, daß er Holzstöcke zu Marihuanapfeifen umfunktionierte, indem er auf das dickere Ende den Schädel einer Klapperschlange oder eines Sandhasen montierte und mit einem ausgeklügelten Abdichtungssystem das Saugloch im Schädel isolierte. Diese Stockpfeifen waren somit nicht nur ziemlich brauchbare Ikonen der Kiffergilde, sondern dienten den Heimatlosen zusätzlich als Waffe – und darum ging es dem letzten echten Beatnik. Sein Alter schätzten wir auf etwa 60, aber seine Baseballmütze und sein ungepflegtes langes Haar ließen ihn viel jünger aussehen. Karkow trug eine Vietnamveteranentätowierung auf seinem Nacken, die gleiche, die Chuck Weinberg auf seinem Oberarm trägt: ein Wildschwein mit Stahlhelm. Vor seinem motorlosen Bus hatte er ein Schild aufgestellt, auf dem stand: »Good Morning Los Angeles. Hier wird scharf geschossen. Haut ab.« Warum Los Angeles? Ist Los Angeles wirklich überall – hier, dort, egal wo?

Als wir uns in Karkows Todeszone wagten, bedrohte er uns mit einem fürchterlichen Schimpfkonzert: »Mich kriegt ihr nicht. Alle haben es versucht. Mich kriegt niemand. Ich bin von allen Dämonen erlöst. Laßt mich bloß in Frieden …« Er hielt uns offenbar für FBI-

Agenten oder, viel schlimmer, für eine Art »Blade Runner«. Und als Janine die Namen Cassady und Kerouac erwähnte, fuchtelte Karkow mit seinem Kifferstock und sagte: »Kerouac war ein Muttersöhnchen, ein Fremdenhasser, ein richtiger kleiner Scheißkerl, der sich seine Welt zusammenklaute.«

»Und Cassady?« fragte Janine.

»Der hat alle verarscht. Der hätte meinen Bus zu einer rollenden Festung aufgetakelt und in jedem Fenster ein Gewehr installiert. Und er hätte einen Konvoi organisiert, mit vielen solchen Bussen, an deren Spitze die Hell's Angels gefahren wären, in Flugformation und mit Hakenkreuzen behängt. Dann hätte man mal sehen können, was die Leute im ganzen Land für Gesichter gemacht hätten. Und wenn ihr jetzt mehr wissen wollt, dann haut sofort ab. In Waco, Texas, lebt ein Sohn von Cassady, das weiß ich aus einer Quelle, die mir am Himmel erschienen ist. Mehr habe ich euch nicht zu sagen.«

Was für eine klägliche Begegnung. Da stand also ein wahrer Beatnik-Held und konnte nicht anders, als seinen kranken Wahnsinn schlucken. Ich fragte ihn, warum auf seinem Warnschild Los Angeles stehe. Und alles, was er sagte, war, daß er das Schild schon an der Westküste benutzt habe.

Karkows Wahnsinn erinnerte Janine an das Gerede rechtsradikaler Rednecks und an die Mitglieder paramilitärischer Vereinigungen. Sie war enttäuscht. Und dazu gab es nichts zu sagen. Um diese Trauerstunde zu überwinden, verbrachten Janine und ich einen ganzen Tag und eine halbe Nacht in einem dieser supercleanen La-Quinta-Inn-Motels, in denen jedes Zimmer im ganzen Land gleich aussieht.

»Wo war die Energie des Westens?« fragte Janine in der Dunkelheit. »Wann haben uns Gewalt und Tempo, Ausdruck und Stil, Rastlosigkeit und Radikalität verführt?« Ich hielt ihre Reise plötzlich für romantischen Road-Movie-Quatsch, was ich ihr allerdings nicht sagte. Es war gut gewesen, Los Angeles und Chuck für einige Tage verlassen zu haben, denn für mich gab es schließlich nichts Besseres, als ab und zu die Gegenwart vollständig zu vergessen. Aber jetzt hatte ich genug. Die Begegnung mit dem greisen Beatnik Karkow hatte mich irgendwie sehr ernüchtert.

Janine versuchte mich aufzumuntern, indem sie mir Kerouacs

Devise an Cassady ins Ohr flüsterte: »Wie wirst du ein großer Schriftsteller? Indem du dich mit der Energie eines Rauschgiftsüchtigen an die Arbeit machst.« Sie war begeistert, aber es nützte nichts mehr. Unsere Wege mußten sich trennen. Und mit der gleichen Begeisterung, mit der Janine mich in Flagstaff angesprochen hatte, fuhr sie im Morgengrauen in einem Greyhound-Bus weiter in die große Ebene von Texas.

Ob Janine de Bergerac Cassadys Sohn aufgespürt hat, habe ich niemals erfahren. Ich weiß nur, daß sie mir einige Tage Erholung geschenkt hat und eine Zeit, in der mir klar wurde, daß ich ohne Chuck und sein Jagdfieber keinen Respekt mehr vor der Wirklichkeit finden würde.

16 Telefon

»Good Morning Los Angeles«, dröhnte es aus dem Fernseher. Es war 7.30 Uhr. Ein Wetterfrosch von Channel 9 (KCAL) grüßte mich mit einem wiehernden Gelächter. Es war der Morgen danach. Ein Freitag. Ich konnte mich an nichts mehr erinnern – außer, daß ich die Typenbezeichnung einer von mir bewunderten, neuen digitalen Sony-Video-Kamera, die gerade so groß und so schwer war wie eine Zigarettenpackung, herausgeschrien und im Halbschlaf immer wieder den Namen Chuck wiederholt hatte. Sehnte ich mich etwa tatsächlich nach diesem verrückten Arschloch? Es kam mir so vor, als sei in meinem Gehirn ein Bereich entstanden, der ohne meine Zustimmung bestimmte Erinnerungen sabotierte und Emotionen verstärkte. Wahrscheinlich konnte ich mich deshalb wenigstens noch dunkel daran erinnern, daß ich auf meiner Rückreise von El Paso – es muß wohl irgendwo zwischen San Bernardino und Fontana gewesen sein – in einem Klub untergetaucht war, in dem gerade die Rolling Stones der Hispanic-Community, die Los Tigres del Norte, spielten: wunderbare Banda-Musik, die direkt ins Blut ging. Und dann behauptete meine Erinnerung noch, daß ich mich mindestens eine Nacht und einen Tag lang am Los Angeles River aufgehalten hätte, und zwar beim Tujunga Wash und etwas weiter südlich, Richtung Downtown. Was ich dort gesucht haben könnte, das verriet mir meine Erinnerung allerdings nicht.

Diese für jedermann zugängliche Stelle am Los Angeles River ist ein Betonbecken und für die Filmindustrie in Hollywood ein sogenanntes »practical«, eine Filmlocation, die keine speziellen Konstruktionen und Kulissenbauten benötigt. In Los Angeles gibt es Zehntausende solcher »practicals«: Das Wilshire Royal Hotel ist so ein »practical« – meine Wohnung wurde vor 60 Jahren mal für einen Abbott & Costello-Film benutzt –, das Beverly Center, mein Lieblingsshoppingcenter an der 3rd Street, ist ein »practical«, und der künstliche See im MacArthur Park, auf dem ich manchmal in einem gemieteten Boot rudere und wo sich Liebespaare aus El Salvador bis zu zwei Stunden lang aneinander festklammern und küssen, ist für den neuen Katastrophenfilm ›Volcano‹ als »practical« genutzt worden. Selbst meine Tankstelle an der Ecke Western und Fountain ist bereits als »practical« zu Ehren gekommen, und zwar in Robert Altmans Film ›The Player‹.

Ich war jedenfalls überzeugt davon, jene Stelle am Los Angeles River besucht zu haben, die ständig von Hunderten von Heimatlosen besiedelt wird und an der vor 40 Jahren der Horror-Film ›Them!‹ entstand. Die Gegend ist ein beliebtes Niemandsland – viel beliebter noch als das von Gott höchstpersönlich zum Niemandsland von Los Angeles erklärte San Fernando Valley –, das Platz für alle hat: für die vielen ehemaligen Schauspieler, die irgendwann mal auf der schwarzen Liste gelandet sind – vielleicht weil sie ein zwölfjähriges Mädchen geküßt oder zum Lunch Tequila statt Wasser getrunken haben –, aus Hollywood entfernt wurden und finanziell abstürzten ebenso wie für die heimatlosen Gangster, die nachts in dieses Sammelbecken der Verlierer kommen, weil sie keinen Wagen und keine Papiere haben. Und mitten in dieser Heimat der Heimatlosen gibt es ein Stück betoniertes Flußbecken, an dem für jeden wichtigen Actionthriller der vergangenen 50 Jahre mindestens eine Szene gedreht worden ist. Auch Arnold Schwarzenegger rast in ›Terminator 2‹ mit seinem Motorrad in dieses Betonbecken des Los Angeles River.

Es hatte für mich keinen Grund gegeben, an den Los Angeles River zu gehen. Warum sollte ich dort gewesen sein? Obwohl ich auf diese Frage keine Antwort wußte, blieb meine Erinnerung dabei, daß ich mich genau an dieser Stelle auf die Betonstufen gelegt und den Mond angestarrt hätte. Dieser Bereich meines Gehirns tat offenbar noch mehr, als nur Erinnerungen zu sabotieren und Emotionen zu verstärken: Ohne meine Zustimmung ließ er Filme laufen, Filme, die ästhetisch den Arbeiten von Elia Kazan ähnelten, Selbstmordfilme mit sozialem Pathos, schwarzweiß, wie ›On the Waterfront‹.

Um mich abzulenken, wandte ich mich wieder den Farben der Gegenwart zu. Ich setzte mich auf die Terrasse, durchwühlte meine Post – Magazine, Rechnungen und viel zu viele Einladungen zu irgendwelchen Benefizparties – und hörte dabei meinen Anrufbeantworter ab. Clyde Drexler, Mitglied einer Ufo-Sekte, über die ich berichten wollte, meldete sich aus San Diego. Die Assistentin von Ann Martin, Nachrichtensprecherin von KCBS, war drauf. Ich hatte dort vor kurzem wegen eines Interviews mit Ann angefragt, weil ich das ultimative Porträt einer der bestbezahlten Nachrichtensprecherinnen im Raum Los Angeles schreiben wollte. Dann sprachen der Gefängnispfarrer des Folson-Gefängnisses und die Manager von Jane March, Charles Bronson und Juliette Lewis. Jane March erwartete mich noch am gleichen Tag. Die Gier ihrer Managerin auf eine Titelstory war so groß, daß sie mir einen Fahrer für 13.30 Uhr bestellt hatte, der mich vor meinem Haus abholen sollte. Pornoproduzent Bruce Seven und Porno-Queen Onazee aus Marina del Rey, mit denen ich mich für einen ›Spiegel special‹-Bericht treffen wollte, fragten nach einem Termin, gefolgt von einigen Anrufen aus der Schweiz und Deutschland, einem alten Freund aus Paris und meinem Elektriker. Und zum Schluß meldeten sich noch zwei Stimmen, die ich zunächst nicht einordnen konnte. Ich spulte das Band zurück, um sie mir noch einmal anzuhören – und erschrak. Wie glühende Nadeln bohrten sie sich in mein Hirn: eine männliche Stimme, die mich sofort an Datencop Greg Carlson erinnerte, und eine weibliche, die keiner anderen als Jil Barnes gehören konnte. Ich spulte das Band ein zweites Mal zurück. Tatsächlich: Die Toten erkundigten sich nach mir. Jil wollte sich mit mir treffen und richtete mir Grüße von Bob Evans aus. Beide Meldungen waren erst am Tag zuvor aufs Band gesprochen worden.

Als ich mir die Videobilder vom Tatort angesehen hatte, war ich beherrscht, so wie man als Wirklichkeitsjäger eben beherrscht ist, wenn etwas Unerwartetes geschieht. Und deshalb hatte ich jeden weiteren Gedanken an das Grauen unterdrückt und einfach meine Aufgabe erfüllt. Doch jetzt schien mir meine Beherrschung nicht mehr helfen zu können. Sofort kontrollierte ich die Titelseiten des Lokalteils der letzten drei Ausgaben der ›Los Angeles Times‹. Nichts deutete auf eine Tragödie oder ein Blutbad im Larchmont District hin. Ich hörte die Bänder noch einmal ab und war jetzt vollständig überzeugt, die Stimmen von Jil und Greg zu hören. Ich wollte bereits ihre Nummer wählen, um mich zu vergewissern, verzichtete dann aber doch darauf, weil ich nicht in etwas verwickelt werden wollte, womit ich eigentlich nichts zu tun hatte. Ich durfte jetzt bloß nicht in Panik verfallen.

Fragen über Fragen schossen mir durch den Kopf, die sich zu 60 Prozent aus meiner Phantasie und zu 40 Prozent aus einer soliden Recherche ergaben, macht zusammen 100 Prozent Alptraum. War meine Flucht umsonst gewesen? Hatte Chuck mich mit seinen Bildern getäuscht? Hatte er die Bilder des Carlson-Tatorts vielleicht sogar digital gefälscht? Lebten Jil Barnes und Greg Carlson? Hatte ich mich von Blutkonserven und perfekter Computerarbeit täuschen lassen? Oder vielleicht von echten Videobildern? Der einzige Mensch in meinem Bekanntenkreis, der schon mal Menschen getötet hat, ist Chuck Weinberg – in Vietnam.

Ich brauchte sofort eine Regel, um die Situation unter Kontrolle zu bekommen – eine Regel, die meine Freundschaft zu Chuck konsolidierte und sämtliche paranoiden Zweifel mit einem Schlag vernichtete.

Von der Bedeutung unabhängiger Videojournalisten

Die Brillanz der unabhängigen Videojournalisten spricht uns auf einer vollständig emotionalen Ebene an. Was sie so bedeutend macht, ist diese fehlende Portion Menschlichkeit. Sie berühren mit ihrer Kameraarbeit unsere Herzen, weil ihre Bilder eine schmerzlose, blutleere und standpunktlose Phantasie entwerfen, einen prätentiösen Schwindel. Ein Videojournalist kann an die schlimmsten Instinkte des Publikums appellieren. Das zeichnet seine Arbeit aus. Kein anderer Medienkämpfer kann den alltäglichen Horror mit einer solchen Eleganz und Schönheit darstellen, daß daraus eine zwar extrem irritierende, aber trotzdem menschliche Komödie entsteht.

Ich hatte nie an der Echtheit von Chucks Bildern gezweifelt. Oder hatte er mich bewußt in die Wüste geschickt, weil er mich ausschalten wollte? Auf dem Videoband hatten die Leichen von Jil Barnes und der Detonationstrichter in der Baugrube jedenfalls echt ausgesehen. Das war eine Tatsache. Weiter wollte ich nicht nachdenken. Inzwischen waren immerhin sechs Tage vergangen. Wie lange sind gefälschte Fernsehbilder im Hirn noch abrufbar? Die Zweifel wurden unerträglich. Die Paranoia hämmerte wie eine Pauke in meinem Hirn. Ich brauchte dringend Luft, sehr viel mehr Luft zum Atmen. Meine Atemprobleme wirkten wie eine unterschwellige Lähmung, wie eine psychische Anästhesie. Ich hatte diesen Zustand schon früher erlebt, aber nicht in dieser Heftigkeit. Auch Chuck beklagte sich schon seit Jahren darüber, aber die Ärzte kannten kein Mittel. Sie hielten unsere Symptome für ein gewöhnliches Burnout-Syndrom. Doch von einer Sinnkrise konnte in meinem Fall wirklich keine Rede sein. Mich quälte weder eine Erholungsunfähigkeit, die meist mit Kopf- und Rückenschmerzen, Magen-Darmbeschwerden, Schlafstörungen und Libidoverlust einhergeht, noch konnte man mir eine von Ironie, Sarkasmus und Zynismus geprägte Persönlichkeitsveränderung nachsagen. Meine Persönlichkeitsstruktur war zwar nicht vollständig intakt, aber unter einem Burnout litt ich nun wirklich nicht. Damit wollte ich absolut nichts zu tun haben. Ich machte mich lieber an die Arbeit.

Doch wie? Wenn ich mich wenigstens auf einen vertrauensvollen Dritten hätte verlassen können, einen Informanten oder Mitwisser, einen, der wirklich etwas zu verlieren hatte, einen Anwalt aus der Pornoindustrie, einen drogensüchtigen Chef einer lokalen Fernsehanstalt, einen deutschen Chefkoch mit einem Kochvideo und einer Sendung im südkalifornischen Kabelprogramm, einen Fitneßgerätehersteller, einen Hoteldirektor, einen geschmierten Bullen, einen Schönheitschirurgen, einen Filmproduzenten, der es mit Minderjährigen treibt, ein Scientology-Mitglied, einen Ehrgeizling von einer Designerschule in Pasadena, einen Armenier, einen Humvee fahren-den Vorstadtprotz-Plattenproduzenten aus dem Gangsta-Rap-Milieu, einen schwulen Baseballspieler, einen ... Nein, mir fiel wirklich niemand ein, der meinen Arsch versichert hätte. Was blieb mir da anderes übrig, als weiter Regeln aufzustellen? Und während ich das tat, raste mein Puls mit schätzungsweise 130 durch meinen Körper.

Regeln für den Umgang mit Informanten

1. *Es ist falsch, Informanten wie Freunde zu behandeln.*
2. *Es ist richtig, Informanten ensprechend ihrer Arbeit zu bezahlen.*

3. Informanten sind Menschen wie du und ich, sie üben ihren Job im Interesse der Allgemeinheit aus.

In meinem Computer sind 35 Namen von ziemlich vertrauenswürdigen Hollywoodinformanten gespeichert – Personen, die mir Neuigkeiten aus den Bereichen Showbiz, Trends, Pop und Sex vermitteln. In den seltensten Fällen sind sie mir besonders sympathisch, doch was ich an meinen Informanten schätze, ist, daß sie selten Gegenfragen stellen und sich meistens bereitwillig von mir ausfragen lassen.

4. Gib deinen Informanten nie konkrete Hinweise darauf, hinter wem oder was du her bist.
5. Gib deinen Informanten niemals zu erkennen, daß du Zweifel an deiner Berufung hast.
6. Mach niemals auch nur die leiseste Andeutung, daß du die Medien und besonders die Befehlsempfänger aus der Fernsehbranche für moralisch korrupt oder gar kriminell hältst.
7. Gib deinen Informanten nie deinen Verdacht preis, daß die Wirklichkeit längst ermordet worden ist (oder sich ganz einfach vom Acker gemacht hat).
8. Bestärke deine Informanten in ihrem Glauben, daß du als Vertreter der Printmedien einen ehrenwerten Job ausübst. Sei dir dementsprechend immer deines Elitestatus bewußt und verkörpere demokratisches Bewußtsein.
9. Gib dich als rechtschaffen aus und glaube an die Pressefreiheit. Falls dein Informant der Presse gegenüber zutiefst kritisch eingestellt ist, gib ihm zu verstehen, daß die Wirklichkeit noch längst keine Illusion oder ein verzerrtes Spiegelbild der Wirklichkeit ist. Gib ihm zu verstehen, daß die Wirklichkeit nicht von einem Tag auf den anderen sterben kann und daß es auch immer Aufgabe der Konsumenten ist, die Wirklichkeit zu erretten.
10. Unterstütze deine Informanten darin, wiederum Freunde als Informanten zu rekrutieren, damit sie mit ihren eigenen Videokameras oder Tonbandgeräten die Wirklichkeit dokumentieren.
11. Gib möglichen Kandidaten zu verstehen, daß es zu den ehren-

vollsten Aufgaben eines Zivilisten in Friedenszeiten gehört, die Wirklichkeit zu retten und ihr als Informant zu dienen.

12. *Falls ein wichtiger Informant Zweifel an deiner Vertrauenswürdigkeit anmeldet, erkläre ihm ganz schamlos, daß es hierbei auch um die Kunst der Kontrolle ginge.*
13. *Und wenn das nicht hilft, schwärze den abtrünnigen Informanten bei seinem Arbeitgeber an, liefere ihn den Cops aus oder was immer dir auch einfällt, um ihm das Leben so schwer wie möglich zu machen – dem Abtrünnigen wird der Spaß an seiner Wirklichkeit schon vergehen.*

Ich spürte plötzlich, wie mein Blutdruck in intergalaktische Höhen abdriftete – ein Zeichen, daß ich jetzt auf der Stelle Chuck anrufen mußte, um mich von diesem Druck zu befreien. Ich wählte zuerst seine Privatnummer, aber dort meldete sich niemand. Dann wählte ich seine Handynummer und hatte Chucks Gärtner Raul Gutierez am Apparat.

»Wir sind auf dem Pomona Freeway. Chuck verfolgt gerade eine Frau«, sagte Gutierez.

»Na und?« fragte ich zurück. »Kann ich mit ihm sprechen?«

Ich hörte Geräusche in der Leitung.

»Nein, klappt nicht«, antwortete Gutierez. »Chuck kann nicht sprechen.«

«Was ist das für eine Frau?» fragte ich aufgeregt.

»Geht dich einen Scheißdreck an«, hörte ich Chuck plötzlich über das Speakerphone brüllen. »Ich heirate!«

Chuck klang so hämisch, als wollte er mich mit dieser Neuigkeit beleidigen. Trotzdem tat es verdammt gut, seine Stimme zu hören.

»Wen willst du denn heiraten?« versuchte ich es noch einmal.

»Wir haben gerade Doreen Lioy besucht, die Frau, die Richard ›The Nightstalker‹ Ramirez im Gefängnis heiraten will. Wir sind die ersten, die es wissen«, sagte Gutierez an Chucks Stelle.

Mir war jetzt klar, daß Gutierez meinen Job übernommen hatte. Aber ich wußte auch, daß Chuck den Latinos nicht vertraute, also nahm ich es nicht besonders schwer. Ich wollte Chuck noch von den Stimmen auf meinem Band erzählen, da hörte ich plötzlich diesen seltsamen Hubschrauberlärm in der Leitung.

»Was fliegt denn da bei euch durch die Luft?« fragte ich.

»Geht dich einen Scheißdreck an«, sagte Chuck.

Und das war alles, was er sagte. Er wollte nicht wissen, wie es mir in Llano ergangen war, ob ich Spooky getroffen oder die Videobänder deponiert hatte, nichts. Ich hörte diesen Helikopter über seinem Wagen und ... verdammt, ich machte mir Sorgen um dieses verrückte Arschloch.

»Was ist los, Gutierez?«

Nun hatte er mich doch gepackt, der Neid, und bereits vollends aufgeweicht. Lieber Gott im Himmel, warum war ich nicht bei Chuck? Da braute sich eine Story zusammen, das konnte ich spüren. Chuck war an etwas dran. Meine Nervenenden fühlten sich an, als würden sie gerade mit Glaspapier geschmirgelt. Die Story roch nach ... ja, nach was? Dann war die Leitung unterbrochen.

Wieder sausten Regeln durch meinen Kopf und ließen mir keine Ruhe.

Zwei Regeln über den Videojournalisten

1. *Jeder ist von den Medien fasziniert. Schließlich ist der Medienmacher der unbarmherzigste Killer, der je auf Erden gejagt hat.*
2. *Die Arbeit der unabhängigen Videojournalisten ist ein monumentales Ärgernis, kriminell unverantwortlich und stumpfsinnig naiv.*

Chuck war beleidigt, davon war ich jetzt überzeugt. Er hatte mir nicht verziehen, daß ich ihn aus der Wüste nicht zurückgerufen hatte. Und das wollte er mir jetzt heimzahlen, indem er mich wie eine alte Tunte ein Weilchen ingnorierte und seinem Gärtner den Hof machte, bis ich auf Knien vor seinem verdammten Batmobile herumkriechen und um Vergebung betteln würde. Bei dieser Vorstellung bekam ich ziemlich schlechte Laune und suchte einmal mehr Abhilfe in einem kleinen Listenspielchen aus meiner Informantenkiste.

Nützliche Informanten

1. *Angestellte von Talentagenturen, wobei sich gerade gefeuerte und überhaupt arbeitslose und demnach verzweifelte Ex-Agenten als besonders geeignet erwiesen haben, weil sie leicht manipulierbar sind und fast jedes Risiko eingehen, um eine neue Chance zu bekommen.*
2. *Bar-, Restaurant- oder Klubpersonal. Ich verfüge über vertrauenswürdige Informanten in folgenden Etablissements:*
   a) Bars und Restaurants: Bar Marmont am Sunset Boulevard, Winchells Donuts (Vine Street), The Derby (Vermont Avenue), Sky Bar im Mondrian Hotel, Starbucks in Larchmont, Viper Room am Sunset Boulevard, Spaceland in Silver Lake, Beverly Wilshire Hotel am Wilshire Boulevard, Chabelitas-Mexican-Imbiß an der Western Avenue und Mr. Chow vom Chado Tea Room.
   b) Fitneßklubs: Golds Gym in Venice und Crunch Gym am Sunset Boulevard.
   c) Zigarrenklubs: The Grand Havanna Room. Außerdem verfüge ich über einen Gärtner im Hillcrest Country Club und über das Personal des schönheitschirurgischen Instituts Pacific Palisade.
3. *Mode-, Kunst- und Medienszene:*
   a) Modedesigner: X-Large, Milk Fed, Chrome Hearts.
   b) Friseure: Art Luna und Chris McMillan bei Estilo.
   c) Künstlerszene: Pasadena Art Center, Regen Projects, Rosamund Felsen, Margo Levin.
   d) Musik: Hilfsarbeiter im Studio der Dust Brothers, jeweils eine Telefonistin bei Geffen-, Capitol- und Death Row-Records, Redakteure der Publikationen ›Los Angeles Times‹, ›Vipe‹, ›Vanity Fair‹, ›National Enquirer‹, ›Sports Illustrated‹ und ›Detail‹.
   e) Fernsehstationen: persönlicher Kontakt zu Hal Fishman, Sprecher der 22-Uhr-Nachrichten auf KTLA; Pilot und großer Flugzeugromantiker; meine Stuka- und Messerschmitt-Kenntnisse, die ich mir als Kind beim Modellbauen angeeignet habe, emotionalisieren Hal ganz besonders.

f) Freischaffende Fotografen, die zu allem bereit sind. Vorsicht: Fotografen sind grundsätzlich nur an Jobs interessiert. Absolut manipulierbar, und deshalb wenig vertrauenswürdig.

4. *Immobilienmarkt:*
   a) Angestellte der Immobilienbranche, darunter besonders die von 21th Century, die mich über wichtige Verschiebungen im südkalifornischen Immobilienmarkt auf dem laufenden halten.
   b) Architekten: Die Assistenten von Michael Maltzan und Alan Herrgott, dem ehemaligen Designer-Chef von Frank Gehry. Architekten sind in meinen Augen Götter.
5. *Sonstige: Mitarbeiter von Poolsäuberungsfirmen, der Valet-Parking-Dienste in Beverly Hills und Santa Monica, einer Waschstraße in Beverly Hills und von Pizzalieferanten wie Pizza Hut und Little Cesar.*

Es nützte alles nichts, es führte nur ein Weg zurück in die Normalität: Ich mußte Greg Carlson oder Jil Barnes sprechen, und zwar sofort. Erst mit Hilfe ihrer Stimmen konnte ich die psychische Anästhesie überwinden, die mir die Fähigkeit nahm, den grauenhaften Wahrheiten ins Auge zu sehen.

Ich rief Jil unter ihrer Nummer bei Paramount Pictures an. Am anderen Ende wurde per Speakerphone abgenommen, aber es meldete sich niemand. Ich platzte mitten in ein Gespräch, das noch in vollem Gange war. Jil sprach langsam, wie mit einem idiotischen Kind.

»Du weißt doch, 'ne Nummer schieben. Meine Güte, gibt's denn so was? Hast du etwa noch nie davon gehört? Muß ich dir das schriftlich geben, oder was? … Entschuldigung, Jil Barnes, wer ist denn da?«

»Jil, gut dich zu hören«, sagte ich.

Jil antwortete mir mit einem lauten Schrei der Begeisterung. »Hey … sag mal, von dir habe ich gerade geredet. Ich wollte dich mit einer neuen Assistentin von mir verkuppeln, einer wirklich strammen Venezolanerin. Soll ich dich gleich mal verbinden, bevor sie schon vergeben ist?«

Ich ging von der Terrasse ins Wohnzimmer und schaltete meinen Fernsehapparat ein, weil ich befürchtete, Jil könnte meine Nervosität bemerken.

»Hör zu, Jil, ich bin wirklich sehr froh, dich zu hören …«

» … das brauchst du mir nicht zu sagen, ich weiß das. Ich bin die beste Frau in deinem Leben, und jetzt will ich, daß du dich mit Helena triffst. Sie arbeitet seit drei Tagen in meiner Abteilung. Brüste hat die Dame, da wirst du deine Freude dran haben, mein Süßer. Vergiß Pamela, vergiß Heather …«

Fast hätte ich gesagt, daß für mich nur der Arsch, die Beine und die Nase wichtig sind, doch ich beherrschte mich und fragte statt dessen: »Jil, wie war dein Abend mit Greg?«

Statt einer Antwort hörte ich zunächst nur die Siegesfanfare eines Computerspiels im Hintergrund.

»Was hast du gesagt, Greg wer?« fragte Jil schließlich.

Dieses Gespräch führt nirgendwohin, dachte ich, vergiß es. Doch dann sagte Jil »Superparanoid« Barnes etwas sehr Wichtiges: »Du wirst doch keine Gerüchte verbreiten? Und wenn schon. Ich habe mit Greg über verschiedene Website-Entwicklungen gesprochen, und ich muß sagen, du hast mir da einen wirklich fähigen und gutaussehenden Mann zugeschoben. Dafür will ich dir meinen Dank erweisen. Nimm Helena, sie gehört dir …«

Und dann brauste dieses urgewaltige Lachen von Jil auf, ein Lachen, das man bei Paramount die Barnes-Attacke nennt und das meistens, so wie jetzt, in einem ziemlich üblen Raucherhustenanfall endet.

»Da war eine Party am Abend nach deinem Gespräch mit Greg«, sagte sie schließlich, als sie sich wieder beruhigt hatte, »eine Party im Haus von Steve Jobs. Greg kam sehr spät. Vielleicht um 11, vielleicht sogar um 12, ich weiß es nicht mehr genau. Greg war dort und einige smarte Zampanos der Computerfamily WELL … und ein Reporter von Channel 13 war auch dabei, und der stellte sich als ein wirklich sehr netter Kerl heraus … wir haben uns mit ihm unterhalten … und dann hat uns Greg noch auf einen Drink zu sich nach Hause eingeladen …«

»Unglaublich«, sagte ich. »Wie konnte das passieren?«

»Was ist unglaublich?« fragte Jil aufgeregt.

»Nichts, nichts«, sagte ich ziemlich neurotisch. »Ich finde nur, du solltest einem Typen von Channel 13 nicht einfach so vertrauen.«

Boom! Paranoia-Attacke. Ich versuchte mich zu beherrschen, denn meine Gedanken wanderten zu Chuck.

»Hör mal, mach dir keine Sorgen um meine Strategien«, zischte Jil. »Ich weiß, wann ich Publicity für eine Sache brauche. Der Mann von der 13 hatte einen richtig guten Stil. Du solltest ihn kennenlernen. Sein Name ist Walter S. Murrow.«

»Hast du dir wenigstens seinen Ausweis zeigen lassen?« fragte ich. Ich war jetzt auf Zerstörung aus und wollte Jil verletzen.

»Klar, was denn sonst. Warum fragst du mich das?«

Ich sagte nichts mehr. Das Ganze war einfach zu schmutzig, zu niederträchtig und zu dumm für einen logisch und methodisch denkenden Europäer wie mich, der einmal Tennisprofi, Sportreporter, Polizist oder Rechtsanwalt werden wollte.

Dann gab mir Jil noch die Nummer von Helena und fühlte sich großartig dabei. Ich war wirklich froh, ihre Stimme zu hören, obwohl ich einen Augenblick an ihrer Echtheit zweifelte.

Als ich aufgehängt hatte und zurück auf die Terrasse ging, faßte ich das, was Jil mir da gerade erzählt hatte, in ein paar Regeln zusammen.

Sex, Lügen und Video

1. *Videojournalisten aller Art, auch die Verbrecher unter ihnen, sind sehr wohl in der Lage, normale, monogame Sexualbeziehungen zu führen.*
2. *Videojournalisten empfinden selbst im Todeskampf eine gewisse Ruhe. Wie der Selbstmörder, der seinen grauenvollen Tod als Belohnung für schöne Träumereien empfindet.*
3. *Das erste Opfer in einem Medienkrieg ist immer die Wahrheit beziehungsweise das Konzept von Realität. Schon die Nazis waren fasziniert von manipulierten Gerüchten oder dramaturgisch dosierten Informationen, in denen fotografische Dokumente als Belege für falsche Nachrichten dienten. Dadurch sollten im Feindesland große Fluchtbewegungen ausgelöst werden.*

Ich lehnte mich weit über die Terrassenbrüstung. Auf den Wiesen des MacArthur-Parks spielten Mestizen und Indios Fußball, während ihre Frauen auf Batiktüchern alte ›Superman‹-Comic-Hefte ausbreiteten, die sie in Abfallcontainern neben dem David Geffen Aids Center gefunden hatten.

Ich wartete auf Jane Marchs Wagen, der jeden Augenblick eintreffen mußte. Ich hatte mir für dieses Interview keine Fragen notiert. Wie immer wollte ich dem Gespräch freien Lauf lassen. Um die Zeit zu überbrücken und beim Warten der Versuchung zu entgehen, an Chuck zu denken, erstellte ich eine weitere Liste.

Wo man sich mit einem Informanten in Los Angeles ungestört treffen kann

1. *Gemeinsam mit dem Pferd durch die Hollywood Hills reiten.*
2. *Bei Shiatsu-Massagen im Hahm Rejuvenation Center oder in den Beverly Hot Springs, wo ich Drew Barrymore und einige nette koreanische Masseusen kennengelernt habe.*
3. *Im großen Saal des Magic-Johnson-Kinocenters in Baldwin Hills, dem bedeutendsten Liebes- und Anmachernest für schwarze Jugendliche, seit die Drive Inns aus der Mode gekommen sind. Sehr netter Ort.*
4. *Bei einem Basketballspiel der Los Angeles Clippers in der meistens halbleeren Sports Arena – billige Tickets, beste Sicht auf Michael Jordan, Karl Malone, Dennis Rodman und wie die Stars alle heißen.*
5. *In der Halle der Union Station. Humphrey Bogart hielt dort immer ein Nickerchen, wenn er auf die Ankunft seiner Geliebten Lauren Bacall wartete.*
6. *In der Downtown-Bibliothek an der 5th Street. In der Sportbuchabteilung trafen sich die Bloods und die Crips im Sommer 1995 zu konspirativen Friedensgesprächen.*
7. *Auf dem Parkplatz des Dodger Stadium. Ein netter Ort für Nostalgiker: Dort hat sich auch schon Franky Gucciani mit Vertretern des Hollywood-Mobs getroffen.*

Es gab noch viel mehr solcher Orte, doch es war jetzt Punkt 13.25 Uhr, und mein Telefon läutete. Concierge Mario meldete sich aus der Lobby und kündigte die Ankunft des Fahrers von Jane March an. Ich schaute nochmals in den Spiegel, und war überrascht, wie frisch ich aussah. Endlich konnte ich diesem Gefühl der Machtlosigkeit entgegenwirken, endlich konnte ich Trost suchen, Sicherheit finden und meine grenzenlose Neugier stillen – diese Neugier, die mich antreibt herauszufinden, wie andere Menschen leben, töten und sterben.

17 Was geschah wirklich mit Baby Jane?

Über Los Angeles schwebte ein goldener Dunst. Dunkle Augen in einem unschuldigen Mädchengesicht blickten reglos durch das Seitenfenster einer silbernen Bentley-Limousine. Wir glitten über die Vermont Avenue Richtung Hollywood Hills und von dort auf die Franklin Avenue Richtung Westen bis zum Freeway 101. Dort blieben wir in einem Stau stecken.

Jane March starrte auf einen Toyota-Truck. Im Beifahrerfenster war ein mexikanischer Gartenarbeiter zu erkennen, der pausenlos Speichel ausspuckte – einen dickflüssigen, grünen Schleim, den ihm heftige Übelkeit in den Mund gespült haben mußte. Fünf Minuten später gelangten wir auf Hollywoods Schicksalsstraße zwischen Himmel und Hölle: den Mulholland Drive. Der Fahrer fragte nach, ob wir Richtung Westen oder Osten gefahren werden wollten. Jane March zeigte nach links – vorbei an der Villa Borowik, in der sich mal eine tschechische Tänzerin in den sechziger Jahren selbst angezündet hatte und über die Terrasse rollen ließ, woraufhin ein übles Buschfeuer ausbrach, vorbei an längst vergessenen Göttern des Filmbabylons, die hinter Stacheldraht und Orangenhainen Schutz vor der Außenwelt suchen.

Die junge Frau im Bentley stützte ihre zarte Hand auf die feinen Ledersitze – die gleiche Hand, die in dem französischen Erfolgsfilm ›Der Liebhaber‹ auf dem Rücksitz einer Morris-Leon-Bollee-Limousine den Anfang einer hoffnungslosen, ersten Affäre signalisiert: die verbotene Leidenschaft zwischen einer Fünfzehnjährigen und einem reichen Chinesen. Diese Geste hat Symbolcharakter für den erotisch-melancholischen Skandalfilm, der 1991 selbst einen Anfang signalisierte: den Beginn der Karriere eines bis dahin völlig unbekannten britischen Fotomodells mit Namen Jane March.

Krampfhaft versuchte die zarte, schlanke Hand das Gleichgewicht zu halten. Die Kurven auf dem Mulholland Drive sind eng, und die junge Frau forderte trotz ihrer Sehnsucht nach einer guten Cover-Story Distanz. Das hatte sie in Hollywood gelernt.

Seit Juni 1994 ist Jane March mit Carmine Zozzora verheiratet, einem fünfunddreißigjährigen italo-amerikanischen Produzenten. Für diese Entscheidung benötigten die beiden damals gerade mal sieben Tage. Jane lernte Carmine während der Dreharbeiten zu ›Color of Night‹ kennen, ihrem ersten Hollywoodfilm.

Doch Jane wollte nicht über Filme sprechen, sie wollte über ihre Gefühle reden. Darauf ließ ich mich gern ein. Sie wandte ihren Blick vom Seitenfenster ab, schob ihre Hand auf dem Rücksitz in meine Richtung und sagte: »In Los Angeles entwickelt selbst die Natur Bilder, die künstlicher nicht sein könnten. Die Sonnenauf- und untergänge sind phantastisch. Nachts kann ich von unserem Haus das göttliche Schauspiel des Lichtermeers beobachten. Und diese künstlichen und natürlichen Schönheiten werden immer wieder brutal von Bränden, Erdbeben und Gewalttätigkeiten gestört. Das fasziniert mich ... weil es mir angst macht.«

Seit Jane verheiratet ist, sind die Fahrten im Bentley die wenigen Augenblicke, in denen sie ganz für sich allein über ihr Leben und ihre Karriere nachdenken kann. Der aufgerissene Asphalt am Mulholland Drive erzählt ihr dabei manchmal eine traurige Geschichte. So wie jetzt.

»Weißt du, ich liebe das Gefühl der Melancholie. Ich suche diese Stimmungen. Es macht mich traurig und gibt mir gleichzeitig Kraft. Ich bin Europäerin. Das spüre ich hier in Los Angeles ganz besonders. Deshalb fasziniert mich das alte Hollywood so sehr. Ich bewundere Bette Davis, Joan Crawford und besonders Lauren Bacall. Wie ich, war auch sie zuerst ein Fotomodell und heiratete dann einen Mann vom Film. Die Biographien dieser Frauen sagen mir: Nur wer die Tragik des Lebens begriffen hat, wird eine vollkommene Schauspielerin. Und Kräfte aus der Melancholie zu schöpfen, das habe ich während der Dreharbeiten zu ›Der Liebhaber‹ in Vietnam gelernt.«

Sie zupfte an ihren Wimpern, atmete tief durch und reckte dabei ihren schmächtigen Oberkörper. Und weil sie merkte, wie kindisch das wirkte, verschränkte sie schnell ihre Arme vor ihrem Bauch. »Damals habe ich sehr unter Depressionen gelitten. Der Druck, unter dem ich stand, war mir einfach zu groß. Doch dann habe ich diese Stimmungen kultiviert. Man darf dabei aber nicht zu weit gehen.«

Ich grinste in mich hinein, wie einer, der einen guten Streich vorhat. Dann kniff ich ein Auge zusammen und lächelte Jane mit einem Schlafzimmerblick an, was ihr sehr gefiel. Für Jane war ich der europäische Existentialist – das war mir schon bei unserer ersten Begegnung im Four Seasons Hotel aufgefallen. Ich hatte mir damals folgendes notiert: Seit ihrer Heirat mit Carmine hat sich die quälende Vergangenheit, die Jane schnellen Ruhm, viel Geld und zahllose Nervenzusammenbrüche einbrachte, in eine andauernde emotionale Entdeckungsreise verwandelt – ein Zustand, der in Hollywood starke Nerven verlangt.

»In Los Angeles lebst du wie auf einem fliegenden Teppich immer im Jetzt. Dadurch geht dir ein wenig die Beziehung zur Wirklichkeit verloren. Carmine ist wahnsinnig besorgt um mich. Er sieht es nicht gern, wenn ich das Haus allein verlasse. Wir gehen nur noch selten weg. Parties wählen wir sehr gezielt aus. Wir brauchen keine anderen Menschen.«

Es war wirklich phantastisch, wie Jane sich bemühte, ihr Elend mit Hilfe eines psychoanalytischen Erklärungsmusters abzuschwächen. Ich genoß jede Sekunde, wobei ich nicht vergaß, daß sie sich allein durch Gier und dumme Sehnsucht in diese Situation gebracht hatte. Ich empfand absolut nichts für ihren Schmerz, doch ihr Gesicht zog mich in seinen Bann. Ihre Miene verriet Angst, ihr Herz muß schrecklich geklopft haben. Ich war im Zentrum eines Dramas, von dem ich noch nicht wußte, ob es wirklich berichtenswert war. Keiner interessierte sich für Jane March, davon war ich überzeugt. Sie ist eine Verliererin. Wäre sie ein Star, gäbe sie die beste Story ab, seit Woody Allen seine Adoptivtochter verführt hat.

»In Hollywood heiratet niemand aus purer Liebe, richtig?« fragte ich Jane. Sie wußte, daß ich mit dieser Frage langsam meine Fühler ausstreckte, um wunde Stellen abzutasten. Ich beobachtete ihre Mimik, denn ich wollte auf keinen Fall auch nur die leisesten Anzeichen von Schmerz in ihrem Channelgesicht verpassen. Und dann sagte ich: »Du und Carmine, ihr verkörpert eine verschworene Gemeinschaft gegen Hollywoods größtes Schreckgespenst.« Daß dieses Schreckgespenst Erfolglosigkeit heißt, brauchte ich nicht hinzuzufügen. Sie wußte, wovon ich sprach, und nickte. Oder bildete ich mir das nur ein?

Jane litt schon seit längerem unter plötzlich auftretenden Hitzestaus. Das hatte mir Carmine mal im L.A. Gun Club erzählt, drei Wochen nach ihrer Hochzeit. Jane und Carmine trainieren dort einmal pro Woche mit ihren persönlichen Handfeuerwaffen. Als ich Jane auf Carmines Waffenvernarrtheit ansprach, antwortete sie: »Eigentlich ist es eine reine Sicherheitsmaßnahme, aber es macht uns auch viel Spaß. In dieser Stadt muß man kampfbereit sein. Das hat mir Carmine immer wieder eingeschärft.«

Jane war jung und spürte trotzdem den Verfall, die Gefahr und die selbstzerstörerische Sehnsucht, die mit Hollywood verbunden sind. »Seit den Dreharbeiten zu ›Der Liebhaber‹ bin ich mir meiner Sensibilität extrem bewußt geworden. Ich brauche den Schutz von Carmine. Sonst bringt meine Seele mich um.«

Sie verdrehte ihre kugelrunden Augen, die wie Knöpfe in einem sehr bleichen Gesicht steckten, auf dem sich die Wangenknochen fast kränklich kantig abzeichneten. Sie trug ein wirklich zauberhaftes rotes Chanelkleid. Unter den dünnen Trägern waren deutlich zwei weiße Streifen zu erkennen. Weshalb trug Jane March selbst zu Hause ein Bikinioberteil? Das Haus war von meterhohen Mauern umgeben und bot Richtung Süden einen freien Blick über den Häuserteppich von Los Angeles. Ich mußte einmal mehr in mich hineingrinsen. Sollte ich mich tatsächlich von der Frage terrorisieren lassen, warum Jane March beim Sonnen ein Bikinioberteil trägt?

Jane schaute in den Rückspiegel. Fahrer Jerry erwiderte ihren Blick. Er fuhr Jane fast täglich durch die Hollywood Hills. Carmine hatte ihr verboten, selbst einen Wagen zu fahren.

»Es gibt so viele Feinde«, sagte sie, und langsam ging mir ihre Wehleidigkeit auf die Nerven. »Man kann niemandem vertrauen. Das ist schade.«

Okay, unter dem Schock, den ihr die Hetzjagd der britischen Boulevardpresse nach ›Der Liebhaber‹ versetzte, leidet Jane March noch heute. Akzeptiert. Jane war siebzehn, als sie unter der Regie des französischen Kultregisseurs Jean-Jacques Annaud über Nacht zum gefeierten Jungstar avancierte. Sie stieg aus einem schäbigen Londoner

Vorort direkt in die *Beletage* des französichen Films auf. 500 Mädchen stellten sich den Probeaufnahmen. Sie blieben alle chancenlos. Regisseur Annaud entdeckte Jane in einem billigen Teenagermagazin namens ›Just 17‹. »Sie hat dieses Gesicht, das grenzenlose Lust an der Gegenwart verspricht«, hat Annaud mal in einem Interview gesagt. »So ein Gesicht kann gar nicht anders, als sich einer Kamera ausliefern.«

»Für ›Der Liebhaber‹ sind die erotischsten Bilder entstanden, die ich jemals gesehen habe«, sagte Jane. »Jean-Jacques hat mir das erste ästhetische Sexualerlebis offenbart. Er hat mich sozusagen mit seinen Regieanweisungen und Kameraeinstellungen entjungfert.« Sie lächelte, weil es zum Lachen war, wie schön dieser Satz klang. Sie hatte ihn auswendig gelernt. Es gibt Sätze, die den jungen Schauspielern von Agenten oder Pressemanagern eingetrichtert werden, damit sie den Interviewer manipulieren und gezielt in eine bestimmte Richtung lenken. 90 Prozent aller Hollywoodjournalisten gehen gern darauf ein. Es ist die bequemste Sache der Welt.

»Bist du verheiratet?« fragte Jane plötzlich.

»Verheiratet?« brauste ich auf. Wie konnte sie so etwas annehmen? Der wirklich schlechteste aller Gedanken schoß mir durch den Kopf: Sie will etwas von mir, dieses Gespräch hier ist nichts weiter als ein Vorgeplänkel. Wie können sich Männer vor solchen Gedanken bloß schützen? Zum Glück dachte ich nicht zu lange nach, sondern konzentrierte mich auf die Chance, ihr noch eine einzige Frage stellen zu können. Ich wußte, sie würde mir mir dann alles erzählen – von ihren Ärzten, ihren Tabletten, ihren Selbstmordversuchen, ihren Fluchtversuchen, davon, wie eine Polizeistreife sie am Mulholland Drive im Nachthemd durch die Böschung hatte irren sehen und wie die Leute von der ›Los Angeles Times‹ sich standhaft geweigert hatten, diese Story zu veröffentlichen, weil es in der Chefetage der ›Times‹ einen Mann gab, der für das Erfolgsduo Bruce Willis und Demi Moore sowie ihren Produzenten Joel Silver, der auch Janes Produzent ist, alles tat, um sie in der Öffentlichkeit in einem guten Licht erscheinen zu lassen. Bruce Willis und Demi Moore haben es allein einem Geschäftsführer eines der einflußreichsten Verlagshäuser zu verdanken, daß sie aus dem Nichts heraus und mit Nichtskönnen zu Superstars wurden:

Moore ist die bestbezahlte Schauspielerin aller Zeiten, Willis pendelt zwischen A- und B-Liste.

Der Bentley hielt plötzlich in der Einfahrt einer Villa im Landhausstil. Janes Zuhause entpuppte sich als kleiner Palast. Ich war noch nie auf diesem Grundstück gewesen, hatte aber gehört, daß es in den späten sechziger Jahren Keith Moon von The Who, in den Siebzigern dem Sänger Engelbrecht Humperdinck und in den Achtzigern dem Autorennfahrer Bobby Unser gehört haben soll.

Jane wurde von einem Bernhardiner mit Namen Tank begrüßt, indem er der etwa einssechzig großen Jane March seine Pfoten auf die Schultern legte. Jane hielt sich für zu klein. Das war deutlich zu sehen.

»Diese Umgebung hat mein Leben radikal verändert«, sagte sie, als wir uns durch einen Hintereingang zum Pool bewegten.

Warum ich überhaupt auf das Grundstück gelassen wurde, konnte ich mir wirklich nicht erklären. Wollte Jane mir ihren Papagei zeigen, von dem immer mal wieder die Rede war? Stars haben die Angewohnheit, ihr Vertrauen zu einem Journalisten zu aktivieren, indem sie ihn mit einem der Haustiere Bekanntschaft schließen lassen. So war es mir schon im Haus von Linda Evangelista und Kyle McLachlan ergangen. Linda hatte mir ihre Hasen vorgestellt, dumme kleine Scheißhasen, die nur ein wirklich langweiliges und von einem noch langweiligeren Ehemann gelangweiltes Fotomodell erfreuen konnten.

Jane setzte sich auf einen Korbstuhl, der auf der Stirnseite in Messing eingraviert ihren Namen trug. Über ein Haustelefon bestellte Jane zwei Martinis, ohne Oliven.

»Den verletzbaren Teil meiner Seele muß ich jetzt abschütteln. Das kann ich mir hier in Hollywood einfach nicht mehr leisten«, sagte Jane plötzlich, ohne daß ich eine Frage gestellt hatte. Und dann redete sie einfach drauflos. Wenn ich sie jetzt gefragt hätte, ob ihr Sex mit Italienern Spaß mache, dann hätte sie mir in ihrem Zustand wohl auch das noch verraten. Doch was tat ich statt dessen? Ich fragte sie total gelangweilt, warum sie sich eigentlich ständig von dieser Luxuslimousine herumfahren lasse.

»Den hat mir mein Produzent Joel Silver geschenkt.« Sie hielt sich die Hand vor den Mund. »Hups … das hätte ich nicht sagen sollen.«

Wie eine minderjährige Göre spielte Jane mit ihren Wimpern. Dann lachte sie. »Ich liebe Irritationen.« Genau das wollte ich hören. Und dabei war sie tatsächlich klug genug, um Hollywood zu durchschauen. Das merkte ich, als sie plötzlich die grandiose Weisheit preisgab: »Derjenige siegt, der weniger liebt.« Das war die absolute Wahrheit, die man gewöhnlich von einer Frau in Hollywood erst dann hört, wenn sie eine Flasche Absolut-Wodka in sich hineingeschüttet hat.

»Wie man Gefühle unterdrückt, um an ein bestimmtes Ziel zu kommen, das habe ich von Carmine gelernt.« Jane blickte jetzt von ihrem geliebten Korbstuhl aus über eine Stadt, vor der sie sich fürchtete. Wir starrten beide so lange in diese purpurn gleißende Fläche, die den Namen Los Angeles trägt, bis sie uns blendete. L.A. lag vor uns wie ein Traum, der aus Smog Gestalt annahm.

Und wie es in billigen Filmen so üblich ist, geschah nun folgendes. Eine Männerstimme ertönte und sagte: »Man sagt ja, Gebratenes bringt das Blut in Wallung.«

Carmine Zozzora trat auf. Er garnierte sein Späßchen mit einem fetten Lachen, küßte seine Frau auf die Stirn und befahl ihr, sich entweder unter einen Sonnenschirm zu legen oder mit Sonnencreme einzuschmieren. Und er sagte das in diesem gereizten Tonfall, der darauf hinwies, daß er mit dem Erscheinungsbild seiner Frau nicht mehr zufrieden war, was er mir prompt zwei Minuten später bestätigte: »Finden Sie nicht auch, daß Jane kränklich aussieht?«

Carmine hat als Co-Produzent von ›Das Ziel ist überleben‹ und ›Stirb langsam‹ Millionen verdient. Doch wie jeder Italiener in den Hollywood Hills war er hungrig nach viel, viel mehr. Obwohl er immer wieder betonte, daß ihm Jane wichtiger sei als alle Geschäfte.

Ohne die Liebe und den Schutz von Carmine wäre Baby Jane verloren gewesen. So viel war klar. Immer wieder zupfte sie an ihren kurzen Wimpern. »Eine pubertäre Angewohnheit«, sagte sie später entschuldigend. »Die Wimpern brechen dabei ab. Es ist eine Schande. Für Fotosessions benutze ich künstliche Wimpern.«

Sie sagte noch einige dumme Sachen, aber das hatte bestimmt mit den betörenden Lichtverhältnissen zu tun. Dabei zupfte sie weiter an ihren Wimpern und streckte dazu lässig und erhaben ihren schlanken Hals. Es war die Pose einer jungen Diva auf dem Weg nach unten.

»Ich kann meine Liebe zu Carmine nicht erklären. Ich habe mich nach einem starken Mann gesehnt, und plötzlich stand er vor mir. In Paris habe ich nur selbstverliebte Männer kennengelernt. Die haben mich gelangweilt. Carmine und ich schauen uns stundenlang in die Augen.«

Die Papageien, Janes Lieblingskinder, begannen zu schreien. »Jane nimmt unseren Orlando regelmäßig mit ins Bett«, sagte Carmine etwas bitter. »Orlando mag Janes Spucke.« Ihm war diese Papageienliebe offensichtlich manchmal zuviel. »Das Geschrei von Kindern wäre mir lieber.«

Jane nickte nur stumm. Sie nahm das Leben ernst, sehr ernst. Und ihre Lage war ernst. Im Gegensatz zu vielen ihrer Altersgenossen verweigerte sie sich der zynischen Distanzierung von der Realität. Deshalb hielt ich sie für das selbstmordgefährdete Opfer Nummer Eins in Hollywood. Trotz Prozac. Es gibt kaum noch Stars, die sich das Leben nehmen. Ich stand vor einer jungen Frau, für die ich das Schlimmste befürchtete, und es machte keinen Spaß mehr. Ihr Film ›Color of Night‹ war ein Totalflop. »Falls dieser Film ein Flop wird«, hatte Jane mir während einer früheren Begegnung gesagt, »was er nicht wird, werde ich nicht mehr spielen. Ich werde reisen und mich aushalten lassen.« Und sie hatte dabei gegrinst, wie alle amerikanischen Frauen grinsen, wenn sie ihre Wunden so weit geöffnet haben, daß hohle Männergehirne hineinpassen.

Verliebt legte Jane jetzt ihren Kopf auf Carmines Schulter. Presseleute waren für Carmine normalerweise »elende Schmeißfliegen«. Daß ich sein Haus betreten durfte, sollte ich ruhig als Auszeichnung verstehen. »Cheers!« prostete er mir zu. Nur das Hausinnere dürfe ich nicht sehen – aus Sicherheitsgründen, wie Jane behauptete. Es war mir egal.

Carmine verstand sich als Konservativer, als ein italo-amerikanischer »Player«. Mit Sylvester Stallone hatte er die Jugendjahre verbracht. Bruce Willis war seit 15 Jahren einer seiner besten Freunde. Die Machos von Hollywood blieben eben immer unter sich.

Jane genoß seine Kraft. Sie streckte ihre Beine aus und legte die Fersen auf den Boden. Dann klopfte sie mit der flachen Hand auf ihren Schoß und lächelte streng. »Komm her, du böser Junge«, sagte sie zu Carmine.

Carmine wollte mir eigentlich gerade seine »darwinistische Instinkttheorie« näherbringen. Er erklärte mir, wie er die Kaltblütigkeit seiner jungen Frau schärfen wolle. So wie auch schon Bruce Willis Demi Moore für Hollywood geschärft hatte. Aber Jane ließ jetzt nicht locker. »Komm her, du böser Junge.« Und diesmal gehorchte Carmine. Er stand auf, öffnete seinen Gürtel und legte sich so über Janes Beine, daß sein Gesäß oberhalb ihrer Knie zum Liegen kann. Natürlich grinste er dabei, denn er wußte, daß es die absurdeste Pose war, die ich jemals von einem Interviewpartner geboten bekommen hatte. Ich schloß daraus, daß meine Anwesenheit enthemmend wirkte – wie die des Sanitärinstallateurs, der alle Wasserhähne im Haus öffnet.

»Du böser, böser Junge«, sagte Jane. Dann traf der erste Schlag auf Carmines Hintern. Er verzog sein Gesicht. Jane schaute mich erregt und amüsiert zugleich an. »Keine Sorge. Ich werde so bleiben, wie ich bin. Ich hasse zum Beispiel amerikanische Fitneßfrauen. Ich hasse silikongespritzte Brüste. Obwohl ich kleine Brüste habe, werde ich das niemals tun. Viele Bekannte von Carmine sind total bessessen von künstlicher Schönheit. Und alle prahlen mit ihrem Personal-Trainer. Mir gegenüber tun sie immer so, als sei ich magersüchtig.«

Carmine schüttelte den Kopf. Jane verdoppelte ihre Anstrengungen, und jedesmal, wenn ihre Handfläche aufklatschte, grunzte sie »böser, böser Junge«. Carmine hatte glasige Augen bekommen.

»Als kleines Mädchen habe ich Tennis gespielt. Ich hab eine tolle Rückhand«, sagte Jane. Dann ließ sie ein letztes Mal die Hand niedersausen. »Böser, böser, böser Junge.«

Jane schubste ihren Mann von sich weg. Carmine stürzte und stützte sich mit den Händen ab, bevor er wieder auf die Beine kam. »Ist etwas Böses in meine Kleine gefahren?« fragte er hämisch.

Jane verschwand beleidigt im Inneren des Hauses und kehrte einige Minuten später in einem klassischen schwarzen Badeanzug zurück. Sie war dünn, sehr dünn. Sie war Baby Jane. Sie war reizend. Dann sprang sie ins Wasser und zog langsam ihre Runden. Papagei Orlando hüpfte ihr nach.

»Jane schwimmt täglich eine Stunde im Pool. Sie ißt eine Tafel Schokolade und raucht zwei Päckchen Zigaretten am Tag. Mir geht es genauso. Alles, was wir gemeinsam tun, ist in Ordnung«, klärte mich

Carmine über seine Gepflogenheiten auf. Er hatte noch Speichel an seinen Mundwinkeln, als er seinen Gürtel wieder in den Hosenbund steckte.

Jane tauchte ihren Kopf unter Wasser. Dann kam sie hoch und blies eine kleine Wasserfontäne aus ihrem Mund gen Himmel. Sie winkte mir zu und zeigte mit einem Daumen nach oben. Dort wollte sie hin. Aber ich wußte, daß sie erst sterben mußte, um jemals dort oben anzukommen. Und selbst dafür war es schon zu spät. ›Color of Night‹ hatte ihre Träume in schwarzweiß getaucht. Auch das ist Hollywood. Doch so was interessiert hier niemanden.

18 Der Mann, der Gott spielte

Es war ein Test. Davon war ich überzeugt. Chuck hatte eine miese Geschichte um Jil Barnes und Greg Carlson inszeniert, weil er sehen wollte, ob ich die Nerven verlieren würde und ob ich ihm vertraute. Und, was noch viel wichtiger war, er wollte sich selbst überprüfen, wollte herausfinden, wie sehr er an mir hing. Wir hatten in den vergangenen drei Jahren fast täglich miteinander zu tun gehabt. Er wollte allein sein und abwarten, ob er mich vermißt, seine Freundschaft zu mir überprüfen. Und er hatte recht. Mir jedenfalls wurde erst jetzt vollständig bewußt, wie sehr mir das Überwachen, die Jagd nach den Spuren der Wirklichkeit und der militante Video-Dokumentarismus fehlten.

War ich krank, weil ich eine Kamera brauchte? Für uns Printjournalisten gibt es Situationen, die wir sofort als gefährlich erkennen. Auf die Einzelheiten kommt es dabei nicht an, man merkt es vielmehr an den brutalen Schwingungen, die einem das Hirn vibrieren lassen. Irgend etwas Böses und Grauenhaftes wird geschehen, und man weiß, daß man unausweichlich darin verwickelt sein wird. In solchen Momenten ist man besser nicht allein.

Ich stand wieder auf meiner Terrasse und blickte über den MacArthur Park. Die riesigen Sattelschlepper der ›Independence Day‹-Filmproduktion blockierten die Straßenkreuzung Wilshire Boulevard und Alvorado Street. Es wurden immer mehr, und sie bildeten ein nicht enden wollendes, schlangenartiges Ungeheuer, das sich seinen Weg von Downtown Richtung MacArthur Park bahnte. Wie Ameisen erschienen mir die kleinen Bewohner von Rampart, die Indios aus Guatemala, El Savador, Nicaragua und weiß der Teufel woher, neben diesen gigantischen Maschinen und dem Heer von Arbeitern, die alle ein ›Independence Day‹-T-Shirt trugen.

Ich suchte den Himmel mit meinem Fernglas nach Helikoptern der lokalen Fernsehstationen ab. Der Goodyear-Zeppelin hing über dem

Coliseum-Stadion, weil dort das ›Low Rider‹-Magazin zur größten Show des Jahres geladen hatte. Ein Jumbo-Jet der Korean Airline drehte seine letzte Anflugschleife Richtung LAX-Airport

Auf meinem Anrufbeantworter war immer noch keine Meldung von Chuck – lediglich die Interviewtermine mit Pamela Anderson, Snoop Doggy Dogg und Polizeichef Willie Williams wurden bestätigt. Ich kam zu dem Schluß, daß es zwei Dinge gab, die mich zur Zeit beschäftigten: das spurlose Verschwinden von ›Flashdance‹ – und ›Beverly Hills Cop‹-Produzent Don Simpson und die Tatsache, daß sich die ›Independence Day‹-Dreharbeiten immer mehr von Downtown Richtung MacArthur Park verschoben.

An der Ecke Alvarado und 6th Street blitzten Detonationslichter, verursacht von Magnesiumbomben. Special-effect-Leute testeten Lasereinschläge aus dem All. Der MacArthur Park war mittlerweile großräumig abgesperrt, obwohl sich mindestens 500 Personen weigerten, den Park zu verlassen. Polizisten in Kampfanzügen waren seit Stunden bemüht, sämtliche Zufahrtsstraßen abzuriegeln. Zwei Helikopter kreisten jeweils über dem Gebiet Alvarado und 6th Street sowie Alvarado und 8th Street.

Ich hatte KCBS eingeschaltet, weil ich sehen wollte, ob über den Protest gegen die Dreharbeiten berichtet wurde – doch, wie zu erwarten, gab es keinerlei Meldungen darüber.

Auf CNN war Christine Amanpour zu sehen, seit dem Ausbruch der Bosnienkrise das gute Gewissen Amerikas. Wie oft hat CNN seine Katastrophenkorrespondentin ins Feuer geschickt und dabei richtig gut ausgesehen! In Ruanda, Goražde und Sarajewo, auf Haiti, bei den Kubanern in Guantanamo und in Zaire, während der Ebola-Virus-Epidemie.

An der Katastrophenbörse CNN lautet die sportliche Devise: Dabeisein ist alles. Der Nachrichtensender will – wie Chuck übrigens auch – eine Kamera am richtigen Ort in der Welt aufstellen und vor einer echten Kulisse – dieser exklusivsten aller Leinwände – einen echten, lebenden CNN-Korrespondenten zeigen, den er dann per Live-Übertragung zu allen Menschen dieser Erde schicken kann. Damit steht und fällt die Story. Es geht nicht um Hintergrundanalysen oder Aufklärung, sondern um den »talking head« mitten im Sprengeinsatz – Zap! Pow! Bang-bang! Yeah! –, der wie eine Superman-Comic-Figur immer dort auftaucht, wo's knallt. Ich habe dafür großes Verständnis, obwohl mich Geschichten über tote Menschen in exotischen Ländern extrem langweilen. Deshalb schätze ich Chucks Arbeit. Er bemüht sich wenigstens, das tägliche Drama vor unserer eigenen Haustür auf Video zu bannen: das Blut, die Tränen, das Sperma und den Spaß rund um Los Angeles.

Der Wilshire Boulevard war jetzt Richtung Downtown abgesperrt. An der Ecke Alvorado Street und Wilshire Boulevard stieg eine Ladung Leuchtraketen in die Luft. Für Chuck wäre das eine gute Gelegenheit gewesen, wütende, ihre Einkaufswagen vor sich hin schiebende Latinos und Schwarze zu interviewen und mit Videokamera und Presseausweis für Aufruhr zu sorgen. Überhaupt wäre die Gelegenheit günstig gewesen, um nicht nur eine Story aufzureißen, sondern eine Revolte anzuzetteln.

Ich wollte Chuck finden, aber zuerst wollte ich selbst in meiner Nachbarschaft auf die Jagd gehen. Ich kann es auf meiner Haut spüren, wenn sich in Los Angeles Unruhen anbahnen. Ich will zwar nicht behaupten, daß ich einen Riot voraussagen kann, aber ich kann die aussichtsreiche Stimmungslage identifizieren und die steigenden Chancen für ein derartig phantastisches Jahrhundertereignis ausmachen: Da sind zunächst die warmen Santa-Ana-Winde, die auf 100 Meilen klare Sicht und die brutale Überbelichtung. Dann hat ein Schwarzer einen Latino umgelegt, und Channel 2, 4 und 7 heizen 48 Stunden lang die Emotionen auf und lassen beide Parteien im Fernsehen ausgiebig fluchen, weinen, drohen und sich als zu kurz gekommen darstellen; dazu präzise Bildschnitte und stumpfsinnige Kommentare eines weißen Bullen und eines neurotischen Soziologen asiatischer Abstammung, der die Zuschauer darauf hinweist, daß den Latinos statistisch gesehen Los Angeles längst gehört – und schon haben wir das perfektes Klima für einen lokalen Riot. Warum es dann doch keinen gibt, das hat damit zu tun, daß es noch nicht genügend Arschlöcher wie Chuck gibt, die die dumme Masse zu Hause und die Menschen in den »heißen« Stadtvierteln mobilisieren.

Durch die ›Independence Day‹-Dreharbeiten herrschte der Ausnahmezustand, und mein Jagdinstinkt ließ mich fast implodieren. Vor mir lag ein absolutes Alptraum-Wochenende.

In Downtown drehte Michael Mann die genialsten Bankraubszenen in der Geschichte Hollywoods. An der Ecke Slauson und Western Avenue drehte Snoop Doggy Dogg mit einer Armee von 200 Statisten ein Musikvideo. Der Basketballer Shaq O'Neal drehte beim Wilton Theater an der Ecke Western Avenue und Wilshire Boulevard einen Werbespot für die Fast-Food-Kette Taco Bell. Bei den KTLA-Fernsehstudios an der Gower Street war das Bomb-Squad-Team des LAPD im Einsatz, weil ein frustrierter Fernsehzuschauer einen Sprengsatz vor dem Eingang deponiert hatte. In meiner Gegend war wirklich was los an diesem Wochenende.

Ich begann, Chucks Schatten nachzujagen, in der vollen Überzeugung, mit jeder Stunde ohne ihn ein Stück wertvolle Wirklichkeit zu verspielen. Ich durfte mir aber auf keinen Fall etwas anmerken lassen.

Langsam glitt ich mit meinem Cherokee durch den Pico Union District. Polizeifunk und Radar waren eingeschaltet. Mein modifziertes »never lost«-System konnte mir jedoch keine präzisen Angaben über Chucks Standort machen. Meine eigene Position war dagegen auf dem Bildschirm metergenau eingezeichnet. Eigentlich hat Chuck mir das »never lost«-System als Freundschaftsbeweis in meinen Wagen eingebaut, damit wir gegenseitig immer wissen, wo wir uns aufhalten. Doch das System ist nutzlos, wenn einer von uns sein Gerät nicht eingeschaltet hat.

Um nicht zu implodieren, jonglierte ich mit Fakten: In den USA läuft der Fernseher durchschnittlich sieben Stunden pro Tag, und der Bürger sitzt im Schnitt viereinhalb Stunden davor. Ein sechzigjähriger Amerikaner hat etwa 12 Jahre vor dem Fernseher verbracht und dabei etwa 1,7 Millionen Werbespots gesehen. Während einer landesweiten Umfrage hatten die Befragten auf die Frage, warum sie fernsehen würden, wie folgt geantwortet: »Ich bin faul« (49 Prozent); »Eine perfekte Art, sich zu entspannen« (42 Prozent); »Es fasziniert mich« (25 Prozent); »Ein weiterer verlorener Abend« (20 Prozent); »Wenn ich fernsehe, fühle ich mich gelangweilt und doch auch gleichzeitig davon gebannt« (15 Prozent). Und auf die Frage, ob sie beim Fernsehen jemals das Gefühl hätten, lieber etwas anderes zu tun, sich aber nicht vom Fernseher losreißen könnten, hatten 18 Prozent der Befragten mit »fast immer« und 38 Prozent mit »gelegentlich« geantwortet. Das hieß also, daß über die Hälfte aller Zuschauer unfreiwillig fernsahen. Wie war so etwas möglich? Meine bewährte Entspannungsübung funktionierte nicht. Ich hatte wirklich keine Lust, mich weiter von diesen deprimierenden Zahlen belästigen zu lassen. Und das einzige, was ich dagegen tun konnte, war, die Wirklichkeit zu jagen.

5th Street, Downtown Los Angeles, 16 Uhr. Ein blauer Ritter auf einem Stahlroß winkte mich mit einem Haifischgrinsen auf einen Besucherparkplatz. Dort empfing mich ein »gofer«, einer der Aushifskräfte, die unter anderem die Leute beim Dreh vom Set fernhalten. Der Junge war ziemlich nervös und erklärte mir, daß der nächste Dreh in zwei Minuten beginnen würde, daß ich der letzte sei, der für diese Szene noch auf das Set dürfe und daß ich gefälligst einen Lärmschutz tragen solle.

An der Ecke Flower und 5th Street wurde es plötzlich ganz still. Ich sah, wie ein Waffenexperte Robert De Niro ein geladenes M6-Gewehr in die Hand drückte und wie De Niro eine Ledertasche mit Dokumenten und einigen zusätzlichen Waffen über die Schulter warf. Etwas abseits stand Val Kilmer, der von Michael Mann einige Anweisungen erhielt. Michael Madsen stand neben einem mexikanischen Burrito-Verkäufer und rauchte eine Zigarette. Im Film war er bereits tot.

In wenigen Sekunden sollte die aufregendste Flucht der Kinogeschichte gedreht werden, oder sagen wir die munitionsmäßig aufwendigste Fluchtszene mit über 2 000 Schuß verballerter Blindmunition in fünf Minuten.

Etwa 2 000 Zuschauer säumten die 5th Street, und über Downtown rotierten drei Hubschrauber. Fünf Kameras verfolgten die Flucht von Val Kilmer und Robert De Niro aus sicherer Distanz, zwei Standkameras klebten den Bankräubern dicht an den Fersen. Die Choreographie war zwei Wochen lang in einem Hangar in Culver City einstudiert worden. Jetzt mußte alles in wenigen Minuten klappen.

Auf der Flower Street standen zwanzig Wagen in einem inszenierten Verkehrsstau. Dann fiel der erste Schuß, gefolgt von einem Mehrfachfeuer, das aus einem Lautsprecher prasselte. Ein junger Aufnahmehiwi schrie den Tontechniker an: »Mehr Lautstärke, mehr Rauschfilter, Baß. Wir müssen mehr Baß haben.« Dann verschränkte er die nackten Arme und sagte: »Sind wir alte Weiber, oder was?« Robert De Niro und Val Kilmer schoben sich von Wagen zu Wagen, total diszipliniert, die Waffen sauber auf die Dächer der stehenden Fahrzeuge gelegt. Peng, peng, peng, nach vorn, links, rechts, links, rechts, nach vorn, peng, peng, peng. Es knallte wie ein 4th-of-July-Feuerwerk, nur lauter. Und die Fans jubelten und johlten.

Plötzlich brach Michael Mann die Szene ab und sah dabei unheimlich nüchtern aus. Über Lautsprecher befahl er, die Zaungäste tiefer in die Flower Street zurückzudrängen. Es waren bestimmt noch einmal mindestens 500 Menschen, die das Spektakel aus den umliegenden Hochhäusern und den Seitenstraßen beobachteten. Und die Polizei hatte alle Hände voll zu tun, die kleinen mexikanischen Jungs davon abzuhalten, auf das Set vorzudringen.

Dort, auf dem Set, rannten jetzt froschäugige Frauen mit ihren Terminblöcken und Drehplänen hin und her, und es gab einige Leute von der Catering-Firma, die ebenfalls die Nerven verloren, weil die Frau des Chefbeleuchters den Heilbutt ausgekotzt hatte. Gab es eine Fischvergiftung? So was kommt selten vor, aber wenn es passiert, dann wird eine ganze Produktion lahmgelegt – so wie letztens erst bei den Dreharbeiten zu ›Volcano‹ oder zum Mafiafilm ›Donnie Brasco‹, nur daß die Öffentlichkeit nie davon erfahren hat, weil eine Infosperre den italienischen Lieferanten vor einem Totaldebakel schützen sollte.

Die einzigen, die cool blieben, waren De Niro, Kilmer und Regisseur Michael Mann. De Niro fingerte ständig an seinen Waffen rum, was ihm ernsthaft Spaß zu machen schien. Er hörte nicht auf den Regisseur, sein Buddy war der Waffenexperte.

Vor dem Catering-Zelt, das sich auf dem Parkplatz der Wells-Fargo-Bank befand, entdeckte ich eine junge Kameraassistentin: Claudia Weimar, eine Deutsche, ausgezeichnete Reputation, gutaussehend, flinke Hände, starker Wille. Ich fragte sie, ob sie Chuck auf dem Set gesehen hätte. Sie behauptete, Chuck hätte versucht, einen jungen Fan auf das Set zu schleusen, der unbedingt Robert De Niro die Hand schütteln wollte. Es sei furchtbar peinlich gewesen. De Niros Assistentin habe gleich die Cops rufen lassen, wobei Chuck die Besuchererlaubnis entzogen worden sei. Ob Chuck eine besondere Beziehung zu den Cops habe, fragte sie mich. Jeder andere Paparazzi wäre in so einer Situation hundertprozentig verhaftet worden.

Meine Güte, was steckte dahinter? Um mir meine Unruhe nicht anmerken zu lassen und um Claudia etwas aufzuheitern, sagte ich: »Hey, wo kommen wir denn hin in diesem Land, wenn die Speichellecker versuchen, uns übers Ohr zu hauen?«

Claudia sah mich zunächst an, als würde ich nicht richtig ticken. Dann grinste sie und streckte mir die Hand entgegen. So macht man sich in Hollywood Freunde: ein saublöder Spruch im richtigen Moment, und alles läuft wie geschmiert.

Ich sah noch, wie Robert De Niro das Bärtchen gekämmt wurde und wie er sich die Brille hinter den Ohren festklemmen ließ. In der vorangegangenen Szene war sie leicht verrutscht, was ziemlich lächerlich ausgesehen hatte. Dann zog ich mich hinter einen riesigen Sattelschlepper zurück. Ich hatte einen Augenblick lang das Gefühl, es sei an der Zeit, das Leben neu zu überdenken, so schwer es auch fiel.

Chuck hatte also auf dem Set von ›Heat‹ versucht, eine Begegnung mit Robert De Niro zu provozieren. Er wollte sehen, wie De Niro auf einen aggressiven Fan reagiert, und dabei die Kamera draufhalten. So wie er vor drei Jahren Michael Douglas vor einem Supermarkt in Pasadena provoziert hatte, und zwar so lange, bis Douglas mit einem Autopolierbesen auf Chuck losgegangen war. Diese Bilder waren KT-LA-TV damals 1 500 Dollar wert gewesen. Und der ›Star‹ hatte für die Videostills noch einmal 5 500 Dollar hingelegt.

Es war mittlerweile Nacht, und ich folgte Chuck auf den Fersen. Ich fuhr überall dorthin, wo er schon gewesen war, und ich konnte seine Anwesenheit spüren – besonders an der Art, wie die Menschen mit mir sprachen, die Chuck mit seiner Kamera bereits heimgesucht hatte. Sie lächelten so befreit, als hätte ihnen ein Regulator ihr Selbstwertgefühl richtig eingestellt. Selbst die vermeintlich größten Verlierer profitieren von Chucks Kameraarbeit – so als bestätige die Kamera den Leuten erst, daß sie körperlich existieren, so als besäße die Kamera die Fähigkeit, das reale und das ideale Selbst im idealen Objekt zu verschmelzen.

Auf dem Cahuenga Boulevard war ein LAPD-Officer in Zivil von einem Undercover-Polizeidetektiv erschossen worden. Ich fuhr zum Tatort und hörte mir die Pressekonferenz eines Sprechers des LAPD an. Neun TV-Reporter und ebenso viele Kameramänner waren dort, und keiner verstand, worum es eigentlich ging. Ich hatte die Meute schon lange nicht mehr gesehen: John, David, Hanna, Bob, Martha, Fred und wie sie alle heißen, diese durchgeknallten Typen hinter und vor den Fernsehkameras. Sie waren wie immer ernsthaft nervös und fickerig. Und sie hatten ihre Helikopter herbeigerufen, weil sie dachten, daß sich aus dieser Geschichte noch mehr entwickeln würde, weshalb sie nebenbei auch noch mit den noch nervöseren Arschlöchern in den Hubschraubern Verbindung halten mußten. Das Bodenpersonal sah ziemlich schlecht aus, obwohl diese Schwächen zu Hause am Kasten selten zu erkennen sind. Die Reporter waren verschwitzt, zittrig und glotzäugig. Sie sahen alle aus wie tollwütige Schäferhunde, die noch mal ordentlich zubeißen wollen, bevor sie krepieren.

Die ganze Sache habe mit »gegenseitigem Anstarren« begonnen, behauptete der LAPD-Sprecher. Die Fahrzeuge von Polizeidetektiv Frank J. Lyga und Off-duty-LAPD-Officer Kevin L. Gaines hätten nach Zeugenaussagen vor einem Rotlicht an der Kreuzung Cahuenga Boulevard und Freeway 101 gestanden. Während der Rotlichtphase soll Gaines Detektiv Lyga »blöd angestarrt« haben. Nach einem verbalen Duell habe Gaines dann einen Revolver gezogen und auf Lyga gerichtet. Lyga hätte sich bedroht gefühlt, seinerseits eine Waffe gezogen und ohne zu zögern dreimal auf Gaines geschossen, der sofort tot gewesen sei. Lyga und Gaines hätten beide Zivil getragen, und es sei ihnen nicht bewußt gewesen, daß sie Kollegen waren. Der Tote sei ein Afroamerikaner gewesen, der nervöse Undercover-Cop ein Weißer.

Kommentarlos verließ ich die Pressekonferenz. Jack Warden, der gute alte Mann von KABC, fragte mich, wohin ich denn ginge. »In einen Schnapsladen und dann besaufen«, sagte ich und fragte Warden zurück, ob er sich denn eigentlich nicht mehr die Mühe machen würde, sich zu duschen, zu rasieren oder umzuziehen. Er sehe noch schlimmer aus als die vom Gelbfieber im Endstadium verseuchten, kampfmüden Hunde dort drüben. Dann grinste ich schleimig, um Warden zu signalisieren, daß er mich nicht zu ernst anblicken solle. Warden schnappte nach Luft, jedenfalls sah es so aus. Dann lächelte er mir zu. Ich habe großen Respekt vor Warden, der seit mehr als 30 Jahren Reporter von KABC ist und es bereits vor 10 Jahren gewagt hatte, in einem CNN-Themengespräch auf den Niedergang der Tageszeitungen und der Network-News hinzuweisen und gleichzeitig den Aufstieg von Life-Style-Magazinen und Kabelprogrammen wie Outdoor-, Yachting-, Fishing-, Golf- und Court-TV sowie den Status des Journalisten als Unternehmer beklagte. Doch in jenem Augenblick war ich von einem fast militärischen Blick beseelt: Ich wollte weiter, an Tatorte mit Qualitätsopfern, Qualitätshelden, Qualitätsdramen, die alle das Qualitätssiegel des Instituts für angewandte Fernsehsensationen, geleitet von Sir Chuck »Videohand« Weinberg, trugen. Ich wollte wieder Einlaß bekommen in sein Cinemascope, dieses Superkino mit Breitbildleinwand, das der Vietnamveteran Chuck in direkter Nachfolge des Monsieur Henri Chrétien gewissermaßen noch einmal neu erfunden hat. Chrétien, Professor für Optik, hatte im Ersten Weltkrieg an der Verbesserung des Telemeters für die Marineartillerie gearbeitet und dabei die Grundlage entdeckt, die 36 Jahre später zum Breitbildverfahren führen sollte: die Verbreiterung des horizontalen Sehwinkels, das dem beidäugigen Sehen besser entspricht und dem Zuschauer das Gefühl vermittelt, in das Geschehen hineingezogen zu werden. Der »militärische Blick«, den Chuck zum Videoblick weiterentwickelt hat, ist also unerläßlich für den, der die Wirklichkeit mit der Kamera einfangen will.

Ich jagte über den Freeway 101 in Richtung Downtown und von dort über den geliebten 110er nach Compton. Ich verfolgte Chucks Spur, die vom Tatort am Cahuenga Boulevard zu den Eltern und Angehörigen des Opfers Kevin L. Gaines führte. Dort angekommen hörte ich mir geduldig die Klagen der Mutter und eine seltsame Beobachtung des Bruders an: »Da war ein Mann mit Kamera, sehr freundlich, wie Burt Reynolds sah er aus, nur etwas größer, und er hatte diesen aufmunternden Tonfall. Er kämpfe für den kleinen Mann, hat er gesagt ... und daß er unseren Fall an die Öffentlichkeit bringen wird. Ich hatte ein sehr gutes Gefühl bei diesem Mr. McKennan.«

Ein Reporter der ›Los Angeles Times‹, der zufällig Zeuge dieser

Aussage wurde, merkte sofort, daß etwas nicht stimmen konnte. Chuck hatte sich also als Mr. McKennan ausgegeben. Er war mal wieder in Bestform und hatte den ahnungslosen Hinterbliebenen von Officer Gaines privates Videomaterial abgerungen, das – was ich damals natürlich nicht wußte – Gaines bei Schießübungen mit OGs (Original Gangsters der Black Guerilla Family) zeigt. Chuck hatte die trauernden Menschen mit seinen journalistischen Ambitionen zu Tränen gerührt, so daß sie volles Vertrauen in ihn gewonnen hatten. Den Namen McKennan hatte er übrigens von einem ›Life‹-Magazin-Reporter geklaut, der zu einer Zeit für das Magazin gearbeitet hatte, als es noch das CNN der damaligen Welt verkörperte wie kein Printmedium jemals danach – was mich daran erinnert, daß der ›New York Times‹-Kolumnist William Safire mal geschrieben hat, daß Journalisten, die vor 1965 geboren sind, diesen Beruf nicht wegen des Geldes ergriffen haben, sondern aus sogenannten »noblen« Gründen wie zum Beispiel der Aussicht auf Unabhängigkeit und Abwechslung. Und sie betrachteten diesen Job als eine Möglichkeit, die weite Welt zu sehen und sie zu verändern, ohne gleich in die Politik einzusteigen. Heute ist das anders. Journalisten werden Stars, ziehen mit dicken Buchverträgen um die Welt und kassieren sechsstellige Jahreshonorare. Bis Mitte der sechziger Jahre wurde der Tagesjournalist in den USA nicht besser bezahlt als ein Polizist, und die meisten Journalisten hatten damals noch nicht mal einen Collegeabschluß.

Von den trauernden Angehörigen des Officers Kevin L. Gaines führte Chucks Spur in einen kleinen koreanischen Massagesalon, in dem ein koreanischer Bankier der Hanmi-Bank gerade seinen Geburtstag mit zwei Tigern und zwei schwulen koreanischen Dompteuren – einer perfekten Kopie von Siegfried und Roy – sowie einem alternden Hollywoodstar feierte: Charles Bronson. Bronson war als »special guest« angeheuert worden, um die aus Seoul angereisten koreanischen Geschäftsleute zu beeindrucken, die sich nackt und nur mit einem Handtuch bewaffnet durch das Dampfbad bewegten. Auftritte dieser Art sind für viele Hollywood-Altstars – neben Tantiemen für im Fernsehen wiederholte Filme – zur einzigen und letzten Einnahmequelle geworden. Meistens werden sie von ihren Agenten dazu gedrängt, und wie wenig ein Star wie Bronson noch Kontrolle über seine Karriere, sein Leben und das Milieu hat, in dem er sich aufhält, bewies diese Geburtstagsparty.

Ich wurde gründlich nach Waffen durchsucht, bevor man mich hineinließ. Mir fiel ein, daß Chuck bei den koreanischen Mobstern einen guten Ruf genoß, und langsam wurde mir klar, weshalb Chuck bei den Leuten von der Hanmi-Bank aufgetaucht war. Der Produzent Don Simpson hatte Filme wie ›Flash-dance‹, ›Top Gun‹, ›Tage des Donners‹ sowie die ›Beverly Hills Cop‹-Serie für Paramount unter anderem auch mit Hilfe von koreanischem Geld finanziert, und deshalb wollte er mal bei ihnen vorbeischauen und sehen, ob sie das plötzliche Verschwinden von Don Simpson betrauerten oder feierten. Immerhin ließ Simpson seine Geschäftspartner an einem Geldsegen von 4,4 Milliarden Dollar teilhaben. Außerdem belieferte Simpson die Koreaner mit sogenannten »penthouse pets«, Frauen, für die er 5 000 Dollar bezahlte, um sie an seine Geschäftsfreunde auszuleihen. Dann kam noch hinzu, daß sein bislang unzertrennlicher Partner Jerry Bruckheimer geheiratet und die »finsteren Nächte mit Don« endgültig verlassen hatte. Simpson, Sohn eines Berg- und Jagdführers in Alaska, war seinem Lebensstil jedoch weiterhin treu geblieben. Er galt als exzessiver Trinker und experimentierfreudiger Drogenkonsument und war im Hotel Bel Air bestens bekannt für mitter-nächtliche Room-Service-Anrufe. Simpson hatte seine Jugendjahre im Gefängnis verbracht, und als er dann als Achtzehnjähriger nach Hollywood kam, um Schauspieler zu werden, entwickelte er sehr bald einen nicht mehr zu stillenden Appetit auf alles, was sich mit Geld kaufen ließ. Allein für den Superflop ›Tage des Donners‹ kassierten Simpson und Bruckheimer zusammen 20 Millionen Dollar, und ihre letzten Produktionen – ›Bad Boys‹, ›Crimson Tide‹ und ›Dangerous Minds‹ – spielten in wenigen Wochen 240 Millionen ein.

Gewöhnlich war Bruckheimer derjenige, der das »seltsame Verschwinden« von Simpson gegenüber der Presse verteidigen mußte – doch in in den letzten Monaten war Jerry Bruckheimers Katastrophenkontrolle zusammengebrochen: Er wußte keine Antwort mehr, als ihn vergangene Woche ein KCAL-Hollywoodreporter auf das Verschwinden von Simpson ansprach. Simpson hatte seit sechs Wochen weder sein Büro bei Disney besucht, noch hatte ihn irgend jemand am Telefon gesprochen. Die Gerüchte waren vielseitig: Bruckheimer habe sich von Simpson getrennt, Simpson sei in einem Rehabilitationszentrum, Simpson habe sich zu Hause verbarrikadiert, Simpson sei in der Hand einer Sekte, Simpson sei auf der Flucht in Mexiko, et cetera. Aber Simpson war tot – an Erbrochenem erstickt. Doch das wußte damals noch niemand.

Ich war jetzt überzeugt, daß Chuck eine Spur entdeckt hatte, die ihn seit meinem Abschied in die Wüste auf Trab hielt – und es sollte keine dreißig Minuten dauern, bis meine Vermutung bestätigt wurde.

Mein Name wurde ausgerufen. Ich nahm meine Hände von der Theke, von wo aus ich die Geburtstagsparty beobachtet hatte. Sie waren gefühllos, so fest hatte ich sie vor lauter Anspannung auf die Platte gepreßt. Ich ging zum Telefon, unfähig, den Hörer in die Hand zu nehmen. Plötzlich berührte eine junge Koreanerin meinen Arm, sagte: »Na?« und hielt mir den Hörer mit einem bezaubernden Lächeln entgegen. Ich meldete mich. Am anderen Ende sprach ein Mann mit osteuropäischem Akzent, der behauptete, ich hätte noch genau 24 Stunden zu leben, falls ich meine Nase nicht endlich aus Dingen heraushielte, die mich nichts angehen würden.

Ein gigantisches Rätselspiel tat sich vor mir auf. Chucks Treiben, das mich fast widerstandslos aufsog, ließ sich nicht erklären. Er definierte sich in Rätseln, Lügen und in einer unumstößlichen Treue zu sich selbst und zu seinem Freund. Es gibt eine einfache, glasklare Wahrheit: Die paradoxe Welt der Wirklichkeitsjäger transparent zu machen, diese heillose Verwirrung komplexer Beziehungen aufzulösen, das gelingt nur im Gangsterkino eines Howard Hawks – und auch dort nur mit Hilfe des Todes, der mit der logischen Konsequenz eines Uhrwerks auftritt, nicht, um zu bestrafen. Es wäre daher lächerlich gewesen, Chuck wegen der typisch kleinkarierten Pseudomoral, daß die Medienkriminalität genau wie die Gewaltkriminalität zu ahnden sei, den Untergang zu wünschen. Das Ende eines Charakters wie Chuck wäre viel mehr als Ausweg aus einer inneren und äußeren Sackgasse zu verstehen, als Erlösung. Doch vor dem Tod kam für Chuck die Treue, dessen war ich mir sicher. Und diese Treue wollte ich spüren.

Ich ging auf die Toilette. Die Wände waren vollgekritzelt mit Zeichnungen von Genitalien und schamlosen Botschaften. Während ich in die hochmoderne, vermutlich gerade aus Korea eingeflogene Toilette pinkelte – das Wasser drehte sich beim Spülen in die falsche Richtung – studierte ich die schweinischen Kritzeleien auf der Trennwand. Ziemlich weit unten stand: »Ich lutsch dir den Schwanz … mmm.« Darunter hatte jemand auf Koreanisch irgendeine Antwort hinterlassen, die so aussah, als ob derjenige nach Datum und Zeit fragte. Und noch etwas weiter unten stand auf Englisch: »Kackt ab, ihr Schlitzaugen.« Ich hätte wetten können, daß es Chucks Schrift war, die ich da entzifferte.

Zwischen mir und Chuck, so viel war klar, hatte sich etwas verändert. Meine Beziehung zu ihm, seiner Videokamera und zur Wirklichkeit war zu einem verkümmerten, verdorrten Fragment dessen geworden, was diese Beziehung hätte sein können. Anonyme Kräfte hatten uns in extrem unempfindliche Individuen in einer anästhetisierten Gesellschaft verwandelt. Trotzdem konnte ich es kaum erwarten, endlich wieder mit Chuck zusammenzuarbeiten. Ich hatte von unterwegs meinen Anrufbeantworter abgehört und eine Nachricht von Chuck vorgefunden, der mich in den Stone Canyon beorderte. Mehr hatte er nicht gesagt.

Als ich zwei Stunden später im Stone Canyon eintraf, standen dort jede Menge Bullenwagen und ein Sanitätsfahrzeug. Don Simpsons vierundvierzigjähriger Hausarzt – der den Produzenten auch wegen seiner Drogenabhängigkeit behandelt hatte – lag tot in der Dusche von dessen Gästezimmer. Todesursache: die Überdosis einer Mischung aus Kokain, Valium und Morphium. Von Don Simpson fehlte jede Spur.

Schon wieder sah ich Hanna, Warden, Fred, Bob, David und all die anderen Arschlöcher – und die verdammten Helikopter am Himmel fehlten natürlich auch nicht. Es gab etwa acht Fernsehteams, die genau wie Chuck vorgingen. Sie durchsuchten die Böschung mit Lampen, was die Polizei nicht zu kümmern schien. Ohne großes Aufsehen zu erregen, verließ ich den Tatort nach einer Weile wieder. Ich wollte nicht entdeckt werden. Chuck hatte mich in eine Falle gelockt.

In der gleichen Nacht hörte ich in der Wohnung unter mir, wie eine junge Salvadorianerin ständig einen Satz in gebrochenem Englisch wiederholte – einen völlig nutzlosen Satz, der ihr bestimmt von einem sadistischen Englischlehrer zur Schnellsprechfertigkeit antrainiert worden war: »How much wood would a woodchuck chuck. How much wood would a woodchuck chuck. How much wood would a woodchuck chuck ...«

Ich notierte mir eine Regel, die für Zerstreuung sorgen sollte: *Nicht nur TV-Konsum, auch allzu intensive Romanlektüre erregt, zerstreut und macht aggressiv. Nicht nur die elektronischen Medien, auch Bücher haben schon Konsumenten in die Irre geführt und die Grenzen zwischen Sein und Schein verwischt. Nicht nur Radio- oder TV-Nachrichten, auch Zeitungen und Reisebücher mißbrauchen ihre Autorität. Die Binsenweisheit lautet: Lesen lenkt wie Fernsehen oder Kino von der Wirklichkeit ab.*

Chuck – das erfuhr ich in den folgenden Tagen – machte Hausbesuche. Er hatte sich einer Poolsäuberungstruppe angeschlossen und ging mit ihr auf die Grundstücke von Stars wie Tom Cruise und seiner Frau Nicole Kidman, Tom Hanks, Elizabeth Taylor und Tom Selleck. Außerdem operierte er im Pico Union District und dokumentierte die Lebensbedingungen von Personen, die sich in Garagen von Einfamilienhäusern einmieteten. Es gibt in Los Angeles schätzungsweise 450 000 solcher »garage people«, die dem jeweiligen Hausbesitzer bis zu 300 Dollar Miete bezahlen, nur um ein Dach über dem Kopf zu haben. Ich wußte, daß Chuck zur Aufklärung dieses Problems beitragen und auf seine Art eine Form der Illegalität veröffentlichen wollte, weil er die Profitgier jener Hausbesitzer haßt, die es auf Kosten verzweifelter Menschen zulassen, daß unmenschlicher Wohnraum geschaffen wird.

Chucks Jagd nach der Wirklichkeit führte ihn weiter nach Pacific Palisades, wo er ein Interview mit einer gewissen Veda Weissman drehte, die sich mit unorthodoxen Mitteln gegen die Dreharbeiten zu einem Film mit dem Titel ›Reasonable Doubt‹ mit Melanie Griffith wehrte. Die Dreharbeiten fanden im Nachbarhaus statt, das für vier Wochen an die Filmleute vermietet worden war. Die Straße, in der Mrs. Weissman wohnt, wurde von Soldaten und »Commanders«, wie

Frau Weissman die Filmleute bezeichnete, besetzt gehalten. Ein großer Cateringbus stand täglich direkt neben der Garagenausfahrt des Weissmanschen Grundstücks. Die Filmleute hockten sich zum Lunch sogar in ihren Vorgarten. Doch Mrs. Weissman kämpfte gegen ein Problem, daß sich in Los Angeles täglich an 250 Orten abspielt – 250, das ist die Anzahl der Filmcrews, die täglich im Raum Los Angeles »on location« im Einsatz sind und »in die Büsche pissen«, »meine Tochter anschreien« und »durch mein Küchenfenster gaffen«. Weitere beliebte Themen sind natürlich auch »die Explosionsgeräusche«, die »täglich abgesperrten Straßen« und die »verdammten Verfolgungsjagden«.

Es gibt eine nette Statistik zu diesem Themenkomplex, dessen Chuck sich aus für Außenstehende unerklärlichen Gründen damals sehr annahm und dabei so tat, als wolle er bald eine Aktionsgruppe gründen. Das war natürlich reine Heuchelei. Chuck sammelte ganz einfach Bilder, um Produktionsfirmen oder Studios zu erpressen. Er spielte kleine, miese Erpresserspielchen, auf die sich die Filmleute meistens einließen, weil es ihnen lästig war, sich in den Medien ständig als die Bösewichte dargestellt zu sehen. Diese Statistik verzeichnet folgende Daten: Im Großraum Los Angeles wurden 1995 circa 5 000 Drehgenehmigungen erteilt. Zwischen 1994 und 1995 stieg die Zahl der in Los Angeles County gedrehten Filme um 30 Prozent. 1994 hatte es insgesamt 33 000 Drehtage außerhalb der Studios gegeben, 1995 bereits 43 000. Dank Hollywood flossen dabei jährlich 20 Milliarden Dollar in die lokalen Kassen. Und ironischerweise verdienen die meisten Leute, die sich über den Lärm und die Aggressivität der Filmcrews beschweren, ihr Geld in der Unterhaltungsindustrie.

Doch Mrs. Weissman interessierte sich nicht für diese Zahlen. Vor ihrem Haus summten Tag und Nacht mehrere Stromgeneratoren. Nachts wurde die Umgebung von Scheinwerfern taghell erleuchtet. Die Lastwagen der Filmcrews drangen in den Pacific Palisades Park ein oder parkten auf einem erdrutschgefährdeten Gelände nahe der Cliffs. Mrs. Weissman hatte allerdings längst einen geeigneten Weg gefunden, ihren Unmut zu äußern: Sie hatte einfach ihre 15 000 Dollar teure Alarmanlage eingeschaltet, woraufhin die Dreharbeiten wegen des Lärms unterbrochen werden mußten.

Warum sich Chuck auf solche Interviews einließ, konnte ich mir nur damit erklären, daß es momentan nichts Besseres gab, was er hätte tun können. Immerhin war ich in seiner Nähe, und das tat mir gut. Sprechen wollte er allerdings noch eine ganze Weile nicht mit mir.

19 Hände über der Stadt

September 1996. Das Spektakel, das mir Robert Evans in seiner Villa geboten hatte, sauste immer wieder durch mein Hirn – ein Video im Schnelldurchlauf, vorwärts, rückwärts. Wo war Chuck?

Nachts, während ich schlief, kam jetzt immer öfter der böse Onkel zu Besuch. Er hieß Neil Postman, war Medienkritiker und erzählte mir in Traumsequenzen, wie schlimm es doch sei, daß die Menschen nicht wüßten, wie man fernsieht. Am Anfang sagte er immer diesen wunderbaren Satz: »Wir amüsieren uns zu Tode.« Und dann redete er davon, daß vielleicht nur in der Entmystifizierung der Medien eine gewisse Kontrolle über das Fernsehen erreicht werden könne, daß man Fernsehsendungen produzieren solle, die die Menschen zwar nicht zum Abschalten brächten, ihnen jedoch zeigen würden, wie man richtig fernsieht, wie das Fernsehen unsere Vorstellung von Nachrichten und von politischen Debatten verwandeln und verkümmern lasse, daß die Medien die Demokratie unterwandern und Sendungen wie ›Saturday Night Live‹ die Form der Parodie annehmen würden, mit dem einzigen Sinn und Zweck, die ganze Nation in ein wieherndes Gelächter darüber zu versetzen, wie das Fernsehen den öffentlichen Diskurs kontrolliere, wobei die Kritik durch solche Sendungen vom Fernsehen selbst vereinnahmt und die Parodisten zu guter Letzt im Werbefernsehen auftreten würden.

Keine Sekunde dachte er an Einzelkämpfer wie Chuck Weinberg, der auf seiner täglichen Jagd mit der Kamera versuchte, die Wirklichkeit zu retten – und das mit Klasse und Stil und immer in korrekten Schuhen, korrekten Hemden und korrekten Hosen. Er benutzte dabei sogar immer häufiger Bijan-Deodorant, was bedeutete, daß er beim Drehen von Fernsehbildern roch wie ein alternder Country-DJ.

Chuck hatte seine Lehrjahre in Vietnam verbracht, ich im Kino. Wir wußten beide Bescheid über Echtzeit und Realraum und jagten unsere Wirklichkeit, wobei wir beide hofften, eine neue Logistik der Wahrnehmung zu kreieren. Ich war dieser Logistik zwar nicht immer gewachsen, weil ich nach wie vor ein Lehrling war, doch Chuck ging sogar noch weiter und behauptete, er sei der Schöpfer dieser Wahrnehmung. Ich wußte allerdings, daß das nicht stimmen konnte, denn selbst wenn er seine Wirklichkeit inszenierte, so wurden seine Bilder doch immer noch auf den Schneidetischen der Sendeanstalten geschnitten – und der einzige Moment, in dem man absolute Kontrolle über die Bilder hat, ist nicht beim Inszenieren, sondern beim Montieren.

Chuck und ich waren überzeugt, die meistgehaßten Vertreter dieser »neuen Schule des Journalismus« zu sein. Das machte uns stark. Noch nie hatte ich mich durch einen Menschen und seine Arbeit in meinen innersten Empfindungen so absolut richtig dargestellt gefühlt wie im Werk des Videopaparazzo Chuck Weinberg. Ich hatte es mit einem Helden zu tun, dessen Verständnis und Anteilnahme eine Bedrohung darstellte, die Haß auslöste.

Gute Journalisten werden gehaßt

a) Bis Ende der siebziger Jahre hatte der Journalist in Hollywood ein positives Image. Dieses Image wurde in den dreißiger Jahren von ein paar Typen geprägt, die für den kleinen Mann auf der Straße kämpften und dabei selbst am Abgrund lebten. Daran sollte sich nichts ändern bis zu Robert Redford und Dustin Hoffman in ›Die Unbestechlichen‹, die Journalisten spielten, die zwar besser bezahlt wurden als ihre Kollegen in den sechziger Jahren, aber immer noch willens waren, den Mächtigen die Stirn zu bieten. Und in der Siebziger-Jahre-TV-Hitserie ›The Mary Tyler Moore Show‹ wurde die Nachrichtencrew immer noch als volkstümliche und vertrauenswürdige Menschengattung dargestellt. Selbst der medienkritischste Film der siebziger Jahre, ›Network‹ (mit Peter Finch), machte da keine Ausnahme.

b) Erst seit Anfang der achtziger Jahre zeigt Hollywood den Journalisten als »bad guy«, eine »Auszeichnung«, die in früheren Filmen den Anwälten, Politikern oder Unternehmern vorbehalten war: zum Beispiel Sally Field in ›Die Sensationsreporterin‹ (ehrgeizige Journalistin ruiniert den guten Ruf eines Geschäftsmannes, weil sie eine Story überstürzt veröffentlicht). In der

›Stirb langsam‹-Serie, in ›Fegefeuer der Eitelkeiten‹ sowie in ›Die Wiege der Sonne‹ tauchen die ersten Journalisten auf, die für einen Gratisdrink alles tun – sie lügen, fälschen und spielen mit ihren Opfern. Während der Golfkriegshysterie auf CNN machte sich auf NBC die Comedy-Sendung ›Saturday Night Live‹ über Pressekonferenzen lustig, in denen Journalisten die Militärs fragten: »Können Sie uns bitte sagen, wann und wo genau angegriffen wird?« Während die Mystifizierung der Medienbranche und der VIP-und Hipstatus des Journalisten unter den Berufsanfängern weiter stieg, wurde die journalistische Arbeit in der breiten Öffentlichkeit auf die des Schuh- oder Autoverkäufers zurückgestuft.

c) Die Medien verspielten ihre Glaubwürdigkeit endgültig, als angesehene US-Journalisten sich bereit erklärten, selbst in Hollywoodfilmen mitzuspielen. Der Starkult war ihnen wichtiger geworden als ihre Reputation.

d) Erst Mitte der neunziger Jahre tritt in den USA wieder eine neue, junge Journalistengattung mit Anti-Helden-Appeal an: als Neurotiker in engen T-Shirts, meistens schwer bewaffnet und ausgerüstet mit schnellen Wagen, Polizeifunk, Radargeräten, unzähligen Presseausweisen und Kameras. Sie besitzen das Durchsetzungsvermögen eines Marinesoldaten und die Geschicklichkeit eines Wolfs.

e) Das Werk vieler sogenannter Medienfreaks bezieht seine besonders machtvolle Wirkung nicht aus irgendeinem Verhältnis zur »Realität«, sondern aus der Kohärenz und Konsequenz der persönlichen Imagination. Der »Verein der unabhängigen Videojournalisten« ist eine Art Geheimbund, eine Welt, die die »wirkliche« Welt widerspiegelt und deren Werte bisweilen übernimmt, meist aber korrumpiert – der Wirklichkeit zuliebe, so paradox das auch klingen mag.

f) Die Welt der Videojournalisten besitzt die gleiche Attraktivität, die angeblich alle konspirativen Gruppen gemäß der gesellschaftlichen Verschwörungstheorie auszeichnet. Wenn solche Geheimbünde, denen man die Schuld an vielen Übeln unserer Gesellschaft zuschreibt – die aber ihren Mitgliedern ein Han-

deln ermöglicht, dessen auch der Normalbürger insgeheim gern fähig wäre –, tatsächlich existieren, so ist es kaum verwunderlich, daß sie die allgemeine Neugier auf sich ziehen oder gar als romantisch empfunden werden.

g) All jene, die behaupten, Analysen und Bewertungen der Medien sollten mit einer notwendigen Distanz zum Gewerbe formuliert werden, haben unrecht.

Während ich diese Regeln notierte, wurde mir bewußt, daß ich mich im Verlauf meiner Beziehung zu Chuck und seiner Fernseharbeit immer mehr in ein Objekt verwandelt hatte, in ein Gefäß voller Bilder und Gedanken. Im Grunde interpretierte ich die Wirklichkeit der vergangenen Jahre nur, ohne sie allerdings auf befriedigende Weise neu zu variieren. Ihr auf die Schliche zu kommen, war und ist schwierig, weil sie sich einem immer wieder entzieht und dabei diese verdammte Paranoia hinterläßt, die eine Zurückhaltung verursacht, welche selbst einen ruhigen Menschen zum Bersten bringt. Und daß ein Typ wie ich sogar beim Pissen in den Büschen aus lauter Vorsicht seine Spuren verwischt, überrascht mich heute nicht mehr sonderlich.

Doch manchmal ist die Wirklichkeit äußerst hilfsbereit: So hat sie zum Beispiel den bösen Onkel Neil aus meinen Nächten verscheucht, denn er konnte mit ihr nichts anfangen. Vielleicht, Onkel Neil, sind es ja gar nicht wir, die sich zu Tode amüsieren, sondern die Wirklichkeit?

20 Die Nacht des Jägers

Ein zweites Mal in meinem Leben jagte ich nach Chuck. Ich folgte einem Bus des Fernsehsenders KTLA und einem Bullenwagen, schloß Freundschaft mit einem alten Radioreporter aus Irvine, einem Journalisten von der ›Chicago Tribune‹ und einem Kameramann von CNN. Es half alles nichts. Ich brauchte über acht Stunden, bis ich mit Hilfe eines Hotelinformanten endlich auf eine konkrete Spur stieß.

Ich entdeckte Chucks Toyota Camry in der Tiefgarage des Four-Seasons-Hotels. Nachdem ich meinen Wagen geparkt hatte, fuhr ich mit dem Personallift wahllos auf verschiedene Etagen, wanderte durch Korridore, und manchmal rief ich wie ein Vollidiot Chucks Namen. Es ist grausam, wie sehr man bereit ist, sich lächerlich zu machen, nur um einen Freund wiederzusehen.

In der 14. Etage geschah etwas Sonderbares. Ich war mir ganz sicher, gesehen zu haben, wie ein Mann in einem auffälligen roten Seidenhemd und einer beigen Fransenjacke in einem Wäscheraum verschwand. Ohne Aufsehen zu erregen, gelangte ich ans Ende des Korridors, der von Sicherheitsbeamten abgeschirmt wurde. Und weil ich gerade nichts anderes zu tun hatte, fragte ich nach, was hier los sei. Ich zeigte dem Privatdetektiv meinen LAPD-Presseausweis und mein bestes Bogartlächeln. Disney halte da drin eine Sitzung ab, sagte der Mann. Das war alles. Erst sehr viel später erfuhr ich, daß es sich nicht um irgendeine Sitzung gehandelt hatte, sondern um die Sitzung des Jahrhunderts: Es ging um das 90-Millionen-Dollar Abschiedsgeschenk für den damaligen Vize-Chef von Disney, Michael Ovitz. Die Entschädigung entsprach etwa 2 600 Ford Explorern oder einer halben Million Geschäftsessen bei Mortons oder den Studienkosten von 750 Stanford-Studenten. Weshalb die Disney-Manager dafür extra nach Beverly Hills gekommen waren und eine ganze Hoteletage gemietet hatten, weiß ich allerdings bis heute nicht.

Eines aber war klar: Chuck hatte sich irgendwo zwischen der 13. und 16. Etage eingenistet, doch ich hätte gern gewußt, ob er sich darüber im klaren war, daß es in diesem Haus von Sicherheitsbeamten nur so wimmelte.

Ich verließ die Disney-Etage und fuhr noch einen Stock höher. Und als ich aus dem Transportlift kam, da stand er plötzlich vor mir: ein Mann mit feinen Händen, breiten Ringerschultern und unaufdringlicher Eleganz. Ein Lächeln schwebte auf seinen Lippen, er war schön und ohne Fehl, einer der immer nur seine Pflicht tat und sich niemals eingestand, daß er glücklich sei, und wenn er sich ein Vernügen erlaubte, dann vielleicht den Spaß, einem vierzehnjährigen Mädchen den nackten Arsch zu versohlen.

Mein Held stand einfach da, in engen Jeans und Cowboystiefeln, in einem roten Seidenhemd mit indianischem Muster und mit einer Goldkette um den Hals, an der ein winziger, goldener Baseballschläger hing. Ich fühlte sofort die Kraft und die Grazie eines Mannes, der unter dem Einfluß von Amphetaminen und anderen Aufputschmitteln, die er in einer kleinen, für ein Schweizer Militärmesser gedachten Ledertasche am Gurt aufbewahrte, verdammt gute Arbeit leistete.

Chuck umarmte mich und schlug mir dabei seine kleine UC9-Kamera an den Hinterkopf. Seine Freude war nicht zu übersehen – hatten wir uns nicht schon einmal fast verloren? Fast ein bißchen erschrocken bemerkte ich, daß Chuck mittlerweile physische Ähnlichkeit mit mir hatte – so als wären wir ein altes Ehepaar –, und diese Beobachtung machte mir schlagartig etwas klar, das mein Leben verändern sollte: unsere Verbindung ging noch viel tiefer, wir waren hypothetisch miteinander verbunden, denn wäre ich unschuldig aufgewachsen, statt ständig angeödet gewesen zu sein, mit sehr viel Zeit für schmutzige Gedanken, dann wäre ich jetzt wie er – ein Killer mit einer Kamera, zu allem bereit. Doch ich mußte auch an eine alte Weisheit denken, die Chucks Leben entscheidend geprägt hat: *Der Mangel an Familie ist die Wurzel allen Schmerzes, allen Übels, allen Todes.*

Chuck kochte, siedete und blubberte vor Ehrgeiz. Er war extrem aufgeputscht. Er hatte einen Plan, das war klar. Warum würde er sich sonst in einem verdammten Wäscheraum in Four Seasons verstecken? Die Frage war bloß, ob das Ganze etwas mit dieser Disney-Sitzung auf der 14. Etage zu tun hatte ... Ich traute mich noch nicht, Chuck danach zu fragen. Ich wußte schließlich nur allzu gut, wie geladen er ist, wenn er eine Kamera bei sich trägt, und wie schnell er dann explodieren kann – eine falsche Bewegung genügt, und man ist verloren. Ich zitterte sogar ein wenig, als ich meine Hände auf seine Schultern legte. Fast hätte ich geweint – endlich war ich wieder mit diesem verrückten Arschloch zusammen. Ich wandte mein Gesicht ab, damit er mich nicht für schwach hielt. Es war lächerlich, aber ich wußte, daß Chuck keine Schwäche im Einsatz akzeptiert.

»Du mußt mir helfen«, sagte Chuck plötzlich. »Bist du bewaffnet?« Ich empfand jetzt eine geradezu gefährliche Nähe zu ihm – gefährlich, weil ich wußte, daß er meine Waffe ausnutzen würde. Er selbst trägt keine mehr bei sich, weil ihn das bei einer Bullenkontrolle mindestens fünf Jahre kosten würde. Und wenn es einen Grund gab, weshalb Chuck mich in jenem Moment akzeptierte, dann war es die Tasache, daß ich meistens bewaffnet bin.

Ich spürte, daß jetzt die letzte Phase meiner Ausbildung im Trainingslager von Chuck Weinberg begann. Chuck würde jetzt das Äußerste von mir verlangen – vollen Einsatz, ohne Furcht vor Verlusten. Stolz zog ich eine .38er aus meiner Tasche. Chuck versuchte zu lächeln, aber es gelang ihm nicht richtig. Er ist ein abstrakter Lügner, zu dessen Beruf als Medienmacher es gehört, ohne inneres Engagement zu lügen.

Warum ein Videojournalist lügen muß

Der Videojournalist lügt in der bitteren Erkenntnis, daß die Verstellung kein Zufall ist, sondern eine Notwendigkeit, um sein Handwerk ausüben zu können und um zu überleben, und daß Einbruch, Überfall, Nötigung und Gewalt als Kunst betrachtet werden müssen, um dem Fernsehzuschauer ein Optimum an Wirklichkeit bieten zu können. Fernsehleute und Printjournalisten verhalten sich dabei wie Gangster und Polizisten: Beide lügen, wobei der Bulle gewöhnlich als kalter Lügner gilt, ausgestattet mit der überzeugenden Fähigkeit des schmeichelhaften Argumentierens, während der Gangster lügt, weil er muß. Und ein Videojournalist lügt dazu noch in dem guten Glauben, die Wahrheit zu sagen – im Namen der Wirklichkeit.

Chuck zog mich in den Wäscheraum der 15. Etage, in dem ein Hotelangestellter am Boden lag, bewußtlos und mit einer blutenden Kopfverletzung. Ich war nervös wie ein Filmsheriff kurz vor High Noon. Ich merkte, daß Chuck meine Kleidung gefiel. An jenem Septembertag trug ich eine sportliche Jackettkombination mit Krawatte und sah aus wie ein Cop in Zivil. Chuck musterte mich von Kopf bis Fuß – dann klärte er mich auf, um was es ging.

In Zimmer Nummer 1543 hätte vor 48 Stunden ein neunzehnjähriger Kidnapper mit Namen Jason Murray eingecheckt, der zwei Wochen zuvor einen achtjährigen Jungen namens Grant Sullivan aus Snohomish County im Staate Washington entführt habe. Sie würden angeblich beide aus sehr reichen Verhältnissen stammen. Die Kidnapper-Affäre machte laut Chuck seit vier Tagen Schlagzeilen in allen Medien, doch mir war diese Story völlig entgangen.

Murray und Sullivan seien an jenem Nachmittag von einem Hotelangestellten identifiziert worden, dem, der nun mit blutiger Stirn im Wäscheraum läge. Er habe, so Chuck, von Murrays Entdeckung durch den Hotelangestellten über Polizeifunk erfahren und auf der Fahrt ins Four Seasons Murray gewarnt und ihm geraten, sich vorerst im Wäscheraum zu verstecken. Chuck hatte immer ein großes Interesse daran, vor der Polizei mit dem Kidnapper Kontakt aufzunehmen und diesmal das Glück gehabt, daß sich der Kidnapper im Four Seasons unter seinem richtigen Namen angemeldet hatte, weil er wohl mit Kreditkarte bezahlte. Soweit die Ausgangslage.

Mir war klar, worum es ging. Im Wäscheraum hatte Chuck bisher keinen der Jugendlichen entdecken können, und jetzt vermutete er, daß Murray und sein Opfer über den Notausgang in die Tiefgarage gelaufen sein könnten. Wie immer, was Chuck angeht, lag ich richtig: Er befahl mir, in der Tiefgarage auf ihn zu warten und ihm auf den Fersen zu bleiben, falls er Murray und Sullivan zu fassen kriegte und sich ihnen anschloß. Er war konzentriert wie ein Großwildjäger und gab mir zu verstehen, daß es sich bei Murray um einen klugen jungen Mann handelte. Er komme aus reichem Hause, der achtjährige Sullivan würde Murray gut kennen, und die Eltern seien sogar miteinander befreundet. Die Sullivans hätten vor drei Wochen eine 30 000-Dollar-Prämie für die Entdeckung ihres Jungen ausgesetzt, was Chuck aber nur am Rande interessierte. Außerdem wußte er noch, daß der Kidnapper Jason J. Murray vorbestraft war, weil er den Achtjährigen schon mehrfach auf der Straße geküßt und sexuell belästigt hatte. Das war alles.

Chuck brauchte dringend ein Erfolgserlebnis. Er hatte im vergangenen Monat Bilder im Wert von 5 000 Dollar verkauft, und das war seiner Meinung nach nicht genug. Er war heiß und unvorsichtig. Er trug seine Kamera offen über der Schulter und sprach seine grauenvollen Pläne mit einer Klarheit aus, die mich erschreckte: »Falls diese Sache wieder schiefläuft«, sagte Chuck, »dann fahren wir nach San Bernardino, gehen in so ein Haus rein, blasen den Leuten das Hirn aus dem Schädel, vergewaltigen die Weiber, fressen den Kühlschrank leer und stecken denen das Haus an. Du bist dabei, okay?«

Ich stieg über den Notausgang in die Tiefgarage, dritte Etage, Sektor B. Die Jungs von der Hotelsicherheit verfolgten mich, davon war ich überzeugt. Doch ich schüttelte sie ab. Im VIP-Bereich von Sektor B entdeckte ich den schwarzen Mercedes von Staranwalt Johnny Cochran, den roten Range Rover von Disney-Chef Michael Eisner und noch einige andere bekannte Fahrzeuge mit auffälligen Nummernschildern. Ich ging direkt zu meinem olivgrünen Jeep Cherokee und versuchte möglichst unauffällig im Inneren unterzutauchen. Dann stellte ich den Fahrersitz auf Liegeposition ein, und zwar so, daß ich gerade noch aus dem Fenster sehen konnte.

Ich beobachtete einen blauen Volvo in Sektor C, der einem Reporter des ›Star‹ gehörte, einen weinroten Ford Bronco in Sector E und einen Sendewagen von KCBS in Sektor B. Ich überprüfte das Kennzeichen des Broncos – seit ich Geschäfte mit Chuck betreibe, notiere ich mir Kennzeichen und Fahrzeugführer von auffälligen oder verdächtigen Fahrzeugen, lasse sie später durch Chucks Registriercomputer laufen und notiere die Ergebnisse in mein Boardbuch, das mittlerweile schon eine stattliche »Fahndungsliste« aufwies – und war zum erstenmal erfolgreich: Etwa 30 Meter von mir entfernt saß Chucks Konkurrenz, die Videopaparazzi Joel und Patricia Foothill. Die Geschwister operierten seit acht Monaten ziemlich aggressiv im Showbizmilieu und drangen dabei immer öfter auch in die »Underworld« ein. Und wie die meisten unabhängigen Videoteams arbeiteten die Foothill-Geschwister nur nachts, dann, wenn die Crews der lokalen TV-Nachrichtenstationen ihre Arbeit eingestellt hatten.

Ich bekam Lust auf eine kleine Verfolgungsjagd. Spuren zu verfolgen gehört zu den erregendsten Tätigkeiten in Los Angeles, doch diesmal würde die Sache etwas schwieriger sein: Was, wenn die ganze Bande in der Tiefgarage Wind von Chucks »Entführerentführung« bekam? Das wäre das Ende. Ich hatte bereits die Schlagzeile vor Augen: IS REAL TV GETTING TOO REAL? VIDEOPAPARAZZO TURNS KIDNAPPER. JUST FOR A GOOD STORY.

Um nicht die Kontrolle über meine Emotionen zu verlieren und womöglich das Aufsehen der Jungs von der Parkgaragenaufsicht oder der Disney-Bodyguards zu erregen, sprach ich zur Tarnung in mein ausgeschaltetes Handy.

Ich begann zu hyperventilieren. Die unterdrückte Spannung drang durch sämtliche Poren meiner Haut und ließ mich unkontrolliert zittern. Ich lauerte auf ein hausgemachtes Entführungsdrama, die anderen hier unten lauerten auf einen Disney-Boß – und wir waren alle in Bereitschaft. Ich hielt mich wie immer nur für den Beobachter des Spektakels, doch ich war längst zu einem Mittäter geworden.

Auflösung des Täter-Opfer-Beobachter-Syndroms

Es gibt zwei Formen der Macht visueller Kultur, die in der Warteposition zur Deckung kommen: Illusionismus und Realismus. Ersteres bedeutet Spektakel und gilt als spielerische, weiche Technik, letzteres bedeutet Überwachung und gilt als bürokratische, disziplinäre, harte Technik visueller Macht. Es geht um einen Prozeß, der sich für den Beobachter in Los Angeles täglich millionenfach wiederholt: Die Unterscheidung zwischen illusionistischen Bildern (die die Betrachtung in Erlebnis verwandeln) und realistischen Bildern (die eine objektive Distanz zwischen sich und dem Betrachter suggerieren) ist so gut wie nicht mehr möglich. Das ist die ultimative Ausgangslage für eine Inszenierung von Neuheit, nicht von Wahrheit.

Wir, eine Handvoll Protagonisten der Massenmedien, hatten uns wie Ratten in einer Tiefgarage versammelt, um den Stoff unserer Wirklichkeit zu schaffen: die Hyperrealität. Chuck nennt diese Form der Wirklichkeit deshalb häufig »Rattengekröse«. Das hat er aus Vietnam: Wenn die Vietcongs aus dem Dschungeldickicht ein MG-Feuerwerk abließen und kein Feind zu erkennen war, dann schoß seine Kompanie mit schweren Waffen in den Dschungel zurück. Da aber nichts zu erkennen war, kein Einschlag, keine Treffer, keine feindlichen Opfer, nur Dickicht, berstendes Grün, viel Lärm und Männer aus den eigenen Reihen, die einer nach dem anderen getroffen zusammenbrachen, war das für Chuck eine Art irreale Wirklichkeit – Rattengekröse eben.

Ich klammerte mich am Steuerrad fest, um einen Schwindelanfall niederzukämpfen. Warum hatte ich mich bloß auf diese idiotische Geschichte eingelassen? Ohne Chucks Unterstützung in einer Tiefgarage Entführern aufzulauern, war lächerlich – nein, dumm. Ich kann nicht gerade behaupten, daß mir diese Erkenntnis irgendwie weiterhalf, daß ich mich dadurch erleichterter oder glücklicher fühlte. Ich war ein Opfer meiner Sucht, ein Verfolgungsjunkie, nur leider hatte die Situation, in der ich mich befand, nicht die gleiche Wirkung wie ein guter Joint oder ein solides Fitneßtraining. Ganz im Gegenteil: Ich wollte den Spaß, einfach dabeisein, und fühlte mich wie festgenagelt. Vergebens versuchte ich, die Herrschaft über mich zurückzugewinnen, aber der Ekel ließ mich einfach nicht mehr los. Und ich glaube, er hat mich bis heute nicht losgelassen.

Damals war mir das allerdings egal. Ich war der Ekel in Person, doch schließlich wollte ich in jener Tiefgarage keinen Beitrag zum menschlichen Fortschritt leisten – ich tat das alles nur für mich selbst. Ich haßte die Würde und pfiff auf Größe. Ich genoß diese Momente, und ich notierte mir fast jeden Gedanken – und sei es nur, um die Zeit totzuschlagen.

Wo würde Chuck mit seinen Opfern auftauchen? Beim Personallift? Oder besaß er den Übermut, direkt durch den Hauptausgang zu marschieren? Ich warf einen Blick auf die Digitaluhr am Tachometer und sah, daß gerade mal vier Minuten und 30 Sekunden vergangen waren, seit ich Chuck wieder aus den Augen verloren hatte. Wenn ich mich wenigstens auf einen vertrauensvollen Dritten hättenverlassen können – aber mir fiel wirklich niemand ein.

Ich beobachtete den Haupteingang zur Tiefgarage und merkte, wie meine Knie zitterten: kein Chuck, kein Kidnapper, kein Nichts. Ich überprüfte meine Situation: Die Jungs von der Parkgaragenaufsicht warfen sich einen Tennisball zu; die Foothill-Geschwister saßen im Fond ihres Broncos und studierten einen Stadtplan; ihr Fahrer putzte als Tarnmanöver mit einem Polierbesen die Kühlerhaube. Ich wunderte mich nicht, daß sie einen Fahrer eingestellt hatten. Eine kürzlich erstellte Statistik bewies, daß Pizzalieferanten und Videojournalisten zur Gruppe der gefährdetsten (oder sollte man sagen gefährlichsten?) Autofahrer im Großraum Los Angeles gehörten – gleich nach den Cops selbstverständlich, die 1994 in 12 543 Unfälle verwickelt gewesen waren, bei denen 147 Menschen ums Leben kamen. Außerdem waren 1995 43 LAPD-Cops in Zivilkleidung – entweder undercover oder off-duty – in eine Schießerei mit einem uniformierten Kollegen verwickelt gewesen, acht davon waren tödlich ausgegangen.

Das Warten wurde langsam lästig. Ich entschied mich für ein kleines Nickerchen, bekam aber meine Augen nicht zu. Ich schaltete das Autoradio auf KCRW 89,9 ein, wo täglich ab 19 Uhr der Sound des hervorragenden DJs Jason Bentley zu hören ist. Als ›Daft Punk‹ ertönte, fühlte ich, wie meine Vitalfunktionen zurückkehrten. Und während mich das gute alte FM-Radio wieder zum Leben erweckte, dachte ich über das Denken nach, darüber, daß das Denken ohne fortgesetzte Subordination und ohne Hierarchien ständig gegen eine innere Schwerkraft ankämpfen muß. Ich bin zwar ein Anhänger Georges Batailles, der sich gegen alle Denksysteme wendet, deren Ziel die Herstellung einer festgefügten Ordnung ist und in denen das Heterogene folglich keinen Platz hat, aber Bataille hatte diesen furchtbaren Ruhe- und Ordungsverdacht gegenüber dem dialektischen Denken. Ich dagegen bin in Los Angeles ein Denker der alten Schule geworden, einer, der an ein dialektisches Denken glaubt, welches nicht darauf hinausläuft, die Differenz von These und Antithese in der Synthese quasi zu vernichten, sondern im Hin und Her von These und Antithese so etwas wie den unstillbaren Wunsch des denkenden Subjektes nach der Wiederherstellung seiner gebrochenen Identität zu erkennen, den Wunsch nach einem Einssein mit sich selbst und der medialen Wirklichkeit. Ein Wunsch, der zwar niemals zu erfüllen ist, aber doch der Motor meiner nie erlahmenden Denkbewegung geworden ist.

Wie immer, wenn eine Verfolgungsfahrt droht, streifte ich mir hautenge Gummihandschuhe über – eine reine Vorsichtsmaßnahme. Als ich die Handschuhe auf meiner Haut spürte, war ich nicht mehr der kränkliche Paranoiker, zu dem ich in den vergangenen Tagen verkommen war. Ich fühlte mich jetzt wieder wie ein Mann, der sein Bier mit dieser Selbstsicherheit bestellt, die zum Ausdruck bringt, daß er es gewohnt ist, prompt bedient zu werden.

Und dann passierte es: Ich sah plötzlich jede Menge LAPD-Cops, die sich am Ausgang zur Tiefgarage aufstellten, die Umgebung musterten, in Walkie-Talkies sprachen und dann jemandem ein Handzeichen ins Hotelinnere gaben. Disney-Chef Michael Eisner trat ins Garagenlicht. Ich biß mir instinktiv auf die Fingerknöchel – es war ein großer Moment. Michael Eisner beugte sich vor. Er winkte, als ein Fotograf Eisners Namen rief und mit tierischen Lauten ausschmückte – ein Fotograf, den ich nicht kannte und der plötzlich aus dem Nichts heraus in Erscheinung getreten war –, und blickte dabei total idiotisch in die Kamera. Dann tauchte er hinter den getönten Scheiben seines roten Range Rovers unter, begleitet von seinem fünfundzwanzigjährigen Bodyguard John Hammond. Ich kannte John noch aus jenen Tagen, als er am sogenannten Muscle Beach in Venice für deutsche Touristen posierte. Ein netter Junge, der an seinen Nägeln kaute wie ein Hase an gelben Rüben.

Es ging alles sehr schnell. Vier Motoren sprangen fast gleichzeitig an. Ich hatte Chuck am Notausgang entdeckt und versuchte, keine auffälligen Bewegungen zu machen, sondern mich ganz langsam aufzurichten, die Hand an den Zündschlüssel zu führen und sehr ruhig, aber dafür um so konzentrierter die Situation unter Kontrolle zu halten.

Chuck hatte die Aufregung um Eisners Eintreffen in der Tiefgarage genutzt. Ich sah jetzt, wie er mit meiner Waffe in der linken Hand und zusammen mit zwei Jugendlichen in Skimützen zu seinem Toyota Camry lief. Wie immer bei Kampfeinsätzen hatte er seinen Wagen beidseitig mit großen Schutzdienstaufklebern und einer blauen Signallampe getarnt. Die Jugendlichen leisteten keinerlei Wiederstand.

Den achtzehnjährigen Kidnapper beorderte Chuck auf den Nebensitz, so viel war zu erkennen. Dem achtjährigen Opfer der Entführung hatte er die Handschellen abgenommen. Der Junge saß im Fond. Mehr konnte ich nicht sehen.

Fünf Minuten später verließ eine Kolonne mit vier Fahrzeugen die Tiefgarage des Four-Seasons-Hotels und glich dabei einer Karawane der Liebe: Eisner im Range Rover vorneweg, und ich blieb als letzter hinten dran, mit einem Abstand von etwa 20 Metern bis zum hintersten Wagen, dem Sendewagen von KCBS. Wir rasten mit ziemlich hoher Geschwindigkeit durch die Gegend, zuerst über den Burton Way, dann Richtung Osten zum La Cienega Boulevard, und von dort in Richtung Süden nach Culver City. Chuck hatte ich gut im Visier. Er suchte nach irgendeiner Querstraße, um sich von den Bullen und Fernsehteams zu verabschieden. Doch es gab keinen Ausweg, da um diese Zeit starker Verkehr herrschte. Wir waren schon drei Meilen gefahren, und noch immer hing Chuck im Disney-Troß fest.

Zur Beruhigung schaltete ich mein Radio wieder ein. Auf 89,9 sagte Regisseur Joel Cohn gerade einen Satz, mit dem er einen wichtigen Augenblick in seiner Jugend definieren wollte: »Als Kind wurde ich den Verdacht nie los, das jeweils andere Fernsehprogramm sei viel interessanter, ja, es könnte mir, wenn ich nicht auf der Stelle umschalten würde, eine Sensation entgehen. Als ich dann eine Fernbedienung bekam, wurde ich sehr viel gelassener.« Dann wurde Joel Cohn noch nach seinem Lebensmotto gefragt, und er sagte: »A lot can happen in the middle of nowhere.«

In Chucks Wagen war alles ganz ruhig. Kein Widerstand der beiden entführten Jugendlichen. Das erstaunte mich. Was hatte Chuck getan, um das Vertrauen des neunzehnjährigen Entführers zu gewinnen?

Auf der Höhe Pico Union wurde mein Abstand größer. Ich trat jetzt voll aufs Gaspedal. Ein Zurück gab es für Chuck nicht mehr. Ich wählte über mein Mobiltelefon die Nummer unserer Anwältin Martha Aaron, weil ich die Situation jetzt unbedingt mit einer Vertrauensperson besprechen mußte, allein schon deshalb, weil ich ein wenig von der Spannung mit jemand anderem teilen wollte. Es war nicht gerade der günstigste Augenblick, um zu telefonieren, aber wann gibt es den schon?

Martha hörte sich meine Geschichte nur mit halbem Ohr an. Das konnte ich spüren. »Paß mal auf«, sagte sie schließlich, »ich würde wirklich gern noch mehr von deiner Abenteuergeschichte hören, aber bitte nicht jetzt. Jetzt will ich nichts anderes, als mich massieren lassen. Hast du verstanden?« Ich hörte Gelächter im Hintergrund. Dann sagte Martha Aaron: »Ich ruf dich an. Oder besser, du rufst mich an, wenn die Story etwas aufregender wird …« Ich hörte noch mehr Gelächter, und dann legte meine Anwältin auf.

Als ich die Straße vor mir nach Chucks Wagen absuchte, geriet ich in Panik. Ich sah seinen Wagen nicht mehr. Ich war in den Fairfax District geraten. Mein Hals zuckte wie der von Gene Hackman während seiner Verfolgungsfahrt in ›French Connection‹. Ich schlug mit der Faust auf das Armaturenbrett und hupte wie ein Idiot – aber nur für einen kurzen Moment, schließlich war ich nicht in New York oder München, sondern in Los Angeles. Und wer in Los Angeles hupt, der hat den »easy flow«, das tiefenpsychologische Verkehrsführungswunder dieser Stadt, nicht begriffen. Doch mein Kopf hörte nicht auf, wie irre hin und her zu wackeln, als sei ich ein Fohlen, in dessen Hals sich ein Pit-Bull-Terrier verbissen hat. Es gab nur eine Möglichkeit: Ich stieg in die Bremsen und lenkte meinen Cherokee vorsichtig über den grasbewachsenen Mittelstreifen. Der Streifen war zu tief, um gerade zu fahren, also nahm ich ihn schräg. Die Räder drehten beinahe durch, aber ich hatte meinen Wagen in der Gewalt und kam langsam wie ein Rennboot auf der anderen Seite wieder heraus. Ich raste direkt in ein Kaktusfeld und kann mich noch dunkel erinnern, daß ich irgendeinen Zaun niederwalzte und ein paar Meter weit mitschleifte. Egal. Ich hatte nur eine Sorge: Würde ich Chuck jemals lebend wiedersehen? Er hatte einen Kidnapper und dessen Opfer entführt und war wie vom Erdboden verschluckt.

21 Lichter des Verderbens

Abenddämmerung über dem MacArthur Park. Ich saß auf meiner Terrasse und beobachtete »Spanish Harlem von Los Angeles« durch ein Fernglas der US-Army. Der Wind spielte mit einer Stengelpalme, die direkt vor einem elektrischen Billboard schwankte, von dem Kate Moss herunterstarrte. Es war schön zu sehen, wie sich etwas vor meinen Augen bewegte, leicht und unbestimmt, und mich von all den bewegungslosen Hollywood-Existenzen ablenkte, die mich über die letzten Jahre so leblos angestarrt hatten.

24 Stunden waren seit dem Four-Seasons-Kidnapping vergangen. Ich versuchte, mich von den finsteren Gedanken abzulenken. Ich vermißte Chuck. Nicht weil ich scharf darauf war, mich an einer Aktion zu beteiligen, die uns in 10 Jahren vielleicht den goldenen Reality-TV-Oscar einbringen würde, sondern weil ich spürte, daß das Ende unserer Freundschaft nahte. Es waren Stunden des Wartens. Was würde Chuck tun? Erste Panikanfälle machten sich bemerkbar. Ich wanderte über die Terrasse, dann wieder zurück in meine Wohnung. Die öde Schlichtheit meiner Räume machte mich nervös. Ich erwartete seinen Anruf. Mehr nicht.

Ich starrte auf meinen kleinen Fernsehbildschirm, auf dem gerade die 18-Uhr-Nachrichten gezeigt wurden. Ich sah mehrere Leute, die mich jeweils an jemanden erinnerten, den ich kenne – was ich für ein deutliches Zeichen dafür hielt, daß etwas Außergewöhnliches im Gange war.

Los Angeles glänzte. Ich versuchte, durch mein Fernglas irgendeine kinematographische Unendlichkeit zu erkennen. Nur dann, wenn uns Los Angeles in einen fast mystischen Bann schlägt, ist diese Welt noch spannend. Denn einerseits erlebt man hier täglich die Parodie des Starkults, den Verfall der Illusionen, und andererseits ergreifen einen die Fernsehbilder tiefer als sonstwo auf der Welt – weil bewegte Bilder auf einem Fernsehbildschirm in Los Angeles echter wirken als in Europa.

Ein Eisverkäufer wanderte langsam vom Pico Union District in meine Richtung. Sein Weg wurde vom hellen Klang seiner Glocke markiert, der die Kinder meistens in Scharen auf die Straße lockte. Mir fiel ein Hubschrauber auf, der über dem Pico Union District seine Kreise zog. Durch das Fernglas erkannte ich die Inschrift »Continental Cablevision« – ein Hubschrauber des größten Kabelsenders von Los Angeles, der seelenruhig über Einfamilienhäusern schwebte und Schwarzseher ortete.

Es war für diese Jahreszeit ungewöhnlich heiß. Die Bewohner von Rampart saßen draußen auf den Gehsteigen und den Treppen ihrer Mietshäuser, spielten Fußball auf den Parkwiesen, reparierten Autos oder versammelten sich an Parktischen, wo die Probleme im »barrio« diskutiert wurden.

Ich warf einen Blick auf meine Pumpgun, die ich vorsichtshalber neben mir aufgestellt hatte – vielleicht weil ich dachte, daß der Feind in dieser Nacht über die Dächer kommen würde, vielleicht aber auch nur, weil meine Paranoia sich bereits wieder ankündigte, angetrieben von Adrenalin, Wut und Grauen. Boom! Meine Augen brannten, und ich sehnte mich nach Erlösung.

Drei Jahre war es jetzt her, daß ich mich Chuck angeschlossen hatte, mich von seinen Fernsehbildern hatte faszinieren lassen. Wir hatten zusammen verdammt viel Spaß gehabt, obwohl ich seither immer wieder Phasen nahezu psychotischer Halluzinationen durchgemacht habe. Meine Freundschaft zu Chuck war jetzt an einem Punkt angelangt, an dem es keine Trennung ohne große Verluste geben konnte. Das Schlimmste an meinem Zustand war, daß ich als Autor scheinbar den Willen verloren hatte, kalt und brutal mit meiner Sprache, meinen Beobachtungen und Beschreibungen zu töten. Die Faszination des einfachen, anonymen Tötens mittels einer Kamera und bewegter Bilder hatte mich in eine Nicht-Existenz verwandelt, schlampig und ohne jeden Stolz. Und die einzige Möglichkeit, diesen Zustand wieder zu beheben, bestand darin, mich ein letztes Mal mit Chuck zu treffen, mit ihm zu jagen, eine perfekte, methodische und symbolische Serie von Anschlägen auf die Wirklichkeit zu planen und dabei den Versuch zu starten, ihn in die Normalität zurückzuholen, was immer das auch bedeutete. Von dort, wo Chuck angelangt war, gab es ohne fremde Hilfe kein Zurück mehr. Davon war ich überzeugt. Als Videopaparazzi hatte er Sphären der Macht erreicht, die durch logisches Denken nicht mehr zu erfassen waren.

Ich erwartete Chucks Anruf wie jemand, der weiß, daß er ohne diesen Menschen seine Existenzberechtigung verlieren wird. Seit ich begonnen hatte, Chuck als einen liebenswürdigen Kriminellen zu sehen, hatte ich mir einen Bart wachsen lassen. Ich hatte meinem rasierten Schädel einen symbolischen, etwa vier Zentimeter langen Scheitel verpaßt – wie der Basketballer John Starks von den New York Knicks. Ich rauchte seit drei Monaten fast jeden Abend ausgezeichnetes Marihuana aus dem Nappa Valley, das beste Mittel gegen Magenkrämpfe. Ich lachte in der Öffentlichkeit gern benommen, schaute mir im Fernsehen nur noch Sport- und Nachrichtensendungen an und begann im Haus meine Nachbarn zu grüßen, obwohl mein Gruß selten erwidert wurde. Ich fühlte mich stark und sehnte mich nach Undercover-Aktionen und intensiven Recherchen. Denn meistens verblassen meine Gehirnfilme aufgrund des schlichten Studiums dessen, was in der Welt um mich herum so alles passiert.

Es war kurz vor 22 Uhr, als ich mich entschloß, eine alte Bar namens El Coyote am Beverly Boulevard aufzusuchen. Aus purer Sentimentalität, denn früher hatte ich mich dort regelmäßig mit Chuck getroffen. Ins El Coyote gehen die Handlanger der Filmstudios und Fernsehstationen, die Aufräumer und Abräumer, die Doubles und Stuntmänner, die Gafferboys und drittrangigen Kameraassistenten, die Requisitenbauer und Knetfigurenbastler, die Einzelgängerinnen, Phantasiewaffenexperten, Hollywoodverlierer und andere Einsame. Sie verbrüdern sich über scharfen, billigen Margaritas. Ich bestellte dort meistens einen geschüttelten Martini und versuchte, mich an der Bar mit einem süßen Hintern zu unterhalten. Zur Tarnung imitierte ich häufig einen starken deutschen Akzent und erzählte, wie anonym und billig ich lebe, ohne Alpträume und gefährliche Triebe. Ich verschenkte Visitenkarten, auf denen die Berufsbezeichnung »Golf Pro« stand. So was kommt verdammt gut an.

An der Bar des El Coyote saß an jenem Abend ein selbstbewußter Ausgestoßener. Ein trauriger, betrunkener Bodybuilder, der den immer gleichen Satz wiederholte: »Allmächtiger Gott, was zum Teufel geht in diesem Land vor?« Dazwischen sagte er Dinge wie: »Sie werden es nicht für möglich halten, aber in Los Angeles ist einer erst dann tot, wenn er von den Fernsehleuten dafür erklärt worden ist.« Er hieß Dick Hard und kommentierte die Bilder, die gerade auf dem Fernsehmonitor über der Bar eingeblendet wurden. Es waren Chucks Bilder von dem achtjährigen Entführungsopfer Grant Sullivan und dessen Entführer Jason Murray, der eine Skimaske trug. Chuck hatte die beiden in seinem neuen Versteck gefilmt. Sullivan gab die Höhe des geforderten Lösegelds bekannt und berichtete davon, wie gut die Entführer für ihn sorgten – der Junge sprach von mehreren Entführern. Mehr konnte ich nicht verstehen.

Auf den Bildern war gut zu erkennen, wie Chuck sich bemüht hatte, eine klassische B-Movie-Ästhetik zu inszenieren. Die Kamera schwenkte wie eine Steady Cam vor dem Gesicht der jungen Geisel, mit Weitwinkelobjektiv und aus leichter Untersicht. Der achtjährige Sullivan war von Chuck gezwungen worden, eine Notiz in Kinderschrift vor seine Brust zu halten. I GONNA DIE!! DIE!! DIE!! AND PLEASE HELP!!!! stand da auf einem Stück Verpackungsmaterial einer Supermarktkette. Das war genau Chucks Stil, kein Zweifel. Er haßt Sprache, und das zeigt er gern, indem er die Syntax zerlegt.

Stumm starrte ich auf die Bilder, die in den schwach beleuchteten Raum flimmerten. Im El Coyote war es still geworden. Die Barbesucher verfolgten Aufnahmen, die nichts mit der Wirklichkeit zu tun hatten. Die Faszination des bildhaften Ablaufs der Unwirklichkeit stoppte das Leben.

Chuck war auf dem Höhepunkt seiner Karriere angelangt. Und er hatte sich gleichzeitig mit einem Schlag meiner entledigt – eine Entledigung, die jedes Bewußtsein von der Wirklichkeit vernichtete. Die Fernsehzuschauer merkten nichts. Ihr Blick war erloschen.

Von der Leidenschaft der Bilder

1. *Die Idole des Bildschirms sind dem visuellen Ablauf des Lebens immanent. Sie verkörpern nur eine einzige Leidenschaft: die des Bildes. Sie haben nichts mit dem Imaginären zu tun, sondern nur mit der materialisierten Fiktion des Bildes.*
2. *Für amerikanische Videopaparazzi ist diese Fiktion gleichbedeutend mit der Vorrangigkeit der Fernsehbilder vor der Realität sowie der Mischung von Kinetischem und Kinematografischem. Für sie ist das Fernsehbild in seinen Strömen und seiner Beweglichkeit eine Fundamentalbestimmung der alltäglichen Ereignisse.*

Dick Hard, der immer noch neben mir am Tresen saß, sprach plötzlich von einem Gerücht, das er gehört hatte. Die Entführer des achtjährigen Grant Sullivan – auch Dick sprach von mehreren Entführern – würden sogenannte Snuff-Videos produzieren, Videos, in denen die Protagonisten vor laufenden Kameras sexuell gefoltert und ermordet werden. Ich hatte plötzlich das unbestimmte Gefühl, daß Chuck zu allem fähig war. Diese Ahnung löste in mir einen furchtbaren Hitzestau aus. Ich ging auf die Toilette und beobachtete mein Gesicht im Spiegel. Ich kann mich noch gut an die Männer erinnern, die sich auf der Toilette im El Coyote an mir vorbeidrängten: Hilfsarbeiter der Film- und Fernsehindustrie, die das ganze Jahr kurze Hosen tragen und immer grinsen. Sie klopften mir auf die Schulter, als wäre ich einer von ihnen. Ich drückte einen eitrigen Pickel am Hals aus. Dann ging ich nach Hause. Ich war überzeugt, daß ich zu einem Journalisten der verächtlichsten Sorte verkommen war – und daß ich mich nur retten konnte, indem ich Chuck von seinen Verbrechen erlöste.

Als ich nach Hause kam, schaltete ich den Fernseher ein und schaute mir den argentinischen Fußballklassiker Boca Juniors gegen River Plate auf Channel 31, FOX Sports America an. Es war kurz nach Mitternacht. Auf meinem Anrufbeantworter hatten sich einige Meldungen von europäischen Redaktionen gestaut, die mir neue Stories vorschlugen. Jemand wollte mich engagieren, eine süße Puppe mit geilen Lippen zu interviewen. Menschen drohten mir telefonisch, ich solle meine Nase aus irgend etwas heraushalten.

Ich setzte mich auf die Terrasse. Unten auf dem Wilshire Boulevard beobachtete ich den Protagonisten einer harmlosen Variante der südkalifornischen Apokalypse: einen Jogger, der nachts mit Walkman und Taschenlampe in Richung Westen rannte. Die Apokalypse hat den Titel ›Obsessive Gesellschaft‹ und wird aufgepeitscht von Fernsehbildern – denn das Fernsehen will alles schützen, alles anzeigen, alles beschneiden und die totale Phobie ausrufen. Ein wunderbares Beispiel ist der sexuelle Mißbrauch an Kindern, die letzte große Geißel der öffentlichen Meinung in Amerika. Was das bedeutet, kann nur verstehen, wer weiß, daß die Betreuung von Kleinkindern in den Reichenvierteln von Los Angeles meistens von zwei Personen vorgenommen wird – aus Angst vor unkontrollierbarem sexuellen Mißbrauch. Und nun hatte Chuck sich vergriffen. Er mißbrauchte einen Achtjährigen und seinen achtzehnjährigen Entführer, und er hatte den Hilfespruch des Jungen auf das Verpackungsmaterial eines Supermarkts schreiben lassen, das von den Abbildungen verschwundener Kinder geschmückt war. Chuck bereitete sich auf seine große Stunde vor, mit klinisch sauberem, telegenem Sadismus.

Ich hatte mittlerweile eine fast schon beängstigende Kenntnis von Chucks Kameraarbeit gewonnen. Beim Inszenieren von TV-Sensationen trifft Chucks Libido meistens auf den Todestrieb. Davon bin ich irgendwie überzeugt, obwohl ich nicht sicher bin, was das genau bedeutet. Die Libido leitet große Teile destruktiver Energien mit Hilfe der Muskulatur nach außen ab. Das ist medizinisch bewiesen. Gerade wenn Chuck mit der Kamera operiert, wird sein Destruktionstrieb am heftigsten von der Libido infiltriert, wobei ein erheblicher Anteil dieses Triebes sogar direkt in den Dienst der Sexualfunktion gestellt wird. Und darin besteht der eigentliche Sadismus des unabhängigen Videojournalisten.

Ich sah mir die Wiederholung der 22-Uhr-Nachrichten an. Die Nacht schien unendlich lang zu sein. Ich begann, fast jede meiner Bewegungen und Gedanken peinlich genau festzuhalten. Ab zwei Uhr morgens beteiligte ich mich am sogenannten TV-Home-Shopping. Zwei Stunden später hatte ich bereits 450 Dollar ausgegeben – für einen magnetischen Staubwedel, einen Hi-Tech-Büchsenöffner, eine silberne Ehrenmünze der US-Marineinfanterie und diverse andere nützliche Dinge. Um vier Uhr früh kaufte ich sogar Kunst: eine Lithographie des Boxers George Forman mit dem Titel ›Malibu by Night‹. Danach schlief ich ein.

Der folgende Morgen begann – wie jeder Tag in Los Angeles – mit dem hysterischen Lachen der Fernsehmoderatoren. Mein Fernseher war automatisch angesprungen. Der Bildschirm lachte, er schien sich blendend zu amüsieren. Anderswo überläßt man den Zuschauern das Lachen – nicht so in L.A. ›Good Morning Los Angeles‹, das beliebte Frühstücksfernsehen, zeigte Bilder von der Nordseite des Griffith Park. Es brannte genau dort, wo ich mich gewöhnlich mit Jil Barnes zu einem leichten Jogging verabrede. Das Feuer drehte langsam ab in Richtung L.A. Zoo. Ein Drama kündigte sich an, und sämtliche TV-Stationen hatten ihre Teams vor oder über dem Feuer plaziert. Es interessierte mich nicht. Mir war nicht nach sarkastischer Heiterkeit. Es galt, eine Freundschaft zu retten.

An jenem Donnerstag morgen, als riesige braune Rauchschwaden vom Griffith Park in Richtung Downtown schwebten, hörte ich endlich Chucks Stimme. Es war Punkt 9.15 Uhr. Er sprach aufs Band, direkt und eiskalt. Er nannte eine Nummer, die ich so rasch wie möglich wählen sollte. Das war alles. Es folgte eine lange Pause. Ich hörte seinen Atem, hörte, wie sich Chuck mit der Hand übers Gesicht fuhr. Dann erzählte er eine lustige kleine Geschichte: Er erzählte vom bitteren Tod von Minnie und Moskowitz, den Hunden von Demi Moore und Bruce Willis. Dazu muß man wissen, daß auf Mord an Hunden in Beverly Hills die Todesstrafe steht. Chuck erwähnte noch, wie sehr er sich darauf freut, mich zu sehen, und daß ich ihm Mandelhörnchen vom Farmers Market, Zigarren, ein Klappmesser und 40 Schuß Munition für seine .357 Beretta mitbringen soll – Dumdumgeschosse mit Teflonspitze, darauf legte er besonderen Wert.

Ich wußte, daß ich Chuck nie verstehen würde, obwohl ich über seine Existenz fast alles erfahren hatte. Und selbst wenn ich 200 Jahre mit ihm und seiner Kamera unterwegs gewesen wäre, hätte ich einen Sharpshooter wie ihn niemals verstehen können. Aber das war es ja gerade, was mich an ihm reizte und was es so schwer machte, ihn endgültig auszuschalten.

Donnerstag nachmittag, 15.45 Uhr. Chuck hatte mich in die Red Rock Road in Topanga Canyon bestellt. Auf dem Freeway 10 in Richtung Küste fühlte ich mich noch sicher – auf dem Pacific Coast Highway wurde ich schließlich von einer grauenvollen Paranoia gebeutelt. Fahrzeuge, die ich länger als sechzig Sekunden im Rückspiegel beobachten konnte, hielt ich für Verfolger.

16.35 Uhr. Topanga Canyon war von verkohlten Büschen übersät. Ein Flächenbrand hatte das Tal im vergangenen Monat in eine Mondlandschaft verwandelt. Ich bog von der Topanga Road ab in die Red Rock Road. Auch dort war die Landschaft schwarz, grau und tot. Ein Polizeiwagen schlich vor mir her. Ich mußte ihn überholen, wollte ich mich nicht verdächtig machen. Als ich die Cops passierte, sah ich ihnen viel zu lange nach. Ich glaubte, eine Hand hinter der getönten Scheibe zu erkennen, die beiläufig zu mir hinüber winkte, wie von Nachbar zu Nachbar. Aber das muß ich mir eingebildet haben. Einen Augenblick lang dachte ich an Officer »The Force« Larry Johnson.

16.55 Uhr. Plötzlich standen immergrüne virginische Eichen in Gruppen am Straßenrand. Es gab an jener Stelle der Red Rock Road, an der ich gerade die Hausnummer 13429 auf einem Torpfeiler suchte, keinen Eukalyptus, dafür aber einen dichten Wuchs von Carolinapappeln. Heiß und hell glitten sie an mir vorbei.

17.00 Uhr. Ich entdeckte – gut versteckt hinter einem Sicherheitszaun, einem Orangenhain und Yuccapalmen – ein weißes Haus. Ich sah einen Mann auf einer Mähmaschine über gelbes, sonnenverbranntes Gras fahren. Der Mann glich einem mexikanischen Großgrundbesitzer, der seine Gartenarbeiter gefeuert hat. Er trug ein schwarzweiß kariertes Sporthemd, scharf gebügelte, schwarze lange Hosen, schwarzweiße Wildlederschuhe und eine Gucci-Sonnenbrille. Sein Haar war straff zurückgekämmt – offenbar eine Vorsichtsmaßnahme – und glänzte von Haaröl und Pomade. Chuck war nicht wiederzuerkennen.

17.05 Uhr. Zur Sicherheit fuhr ich noch dreimal am Haupteingang vorbei. Dann bog ich in die Einfahrt. Sie war frisch geteert und durch zwei Mercedes-Limousinen und Chucks Batmobile verstellt. Also parkte ich meinen Cherokee auf dem Rasen.

17.10 Uhr. Es war das letzte Mal, daß ich bewußt die Zeit kontrollierte, um bei einem späteren Verhör alles im Griff zu haben. Chuck raste plötzlich mit dem Rasenmäher auf mich zu. Er sah phantastisch aus, wie ein Held der Fernseharbeit: schmierig, böse, ausgebrannt. Er hatte jenen feingesponnenen, intensiven Blick, der manchmal neurotisch ist, manchmal sexhungrig und manchmal einfach das Ergebnis einer drastischen Diät. Der Rasenmäher hielt direkt vor meinen Füßen. »Verrückt geworden?« brüllte Chuck. »Die Cops werden deine Reifenspuren im Rasen identifizieren!«

Fast hätte ich meine Vorsicht sabotiert und gesagt: Spielt das wirklich noch eine Rolle? Mister Weinberg, ich glaube, das Spiel ist aus! Doch ich beherrschte mich. Das verrückte Arschloch stieg von seinem Sitz herunter und stand nun kräfig und prächtig vor mir. Ich bekam den Mund nicht auf, wollte keine Zweifel äußern an unserer Freundschaft, an allem, was ich dank Chuck erlebt und erlernt hatte. Ich glitt plötzlich hinüber in eine Art sprachlose Euphorie. Dieses Gefühl der Kontrolle machte mich locker und stark. Ich sah mir meinen Helden der vergangenen Jahre sehr genau an: den größten Kameramann aller Zeiten, dessen Leistung es war, mit seiner Kamera den Katalog der bösen Gesten perfektioniert zu haben, wobei er stets den Ausdruck typischer amerikanischer Siebziger-Jahre-Detektiv-Mannix-Männlichkeit mit dem Beigeschmack der Lächerlichkeit vermischte. Das machte ihn so sympathisch und gleichzeitig so gefährlich.

Chuck studierte meinen 1 500 Dollar teuren Armanianzug, den ich noch nie für ein Treffen mit Chuck angezogen hatte. Normalerweise interviewe ich Hollywoodgrößen in diesem Anzug, aber ich wußte damals, daß dies keine gewöhnliche Begegnung mit Chuck werden würde, daß vielmehr etwas ganz Besonderes zu Ende ging.

Chuck war dreckig. Auf den ersten Blick war mir das nicht aufgefallen, weil ich mich auf seine Haltung konzentriert hatte. Er hätte sich dringend rasieren müssen. Seine Hände zitterten, und er schwitzte. Als er mir signalisierte, daß ich ihm ins Haus folgen solle, bemerkte ich einen fauligen Geruch, der ihn umgab. Das Hemd war unter den Armen, auf der Brust, am Rücken und in den Armbeugen naßgeschwitzt – wahrscheinlich nicht erst seit heute.

Chuck fragte mich plötzlich, ob das ein Colt oder eine Smith & Wesson sei, die da in meiner Hose stecke. Ich schaute hinunter und stellte fest, daß der Griff meiner .45er zu sehen war.

»Macht ja nichts«, sagte Chuck. »Hauptsache, du weißt, was du tust.«

Fast hätte ich ihn am Arm gepackt und ihm nur so zum Spaß gesagt, daß ich gekommen sei, um ihn aus meinem Leben zu entfernen. Aber ich wollte ihm das Gefühl geben, daß ich alles total unter Kontrolle hatte: meine Alpträume zum Beispiel oder meine Angst, die ich zum erstenmal vor ihm empfand, oder die Tatsache, daß ich so lange und intensiv über ihn nachgedacht hatte, daß es für mich keinen Grund mehr gab, dieser pervertierten Form des klassischen amerikanischen Kinohelden zuviel Respekt zu erweisen. Ich versuchte mir einzureden, daß da bloß ein Fernsehmann vor mir stand. Aber es fiel mir schwer.

Ich entdeckte einen zweiten Mann im Haus. Er stand in der Eingangstür. Zum erstenmal sah ich Chucks jungen mexikanischen Handlanger und Aufräumer Raul Gutierez. Wir hatten schon oft miteinander telefoniert, aber gesehen hatte ich ihn noch nie. Raul grinste nicht, er musterte mich nur kühl. Ich schätzte ihn auf Mitte 20. Er hatte kräftige Oberschenkel, schmale Hüften und eine V-förmige Oberkörperstruktur, wie man sie nur durch hartes Bodyshaping bekommt. Er erinnerte mich daran, daß es nichts Härteres auf der Welt gibt als einen harten Mexikaner und nichts Traurigeres oder Sanfteres als einen traurigen oder sanften Mexikaner. Raul trug eine Original-Gangster-Frisur, mit reichlich Pomade pachucomäßig nach hinten über den Schädel gestrichen und seitlich kurz gestutzt.

»Komm rein«, sagte Chuck plötzlich mit dieser aufreizend liebevollen Art, mit der er jede und jeden weichklopfen kann – ein Stil, den nur Menschen beherrschen, die das Leben mit einer Kamera kontrollieren und überwachen, zugleich aber auch der Stil eines Mannes, der den Menschen Leben schenkt, indem er sie auf Video festhält, und damit den köstlichsten Moment ihres Lebens kreiert: ein echtes Fernsehbild. Ich mußte auf einmal daran denken, wie viele Menschen Chuck in seiner Karriere gesehen hatte, berühmte und armselige. Und alle, wenn auch auf ganz unterschiedliche Weise, waren bereit gewesen, auf ihren Knien zu rutschen, um von Chucks UC9-Kamera eingefangen zu werden.

»Folge mir«, sagte Chuck. »Ich habe keine Angst vor dir, also brauchst du auch keine Angst vor mir zu haben.«

Chuck führte mich ins Hausinnere, durch einen Gang mit getäfelten Böden und Wandteppichen mit indianischen Mustern und schließlich in einen Wohnraum mit teuren Möbeln und Teppichen, die schon lange keinen Staubsauger mehr gesehen hatten. Überall lagen Golfschläger herum.Weiter ging's in einen großen Videovorführraum, mit vier Reihen Ledersesseln und einem kleinen Vorzimmer, an dessen Wänden Fotos mit Szenen aus Fernsehserien wie ›Melrose Place‹, ›Model Inc.‹ und ›Beverly Hills 90210‹ hingen. Wo zum Teufel war ich gelandet? Etwa im Haus der Produzentenfamilie Aaron Spelling?

»Ich hätte gar nicht gedacht, daß ich zu so was wie einer Entführung fähig bin«, sagte Chuck ganz offen. »Bist du bereit, dir anzusehen, was dein Sugardaddy alles kann?«

Ich sparte mir eine Antwort. Chuck öffnete die Tür zum Vorführraum und machte das Licht an. Ich sah zwei Holzstühle vor der Leinwand, auf denen zwei Jugendliche mit Seilen festgebunden waren. Chuck hatte ihnen die Augen verbunden.

»Der Typ links ist der Entführer. Er sieht häßlich aus, findest du nicht auch? Ich nenne ihn neuerdings Gordon.« Chuck grinste.

Der Kopf des achtjährigen Grant Sullivan hing seitlich über seiner rechten Schulter. Der Kopf des Entführers Jason Murray war auf die Brust gesackt. Beide waren fachmännisch an Knöcheln und Händen gefesselt, und ihre Oberkörper waren mit einem zweiten Seil an die Stühle gebunden, unter denen ich jeweils eine dunkelrote Lache erkennen konnte. Erst jetzt roch ich den Gestank im Vorführraum, den Gestank von Blut, menschlichen Ausscheidungen und Schweiß. Ich sah, daß sie beide noch lebten. Dann schaltete Chuck das Licht aus. Im Dunkeln waren nur noch die Silhouetten der Jugendlichen zu erkennen.

Es war mir nicht genügend Zeit geblieben, die Situation genauer zu untersuchen. Aber ich ahnte, was passiert sein mußte. Ich krallte die Finger zusammen, bis die Gelenke knackten. Ich schnappte nach Luft und schaute zur Badezimmertür. Als ich Chuck auf die Veranda folgte, fühlte ich meine Schritte nicht mehr. Wäre ich in der Lage gewesen, meine Trance in Worte zu fassen, hätte ich sagen müssen, daß sämtliche Ziele erreicht, meine journalistische Neugier und alle persönlichen Wünsche endgültig erfüllt worden seien. Und ich hätte nur noch nach Fluchtwegen Ausschau halten sollen. Ich hatte für den Rest meines Lebens genug gesehen.

Großer Gott, was hatte Chuck bloß mit seinen Opfern vor? So weit war er noch nie gegangen. Hatte er die beiden Jungs vor laufender Kamera zuerst vergewaltigt und bereitete sie nun auf eine Hinrichtung vor? In jenem Moment schien mir alles möglich zu sein. Ich versuchte mich zu beherrschen, da meine Gedanken sich selbstständig machten. Boom! Paranoia-Attacke.

Während Chuck seine Kamera einsatzbereit aufrüstete, stellte ich ein paar verzweifelte Regeln auf.

Sex, Lügen und Video II

1. *Videojournalisten sind zu Schuldgefühlen gegenüber unberührten Landschaften und Unschuldigen fähig, die sie aufgrund ihrer Bilder den Blicken von Millionen Menschen ausgesetzt haben.*
2. *Videojournalisten sind zu Schuldbekenntnissen unfähig.*
3. *Man darf niemals vergessen: Für die besten amerikanischen Videojournalisten ist das optimale Nachrichtenbild ein Schlachtfeld aus Liebe, Haß, Action,Gewalt und Tod.*
   In einem Wort: Emotionen!

Chuck war wahnsinnig geworden. Seit mehr als 24 Stunden lieferte er den Fernsehsendern Bilder von einer Entführung, die er selbst kontrollierte. Er hatte die Macht an sich gerissen, die er immer haben wollte. Eine Topstory, für die nur er allein die Hebel der Inszenierung betätigte: Zieh dich aus, geh nach rechts, geh nach links, leg dir die

Waffe an den Kopf, lächle, hau ab ... Chuck wußte genau: wenn seine beiden Geiseln tot aufgefunden würden, mit entstellten Leibern und im Haus eines legendären TV-Produzenten, dann wäre seine Geschichte pures Gold wert.

Plötzlich zog Chuck seine Beretta. Ich hatte ihn noch nie mit einer Waffe spielen sehen. Er haßt Typen, die ihre Waffen zu Hause vorführen, womöglich noch mit blöden Späßen garniert: Waffe an den Kopf und klick. So was hat Chuck nicht nötig, schließlich hatte er den größten Waffenspaß der zweiten Hälfte dieses Jahrhunderts hautnah miterlebt: Vietnam. Und jetzt fuchtelte er auf einmal wie ein Irrer mit seiner Beretta durch die Luft. Er zielte auf Falken, die in großer Höhe über dem Saddle Peak schwebten. Doch obwohl die Waffe geladen war, drückte er nicht ab. Er nahm einen Schluck Tequila, und ich würgte eine zweite Woge der Angst hinunter.

Ich weiß, daß Chuck bei seinen ehemaligen UCLA-Studenten und Vietnamkumpels gerade für seine Gastfreundschaft sehr geschätzt wird. Keiner seiner Fans und Freunde interessiert sich besonders dafür, wie er sein Geld verdient. Es ist ihnen egal. Sie kennen ihn als großartigen ehemaligen Reporter der ›Los Angeles Times‹, als Lehrer und alternden Dandy im Golfhemd, als ein Genie, das nie ein Genie sein durfte. Und sie halten ihn für eine amerikanische Version des Existentialisten, der durch seine Erfahrungen in Vietnam mit der Allgegenwart des Todes konfrontiert worden war und danach ein Leben am Rande der Gesellschaft wählte. Als Sharpshooter hat Chuck eine pervertierte Form der Widerstandsethik gewählt und sich eine eigenständige, nicht von der Gesellschaft diktierte Wirklichkeit und Weltsicht geschaffen. Dank der Videokamera hat er eine raffinierte Strategie entwickelt, das Leben genießen zu können. Auch dafür schätzen ihn seine Freunde.

Es gibt allerdings noch einen weiteren Grund für sein Ansehen: Chuck wird geliebt, weil er scheinbar alles versteht. Man kann ihm alles sagen. Er besitzt für einen geborenen Südkalifornier eine seltene Begabung: Er kann dominant und zugleich einfühlsam reden, gekonnt wie ein snobistischer Klugscheißer oder ein blonder Fernsehprediger aus Orange County. Und wenn es die Situation erfordert, schweigt er cool wie ein Surfer, dem die Sonne zu lange auf den Schädel geschienen hat. Chuck gehört zu jenen Menschen, die Sachen sagen wie: »Computergenies? Nun, was mich betrifft, ich gehe weiter als sie.«

Ich weiß, daß der Meister des Videoblicks es liebt, »die Seele zu entbinden«. Als junggebliebener Babyboomer umgibt er sich oft mit Jugendlichen, meistens aus gutem Haus. Gewöhnlich behandelt Chuck seine jugendlichen Anhänger wie seine Vietnamkumpels: mit einem rauhen, aber liebevollen Umgangston, mit einer Stimme und einer Gestik, die abenteuerlustige Jugendliche an Napalm, Schützengräben, gekonnt fieses Grinsen, Zigarette im Mundwinkel, faustgroße Bauchschußwunden und geile Schwanz- und Tittenwitze erinnern. Das lieben seine Fans. Die meisten gehören der Generation nach X an, sind also Anfang der achtziger Jahre geboren, und ihre Konfusion mit diesem Jahrzehnt ist bereits so fortgeschritten, daß sie Namen von berühmten TV-Persönlichkeiten meistens zunächst mit Surf- oder Snowboard-Ausrüstern verwechseln. Wenn sich Chuck mit seinen jungen Fans trifft, bietet er ihnen schon vorgerollte und dichtgestopfte Joints an. Manchmal lädt er sie zu sich nach Hause ein, zeigt ihnen Videos aus Serien, die Titel tragen wie ›Nice People Ready to Kill‹, ›The Scariest Police Shootouts‹ oder ›Hellfire – Stars and Their Dogs‹. Oder er zeigt ihnen seine Kameraausrüstung, die Funkgeräte und eine von genau vier Einschlägen gezierte schußsichere Weste. Meist streckt er sich dann auf seinem Diwan aus und erzählt stundenlang – mit halbgeschlossenen Augen und umgeben von der begierigen Schar von Jünglingen und Mädchen. Er beschwört Erinnerungen und erzählt Anekdoten – zum Beispiel, wie er einmal Michael Jacksons Mutter vor einem Supermarkt in Beverly Hills aufgelauert und die gute Frau und ihren Bodyguard so furchtbar mit seiner Kamera erschreckt hat, daß sie die Kontrolle über den Einkaufswagen verlor, in dem Dutzende Futterdosen für Jackos Schimpansen gestapelt gewesen waren, oder von dem siebzehnjährigen Mexikaner, der unbedingt ins Fernsehen wollte und eine Serie von Freeway-Attacken durchführte, indem er mit Steinen auf die Frontscheiben vorbeifahrender Wagen zielte, es auch zwölfmal in die Prime-Time-Schlagzeilen schaffte und heute unter anderem wegen Chucks Bildern eine fünfjährige Haftstrafe absitzt. Chuck erzählt von fürchterlichen Autounfällen, Tornados, Bränden, Flugzeugkatastrophen und Morden und zieht aus seinen Erzählungen meistens eine geistreiche und tiefsinnige Moral. Er zeigt den Jugendlichen Bilder von grausam entstellten Menschen, was allen Anwesenden viel Spaß macht. Häufig geht Chucks Euphorie dabei so weit, daß er sogar zugibt, erst über die Montage sei es möglich, die »psychische Realität« in seinen Videos zu erfassen.

Den meisten Spaß bereiten den Jugendlichen erstaunlicherweise die Gesichter von Menschen, deren Angehörige gerade ermordet worden sind. In den Momenten, in denen die Kameras der offiziellen Fernsehanstalten meistens noch nicht laufen – oder nicht mehr laufen –, bleibt Chuck einfach drauf. Er liebt es, minutenlang auf einem Gesicht zu verweilen, einem weinenden Gesicht, zitternd, von der Trauer erniedrigt und nur noch ein Häufchen Elend. Das sind die Momente, in denen Chuck Extraklasse beweist. Und seinen jungen Zuhörern erzählt er dann gern, wie sehr er diese postmodernen Theorien verabscheut, in denen behauptet wird, daß wir immer näher an die Oberfläche des Bildschirms heranrücken und daß sich unser Blick längst im Fernsehbild verloren hat. Dabei stellt er dann die rhetorische Frage: »Sind wir nun Menschen, oder sind wir Maschinen?«, und alle lachen sich krumm. Das ist Chucks größte Leistung: Er ermuntert seine jungen Zuhörer zu reden und zu lachen, er hört ihnen aufmerksam zu, versorgt sie mit Ideen und Anregungen zum Nachdenken. Und später lädt er sie dann zu einem Eis bei Ben & Jerry ein. So kenne ich Chuck, das verrückte Arschloch.

Doch ich durfte mich nicht mehr blenden lassen. Die große böse Zeit des Sharpshooters Chuck Weinberg war abgelaufen. Er kehrte mit einem kleinen Koffer auf die Veranda zurück und fragte mich: »Wer war das doch gleich, der behauptet hat, von einem bestimmten Punkt an sind alle Gefahren gleich? War es John Wayne oder Robert Mitchum?«

»Das habe ich gesagt. Damals, als wir diesem verdammten Tornando in Oklahoma hinterherjagten.«

Chuck lachte ekelhaft und schaukelte dabei zum Spaß den kleinen schwarzen Koffer in der Luft hin und her wie ein Baby seine Rassel. Es war sein Videokoffer. Meine Güte, es war das Allerheiligste, was er besaß!

»Hast du Lust auf einen kleinen Ausflug, verlorener Sohn?« fragte er, und dabei ließ er den Koffer auf meinen Schoß fallen.

Chuck hatte »verlorener Sohn« gesagt und außerdem versucht, mich mit seiner Kamera zu demütigen. Wollte er tatsächlich seine Vorsicht sabotieren und mit mir nach Bildern jagen?

»Ich weiß schon, was du denkst«, sagte Chuck leise, während sein Helfer Raul Gutierez Reserveakkus und Videobänder zu seinem roten Toyota Camry »Tarnmobil« trug. »Du denkst, ich werde weich, weicher und immer weicher. Und daß ich bald ein Herz für Menschen bekomme, hä?«

Raul deponierte alles fein säuberlich im Kofferraum und schaltete schon mal den Polizeifunk ein sowie den Kanal mit dem Psychotenfunk der privaten Wachunternehmen von Los Angeles. Dann öffnete er die Kühlerhaube.

Während Raul den Motor prüfte, indem er sich mit einer Taschenlampe über den Vergaser beugte, und danach eine extrem oktanhaltig riechende Flüssigkeit in den Vergaser sprühte, fragte Chuck mich seelenruhig, was ich in den letzten Tagen denn so getrieben hätte.

Ich erzählte Chuck von meinen Interviews mit Rodney King und Steven Spielberg, daß ich gerade eine Reportage über kalifornische Gefängnis-Gangs vorbereite, von einer Wohltätigkeitsveranstaltung im Beverly Hills Hotel, auf der ich mit 300 Gästen, die jeweils mindestens 500 Dollar bezahlt hatten, in einer Reihe gestanden habe, um die Hand von Hillary Clinton zu schütteln. Und um Chuck weiterhin bei guter Laune zu halten, erzählte ich ihm die Geschichte von meiner kleinen Phyton-Plastikpistole und wie ich mir das Ding ins Rektum gesteckt habe, weil ich beweisen wollte, daß es kein Problem ist, eine Waffe auf ein von CIA und FBI überwachtes Hochsicherheitsterritorium zu schmuggeln. Das war so ein Spielchen mit den Möglichkeiten gewesen, die einem bei dem Sicherheitswahn der Amerikaner noch geblieben sind. Chuck kann sich über solche Geschichten krummlachen, und das Lachen schien ein wenig den Wahnsinn aus seinen Absichten zu vertreiben. Nur darum ging es mir.

Raul goß noch den Inhalt einer kleinen Flasche mit hochoktanhaltigem Brennstoff in den Tank. Im Fall einer Verfolgungsjagd kann diese Maßnahme einem frisierten V6-Toyota-Motor gegenüber den über-alterten V8-Chevy-Motoren der Streifenwagen Vorteile verschaffen.

Chuck zog sich eine schußsichere Weste über die Brust. Raul umarmte ihn und sagte zum Abschied: »Töte jemand Nettes für mich.« Wir fuhren zunächst in getrennten Wagen in Richtung San Fernando Valley. Ich stellte meinen Cherokee schließlich auf dem Parkplatz eines Supermarktes in Encino ab, und von dort ging es in Chucks rotem »Tarnmobil« weiter in Richtung Hollywood. Chuck hatte über Polizeifunk von einer Drive-by-Schießerei in South Gate und einer Polizeiverfolgungsfahrt auf dem Pomona Freeway nahe Montebello gehört. Das war alles. Wir waren für diese Stories zeitlich zwar nicht in Bestform, aber Chuck war froh, überhaupt wieder dabei zu sein. Er trommelte mit der Faust auf das Armaturenbrett und beugte sich vor, um durch die Frontscheibe die Hubschrauberbewegungen über Century City zu beobachten.

Im gedämpften Licht der Armaturen betrachtete ich Chucks Gesicht. Seine Haut glänzte schweißig, und er atmete leise. Dieses leise Atmen hatte ich vermißt, besonders dann, wenn er die Kamera auf seine Ziele richtete. Ich empfand seinen Atem immer ein wenig wie das tiefe und schwere Atmen, das eine legendäre Szene in Stanley Kubricks ›2001: Odyssee im Weltraum‹ akustisch füllt: wenn nämlich Astronaut Dr. Dave Bowman in einer Gondel das Raumschiff Discovery verläßt, ohne daß seine Atmung sich vor Erregung oder Anstrengung auch nur ein einziges Mal merklich beschleunigt. Genau so atmet Chuck. Und seine Emotionalität erinnerte mich immer an den Supercomputer Hal in ›2001‹. Hals Morde an den drei tiefgekühlten, schlafenden Astronauten vollziehen sich stumm und rein technisch in zwei Minuten und 18 Einstellungen. Diese Morde sind wohl die emotionslosesten der Filmgeschichte. Chuck mordet auf die gleiche Weise, wenn er Stars auflauert oder Unschuldigen, die er zu Helden einer Fernsehnacht erklärt: von außen betrachtet ohne Emotionen, wie ein mechanischer Mensch und nur mit einer kleinen TV-Handkamera.

In jenem Augenblick war das allerdings egal. Chuck war geladen wie ein junger Wall-Street-Börsianer, der monatelang auf keiner Bärenjagd in Kanada gewesen war. Es war grausam, aber auf dem Freeway 405 wurde mir plötzlich bewußt: Chuck kann nur existieren, wenn er sich die Wirklichkeit zum Untertan macht. Ein Sharpshooter wie Chuck darf nicht denken. Es bringt ihn um. Er darf nicht darüber nachdenken, warum er atmet, warum er angeekelt ist, weshalb er manchmal mitten in der Nacht aus dem Haus rennt, ein Full-Rack-Rinderrippchen verschlingen und danach auf der Toilette einer 76-Tankstelle onanieren muß, oder warum er am Sunset Boulevard stundenlang an einer betagten Nutte vorbeifährt. Nein, darüber darf ein Fernsehbildproduzent wie Chuck wirklich nicht nachdenken. Er hat keinen Spürhund im Nacken, er will selbst der Spürhund sein – für alles, was er sieht und riecht, für alles, was er dominieren kann, kurz: für die Wirklichkeit. Er schämt sich, um Gnade zu bitten, weil er sich mit seiner UC9-Kamera verdammt sicher fühlt. Er denkt, daß er erst dann existiert, wenn er nichts mehr empfindet, wenn er das Schlagen seines Herzens ignorieren kann. Erst wenn er sich nicht mehr schämt, ein mieser Schleimscheißer zu sein, dann ist er der Meister aller Wirklichkeitsklassen. Und der einzige Grund, weshalb er an diesem supertrockenen und heißen Frühlingsabend seine Sicherheit aufs Spiel setzte und mit mir zusammen auf Bilderjagd ging, war schlicht der, daß er süchtig danach war – süchtig danach, Orte und Menschen aufzusuchen, die er mit seiner Kamera schon einmal berührt hatte, süchtig danach, neue Orte und neue Menschen aufzuspüren, die ihn und seine Kamera noch nicht kennengelernt hatten und die noch unschuldig und ohne Fernseherfahrung ein ganz normales Leben führten. Schon allein der Gedanke daran, daß es solche Menschen und Orte noch geben könnte, verwandelte Chuck in ein extrem emotionsloses Biest.

Auf der Höhe Sunset Boulevard und Freeway 405 änderte Chuck plötzlich seinen Plan. Das war ungewöhnlich, das machte er sonst nie. Er entschied sich für eine Fahrt zurück ins Valley. Er hatte den Polizeifunk über Kopfhörer abgehört und eingesehen, daß die Verfolgungsfahrt erledigt war und die Drive-By-Opfer und deren Angehörige in South Central bereits längst »begraben« waren. »Begraben«, so drückte sich Chuck gern über Menschen aus, die visuell keinen kommerziellen Wert mehr besaßen. »Wer zum Teufel interessiert sich schon für kalte Leichen in South Central«, sagte Chuck und grinste mich an.

Er hatte mir den Psychotenfunk überlassen, über den man dem Geplappere von Tausenden halluzinierenden und gelangweilten Wachmännern lauschen kann, meistens asiatische oder lateinamerikanische Einwanderer, die Banken, Fitneßclubs, Golfanlagen, Restaurants, Parkplätze, Vergnügungspaläste, reiche Wohnstraßen, Studios und viele andere »gefährdete« Objekte im Großraum Los Angeles bewachen.

Mehr war über Funk nicht los. Als Chuck ziemlich frustriert über den Sunset Boulevard schlich, sagte er auf der Höhe der Villa des Viacom-Chefs Edgar Bronfman plötzlich etwas rührend Banales: »Weißt du, wenn ich durch Bel Air fahre, dann muß ich immer daran denken, wie die Leute mit 100 Millionen Dollar ein ganz besonderes Leben führen, ein Leben hinter einer Abschirmung aus Dienern, Leibwächtern, Fitneßtrainern, Psychiatern, Golflehrern, Anwälten und Agenten, die ihnen alle aus der Hand fressen. Alles was man über sie gewöhnlich liest und hört, ist von einer Bande PR-Manager in die Welt gesetzt worden, die eine Menge Geld dafür kriegen, daß sie ein zweckmäßiges Persönlichkeitsbild entwerfen und in Umlauf bringen.Und du bist der einzige, den ich kenne, der sich irgendwie bemüht, hinter diese Fassade zu blicken. Das schätze ich sehr an dir.« Dann klopfte er mir aufmunternd auf die Schulter, wie ein alternder Bomberpilot seinem verängstigten Bordschützen in miesen Zweite-Weltkrieg-Filmen.

Dadurch, daß Chuck mir zu schmeicheln versuchte, wurde mir klar, daß er etwas gegen mich im Schilde führte, und ich mußte plötzlich wieder an die beiden von ihm entführten Jungs denken, wie ich sie da so leblos in diesem Videovorführraum angetroffen hatte und wie sie von Chuck per Video am Leben erhalten wurden. Seine Ernsthaftigkeit mir gegenüber war reine Schauspielerei, Teil einer grausamen Manipulationskette, zu der nur Videojournalisten fähig sind. Los Angeles hatte Chuck geformt und schon immer besessen. Ein Zurück gab es nicht für ihn. Niemals. Davon war ich nun endgültig überzeugt.

Wir standen vor einer roten Ampel. Eine Sekunde lang überlegte ich, ob ich nicht einfach die Tür öffnen, davonlaufen und diesen Mann und seine Machenschaften vergessen sollte – aber ich war viel zu tief in die Dinge verstrickt. Im Seitenfenster sah ich die weißrot glühende, blinkende Unendlichkeit. Los Angeles bei Nacht verkörpert für mich die Geometrie der Netze paranoider menschlicher Beziehungen. Und Chuck und ich waren mitten darin gefangen.

Ich beobachtete die Lichter und mußte daran denken, daß ich Chuck für seinen Überlebenskampf gleichzeitig bedauerte und liebte. Er ist ein echter Fall von Besessenheit. Chuck kann so weit gehen, bei seinen Einsätzen von einem »Recht auf Bilder« zu sprechen, nur um seine Besessenheit zu adeln. Und wenn sich »Das Recht« eines Videojournalisten bemächtigt hat, kann kein Exorzismus es ihm mehr austreiben. So viel weiß ich heute. Chuck hat sein ganzes Leben dem Gedanken an »Das Recht« geweiht. Sein »Recht« zu lieben, zu töten, für seinen Scheißstaat zu sterben, wann immer er will. Ein »Recht« auf alles, worauf er gerade Lust hat: auf Bier, Steak, Weiber, Kidnapping, Fernsehbilder. Chuck ist ein Fernsehmann, der behauptet, ein »Recht« darauf zu besitzen, Bilder von fremden Menschen zu drehen, das »Recht« zur Überwachung von fremden Milieus zu haben. Es nutzte mir jetzt auch nichts mehr, daß ich seinetwegen ein paar Regeln entworfen hatte, die sich sehr wohlwollend mit seiner Position auseinandersetzen.

Das Recht auf Bilder

1. *Die Gesellschaft will zwar, daß jeder zu seinem Recht kommt, aber nur zu dem von der Gesellschaft sanktionierten, dem Gesellschaftsrecht also, und nicht wirklich zu seinem* persönlichen *Recht. Ebenso funktioniert das Verhältnis zwischen den »offiziellen« Bildern der Fernsehstationen und den von den unabhängigen Videojournalisten gelieferten Bildern.*
2. *Videojournalisten nehmen sich das Recht auf Bilder aus ihrer eigener Machtvollkommenheit.*
3. *In seiner Eigenschaft als Eigner und Schöpfer seines Rechts und seiner Bildwirklichkeit erkennt der Videojournalist keine andere Rechtsquelle an als ausschließlich sich selbst und seine Kamera - daneben gibt es weder ein göttliches noch ein staatliches noch ein Recht der Natur oder ein Recht des Menschen, die sogenannten Menschenrechte.*

4. *Ein Videojournalist versteht seine Arbeit an der Wirklichkeit als ein ewiges Recht, als eine ewige Wahrheit.*

Chuck war seit Tagen ohne »action« gewesen, und er hatte sich dabei seine Lippen wundgeleckt. Er war auf seine Entführungsstory fixiert, sonst gab es nichts in seinem Leben, das ihm Spaß gemacht hätte. Es wäre schon mindestens eine Flutkatastrophe im Mississippi Valley oder ein Flammenmeer mit tausend schreienden Menschen wie in Ramstein nötig gewesen, um Chuck in echter Hochform zu erleben. Er hätte sich in einer abstürzenden Boeing 767 irgendwo über den Azoren aufhalten sollen, im Zentrum einer afghanischen Hinrichtungszeremonie oder in den Händen von zwei hoffnungsvollen pseudo-heroinabhängigen Calvin-Klein-Fotomodels. Chuck war nach langer Zeit der Enthaltsamkeit wieder befreit und einsatzbereit. Aber er fand keine Opfer. Seine Jagdwut brodelte daher im gefährlichen Bereich.

Chuck bog in den Laurel Canyon, von dort fuhr er über die Hollywood Hills wieder zurück ins San Fernando Valley. Ich hatte keine Ahnung, wohin es Chuck trieb. Das Autoradio war auf AM1260 eingestellt, einen Sender, der nur die Beatles spielt, 24 Stunden am Tag. Ich dachte, das würde ihn beruhigen.

Chuck kontrollierte über Kopfhörer den CB-Funk. Er kontaktierte befreundete LAPD-Hubschrauberpiloten und sprach mit einer Person, die er »Predator« nannte. Er lachte viel und laut mit dieser Person, und beim Sprechen spuckte er leicht. Chuck war scharf wie ein Wachhund, das spürte ich.

Wir fuhren den sogenannten Studio Stretch des Los Angeles Rivers entlang, vorbei am CBS-Studio in Studio City und südwestlich an den Studios von Universal, Warner Bros., Disney und NBC, bis an die Stelle, an der sich der Fluß mit dem Verdugo Wash in Glendale verbrüdert, dort, wo einsame Bullen und junge Gangster ihre Hauswaffen ausprobieren. Ich beobachtete wieder Chucks Gesicht und machte mir Sorgen. Mit leerem Blick starrte er auf die Straße. Seine Narben im Gesicht hatten eine starke rötliche Färbung und leuchteten auf seiner leichenblassen Haut. Er beobachtete Lichter.

Chuck fuhr Richtung Panorama City, eine der endlosen Vorstadtsiedlungen im San Fernando Valley. Er hielt vor einem Speditionsbetrieb, der aus zusammengeschweißten Containern bestand. Chuck öffnete die Wagentür und gab mir ein seltsames Okay-Zeichen: ein angedeutetes C mit Daumen und Zeigefinger, das Zeichen der Crips. Dann lief er über den sandigen Vorplatz und tauchte in einem der Container unter.

Ich beobachtete am Eingang ein paar junge Frauen, die laut und deutlich und in einer ziemlich expliziten Sprache über irgendwelche Sexszenen und Oralverkehr redeten. Eine der Frauen schien Kokain oder Speed aus einem Nasenstift zu schnupfen, vielleicht um sich Mut zu machen für die nun beginnende Nacht. Dann strich sie sich über ihre hohlen Wangen und die dunklen, geschwollen Augenränder, so als ob sie sie glätten wollte. Wir waren im Tal der Pornos gelandet, dort, wo sich die Eine-Milliarde-Dollar-Adult-Video-Industrie fast unsichtbar in der endlosen Stadtwüste niedergelassen hatte. Ein schöner, großer, kräftiger Schwarzer trat plötzlich aus der Dunkelheit heraus und stellte sich dicht vor das geöffnete Seitenfenster. Er machte mir den freundlichen Vorschlag, mich zu verpissen. Auf seinem T-Shirt las ich: »Der Kampf ist erst zu Ende, wenn das letzte Arschloch tot ist«, und bevor ich mich um eine Erklärung für meine Anwesenheit bemühen mußte, tauchte Chuck wieder auf. Er schlug dem schönen Schwarzen die Faust in die offene Hand. Damit war alles geklärt. Mit einem Briefumschlag und einem Bündel Hunderter setzte sich Chuck wieder in den Wagen. Das war alles.

Als wir auf den Santa Ana Freeway gelangten, wurde Chucks Gesicht zu einer Fratze. Wie besoffen pendelte sein Blick unruhig zwischen Mittelstreifen und Rückspiegel hin und her, und er benahm sich so, als würde er von irgendwelchen häßlichen Objekten angestarrt.

Normalerweise kann Chuck mit dem Schrecken der Normalität blendend umgehen. Psychologisch komplizierte Situationen, in die seine TV-Helden verstrickt sind, kann er kurz und präzise analysieren. Er erkennt die Umstände, die zu einem schrecklichen Kindsmord geführt haben, zum Totschlag unter Ehepartnern, zu Tötungsversuchen unter Geschwistern, unter Nachbarn, unter Autofahrern, unter Surfern, unter Bodybuildern, die Gründe dafür, daß ein Vater seine fünfjährige Tochter bei lebendigem Leibe begraben, eine Frau ihre behinderte

Großmutter erhängt hat oder ein Lehrer mit einer Uzi-Maschinenpistole im Klassenzimmer aufgetaucht ist und seine Schüler als Geiseln genommen hat. Chuck behauptet ganz einfach, daß es immer die kleinen Dinge sind, die einen sauer machen und zum Explodieren bringen.

Und genau diese kleinen Dinge sind es, die Chuck in Wallung bringen. Es gibt keinen zweiten Kameramann auf der Welt – jedenfalls war ich damals total davon überzeugt –, der dem normalen Leben in Los Angeles jemals eine derart gewaltige Stimme gegeben hat. Seine Stärke dabei ist, daß er seine TV-Helden nicht erklärt, sondern sie in ihrer Hilflosigkeit isoliert – der Effekt ist enorm. Er glaubt längst nicht mehr daran, daß es im Leben noch Dinge gibt, die es wert sind, geklärt zu werden. Chuck gibt sich verdammt viel Mühe, ein eindimensionaler Mensch zu sein. Wie die meisten Fernsehleute, die ich in Los Angeles angetroffen habe. Er möchte zwar von seinen Gefühlen getrieben werden, aber was ihn antreibt, ist fast immer die Gefühlsleere.

23.15 Uhr. Die Alpträume, die hinter Chucks starrem Blick existierten, konnte ich plötzlich ebenso spüren wie das flammende Neon, das die Fahrer und Passagiere nachts auf Los Angeles' Straßen begleitet. Die Lichter spiegelten sich in seinen Augen, und sie machten ihn unheimlich scharf. Gefährlich flammende Lichter sind Chucks Verderben. Sie regen ihn zu bösen Gehirnfilmen an.

Wahllos verfolgte Chuck Streifenwagen. Er studierte Lichter, Werbeflächen, Fahrzeugtypen, registrierte Hubschrauberbewegungen am Horizont und suchte nach entsprechenden Polizeimeldungen auf verschiedenen Funkfrequenzen. Er hielt den rechten Zeigefinger hoch und signalisierte damit einen Fang. Doch ich interessierte mich schon längst nicht mehr für das, was wir alles gemeinsam jagen konnten, sondern nur noch dafür, wie wir es gemeinsam überleben würden.

23.32 Uhr. Chuck fing eine Meldung ab, die ihn über eine Polizeirazzia in Rampart informierte. Er bog auf den Glendale Freeway und fuhr weiter in Richtung Echo Park. Vor uns öffnete sich Downtown, von einer Razzia war allerdings weit und breit nichts zu sehen.

Ich wendete mich Chuck zu, hob den Kopfhörer von seinem rechten Ohr und fragte ihn ohne einen bestimmten Grund, ob er denn eigentlich glaube, daß die amerikanische Realität schon vor dem Fernsehen da gewesen sei. Warum ich ihn diesen Mist fragte, weiß ich bis heute nicht. Vielleicht wollte ich einfach nur die Stille durchbrechen. Als ob so eine Binsenweis-heit irgendwie erwähnenswert gewesen wäre. Natürlich gab es die amerikanische Realität schon vor dem Fernsehen – obwohl ich mir da mittlerweile auch nicht mehr so sicher bin. Immerhin hatte Chuck mal behauptet, das Straßensystem sei vor der Stadt dagewesen, und Los Angeles habe sich um dieses Adernetz herumgebaut. Das war natürlich totaler Unfug. Es gab schon eine Stadt Los Angeles, bevor die Freeways erfunden wurden. Aber Chuck glaubte nicht mehr daran. Und deshalb antwortete er mir auch nicht, denn er wußte, daß ich ihn in ein Gespräch hineinreißen wollte, das er niemals unbeschadet überstanden hätte. Seine Entfremdung von der Wirklichkeit war mittlerweile so fortgeschritten, daß er behauptete, die bereits legendäre Schießerei vor der Bank of America in North Hollywood am 28. Februar sei ihm absichtlich von den Cops vorenthalten worden. Man hätte ihm damals eine Lektion erteilen wollen und ihn, Super-Chuck, nicht rechtzeitig über die Situation informiert, ihm sogar gezielt Informationen verheimlicht. Und deshalb war dieses Jahrhundertereignis des Reality-TVs, das zwei wirklich mutigen und sehr professionellen Bankräubern live das Leben gekostet und nebenbei auf sämtlichen Sendern für Einschaltquotenrekorde gesorgt hatte, ohne Sharpshooter Chuck Weinberg über die Bühne gegangen.

Ein großer Tag, jener 28. Februar. Ich war leider nicht in der Stadt gewesen, hatte die Bilder aber auf meinem kleinen Mobilfernseher in einem entlegenen Tal der Rocky Mountains verfolgt. Ein phantastisches Schauspiel! Die Wirklichkeit kopierte das Kino. Drei Stunden lang feuerten die zwei maskierten Bankräuber aus großkalibrigen Schnellfeuerwaffen auf alles, was sich rund um das Bankgebäude bewegte. Die Bilder im Fernsehen waren der Fluchtszene in dem Michael-Mann-Film ›Heat‹ beängstigend ähnlich.

Was ihre Waffen betraf, waren die beiden Bankräuber den LAPD-Cops weit überlegen. An jenem Tag gab es das größte Shootout, das L.A. seit der Schießerei zwischen LAPD-Cops und Mitgliedern der Symbiose Liberation Army im Jahr 1974 gesehen hatte. Ich kann mich noch gut an die Euphorie erinnern, mit der KCAL-Programmdirektor

Beth Maharrey die ersten Bilder seines Senders von der Live-Hinrichtung der Bankräuber aus dem Hubschrauber kommentierte. Es sei ein glorreicher Tag für die Bankräuberhauptstadt der Welt und die Live-Berichterstattung: »Die ständige Gewalt, die uns in unserem Leben umgibt, hat die Menschen so immun gemacht, daß sie Realität und Fiktion nicht mehr voneinander unterscheiden können.« Und deshalb sei es wichtig, daß es die Kameras von KCAL gebe, erklärte Maharrey, Kameras, die uns Zuschauer von der Echtheit der Wirklichkeit, der sogenannten Wahrheit, überzeugten. Der Mann war wirklich in Hochform gewesen. Tatsächlich hatte man während der Live-Übertragung der Schießerei auf dem Bildschirm deutlich sehen können, daß die Cops einem von mehreren Schüssen durchlöcherten Bankräuber die notärztliche Hilfe verweigerten. Die Cops behaupteten später, der Tatort sei noch nicht abgesichert gewesen. Am Fernsehen hatte allerdings jedes Kind erkennen können, daß es nur zwei Bankräuber gegeben hatte. Einem der Täter war bereits das Hirn auf den Asphalt des Laurel Canyon Drive geschossen worden. Der andere verblutete mit geöffneten Augen, die direkt auf die TV-Kameras in den Hubschraubern gerichtet waren, Kameras, die mit großen Brennweiten operierten und klare, scharfe Bilder lieferten. Der Sterbende hatte so eine Art Lächeln auf dem Gesicht gehabt. Es war Mittag gewesen, und viele Angelenos saßen beim Lunch und sahen gleichzeitg dem seit O. J.Simpsons Fluchtfahrt über die Freeways größten Reality-TV-Drama aller Zeiten zu. Eine Umfrage ergab später, daß 85 Prozent aller Fernsehzuschauer überzeugt waren, daß der Bankräuber seinen Tod verdient hätte und daß es nicht die Aufgabe der Cops oder der Fernsehteams gewesen sei, dem Täter sofort ambulant zu helfen oder womöglich noch sein Leben zu retten.

Für Chuck glich jener historische Tag einem Weltuntergang. Er versuchte, sein Scheitern mit einer Manipulation durch die Cops zu erklären. Aber es machte ihn nicht glücklicher. Er war überzeugt davon, daß eine derart monumentale Schießerei ohne seine Anwesenheit nicht hätte über die Bühne gehen dürfen. Das klang dann fast immer so, als hätte er mit seinen Bildern für einen Heiligenschein auf den Bildschirmen sorgen können.

Zwei tieffliegende Hubschrauber rissen mich aus meinen Gedanken. Es war 0.15 Uhr, ›Akte X‹-Zeit. Dort wo Chuck keine Razzia erwartet hatte – im Zentrum von Westlake –, dort rotierten plötzlich drei der Ghettovögel von L.A. am Himmel: zwei Polizeihubschrauber mit strahlenden Scheinwerferschwänzen und ein schlaffes Exemplar der lokalen Fernsehstation KTLA. Elitetruppen des LAPD Metro Squad durchkämmten die Gegend westlich von Downtwon – vier Straßen von meinem Zuhause entfernt. Sie fahndeten nach Mitgliedern der 18-Street-Gang. Die Cops gingen mit fast mechanischer Grausamkeit vor, von Block zu Block, und immer deckten die drei Vögel am Himmel ihnen den Rücken.

Chuck folgte einem Funkwagen, den er als Kommandozentrale des Squad-Teams identifiziert hatte. An der Union Street sang eine Maiskolbenverkäuferin ihr Angebot gen Himmel. Ein Streifenwagen raste von einer Straßenecke zur nächsten, mit qualmenden Reifen und blinkendem Discolicht. Ich beobachtete eine Gruppe Indiofrauen, die trotz der Belagerung durch das Metro-Squad-Team stumm ihre Vorräte an Kakerlakensprays und Windeln verkauften.

Offiziell wird behauptet, in Westlake, Rampart und im Pico Union District gäbe es mehr Crack-Süchtige und mehr »gangbanger« als registrierte Wähler – eine jener Behauptungen, gesponsert von der ›Los Angeles Times‹, die die Bewohner von der reichen Westside in Angst und Schrecken versetzen soll. Phobien fördern Einschaltquoten und Auflage.

LAPD-Officer rannten mit erhobenenen Schrotflinten durch Gärten, vorbei an Latinos, die auf einem Grill geschnetzeltes Rindfleisch brieten und Tortillas aufwärmten. An der Union Street hatten die Cops ein Haus umstellt, in dem sie eine Drogenverteilerzentrale vermuteten. Jetzt zwangen sie etwa 30 Familien mit erhobenen Armen aus ihren Wohnungen. Irgendwie erinnerten mich diese Szenen an bestimmte Bilder aus dem Warschauer Ghetto. Weshalb, weiß ich auch nicht. Vielleicht wegen der Schäferhunde, die im Einsatz waren, und wegen der Art, wie die Cops ihre Schrotflinten stramm in die Höhe hielten und dazu höhnisch grinsten.

Während Chuck die Lage auskundschaftete und nebenbei ziemlich angeekelt die Konkurrenz vom Sender KTLA beobachtete, vertiefte ich mich in den Schein hübscher Neonlichter, die seit einigen Wochen wieder auf den umliegenden Dächern thronten. Die Hausbesitzer, vorwiegend aus gehobenen Vierteln in Orange County oder Santa Monica stammend, hatten im vergangenen Herbst Geld gesammelt, um die alten Art-Deco-Leuchtschriften von Westlake und Rampart zu restaurieren, damit auch in der Nacht alles wie eine nette Kulisse aussah.

Aufgeregt fuhr Chuck plötzlich in eine Alley, eine schmale Gasse zwischen den Rückseiten zweier Häusereihen. Er packte seine Ausrüstung und rannte wie ein Marineinfanterist in geduckter Haltung zum Hintereingang des belagerten Hauses. Seine Kamera hielt er lässig wie eine MP und mit angewinkelten Armen fest in den Händen.

Die Faszination, die ich noch immer für seinen Stil empfand, beunruhigte mich. Ich sah in Chuck nicht einfach den TV-Handwerker, sondern den Dandy. Chuck mit Kamera im Kriegseinsatz kam mir damals vor wie ein reflektierender Psychophat, ein Philosoph, ein Rebell und Narziß zugleich, der sich als Teil einer Elite begriff, die eigene Werte und Normen besitzt, die nur von ihren Mitgliedern verstanden werden können. Und das war es genau, was mich am stärksten beunruhigte: Ich verstand dieses verrückte Arschloch. Ich wußte, welches Nervensystem er für sich selbst kreiert hatte. Ich wußte, daß er seit mehr als 30 Jahren gegen seine Gene, seine Geburt, diesen Staat und seine Gesellschaft rebellierte. Sein Privatkrieg hielt ihn wach, und das einzige, was ihn interessierte, war die Intensität, mit der er die Wirklichkeit jagen konnte. »Nichts ist intensiver als das Jetzt, die Wirklichkeit, das bewegte Bild«, hatte Chuck mir einmal erkärt. Und ich hatte verstanden, wovon er sprach. Das war das Allerschlimmste.

Chuck rannte einer Gruppe von Cops nach, die mit gezogener Waffe in die Verteilerzentrale eindrangen. Ein junger Polizist, der den Eingang sicherte, grüßte Chuck wie einen alten Bekannten. Und der schüttelte gerade die Hand eines Officers, der mir vor einiger Zeit in der Parker Station unter dem Namen Jenkins vorgestellt worden war. Alte Kameraden treffen sich mal wieder zum Fronteinsatz, dachte ich.

Meine Güte, wie tief kann ein Mensch sinken! Früher hatte ich diese Momente genossen: das Rauschen des Polizeifunks, die bewegten Bilder im Sucher – Bilder, die Emotionen auslösen wie keine anderen Videobilder, die ich jemals zuvor auf einem Bildschirm gesehen hatte –, Chucks professionelle Sturmangriffe auf unbestimmte Objekte, meistens zusammen mit hysterischen Cops, die nicht wußten, wem sie den Vortritt lassen sollten, ihren Kameraden oder einem Sharpshooter. Immer wieder ging es mir durch den Kopf: Es muß einen dunklen kosmischen Grund dafür geben, daß sich Chucks Weg mit meinem gekreuzt hat.

Jetzt begann ich langsam, einen ganz anderen Moment zu genießen: Chucks Macht über mich schwand, und damit meine Gefühle, die ich für dieses verrückte Arschloch empfand.

Ich beobachtete jede Bewegung in der engen, langen Straße. Es war eine grauenhaft dumme Aktion, auf die sich Chuck da eingelassen hatte. Völlig ausgehungert schoß er Bilder von einem sechzehnjährigen Jungen, dessen Gesicht von Polizeistiefeln gegen den Asphalt gepreßt wurde. Er schoß Bilder von Cops des LAPD-Metro-Squad-Teams, die über ihre Erregung beim Häuserkampf sprachen und dabei wie Speedfreaks wirkten.

Als Officer Jenkins, auch bekannt unter dem Ritterschlag »Der schwarze Engel von L.A.«, an mir vorbeilief und dabei grimmig salutierte, da wirkte er irgendwie hypernervös, mit aufgedunsenen Tränensäcken, rot angelaufenem Gesicht und pumpender Halsschlagader. Jenkins ist ein Bullentyp, von dem man eigentlich annehmen sollte, er sei in den USA ausgestorben. Er und seine Leute klären Verbrechen mit dem Scheinwerfer, dem Gummiknüppel und dem Tritt in die Nieren, mit dem Knie in die Leistengegend und der Faust in den Solarplexus auf. Solche Cops stärken sich für den Jagdeinsatz mit Amphetaminen – Footballspieler, American Wrestling Champs oder Videojournalisten machen das schließlich auch –, meistens vermischt mit Valium und Prozac.

Auf einer Pressekonferenz am nächsten Tag gab Jenkins bekannt, daß ihm der Anführer eines großen Drogenrings ins Netz gegangen sei, und es war klar, daß diese Meldung niemanden besonders aufregte. In den meisten Fällen werden illegale Einwanderer, die unter 18 Jahre alt sind, einfach über die Grenze zurückgeschickt. Doch das sagte Jenkins im Fernsehen nicht. Die Familien werden davon selten informiert, weil die Jugendlichen niemals ihre Herkunft preisgeben. Polizeichef Williams behauptete einmal gegenüber der ›Los Angeles

Times‹, die salvadorianischen Familien seien es bereits aus ihrer Heimat gewohnt, daß Angehörige ganz plötzlich auf Nimmerwiedersehen verschwänden.

Verschwitzt und erregt kehrte Chuck von seinem Einsatz zurück und sprach voller Wut von einem System der Dinge, das ihn anwidern würde. Als ich ihn fragte, was er damit meine, erzählte er etwas über einen Schmerz, der ihn gerade wieder erfaßt hätte, als er mit seiner Kamera operiert habe – wie ein elektrischer Schlag. Er tat fast so, als ob »Schmerz« die fundierteste Wahrnehmung eines Videojournalisten sei. »Man muß die Waffen des Schmerzes am eigenen Leib spüren, wenn man mit ihnen sicher und kaltblütig operieren will.« Das hatte ich von Chuck schon oft nach mißglückten Aktionen gehört – Aktionen wie diese, ohne erkennbare Resultate.

Mir ist nie klar geworden, ob Chuck mit »Schmerz« jenen Moment umschreibt, in dem er durch den Sucher schaut. Ist »Schmerz« für ihn eine Metapher für den Schrecken, den er insgeheim empfindet, wenn er sich für ein Fernsehopfer entschieden hat? Ich weiß es bis heute nicht. Für Chuck gibt es jedenfalls nichts Schlimmeres, als seine Energie an Nullwertstories zu verschwenden. Eine Tatsache, die vielleicht die Heftigkeit erklärt, mit der er sich 10 Stunden später auf sein nächstes Opfer stürzte.

Die Fahrt auf den Freeways war endlos. Die Spannung zwischen mir und Chuck stieg in gefährliche Bereiche. Als wir uns in den Strom des geliebten Santa Monica Freeways einordneten, suchte Chuck nach einer Möglichkeit, von den drohenden Dingen abzulenken. Er fragte mich, ob ich meinen Revolver bei mir hätte. Ohne zu antworten, zog ich die .357er aus dem Halfter und legte sie in die »neutrale Zone« auf die Mittelkonsole. Er starrte in den Rückspiegel und sah dort nichts als Lichter – wie in einer Art Rückspiegel des Gedächtnisses, in dem die Vergangenheit innerhalb von Sekundenbruchteilen in der Tiefe, im Licht und in der Finsternis untertauchte.

Doch für mich war die Zeit des Vergessens endgültig vorbei. Ich begann meinen Angriff auf Chuck und unsere gemeinsame Zukunft mit einer Meldung, die ich am Tag zuvor in der Zeitung gelesen hatte. Ich hoffte, Chuck damit aufzuweichen.

»Die Cops haben Spooky in Tijuana geschnappt«, sagte ich eiskalt.

Chuck starrte geradeaus. Aus irgendeinem seltsamen Grund blieb er vollkommen ruhig und ließ mich einfach weiterreden.

»Ich konnte es zuerst auch nicht glauben. Er war gut untergebracht. Und er hat fest an dich geglaubt. Davon konnte ich mich schließlich persönlich überzeugen.Und daran hat sich bestimmt auch nie was geändert.«

Chuck überlegte angespannt. Ich zog die Zeitungsnotiz hervor und hielt sie ihm vor die Nase: SUSPECT IN EXECUTION SLAYINGS OF 4 ARRESTED.

»Blas dich bloß nicht auf«, sagte Chuck. »Das hier ist weder die Zeit noch der Ort dafür.«

Mein Gesichtsausdruck muß allerdings sehr überzeugend gewesen sein, denn Chuck hielt plötzlich auf dem Seitenstreifen des Freeway 10 an, um die Zeitungsnotiz im schwachen Licht der Innenbeleuchtung seines Wagens zu studieren. Er wußte noch nicht, was sie für ihn bedeuten würde: daß ihn nämlich seine bestgehütete Kapitalanlage einfach verlassen hatte, einer, der fest an Chucks moralische Integrität geglaubt hatte wie keiner vor ihm.

»Hast du mir diesen Scheißdreck eingebrockt?« fragte Chuck mit finsterer Miene. Er hatte seine Totenmaske aufgesetzt, aber ich bezweifelte, daß ein Videopaparazzi wie Chuck im Augenblick seines Niedergangs gelassen sein Leben Revue passieren lassen konnte. Bestimmt dachte er an seine beiden gefesselten und geknebelten Jungs, die einzigen Asse, die er noch in der Hand hielt. Und wie er damit einen großen Sieg einfahren wollte! Aber ich konnte auch Zweifel in seinem Gesicht erkennen, und deshalb packte ich Chuck an den Schultern.

»Gib auf. Laß deine Jungs frei. Versuch zu entspannen. Tauch unter.«

Chuck antwortete nicht. Er raste zurück auf den Freeway 110, wie einer, für den Tod und Überleben Teil eines ganz gewöhnlichen Arbeitsalltags sind. Ich sprach jetzt mit einem Anrufbeantworter. Kommentarlos fuhr Chuck in Richtung Süden.

Die Stunden vergingen, und es schien Chucks Absicht zu sein, daß sich unsere Beziehung im Netz der Freeways verlor.

»Weißt du eigentlich«, sagte er nach einer Weile, »daß ich langsam glaube, daß du ein verdammter Schnüffler bist? Paß besser auf dich selber auf. Die Widerstandskraft des menschlichen Körpers hat ihre Grenzen.«

Chuck begann Nerven zu zeigen, und er sah nicht gut aus dabei. Er tankte an einer 76-Tankstelle – immer mußte es 76 sein (!) –, dann fuhr er den Freeway 605 bis zur südlichen Grenze des Countys in Los Alamitos und von dort auf dem Freeway 405 zurück bis an die nördliche Grenze am Rande der Mojave-Wüste.

An einem bestimmten Punkt dieser endlosen Asphalttour erklärte ich Chuck, daß ich mittlerweile eine beängstigende Kenntnis über seine Kameraarbeit erlangt hätte. Er antwortete nicht, aber ich spürte, wie er sich danach sehnte zu erfahren, was ich denn über seine Arbeit herausgefunden hatte. Ich beobachtete die jetzt unmittelbar vor uns liegende Stelle, an der sich die Ströme des Verkehrs vom San Diego und Santa Monica Freeway trennen. Es war 3.30 Uhr. Der Anblick von Tausenden von roten Rücklichtern, die in der vom erwärmten Asphalt schimmernden Luft flackerten und sich plötzlich in geordneten Reihen und Blöcken voneinander trennten, war phantastisch.

Ich schmeichelte Chuck zunächst mit Belanglosigkeiten über seine Kameraarbeit. In all seinen Bildern seien sämtliche Authentizitätseffekte – wie Unter- oder Überbelichtung, unruhige Kameraführung, Unschärfe, große Entfernung et cetera – vorhanden. Er bewege sich auf einer faszinierenden non-verbalen Ebene, die verdammt sexy sei – wie die Form der Kameras, die er benutze. Einfach verdammt sexy … und grausam.

Chuck sah mich an und schien sogar ein wenig zu lächeln. Ein Stolz blitzte in seinen Augen auf, den ich mochte.

»Du interessierst dich aber lediglich für eine Wirklichkeit, die von Zeichen nur so überquillt«, fuhr ich fort. »Du glaubst nicht an die Zukunft, sondern allein an Bilder und Zeichen. Du bist bereit, für Verzerrungen und Manipulationen jeden Preis zu zahlen.«

Chuck versuchte, mich mit seiner Totenmaske einzuschüchtern. »Sprich weiter, du hättest Priester werden sollen.«

»Deine Kamera begnügt sich nicht mit der Position des distanzierten Beobachters, sondern nimmt hautnah am Geschehen teil. Das ist wirklich großartig. Die Hintergründe verschwimmen manchmal hinter den Figuren, so als wären diese total unfähig, die Realität wirklich und bewußt wahrzunehmen. Das ist wirklich große Klasse, Chuck.«

»Sonst noch was?« fragte er gereizt. Ich sah, wie seine Hand nach meinem Revolver auf der Mittelkonsole griff. Ich packte ihn am Handgelenk, obwohl ich überzeugt war, daß er die Waffe niemals auf mich richten würde, sondern nur auf sich selbst. Angewidert starrte er auf den Verkehr, der selbst um diese Zeit nicht abnahm. »Fick dich ins Knie. Du hättest wirklich Priester werden sollen. Und ich Idiot habe dein Geschwätz für bare Münze genommen. Du kotzt mich an. Hast du verstanden? Du bist ein Arsch mit Ohren. Das gebe ich dir hiermit offiziell bekannt. Was sagst du jetzt?«

Auf das Arsch mit Ohren gab es keine Antwort. Auch das war große Klasse. Ein Grund mehr, das Ende unserer Freundschaft zu bedauern. Trotzdem wollte ich nicht vorschnell untergehen.

»Weißt du, Chuck, in meiner Branche gibt es eine Zeit für Fragen und eine Zeit, in der man einen Mann schmoren läßt, bis er überkocht. Ich entscheide mich für keine der beiden Lösungen. Ich sage dir einfach die Wahrheit: Ihr Fernsehtypen lockt eure Opfer dauernd aus der Deckung heraus … wie ein ziemlich smarter Boxer.« Erst jetzt ließ ich Chucks Handgelenk los. »Ich werde es mit dir ganz anders machen. Ich werde dir eines Tages einen gezielten Schlag versetzen, und den Rest bis zu deinem Ende besorgst du dir dann selber.«

Der Verkehrsfluß auf den Freeways kam mir jetzt wie eine kollektive Zeremonie vor: rituell, bedrohlich und charmant, vergleichbar mit Chucks kriminellem Kampf als Wirklichkeitsjäger. Es sind diese Zeremonien, die uns weit mehr über die amerikanische Gesellschaft erzählen als alle wissenschaftlichen Disziplinen.

Es wurde bereits hell, als Chuck vom Freeway 405 herunterfuhr. Wir waren fünf Stunden lang ziellos durch das endlose Straßennetz von Los Angeles gebraust: von Norwalk nach Pomona, von dort weiter nach San Fernando und wieder zurück nach Burbank, Inglewood, Torrance bis nach Long Beach, von dort nach Lakewood, Bellflower, South Gate, Huntington Park, Pico Rivera, Montebello bis nach Arcadia und weiter nach Pasadena, Glendale, Encino, Tarzana bis nach Calabasas, dann hoch nach Chatsworth, ostwärts nach Granada Hills bis zum Interstate-405-Anschluß und dann wieder runter nach Culver City.

Chuck sagte kein Wort mehr, sämtliche Funk- und Ortungsgeräte waren ausgeschaltet. Ich hatte ihm meine Beobachtungen der vergangenen drei Jahre vorgetragen, und er schien weder beleidigt noch besonders zornig zu sein. Er zeigte überhaupt keine Reaktion. Er hatte mich zwar gefragt, warum ich eigentlich mit diesen verdammten Fakten und Regeln im Kopf jonglieren würde, woraufhin ich ihm erklärt hatte, daß ich es täte, um gegen die Paranoia anzukämpfen und weil ich schon seit längerem keinen Personal-Trainer, Ernährungscoach, Golflehrer oder Apotheker mehr angeheuert hätte.

Und dann sagte Chuck plötzlich einen Monumentalsatz: »Es ist das schlechte Leben, irgendeine Kälte in uns allen, die uns dazu bringt, das Leben mißzuverstehen.«

Wo hatte er diesen Satz bloß gelernt? Er war wirklich schön. »Und was hat diese Einsicht für dich als Sharpshooter zu bedeuten?« fragte ich ihn.

»Wir werden dadurch alle zu Tieren, die einander auf der Straße begegnen ... mitleidlose Tiere, ohne Geduld oder Sehnsucht.«

»Das ist alles?«

»Mehr weiß ich nicht. Es ist mir auch total egal.«

Chuck wußte, daß unsere Freundschaft in eine Sackgasse geraten war. Und er wußte, daß jeder Cop und jeder ehrgeizige Printjournalist gern an seinem Baumstamm gerüttelt hätte. Er spekulierte wohl darauf, daß ich es niemals schaffen würde, ein anständiges psychologisches Profil von ihm zu erstellen, weshalb ihm unsere drohende Trennung auch egal war. Trotzdem versuchte er noch eine kleine Selbstanalyse, indem er behauptete, daß niemand etwas gegen die Zirkulation der Informationen tun könne und daß er lediglich den Bewußtwerdungsprozeß des Zuschauers durch radikale Bilder beschleunigen wolle. Mit anderen Worten: Er wollte für perverse Verführung sorgen. Das war alles.

Im Osten ging jetzt langsam die Sonne auf, direkt aus Europa importiert, aber erst hier über Santa Monica war sie so weit, Mensch und

Landschaft perfekt auszuleuchten. Wir fuhren von Culver City in Richtung Encino. Die Friedensfahrt ging allmählich zu Ende.

Chuck sehnte sich nach seinen gefesselten Jungs, denen er ein 2,99-Dollar-Frühstück von McDonald's servieren wollte. Ob er sie nicht etwas besser ernähren wolle, erkundigte ich mich. Schließlich seien sie nicht gerade in Bestform. Chuck fand das sehr komisch. Da war wieder dieses Blitzen in seinen Augen, das ich so sehr an ihm mochte. Aber es war längst zu spät. An einem bestimmten Punkt kann man einfach nichts mehr für einen Menschen empfinden, und es führt dann auch kein Weg mehr zurück.

Von der Barrington Avenue waren wir wieder auf den Sunset Boulevard gelangt, und Chucks Gesicht hatte eine Farbe angenommen, die auf keiner Farbskala zu finden ist. Er starrte einem schwarzen Mercedes nach, prüfte das Kennzeichen, und als das Ergebnis vorlag, verwandelte er sich in einen Mann, dessen Gesicht nur noch aus riesigen, entzündeten Mundwinkeln bestand, an der sich eine riesige Zunge wundgeleckt hatte. Er rief plötzlich einen Namen, den ich nicht auf Anhieb verstand. Irgendwie klang er wie Arnold.

Chuck grinste und brüllte: »Fuck! Yes! Hast du das gesehen?«

Ich kapierte einfach nicht, wovon er sprach.

»Arnold und Maria. Auf euch habe ich vielleicht gewartet.«

Instinktiv griff Chuck unter seinen Sitz, machte eine Vollbremsung, riß die kleine digitale JVC aus ihrer Halterung und prüfte sofort die Batterieladung. Ich hielt ihn am Arm fest und signalisierte ihm, daß ich mich jetzt verabschieden würde. Meinetwegen sollte er mich einfach an der nächsten Kreuzung rauslassen.

»Tom, ich liebe dich«, rief Chuck gegen die Windschutzscheibe. Er hatte gewendet und klebte jetzt mit seinem roten Tarnmobil an der Stoßstange des fetten Mercedes.

»Arnold und Maria«, wiederholte Chuck noch zweimal. »Arnold und Maria um neun Uhr früh.«

Ich rieb mir Dreck aus den Augen. Dieses »Arnold und Maria« hörte sich fast so an wie »Adam und Eva«. Ich hatte keine Ahnung, von wem oder was Chuck eigentlich redete. Ich spürte nur diesen brutalen Energiestrom, den er plötzlich verbreitete – den aufziehenden Geruch von Schweiß und anderen Ausdünstungen der Totalerregung. Es dauerte noch etwa 10 Sekunden, dann hatte ich die Situation einigermaßen unter Kontrolle. Eigentlich war es ganz einfach. Es passiert in dieser Stadt fast täglich. Irgendwo stößt man immer auf diese Spezies von Mensch. Chucks Radarschirm hatte wahrlich keine Sensation geortet. In dem Mercedes vor uns saßen Arnold Schwarzenegger und seine schwangere Frau Maria Shriver. Das war nun wirklich nicht die Aufregung wert.

Ich versuchte Chuck zu signalisieren, daß es jetzt endgültig aus war, daß er seinen Wagen anhalten sollte, daß ich mich an dieser Aktion nicht beteiligen würde. Ich hatte das alles bereits mit Nicolas Cage, Sean Penn, Tommy Lee und Pamela Anderson, Hugh Grant, Clint Eastwood und Madonna erlebt. Wenn Chuck sich spontan auf den Celebrity-Markt stürzt, dann droht meistens eine Katastrophe.

In meinem Kopf begannen die ersten miesen Filme abzulaufen. Mein Hirn schien durch die Schädeldecke platzen zu wollen. Im Seitenspiegel entdeckte ich einen braunen Chevy, den ich schon vor vier Stunden in Compton gesehen hatte. Boom! Paranoia-Attacke. Im Radio spielten seit acht Stunden die Beatles, und zum siebten Mal ertönte ›I am The Walrus‹.

»Scheiße, Scheiße, Scheiße!« brüllte Chuck auf einmal. Ein Transporter nahm ihm die Sicht. Er hatte das Seitenfenster heruntergedreht und hielt mit der linken Hand seine JVC aus dem Fenster – ein »free-willy«-Shot auf den Star und seine Frau von hinten. Doch der Mercedes der Familie Schwarzenegger war längst in Richtung Pacific Palisades abgetaucht. Die Story war bereits nach 75 Sekunden »begraben«.

»Scheiße, Scheiße, Scheiße!« brüllte Chuck wieder und raste zurück auf den Freeway 405. Er hatte noch nicht aufgegeben und schaltete den Polizeifunk ein, aber es war nur ein langanhaltendes Rauschen zu hören. Um mein Erschrecken zu verbergen, lachte ich wie ein Vollidiot. Wütend fuhr Chuck seinen Wagen in die Böschung. Staub löste sich von den Reifen. Chuck stieg aus, stampfte auf den Boden und brüllte seine Fanfare in Richtung Pazifik: »Scheiße, Scheiße, Scheiße.« Dann richtete er sein Haar, schlug sich erregt die Faust auf die Brust, und ein Vorhang aus Staub senkte sich über das Spektakel. Das war das Ende.

Chuck fuhr mich zu meinem Wagen auf dem Parkplatz des Supermarktes in Encino. Auf diesem letzten Stück unserer Friedensfahrt sprachen wir kein Wort mehr miteinander. Es gab nichts mehr zu sagen.

Als wir auf dem leeren Parkplatz ankamen, deponierte ich meine .357er unter dem Beifahrersitz – eine symbolische Geste, zugegebenermaßen ziemlich idiotisch. Ich hatte mir vorgenommen, mich meiner Waffen zu entledigen. Und den Anfang vor jenem Mann zu tun, der mich zu einem Waffennarr gemacht hatte, war immerhin ein guter Anfang.

Dann wollte ich mich verabschieden, doch Chuck reagierte nicht. Er beobachtete mit seinem Fernglas einen Streifenwagen, der am Ende des Parkplatzes stand, etwa 300 Meter von uns entfernt. Eine elektrisch verstärkte Stimme bellte plötzlich irgend etwas wie: »Öffnen Sie die Wagentür. Steigen Sie mit erhobenen Händen aus …« Dann brach die Leitung zusammen. Aber die Stimme versuchte es noch einmal: »Heben Sie die Hände über den Kopf. Langsam. Jetzt knien Sie sich hin …« Und dann war die Stimme endgültig weg. Zwei Cops mit Handschellen stiegen aus dem Streifenwagen. Die Mündung ihrer Gewehre war auf eine junge Frau mit langen blonden Haaren gerichtet, die bereits am Boden kniete. Ihre Jutetasche hatte sie den Cops entgegengeworfen. Das war alles.

»Großer Gott, so sollte mal mein Tag beginnen«, sagte Chuck scherzhaft, so wie Videojournalisten eben gern herumalbern. »Noch nicht gefrühstückt und schon so ein Arsch vor dem Gesicht, der mir Schatten spendet.«

Aus Gewohnheit sah ich Chuck noch ein letztes Mal ins Gesicht. Es war mir egal, was ich dort sah. Wir löschten unsere Beziehung aus wie ein Fernsehbild, per »remote control« und einem leichten Knopfdruck. Ich war nicht traurig. Ich ging davon aus, Chuck bald wiederzusehen. Auf einem Bildschirm.

THE END

Nachwort

Unter all den Dingen und den Gütern, welche die Riesenstadt Los Angeles produziert; unter all den Waren und Dienstleistungen, welche diese Gegend in die ganze Welt exportiert; unter all den Werten, die dort geschaffen, all den Geschäften, die dort abgeschlossen werden, ist nichts so wichtig und bedeutend wie die Produktion von und der Handel mit Realität. Mag sein, daß es da auch Obstplantagen und Fabriken gibt, Softwarehändler und Tiefbaufirmen. Doch das ist nichts gegen die gigantischen Mengen von Wirklichkeit, die hier, in großen Studios und kleinen Hinterzimmern, vor Film- und Fernsehkameras und an Computerbildschirmen, erfunden und erschaffen werden.

In einer Zeit, die auch nicht besser als die unsere war, in der großen Zeit des Kinos, jener Ära, da die Fernsehbildschirme noch klein und unzuverlässig waren und vom Internet noch niemand etwas wußte, in jener Zeit nannte man die Stadtviertel westlich der City, wo die Studios der großen Filmfirmen standen, gern ehrfürchtig: die Traumfabrik. Das war insofern richtig, als das alte, klassische Kino eher Wünsche und Gelüste produzierte als Bilder von der Wirklichkeit und selbst den schlimmsten Alpträumen des Publikums eine Gestalt und manchmal auch ein Gesicht verlieh. Und es war falsch, weil die Produktionsweise eher den Gesetzen des Handwerks folgte: Die Filme kamen nicht vom Fließband; die sie machten, waren eher Meister als Industrie-Roboter. Immerhin, wer damals hinaustrat aus einem dunklen Kinosaal, der wurde von Bildern, wie von Träumen, vielleicht noch ein paar Stunden oder Tage verfolgt. Aber er kannte doch ganz genau den Unterschied zwischen den Bildern und dem, was bei Tageslicht zu tun oder zu lassen war. Und wenn er die Bilder wieder loswerden wollte, dann mußte er nur eine Weile das Kino meiden.

Tom Kummer aber berichtet von einer Zeit und einem Ort, den wir hier in Europa vielleicht noch für die Zukunft halten. Doch es wird dort schon unsere Gegenwart produziert; und das was wir für unsere Wirklichkeit halten, die Bilder, Töne und Gedanken, all das, was unsere Fernseh-, Computer- und Medienwelt erst mit Gesichtern und Geschichten füllt und was sich immer weiter hineinfrißt in den Boden der Tatsachen, auf dem wir vielleicht noch immer mit beiden Füßen zu stehen glauben – das kriegen wir zu immer größeren Teilen von den Wirklichkeitsmaschinen aus Los Angeles geliefert.

Man könnte, arbeitshypothetisch, einmal annehmen, daß Tom Kummer die Produktionsbedingungen dieser Wirklichkeit untersucht; daß er sich an jene Orte wagt, wo die Rohstoffe der Realitätsproduktion gewonnen und die Zubehörteile zusammengebaut werden – und tatsächlich verschafft er sich Zutritt zu der Villa des manisch-obsessiven Filmproduzenten Robert Evans oder guckt von seinem Appartement aus hinunter auf die Stadt, wo das Filmteam von ›Independence Day‹ immer größere Geländegewinne macht, und dann ist er dem Ursprung der Bilder schon ziemlich nahe. Doch je näher er diesem Ursprung kommt, desto mehr scheint er sich im Fiktiven zu verlieren – was ebenso beunruhigend wie logisch ist. Der Ort, an dem die Wirklichkeit hergestellt wird, kann selber nicht ganz wirklich sein, so wie der Ort, wo man die Autos baut, kein Auto, sondern eine Fabrikhalle ist.

Und dann stürzen die Perspektiven, und die Grenzen der Wahrnehmung verschwimmen und verschieben sich; nichts von dem, was der Reporter mit eigenen Augen sieht, ist bloß deswegen schon real. Plötzlich werden Wörter und Sätze zu einer Frage von Leben und Tod; weil der ganze Irrsinn, all das Irreale und Surreale, dem Kummer an den Quellen unserer Wirklichkeit begegnet, erst in der Sprache, in Kummers Sprache, wieder einen Halt findet und sich zu einer Art von Wirklichkeit formt. So ist Tom Kummer, während er die Produktionsbedingungen der Realität erforscht hat, selber ein Wirklichkeitsproduzent geworden – ein Widerspruch, der typisch ist für das, was in der Gegend von Los Angeles geschieht.

Und wenn dieses Buch einmal flüchtet aus der Stadt, dann merkt man erst recht, daß Los Angeles mehr als bloß ein Territorium ist: Es war in Utah, da hat Tom Kummer von seltsamen Tieren gehört, von Schafen, die mit zwei Köpfen geboren wurden oder mit drei Beinen, und manche, erzählt er, trugen ihr Herz nicht innen im Körper, sondern außen auf dem Fell. Das gibt natürlich wunderbare Kopfbilder her, perfekte Wesen sind das für die Science-fiction – nur daß am Beginn dieser Fiktion ein paar absolut wirkliche Atomexplosionen stehen, und ihr Ende ist der qualvolle und jämmerliche Tod all jener Menschen und Tiere, die man zu nah ans Testgelände schickte. Ein normales Leben dagegen, ein realistischer Alltag, mit guter Arbeit und gesundem Sex und der durchschnittlichen Lebenserwartung, ist für diese Leute, denen man damals nicht sagte, was da explodierte, nur als Fernsehseifenoper denkbar.

Eine große Bombe ist noch nie explodiert in Los Angeles; eher scheint sich dort der permanente, der lautlose semiotische Urknall zu ereignen, und die Kettenreaktionen setzen sich bis nach Europa fort. Die Folgen sind mindestens ebenso heftig wie die jener Bomben, die Utah verseuchten: Es gibt hier Realitätspartikel mit zwei Köpfen, die Gedanken sind schon völlig verstrahlt, und die Herzen, wenn es hier überhaupt welche gibt, stecken jedenfalls nicht dort, wo sie eigentlich hingehören.

Das ist das Chaos, durch das sich Tom Kummer schlägt – und daß er dabei eine ganz gute Figur macht, liegt auch daran, daß der Reporter der letzte mythische Großstadtheld ist, der die Verwirrungen der Gegenwart überstanden hat. Früher, in den guten Zeiten New Yorks und Chicagos, gab es außerdem noch die Gangster und die Detektive. Aber die Gangster, wenn sie Erfolg hatten, sind längst zu Bürokraten geworden. Und wenn sie klein und unbedeutend geblieben sind und sich mit Bandenkriegen und Drive-by-shootings beschäftigen, dann bringen sie nur das Gesetz des Dschungels in die große Stadt und sind auf Dauer zum Scheitern verurteilt.

Der Detektiv war ohnehin meistens eine heroische Fiktion – und wenn es Typen wie Lew Archer und Philip Marlowe jemals in der Wirklichkeit gab, dann sind sie inzwischen ihrer Melancholie erlegen. Sie fanden vielleicht die Wahrheit heraus; doch hinter jeder neuen Wahrheit tauchten Lügen mit zwei Köpfen auf, und ändern konnte der Detektiv überhaupt nichts.

Der Reporter aber, der aus jeder schlechten Nachricht eine gute Story macht, ist heute so zeitgemäß wie noch nie – und wenn er *ich* sagt wie Tom Kummer, wenn er sich nicht zu fein ist, selber den Helden seiner Geschichte zu spielen und dabei seinen Kopf und seinen

Körper riskiert, dann hat er in diesem Ich wenigstens etwas, dessen er sich halbwegs sicher sein kann.

Wie der Rest der Dinge zusammenhängt; was dieses seltsame, dieses instabile und womöglich hochexplosive Gemisch von Fakten und Fiktionen eigentlich zusammenhält, davon handelt dieses Buch. Und wer bei der Lektüre von diesem eigenartigen Verdacht gepackt wird, daß der Held und Schreiber zur Paranoia neige, der ist schon auf dem richtigen Weg: In jener Gegenwart von Los Angeles, die unserer Zukunft zu gleichen scheint, ist die Paranoia die sicherste Erkenntnismethode. Sie schafft Zusammenhang, wo die Phänomene auseinanderzufallen drohen; sie macht den Sinn der Dinge lesbar, so wie die Regeln der Sprache erst die dunklen Kleckse auf weißem Papier in Buchstaben, Wörter und Sätze verwandeln.

Die Verschwörung ist die Grammatik der Welt. Amerikanische Autoren wie James Ellroy, Don DeLillo und auch Greil Marcus wissen das schon lange – und vielleicht ist Tom Kummer der erste Autor deutscher Sprache, der diese Grammatik beherrscht.

Claudius Seidl

»Born in the USA«
Junge amerikanische Autoren im dtv

»Romane sind wie Rockkonzerte. Entweder bringst du die Leute zum Tanzen oder sie feuern dir Bierdosen an den Kopf.«
T. C. Boyle

Matt Ruff
Fool on the Hill
Roman
dtv 11737
Ein Sommernachtstraum für Freunde der Hobbits? Eine Love-Story? All das und noch viel mehr ist der »Narr auf dem Hügel«.

T.C. Boyle
Der Samurai von Savannah
Roman
dtv 12009
Als der japanische Matrose Hiro Tanaka irgendwo vor der Küste Georgias von Bord seines Frachters springt, ahnt er nicht, was ihm in Amerika blüht...

Jeffrey Eugenides
Die Selbstmord-Schwestern
Roman
dtv 12041
Was geht vor im Innern des Hauses Lisbon? Die fünf Töchter führen ein geheimnisvolles Dasein...

David Bowman
Let the Dog Drive
Roman · dtv 12049
Ein Tramper macht in der Mojave-Wüste die Bekanntschaft einer rothaarigen Baseballfanatikerin...

Anna Shapiro
Auf der anderen Seite vom Bett
Roman · dtv 12089
Manhattan, Downtown, bevor die Monogamie wieder modern wurde.

Binnie Kirshenbaum
Kurzer Abriß meiner Karriere als Ehebrecherin
Roman · dtv 12135
Sie lügt, stiehlt und begehrt andere Männer. Daß sie ein reines Herz hat, steht außer Zweifel.

Gwyneth Cravens
Herzmuster
Roman · dtv 12162
Angela wollte noch nie ein Single in New York sein. Und dann trifft sie Joe...

Binnie Kirshenbaum im dtv

»Wer etwas vom Seiltanz über einem Vulkan lesen will, also von den Erfahrungen einer kühnen Frau mit dem männlichen Chaos, dem sei Binnie Kirshenbaum nachdrücklich empfohlen.«
Werner Fuld in der ›Woche‹

Ich liebe dich nicht und andere wahre Abenteuer
dtv 11888

Zehn ziemlich komische Geschichten über zehn unmögliche Frauen. Sie leben und lieben in New York, experimentierfreudig sind sie alle, aber im Prinzip ist eine skrupelloser als die andere... »Scharf, boshaft und irrsinnig komisch.« (Publishers Weekly)

Kurzer Abriß meiner Karriere als Ehebrecherin
Roman · dtv 12135

Eine junge New Yorkerin, verheiratet, linkshändig, hat drei außereheliche Affären nebeneinander. Sie lügt, stiehlt und begehrt andere Männer. Daß sie ein reines Herz hat, steht außer Zweifel. Wenn sie nur wüßte, bei wem sie es verloren hat, gerade. »In diesem unkonventionellen Roman ist von Skrupeln keine Rede. Am Ende fragt sich der Leser amüsiert: Gibt es eine elegantere Sportart als den Seitensprung?« (Franziska Wolffheim in ›Brigitte‹)

Ich, meine Freundin und all diese Männer
Roman · dtv 24101

Die beiden Freundinnen Mona und Edie haben sich im College kennengelernt und sofort Seelenverwandtschaft festgestellt. Sie sind entschlossen, ein denkwürdiges Leben zu führen. Und dabei lassen sie nichts aus... »Teuflisch komisch und frech. Unbedingt lesen!« (Lynne Schwartz)

Frances Fyfield im dtv

»Sie hat den Rang von P. D. James und Ruth Rendell.«
Daily Mail

Schatten im Spiegel
Kriminalroman
dtv 11371
Die Anwältin Sarah Fortune ist jung, schön, erfolgreich – und rothaarig. Was sie für einen ihrer Klienten ganz besonders interessant zu machen scheint ...

Feuerfüchse
Kriminalroman
dtv 11451
Eine Leiche im Wald, und der Täter scheint schnell gefunden. Aber Helen West gibt sich nicht mit einfachen Lösungen zufrieden.

Im Kinderzimmer
Roman · dtv 11516
Katherines Leben in ihrem luxuriösen Zuhause hat seinen Preis: Sie versucht sich die Liebe ihres Mannes durch Anpassung und Unterwerfung zu erhalten, seine grausamen Spielchen stumm zu ertragen. Doch damit ist ihre kleine Tochter Jeanetta dem Sadismus des Vaters hilflos ausgeliefert ...

Dieses kleine, tödliche Messer
Kriminalroman
dtv 11536
Der Täter ist geständig. Und er belastet die bis dato unbescholtene Antiquitätenhändlerin schwer. Die Staatsanwältin Helen West setzt alles daran, die wahre Schuldige vor Gericht zu bringen – aber deren krankhafte Rachsucht sucht bereits das nächste Opfer ...
Der psychologisch raffinierte, spannungsgeladene Roman einer mörderischen Obsession.

Tiefer Schlaf
Kriminalroman · dtv 11786
Niemand interessiert sich besonders dafür, was der ehrbare Apotheker in seinem Hinterzimmer treibt. Als seine Frau tot aufgefunden wird, will die Staatsanwältin Helen West als einzige die Version des »natürlichen Todes« nicht akzeptieren. Ein kriminalistisch-psychologisches Kabinettstück von tödlicher Intelligenz.

Charles Bukowski im dtv

»Seine Sauf- und Liebesgeschichten enthalten mehr Zärtlichkeit als alle glanzpolierten Liebesfilme zusammen.«
Frankfurter Rundschau

Gedichte die einer schrieb bevor er im 8. Stockwerk aus dem Fenster sprang
dtv 1653

Faktotum
Roman · dtv 10104

Pittsburgh Phil & Co.
Stories vom verschütteten Leben
dtv 10156

Ein Profi
Stories vom verschütteten Leben
dtv 10188

Das Schlimmste kommt noch oder Fast eine Jugend
Roman
dtv 10538

Gedichte vom südlichen Ende der Couch
dtv 10581

Flinke Killer
Gedichte
dtv 10759

Das Liebesleben der Hyäne
Roman · dtv 11049

Hot Water Music
Erzählungen
dtv 11462

Western Avenue
Gedichte
dtv 11541

Hollywood
Roman · dtv 11552

Die Girls im grünen Hotel
Gedichte · dtv 11731

Roter Mercedes
Gedichte · dtv 11780

Der Mann mit der Ledertasche
Roman · dtv 11878

Jeder zahlt drauf
Stories
dtv 11991

Ausgeträumt
Roman · dtv 12342

Fay Weldon im dtv

»Fay Weldon lesen ist wie Champagner trinken.«
The Times

Die Teufelin
Roman · dtv 11132 und dtv großdruck 25065
Lange erträgt Ruth die Eskapaden ihres Mannes. Doch dann schlägt sie zurück...

Herzenswünsche
Roman · dtv 12174
Liebe auf den ersten Blick – mit dramatischen Folgen für alle Beteiligten.

Du wirst noch an mich denken
Roman · dtv 11225
Ein Mann und drei Frauen – rasant und mörderisch komisch.

Kleine Schwestern
Roman · dtv 11305
Liebe, Lügen, Sex und andere Ungeheuerlichkeiten.

Frau im Speck
Roman · dtv 11378
Eine erfrischende Abrechnung mit dem Schlankheitswahn.

Hier unten bei den Frauen
Roman · dtv 11515
Ein Haufen Freundinnen und ihr turbulentes Leben.

Sterndame
Roman · dtv 11426
Sandra kommt zwar noch mit ihrem Mann auf die Party, aber sie verläßt dieselbe mit einem anderen...

Kein Wunder, daß Harry sündigte
Roman · dtv 11560
Der Ehemann hat sich samt Sekretärin nach Spanien abgesetzt: Natalie lernt das Leben von einer anderen Seite kennen...

Die Klone der Joanna May
Roman · dtv 11671
Der Ex-Gatte hat Joanna klonen lassen. Erschreckt sucht sie ihre vier Kopien.

Trio in Twinsets
Roman · dtv 11904
Drei Frauen Anfang Vierzig – auf Gedeih und Verderb miteinander verbunden.

Darcys Utopia
Roman · dtv 12128
Ein Attentat auf das britische Finanzwesen: dahinter steckt eine junge Frau...

Warum wir küssen – wen wir küssen – wie wir küssen

»Ist das Küssen ein evolutionärer Fortschritt?
Oder ist es nur ein Zufall, daß die beiden intelligentesten Primatenarten – die Menschen und die Bonobos – Weltmeister im Küssen sind?«

dtv premium 24105

Der Kuß ist eine der bedeutendsten Gesten der westlichen Kultur. Seit jeher regt er die Phantasie des Menschen an, weckt Gefühle und ist Ausdruck von Gefühlen: der Liebe, Leidenschaft und Sehnsucht, der Freundschaft und des Verrats, der Ehrerbietung, Unterwerfung und Dankbarkeit. Und nichts tun wir so gerne und so ausgiebig wie Küssen.

Adrianne Blue breitet vor uns ein wahres Schlaraffenland des Küssens aus, indem sie neueste wissenschaftliche Erkenntnisse mit den schönsten Geschichten, Gedichten und Szenen aus Theater und Film verbindet, die unsere Kultur zum Thema Küssen zu bieten hat. Sexy und höchst unterhaltsam erklärt uns Adrianne Blue, warum die menschliche Reise ins Land des Küssens ein lebenslanges und immer wieder neues, wunderbares Abenteuer ist.

»Ein Buch, das einfach Lust macht.«
Cosmopolitan

dtv

Maxim Biller im dtv

»... begrüßen wir einen möglichen
Geistesenkel Tucholskys!«
Süddeutsche Zeitung

Die Tempojahre
dtv 11427

Leichtfüßig, mit entwaffnender Selbstironie und einer Portion Arroganz nimmt Maxim Biller sich in den ›Tempojahren‹ all der Unwahrheiten und Bluffs, der Schein-Phänomene und falschen Idole unseres Medien-Zeitalters an. Verschont wird dabei niemand: Von Mickey Rourke bis Marcel Reich-Ranicki – Biller ist ein mutig-respektloser Promischreck. »Er attackiert Zeitgenossen und Zeitströmungen in einer frechen, angriffsbetonten Sprache, der es nicht an stilistischer Furore, wohl aber an Respekt fehlt. Biller liebt nicht den leichten Degen, er bevorzugt den Säbel.« (Der Standard)

Wenn ich einmal reich und tot bin
dtv 11624

»Ich habe seit den Nachkriegsromanen von Wolfgang Koeppen, seit Bölls früher Prosa, seit einigen Essays von Hannah Arendt, Adorno, Mitscherlich und Hans Magnus Enzensberger kaum etwas gelesen, das dem Blendzahn der Zeit so wahr und diesmal so witzig an den Nerv gegangen wäre... Was für ein Buch!« (Peter von Becker in der ›Süddeutschen Zeitung‹)

Land der Väter und Verräter
dtv 12356

Poetisch und mitreißend, komisch und ernst erzählt Maxim Biller von der Zeit, in der wir leben. Sein Buch ist ein faszinierendes Kaleidoskop unserer Epoche: Sechzehn mitreißende, tragikomische Erzählungen über traurige Überlebende, komische Lebenskünstler, verwirrte Wissenschaftler, abgefallene Stalinisten, freche Mädchen, gemeine Schriftsteller, melancholische Mütter und lügende Väter.